东瀛之爱

《东瀛之爱》

作者：B杜

中文电子书于 2017 年由电书朝代制作发行，推广销售

电书朝代 (eBook Dynasty) 为澳大利亚 Solid Software Pty Ltd 经营拥有。

网站：http://www.ebookdynasty.net/

电邮：contact@ebookdynasty.net

简体中文纸本书于 2018 年由 IngramSpark 按需印刷

Ingram Content Group 推广销售

版权所有，翻印必究

作者简介

　　深居上海的 B 杜曾是灌溉民族幼苗的园丁，后在 X 国大使馆工作，现专心写作。

　　在异国的背景下加入缠绵悱恻的爱情故事是 B 杜小说的一大特点，她的文笔清新、笔触诙谐、画面感很强，读完小说有种看完一部爱情偶像剧的感觉，特别适合怀春少女及对爱情有憧憬的女性阅读。

　　《东瀛之爱》是 B 杜一系列异国恋情 N 部曲之一，另著有《法兰西情人》、《新西兰之恋》、《英伦玫瑰》、《爱在暹罗》、《情定布拉格》等作品，欢迎关注。

《東瀛之愛》

《東瀛之愛》

第一章：本田家

"さようなら、次回再度搭乗するのを歓迎します。"我和花野真衣、刘培伟站在机舱口和乘客道别，并欢迎他们下次再度搭乘。

此时我服务的头等舱客人林先生走了过来，他刻意放缓脚步，我对他鞠了个躬，他踌躇一会儿后，走了。

飞机从上海起飞，座舱长给了我们三人一份名单，让我们在头等舱客人上机前熟背他们的姓氏及座位号。

我清楚地记得，用完午餐没多久，坐在 9C 的林先生便推说他头疼，问我有没有阿斯匹林？我答空服员不能随便给乘客药物，即便是头痛药也因人而异，譬如儿童、孕妇、肝病及哮喘病患者就不适合服用阿斯匹林。

"如果您不介意的话，我可以帮您刮痧，通常刮痧过后，头痛现象会减轻许多。"我建议。

"好的，麻烦妳了。"

我请他移驾到空服员的专用座位上，以免影响到别的乘客。

林先生松了领带和前三个钮扣，我用刮痧板沾水，开始在他的脖子和肩膀部位刮痧。

刮完痧，我问他觉得好点儿了吗？

"好很多了。"他扣上钮扣说。

我把刮痧板和水放回厨房准备间，出来时发现林先生还留在原地打领带，一直打不好。

"领带一向是我太太帮我打的，我老打不好。"他有些羞涩地解释。

"我来帮你打，可好？"我问。

他点头同意。

这条领带是黄色丝质面，上面绣了几匹正在奔腾的红色小马，我认出是日本中央竞马会俱乐部的领带，只有马主人才有资格配戴。

"秋季天皇赏又开始了，林先生的马匹是否也参赛？" 我边打领带边问。

林先生很惊讶我的未卜先知，我指指他的领带，他恍然大悟。

"嗯！我家的 '爱神丘比特' 也参赛了，是这期的大热门。" 他答。

上海飞东京只有三个小时的航程，广播中传来机长的谈话声，他简短介绍飞机所处的高度及东京现在的时刻和天气，并且提示飞机正在下降中，预计三十分钟后会降落成田机场。

机长谈话完毕，我看见 9C 座位上的红色小灯亮起，花野小姐走上前去，没多久便往厨房的方向走去。

她一走开，9C 座位上的灯又亮了，我赶忙向前："林先生，有什么可以效劳的？"

"能告诉我名片上写什么吗？"

这是一张东京香格里拉酒店的名片，上面用日文写着地址、电话及邮址，背后是地图。我注意到地图的空白处写着一行小字：今晚总统套房等妳，林桑。

日文中桑（さん）是敬语，林桑就是林先生的意思。

我正想回绝，花野小姐回来了，手中拿着 Evain 矿泉水。

"妳拿好，别搞丢。" 林先生快速丢给我这句话，然后转头向花野真衣道谢，日本话说得挺溜的。

我把名片塞进粉红色的花围裙口袋内，转身回到空服员的专用座位上。

我和同事拖着行李箱排队出闸口，刘培伟插队站在我身侧。

"那个老色鬼有没有对妳图谋不轨？" 他问。

"什么老色鬼？"

刘培伟要我别装了，任何人都看得出来，从上飞机起，9C 的客人就对我目不转睛，眼珠子都快掉出来了。

虽然林先生给我酒店的名片，让人浮想联翩，但他是个外表体面、谈吐有礼的中年男士，和印象中的猥琐男有很大的出入。

"太夸张了，他是客人，我是空服员，如此而已。"我答。

刘培伟嘿嘿嘿地笑，让人很不舒服。

"並んでください、良いですか？"排在我后面的人还是对插队者提出抗议。

我赶紧要刘培伟乖乖排队去，他耸耸肩，拉着行李箱走到队伍后面。

走出成田机场，我没坐地铁回到我东京的小公寓，而是走向停在停车场的别克轿车。

"道中ご苦労さまでした。"老司机说我一路辛苦了。

我赶忙答这是我的工作。

他又客套几句，我也说些无关痛痒的话，然后福山先生放我休息，毕竟从成田机场到京都约有三、四个小时的车程，我又刚下飞机，正需要休养生息。

没多久，在车子的摇摇晃晃中，我迷迷糊糊地进入梦乡。

京都位于日本西部近畿京都府南部，是一座内陆城市，由于坐落在盆地内，夏天炎热且潮湿，冬天又非常寒冷，偶尔还会下雪。

自公元 794 年，桓武天皇迁都至此，京都一直都是日本的首都。长年的历史积淀使得京都拥有相当丰富的历史遗迹，也是日本传统文化的重镇之一。

母亲经营的"本田家"日式温泉旅馆正位于京都金阁寺附近，除寺庙本身是有名的古刹外，赏枫和泡温泉也是游客来此一游的原因。

别克车绕过外墙全是金箔装饰的舍利殿后，沿着小径往里开，经过一座石桥，石桥两旁有许多青翠的竹子，微风吹来，竹叶摇摇摆摆像一波又一波的绿色浪涛。

我把车窗打开，闻到了竹叶的清香，真令人心旷神怡。

约莫一刻钟后，车子在一栋典型的日式桧木建筑物前停了下来，一位身穿浅紫色和服的女性站在门口，领子和袖口都镶有金线，脚上套着白色的丝质足袋（即二趾鞋袜），踩着木屐前来。

我问福山先生，今天"本田家"是否有贵客临门？他答佐藤桑一早即来到，是他到关西机场接的机。

原来是佐藤秀中，难怪母亲会穿上昂贵的和服。

"杉杉，班机晚了？"母亲问。

"是的，上海有大暴雨，晚了两小时才起飞。"我下车。

福山先生把行李从后车厢拿出来，小雪接了过去，带进屋里。

"快进来，"母亲带笑说，"秀中等妳很久了。"

这一季，佐藤秀中改飞欧洲航线，我们已经很久没在同一个航班上。

"好的，我先梳洗一下。"我答。

长途旅行，脸色一定很不好看，见客前总得重新上妆。

母亲点头表示赞同，在这方面她比我还慎重。

"穿上那套新做的银色福字和服吧！秀中喜欢。"母亲说。

佐藤秀中不过是提过那么一回，说他喜欢看女性穿和服，谁知母亲从此便牢牢记住了。

"好的。"我没有反对。

第二章：佐藤秀中

日本和服有多种类型，依场合及婚姻状况而有不同的选择。

我和佐藤秀中不是第一次会面，但也不是亲密的朋友，母亲要我穿上银色福字和服，也算合乎礼节，毕竟它是付下和服，花纹虽有特定位置却没有真正的绘羽图案，是介乎日常衣着和礼服之间的服装。算一下时间，母亲应该是要我和佐藤秀中共进晚餐，那么这种和服的选择算贴切的了。

母亲派小雪来服侍我穿和服。和服是层层叠上去的。我脱光衣服，穿上一件薄的衬衣，然后在腰上围上一条薄毛巾，接着穿上会露出领子的粉色衬衣，系上一条窄的腰带后，再绑上一块板子在腹部，最后才穿上外衣及绑正式腰带。

外衣是母亲选的带有福字图案的银色服，所以腰带我选择比较鲜艳的深紫色及黃色串珠。

一旁的小雪将我的腰部勒得很紧，因为和服的美就是要把身体弄成一个没有曲线的长方型。这样一来，走路姿势必得抬头挺胸，蹲身起步也要小心翼翼，真难为日本女性了。

穿完和服，小雪问我想扎什么样的发型？我答简单一点儿的，因为我是下午五点多才进的门，花在沐浴及穿和服的时间又过长，现在已是晚上七点半，我怕客人等太久……

于是小雪快速帮我侧扎了花苞头，为了符合时尚感，还用珍珠发饰做点缀，提升了优雅气质。

"谢谢妳，小雪。"我诚心道谢。

"哪里，这是我应该做的。"小雪对我点个头，然后拉开障子门走出去。

"本田家"为木造的两层式建筑，创建于 18 世纪初，约有 300 年的历史，至今仍保留着古老的日式风情，几乎所有的客房都可以欣赏到庭园和池塘景色。

母亲特意选了最大的客房招待佐藤秀中，房间宽敞漂亮，墙上挂着浮世绘，有着浓浓的东洋风。

因为已经错过晚餐时间，小雪奉上绿茶和热毛巾后，马上交待厨子上菜。

"本田家"的餐点采用了四季应季食材的怀石料理，所用的餐具则是日本佐贺县有田町出产的"有田烧"瓷器，厚重而朴实。

怀石料理原为在日本茶道中，主人请客人品尝的饭菜。现已不限于茶道，反而成为日本常见的高档菜色。

由于传统怀石料理一定得照顺序上菜（依序为七点前菜、碗盛、生鱼片、扬物、煮物、烧物及食事、甜食），所以小雪先呈上七点前菜，附带月桂冠的日本清酒，让我们在等待主食到来前能放松心情，边喝边聊。

"这次休假几天？"母亲问佐藤桑。

"客机飞行员通常飞几天就休息几天，这次我飞四天，所以能休息四天。"他答。

我将清酒倒入客人的小陶瓷杯里，他点头道谢。

"杉杉呢？"母亲转头问我。

我答我只有两天假期，还是和同事对调的，明天晚上得回东京，否则赶不上隔天一早的班机。

"なるほど～"

母亲感叹一声，并且将尾音拉长，好让佐藤桑能接话，果然他开口了："杉杉，明天晚上我们一起回东京吧！我恰好要拜访朋友。"

母亲马上眉开眼笑："那正好，同行有个伴。"

我沉下脸来，怕佐藤桑误会母亲太激进了，但嘴巴没说反对的话。

我和佐藤秀中是前后期进入全羽空航空的，偶尔碰个面也仅限点头微笑。有一次我们被分派到同一班机飞北京，我听到他对中国人讲普通话，顿时好感倍增。坐下来时，我问他在哪里学的汉语？他答他是北大的留学生。

"失敬，失敬，北大可是中国的顶尖学府呀！"我赞扬。

"哪里，哪里，我是关公面前舞大刀。"

呵呵！他这是在赞美我吗？

他的谦虚态度和超乎想象的中文能力让我眼前一亮。

后来他约我出去吃过几次饭，我提到母亲在京都经营旅馆，他说他过几天到京都办事，也许会登门拜访，问我有没有东西需要他托带？

日本人很会说场面话，如果他们邀请你上家里坐坐，通常是礼貌用语，不一定心口如一，所以当佐藤桑说要拜访母亲时，我认为他不过是嘴上说说而已，并不当真，没想到那个周末，他真的上京都了。

母亲后来告诉我，佐藤拜访的用意很明显，就是请求她让我和他交往。

"我对杉杉是认真的，是以结婚为前提的交往。"佐藤桑非常诚心诚意地说。

当天母亲并没有给出答案，只说如此重大的事，她必须和老公商量。

谈起父亲，我已经有十多年没见过他。想当年他把家产赌光，母亲便绝然地与他离婚，一人只身到日本居酒屋当服务员，一干就是五年。等到还清人贩子的中介费及我的机票钱，才将我从外公外婆身边接走，如今她却说我的交往大事要和父亲商量？

"那不过是缓兵之计，我总得查查这个人的家世背景再做定夺。"母亲说。

本来，母亲对于民航飞行员身份的佐藤秀中不太上心，在她的想法里，婚姻是家族振兴的机会，再怎么样，也得把我往"锦衣玉食"的道路上送。

没想到母亲的人身调查竟查到惊天秘密，佐藤桑不单单只是个飞行员而已，他还是日本最大房地产公司老板的嫡长子（有钱人娶个三妻四妾很正常，除了秀中这一支正室外，他还有很多同父异母的兄弟姐妹）。

知道佐藤秀中的显赫家世后，母亲一改以往的态度，不仅同意我和他交往，而且摇旗呐喊，深怕男方改变主意。

"妳要好好抓住佐藤桑，这是妳改变命运的契机。"母亲对我耳提面命。

和母亲的"唯物论"不同，我看中的不是那人的家世背景，而是他的人品。他待人谦卑有礼，对我"发乎情，止乎礼"，是个值得深交的朋友。

吃完由红豆、砂糖和葛粉混合蒸制的羊羹后，怀石料理算是功成圆满地结束了。

"杉杉，妳带佐藤桑到庭院里走走，我和小雪把这里收拾一下。"母亲对我说。

于是我打开障子门，带秀中到花团锦簇的院子里。

此时已是夜里十点，我知道母亲整理完杯盘狼藉，必是铺好床铺，让客人回来后能倒头就睡，所以不急不徐地和他在院子里散步，顺便消化一下吃撑的肠胃。

"妳母亲好像很赞同我们交往。"佐藤桑忽然说。

"不好吗？"我反问。

"好，"他笑了，"我还怕她反对呢！过了丈母娘这一关，什么都容易了。"

我不高兴他把我的意向排在母亲后面，闷不吭声地把摘下来的竹叶逐一扔进池塘里。

"妳怎么了？"佐藤秀中发现不对劲。

我问他怎么从来没怀疑我不喜欢他？

"真的吗？妳不喜欢我？"

看他一副天要塌下来的模样，我忍不住噗嗤一笑。

"就知道妳骗我。"他松了一口气，走过来握住我的手。

我没有拒绝。

第三章：金阁寺

母亲没有事先告诉我佐藤秀中会来访，只说金阁寺这几天做法会，希望我能回来一趟，上柱香祈求平安，所以当我知道佐藤桑在家中时，是有那么点儿措手不及。

"杉杉，该起床了，早餐就在佐藤桑的房间里吃。"

隔天一早，母亲将我唤醒，并且说用完早餐，陪她上金阁寺。

我很快梳洗一下，因为要上寺庙，所以特意选了端庄的白领套装，又在头发上系上香槟色发带，总算有不太死气沉沉的样子。

母亲开的是日本民宿，建筑又是自江户时代就有的古屋，想当然尔不会有人想在日本风味浓厚的旅馆里吃面包当早餐，所以"本田家"的厨子四点钟就得起床准备日式早餐，光煮 okayu 粥就得花两个小时以上，它是以鲣鱼、干贝、江鱼仔等熬制而成，看似简单，吃起来却很惊艳。

"私は始動させます。"佐藤桑双手捧着筷子说他要开动了。

此时长条矮桌上除了 okayu 粥外，也有白米饭，渍物则有白萝卜泥、紫菜、鲣鱼干、菠菜、腌萝卜等，当然还少不了用豆腐、蔬菜以及海鲜熬的煮物及每个季节都会有的玉子烧，烤鱼和味噌汤则是日式早餐的必备品。

佐藤桑没有先食用粥，反倒在白米饭上加入纳豆，再打入一颗生鸡蛋，滴几滴酱油拌着吃。

母亲看了很欢喜，她强调，"本田家"的鸡都是散养的秋田比内土鸡，下的蛋拿在手中发沉，蛋黄轮廓清晰，颜色呈橘黄色，用来拌饭再合适不过。

"嗯！"佐藤桑用力点一下头，"的确新鲜好吃。"

我和他的饥肠辘辘不同，昨晚吃多了，今早不想吃硬梆梆的米饭，所以吃了点儿粥和酱菜，又在母亲的督促下，吃了烤鱼。

"秀中，待会儿吃完早餐和我们一起上金阁寺祈福吧！"母亲对他说，并且很自然地把称谓从"佐藤桑"改成"秀中"，亲密度上升一级。

我以为只有我陪她上金阁寺，没想到还包括客人。

佐藤桑很高兴地答应了。

金阁寺建于 1379 年，原为足利义满将军的山庄，后改为禅寺，因其外观以金箔装饰，又被唤作金阁寺。1950 年，金阁寺被蓄意纵火烧毁，现在看到的金色建筑是修复过的。

整个金阁寺不大，但非常有日本庭院的风格，既小巧又精致。院里的镜湖池水清冽，身影华丽的金阁倒映其中，成为京都的代表性景观。

在"御手洗"净身（意即用木制的长条勺子在水池里舀水漱口及洗手）后，我们进到寺内，法会已开始，穿黑袍的日本僧人拿着法器，口中念念有词地祝祷。我们先击掌两下，再双手合十，请求神灵保佑。

祈福完毕，我们三人在院里散步，边走边聊，经过院中的不动堂，那边有神签可供占卜。

"妳和秀中各抽一支签吧！"母亲说。

拗不过母亲的坚持，我们各抽了一支，交给旁边的解签人。由于来金阁寺的中国游客很多，寺里还请了会说普通话的人解签，我以为母亲会找日本人解签，没想到她来到中国人的摊位上。

"求的是什么？"那个戴眼镜、有着大肚腩的男子很有威严地问。

"姻缘，求的是姻缘。"母亲抢答。

"如果求的是姻缘……"那男人看完我的签，又看佐藤秀中的签，"女的是百年好合，男的是天作之合。"

母亲很高兴地道谢，并且给了不菲的香火钱。

"太好了，你们是天造地设的一对，连老天爷都这么说。"母亲显得很开心。

"不是这样的，解签人的意思是我和佐藤桑各有好姻缘，没说我们永结同心。"我赶紧纠正。

"杉杉，这还用明说吗？"母亲有些怪嗔，"秀中到哪里找像妳那么好的女孩？"

我开始对母亲的"司马昭之心"感到厌烦，佐藤桑一定也感觉到那种无形的压力，我不希望他有"非买单不可"的想法。

"对了，什么时候带杉杉去见你父母？"母亲忽然问那个无辜的男人。

这下子我炸开锅了："妈！八字都还没一撇呢！妳这样问会让佐藤桑为难。"

面对我的反抗情绪，母亲不以为意，还转头向佐藤秀中确认："是这样的吗？我让你为难了？"

佐藤桑解释他和我确定恋爱关系的时间不长，但他很喜欢我，只要时机成熟，他一定会禀告父母，并且带我回佐藤家。

"打铁得趁热呀！喜欢我家杉杉的人很多，我怕夜长梦多。"母亲语带威胁地说。

金阁寺内出售的抹茶冰淇淋名闻遐迩，佐藤买了两个，一个给我，一个给他，母亲早已借故离开。

我们边走边吃，周边的游客很多，日语、普通话、韩语齐飞，偶尔还夹杂几句英语。

"妳母亲说的可是真的？有很多男人追求妳？"佐藤桑还是没忍住。

这叫我如何回答是好？打从大学毕业，母亲便马不停蹄地为我安排相亲，几乎每周都有一次，直到最近认准佐藤秀中才停了下来。

"相了那么多次，没有喜欢的吗？"他又问。

这更让人难以启齿了，母亲一早就订了高门槛，学历至少得大学毕业、家世背景要好、有房有车、年收入还不能低于两千万日元……等，惟独对外貌没要求。可想而知，来的人不是满脑肠肥就是尖嘴猴腮，一个个面目可憎的很。

偶尔有那么两个斯文相貌的，吃过几次饭后却不了了之，所以我压根儿不明白母亲要佐藤秀中"打铁趁热"的用意何在？

听了我的解释，佐藤秀中松了一口气，但随即又紧皱眉头，看他吞吞吐吐的样子，勾起我的好奇心，我鼓励他说下去。

"民航飞行员的年薪不到两千万日元，我怕妳母亲并不知情。"他解释。

我很想告诉他，两千万日元是针对无祖上庇佑的人，至于他……不适用此条款。

"别担心，我母亲既然答应我们交往，一定是经过深思熟虑，你大可不必考虑那些条条框框。"我安慰他。

下午五点钟，吃过简单的轻食，福山先生载我和佐藤桑回东京。

我问他在哪里下？他反问我的公寓在何处？我答在地铁犬吠站附近。

"这么巧，我朋友也住那儿附近。"他说。

于是福山先生将车停在我的公寓小区前。

下了车，我和佐藤桑各拉着行李箱对望，我以为他会跟我道别，但他只是含情脉脉地看着我。

"那个……很晚了，"我有些囿迫，"你确定你朋友还没入睡？"

"杉杉，"佐藤桑走过来握住我的手，"没有什么朋友要拜访，妳就是我回东京的理由。"

我的心跳得好快，问他这话是什么意思？

"我的意思是想看看妳的房间长什么样子。"他解释。

我遂带他回公寓，但我们没在客厅里待很久，也来不及喝上一口已泡好的大麦茶……

第四章：名人后代

我赶一大早的飞机飞广州，等我从广州回来，门后的一切，让我眼前一亮。

秀中把屋子整理得井然有序，地毯吸了、桌子抹了、浴缸刷了、碗盘洗了、连厨房水槽也被他擦得雪亮雪亮的。

走进卧室，东西各就各位，被褥像海平面一样平整，上面还搁了一朵长茎红玫瑰。我拿起来嗅了嗅，淡淡的玫瑰香气像甘梅的味道，酸甜酸甜的。

我注意到玫瑰长茎的底部还扎了张纸条，打开一看，不禁莞尔。

物思へば澤の螢もわが身よりあくがれいづる魂かとぞ見る

秀中写了俳句，那是日本的一种古典短诗，由"五—七—五"共十七字音组成，以三句十七音为一首，首句五音，次句七音，末句五音，规格的要求非常严格，受"季语"的限制（即句中必须出现恰好一个能代表季节的词语）。

把秀中写的俳句翻译成白话文便是：心里怀念着人，见了泽上的萤火，怀疑是从自己身体里出来的梦游的魂。

这真是一种含蓄的示爱表现。

我把秀中的纸条重新折好，放入我最心爱的珠宝盒里，然后找一个漂亮的水晶长杯，把玫瑰养在里面。

说起这件事，的确有些尴尬，日本女孩多半很早就有性经验，我已经 25 岁了，在这方面却仍是白纸一张，那是由于我的性格保守及母亲管我甚严的缘故。

我听说日本男孩很怕碰到处女，因为处女往往过于看中第一次，一旦惹上很难脱身。再往深一点儿说，二十几岁还没有性经验，在日本人看来，多半是个性出了问题，所以引不起异性的兴趣。

可想而知，当秀中脱下我衬衫时，我是多么的害怕，不仅背对他，还把身体卷缩成一团。

"怎么了？杉杉。" 秀中的声音充满了恐惧，"是不是……是不是我伤害了妳？"

我忍不住嘤嘤嘤地哭了起来。

"我……我还是处女。" 我很羞愧地承认。

"なるほど～"

秀中感叹地说 "原来如此啊～" 然后开始帮我穿上已脱下的衬衫。

原来……原来他真的害怕了，我呜呜呜地哭了起来。

秀中这下子急了，像只无头苍蝇。

"杉杉，妳能告诉我，我做错什么了吗？" 他显得手足无措。

我抽抽答答地告诉他，母亲管我甚严，我又太内向，所以到现在还没有性经验，但不代表我的个性有瑕疵……

秀中听了，仓皇的脸色舒缓了下来，过了几秒钟，他噗嗤一笑："如果我告诉妳，我还是处男，这会不会让妳好过些？"

听他这一说，我也笑了。

然后他第二次脱下我的衬衫，这一次我没背对他，也没将身体卷缩成一团。

下个月的排班表出来了，我瞄了一眼，一次头等舱、一次商务舱，其余都是服务经济舱客人。

老实说，我比较喜欢服务头等舱和商务舱的客人，他们通常比较有礼也很少找麻烦，反倒有些经济舱客人会做过分的要求，也不太友好。

"杉杉，这次飞哪里？" 赵秀雯拖着行李走过来。

"武汉，妳呢？"

"香港，刚好可以上莎莎买化妆品。" 赵秀雯很热心地问，"妳需要什么，我帮妳带过来。"

我告诉她不用了，我一向用 S 牌。

"S 牌是上了年纪的人用的，妳应该用 K 牌或 A 牌，那才适合二十几岁的女人。" 她说。

我听了笑而不语。

我家的 S 牌化妆品泛滥成灾，都是套装，我不敢想像会有用完的一天。

"哎！不管妳了，皮肤好用什么化妆品都好看。"她感慨，"我可不行，脸上老爱长痘痘，卸了妆还得赶紧再擦护肤品，脸上都快成了调色盘。"

赵秀雯的皮肤的确不行，每次上班都得顶着大浓妆，细看之下，还能看见厚粉下的黑头粉刺。

此时空服员端木百惠戴着黑超走过来，样子有些怪异，但说不出个所以然来。

待她走远，赵秀雯呵呵呵地笑出声来，我问她怎么回事？

"告诉妳，端木百惠和飞行员井田上二搞在一起，被井田太太发现后，啪啪啪地左右开弓，听说小三的眼睛现在成了熊猫眼了。"

端木百惠和井田上二？这怎么可能？他们看起来根本不搭嘎，女的高佻艳丽，男的却像哆啦 A 梦里的胖虎，聚餐时两人还隔着老远坐着，比陌生人还陌生。

"再告诉妳，别和飞行员谈恋爱，他们想和谁上床，几乎都是手到擒来，因为女人天生难逃'制服诱惑'。"

面对赵秀雯的专家口吻，我心有不服，不是每个飞行员都是花花公子，纯情专一的大有人在。

我抬起头来，一架飞机刚离地飞向天际，我想起身在荷兰的秀中，他是不是正准备飞回东京？

我从武汉回来，两小时后佐藤秀中也抵达成田机场。他一下飞机就打电话给我，我答自己正在泡大麦茶，他很高兴地挂上手机。

我预估秀中大概一个半小时后才会到，便想为他洗手做羹汤，但做什么好呢？

打开冰箱，冷藏室里有根茎类的蔬菜，冰冻层里有雪花牛肉片，灵机一动，我决定做凉拌牛蒡丝及寿喜锅，这两样都是日本人的大爱，不会错的。

秀中敲门时，我正把所有食材放进火锅里，牛蒡也已经用芝麻、香油及糖拌好，饭锅里的饭正热着。

"回来了。"我把他的行李箱接过来，

"什么味道？好香。"他的脸上带着惊喜。

我告诉他，自己做了寿喜锅及凉拌牛蒡丝，马上可以开动了。

吃完晚餐，我又泡了大麦茶，留声机里传来三弦琴的音乐。

"过来。"秀中唤我。

我走过去把大麦茶放在茶几上，秀中伸手将我一揽，我跌坐在他的大腿上。

"我想我得了一种叫做'相思'的病，在飞机上，我一直不停地想妳。"他说。

"我没让你想我，这是你自找的。"我睨了他一眼。

他不以为忤，反而问我想不想他？

我端起大麦茶喝了一口，避开他的问话。

"嘟……嘟嘟……"他的手机响了。

我回自己的位置上坐好，同时听到他带着敬畏的声音说话，简短的答话让人觉得事有蹊跷。

放下手机，秀中解释："我母亲打来的。"

富贵人家总带有那么点儿传奇色彩，尤其八卦新闻中，秀中的父亲还拥有庞大的后宫团，让我不禁对佐藤家族感到好奇。

"杉杉，"他的表情转为严肃，"我要告诉妳一件事，妳得有心理准备。"

看秀中如此慎重其事，我有了不妙的感觉，难道……难道他有女友，甚至结了婚、有了孩子？

"我是佐藤龙井的儿子，他是 ZT 集团的总裁，东京塔和富士电视台都是我家盖的……"

"噢！"

见我反应冷淡，他有些语塞，原以为我会大吃一惊。

其实他说的早已不是新闻，母亲已经一五一十地全告诉我，甚至比他说的还要详细。

我坦荡荡地告诉他，他的原生家庭造就了他，这并不影响我们的交往，我爱的是他的灵魂，和他是谁的儿子无关。

"噢！杉杉，"他拥住我，"就知道妳是我在找的人，我已经厌倦别人老把我当成某人的儿子，我只想做回我自己。"

我了解名人后代的压力，所以再次表明，在我眼中，他就是佐藤秀中，如此而已。

秀中听了拥我更紧，让我几乎喘不过气来。

"那个……你还没喝大麦茶，再不喝就冷掉了。"我试着转移他的注意力。

"等会儿喝，"他吻我，双手去解我长裤的裤头，"让我再试试，上一次……我没做好。"

我嘴巴说不，但在沙发上平躺好，秀中见状，赶紧松了他的领带……

第五章：恶耗

今天早班飞杭州，同机的刘培伟借机蹭到我身边："请我吃饭！"

"为什么？"我正把报纸分门别类排好。

"我看到他了。"刘培伟压低声音，很神秘地说。

"他？谁？"

"还会有谁，那个老色鬼呗！从东京飞回上海的头等舱上，我又看到他了。"

刘培伟还说，林桑特意问他为什么我不在头等舱服务？他答空服员的排班说不准的，除始发地固定外，其余都不好说。

"他听了很伤心，好像世界末日来到。"刘培伟表情夸张地说。

我把它当笑话一则，转身到厨房准备间煮咖啡。

"喂！他还问起妳的名字。"刘培伟像橡皮糖似地粘过来。

"你没告诉他吧？！"我把咖啡粉倒入机器内。

"说了，我告诉他，妳叫吴杉杉，他晦暗的眼神突然有了光彩。"

我难以置信地望向这个告密者，他怎能这样？

"没事的，我没告诉他，吴是口天吴，杉是木字旁加三撇，所以'吴杉杉'可以是任何组合，他没那么好运气全猜对。"

我瞪了他一眼，转身到后舱，避开他的骚扰。

其实我本来叫"白杉杉"，父母离婚时，我被判给了母亲，母亲对父亲怀着怨气，立马带我上民政局改成她的姓，所以我成了"吴杉杉"。

"杉杉，生气了？"飞机抵达杭州，刘培伟又跟了过来。

"没，交友不慎。"我快步疾走。

刘培伟要我别那么小家子气，陪他上星巴克喝咖啡，他请客。

我问他机上的咖啡还喝不够吗？他反问我机上的咖啡是人喝的吗？连流浪汉也不屑一喝。

"反正开往酒店的小巴故障，要一个小时后才会有，机上就只有我们两个是中国籍，我才不和小日本喝咖啡！"

什么时候小巴故障了？该不会是骗我的吧？！

刘培伟说天地良心，飞机下降时，座舱长就用日语告知全机组人员了，我心不在焉的，当然听不见。

我顿时红了脸，因为同机的日野香穗子说两天前她临时被派去飞国际航班，机长是佐藤秀中，非常温文儒雅，她没想到机长会那样年轻还未婚……

听到有人提起秀中，我的心小鹿乱撞，做什么都心不在焉了。

"怎么，去不去？"刘培伟问。

我想了想，与其在巴士等候区苦等一小时，到不如去星巴克喝我爱喝的抹茶拿铁。

"说真的，我未娶，妳未嫁，全羽空的中国籍女空服员不少，但男空服员寥寥可数，妳何不考虑考虑我？"

刘培伟动不动就开玩笑，我不确定他这次是否认真了？

"你忘了，赵秀雯很喜欢你，老是欧巴欧巴地喊，你何不考虑考虑她？"我说。

刘培伟听了做呕吐状，他说他不想娶有月球表面脸孔的女人，还说全羽空航空应该规定凡容易让人受惊吓的女人一律不予录用。

我说他太刻薄，赵秀雯很活泼可爱，别让外表给蒙骗了。

"反正我是外貌协会会员，不在'娶妻娶德'的队伍里。"

我喝了一口抹茶拿铁，不想与他争辩。

"对了，告诉妳一个秘密，咱们的飞行员中，有一个不折不扣的富二代，他是 ZT 集团总裁的公子，妳大概没见过，飞国际航线的。"

听刘培伟这么一说，我的心喀噔了一下。

"噢！叫什么名字？"我明知故问。

"佐藤秀中。"他还是说出答案。

虽然很想知道旁人对他的评价，但我纹风不动，怕泄露了我和他之间的恋情。

　　"听说佐藤的妈在积极帮他物色对象，也难怪，都三十好几了，ZT集团也该开枝散叶。"

　　佐藤的妈现在正积极帮他物色对象？秀中完全没提及，这是怎么回事？我不禁怀疑起刘培伟话里的真实性。

　　"是真的，日本的八卦杂志早已传得沸沸扬扬，因为名单里还包括 C女星，那个哈佛毕业的学霸。"

　　我听了，顿时像泄了气的皮球。

　　"怎么了？妳好像不太舒服，脸色很不好。"他关心地问。

　　我推说头疼，大概是中暑了。

　　"那走吧，小巴应该快到了。"

　　我起身，他过来扶我，我巧妙地避开，快步走向巴士等候区。

第六章：心痛

"佐藤的妈现在正积极帮他物色对象"这句话一直萦绕在我耳边。

秀中没说，所以我一直以为他母亲知道我的存在，只待时机成熟，秀中便会将我介绍给他的家人，没想到……

"杉杉，今晚我回父母家吃饭，下礼拜再到妳家。"秀中打电话给我。

"好的，没问题。"我故意发出高昂的声音。

挂上电话，我像吃了黃莲，有苦说不出。知道秀中从布拉格飞回来后有三天休息，我特意和同事调班，好不容易有了三天假期，没想到他要回父母家，还说下礼拜再到我家，意思是这三天都不会和我见面，我的心跌落至谷底。

"与其在东京自怨自艾，倒不如回京都，现在正是秋季赏枫时节，也许看看漂亮的枫树能够转换心情。"我转念一想，马上收拾行李。

在夜巴上睡了一觉，当清晨的阳光洒进车内时，我知道京都已近在咫尺了。

下了车，我坐出租车回"本田家"，是小雪开的门，她很惊讶我这个时候回来。

"忽然想看枫叶就回来了。"我解释，又问，"我妈起床了吗？"

小雪听闻后，面有难色："老板娘她……"

"我知道了。"我阻止她说下去。

本田英树一个月总有一、两次上我们家来，正确地说，他是回自己的家，这个旅馆是他的，母亲只是代为经营，说得好听是老板娘，说得难听就是个打工仔，每个月有固定薪水，年底也有分红，除了这些，还有堆积如山、用也用不完的 S 牌化妆品。

没错，本田桑就是 S 牌的创始人。

"小姐，赏枫季节到了，'本田家'都客满了，本来……妳看住阁楼可好？"小雪试探性地问。

阁楼的楼高只有一米八，加上窗户小，采光不好，非常有压迫感。本来在房间客满的情况下，我会和母亲同住，但现在大老板来了，母亲得服侍他，我自然没理由和他们挤，住阁楼成了无可避免的选择。

"那就住阁楼吧！"我没为难小雪。

母亲来自云南偏远山区，在那个小村庄里，真要追究起来，每个人都有血缘关系，小雪就是我家的远房亲戚，今年十八岁，初中文化。她被母亲带到日本后就一心一意地做着打杂的工作，算一算，她还得再做两年才能重获自由身，因为母亲付给她家一笔为数不多却能大大改善家境的买身钱。

小雪将我的行李搬到阁楼后，问："小姐，早餐想在这里还是庭院里吃？"

我想了想，不愿在阴暗的阁楼里用餐，遂说在亭子里吃吧！顺便还能欣赏日式庭园。

我正吃着饭，看见本田英树从旅馆的公用温泉澡堂走出来，后面跟着母亲，我赶紧低下头去。

待他们走远，我偷瞄了一眼穿浴衣的高大男子背影，母亲在后亦步亦趋，诚惶诚恐的样子，让我不禁悲从中来。

说穿了，母亲只是个表面光鲜的卖淫女罢了。从居酒屋的女服务员爬到旅馆老板娘的位置，靠的就是不断地更换男人。那些男人们在不同时期为她提供了不同的帮助，代价是得到母亲的陪伴，直到本田英树出现，她才不再频繁换床，算是安定了下来。

在母亲的计划里，她打算用"牺牲"换来我公主般的生活。

来日本后，我一路读的是昂贵的私立女校，连大学进的也是女子大学。平时在校住宿，周末和假日才回到母亲身边，如果恰逢母亲必须"工作"，我便理所当然地进了夏令营或冬令营里……

当别人问起我的父亲和母亲时，我总感到自卑，因为父亲是赌徒而母亲是妓女。当然，我感念母亲的奉献精神，但无法甩掉身上的包袱，它像个印记，时时提醒着自己身份的卑微。

所以当秀中把目光打在我身上时，我仿佛是穿上水晶鞋的灰姑娘，顿时觉得前途一片光明；母亲也是，她幻想有朝一日我会走入佐藤家，然后挤身上流社会，把之前的种种不堪一扫而光。

虽然我和秀中交往时，也曾担心"门当户对"的问题，但秀中给我的关爱让我侥幸地以为他会为我排除万难，让他的父母张开双手拥抱我这个平凡无奇的儿媳妇，然而事实真的如此吗？

母亲交待厨房做三个便当，她打算早餐过后和我、本田英树上岚山赏枫。

岚山四季分明，自平安时代起就一直是王宫贵族相当喜爱的度假胜地，其中尤以春天赏樱和秋天赏枫最受青睐。

作为京都郊外最知名的赏枫胜地，岚山的游客总是络绎不绝，每年的红叶季，红枫、黄杏、绿松、翠竹各领风骚，透过山间朦胧的雾气将秋天的气氛推至最高点。

岚山山脚下遍布着大大小小的古迹寺院，在古寺和园林的衬托下，为此地的枫叶增添了一份清灵的意境。

本田桑的司机在岚山站放我们下车，我们穿过著名的嵯峨野竹林，再经过有着乡间风情的田园农舍，步行约20分钟后，抵达岚山红叶名册榜上赫赫有名的常寂光寺。

这个以红叶闻名的古寺位于小仓山麓，四周是静寂蓊郁的绿林，入口处有一条百级石阶的参道，红叶覆盖了整条通往山上的石梯，相当壮观。

"なんと美しいのだろう！"本田英树驻足赞叹着。

"はい。"母亲应和。

常寂光寺枫叶的色彩比京都其他寺院更丰富，此时秋高气爽、天空湛蓝，的确是赏枫的好时节。

我们坐在寺前的石椅上吃厨子精心准备的便当，任谁都会以为我们是幸福的一家人。

"キミと佐藤秀で聞いて交际。"本田英树咬了一口饭团后对我说。

我抬头看了一眼母亲，母亲视若无睹，反而强调我和佐藤秀中的交往非常顺利，没多久就会谈婚论嫁……

"妈~"我忍不住说普通话，希望母亲适可而止。

没想到母亲当着本田英树的面要我别害羞，男大当婚，女大当嫁，秀中也算大龄青年，家里正着急，闪婚也不无可能。

本田英树听了不动声色，母亲又在背后推了几把，他终于松口，说会找时间和佐藤龙井喝茶，探探他的口气。

回到"本田家"，我把自己关在阁楼里，连晚餐也不吃，还是母亲捧着小托盘，将食物亲自送上来。

"怎么了？从岚山回来就不对劲。"母亲问。

我怒气冲冲地说哪有女方主动出击的？这下子，佐藤家族要把我看扁了。

"妳以为像佐藤这种大户人家不会讲究女方的出身？估计现在侦探已经把我们的祖宗八代都调查清楚了，以那样的家庭背景，妳想进佐藤家简直是缘木求鱼！"

这个我清楚，但已经这样了，又能如何？总不能让我重新投胎吧？！

"所以我才要本田桑去周旋一下，也许还有转圜的余地。"

母亲的想法是，虽然我不是本田英树的亲生女，但好歹是小老婆带来的，不看僧面看佛面，也许佐藤家会勉为其难地接纳我。

怎么还没进门就矮人一截？这不是我要的。我希望自己能光明正大地面对未来的婆家，得到他们的祝福与欢迎。

母亲说我有满脑子不切实际的幻想，想进豪门犹如打战，必须讲战术，若照我说的做，绝对一败涂地。

"秀中是不是告诉妳这礼拜他没空？"母亲投来一枚炸弹。

"妳……妳怎么知道？"

"我怎么知道？"母亲大笑两声，"他昨晚和 C 女星相亲，今日还上娱乐版的头条。"

母亲的回答像一把利刃刺向我的心脏，秀中，你怎能这样？

我不禁掩面哭泣。

第七章：起死回生

　　仓本直美就是 C 女星，她从哈佛商学院毕业后，没有投效银行家父亲的麾下，反而一举进入了演艺圈，在一部评价颇高的侦探片中初露头角，又分别在家庭伦理戏中扮演可恨的小三及偶像剧中楚楚可怜的男主角妹妹，算是正式走入公众的视野，并且入选去年的新人俳优赏，是一颗新冉起的新星……

　　我一口气把报摊上的多份报纸及娱乐杂志全读完，总算对情敌有了初步的了解。回头再看今天《読壳新聞》和《朝日新聞》娱乐版的头条照片，秀中、仓本直美及双方家长在米其林三星餐厅用餐，六个人把酒言欢，好不热闹。

　　文中还提到这家餐厅位于一座法式城堡里，餐厅的总店在巴黎，东京这家是它唯一的海外分店。晚餐总共 12 道，囊括了海鲜，红肉，蔬菜和水果，还有极品黑松露，绝对让人享受到宫殿级的美食，当然价钱不便宜，人均八万日元起。

　　"原来秀中说回父母家吃饭，其实是去吃相亲饭，"我颓然地放下报纸，自问，"他为什么要骗我？"

　　"嘟……嘟嘟……"突来的手机声让我很紧张，发现是秀中打来的，我赶紧按下接听键。

　　"妳在哪里？"他问。

　　我答在京都，和母亲一起，今天还上岚山赏枫了。

　　秀中说错过赏枫好可惜，他也想去。

　　"那么你现在来京都吧！我等你。"知道秀中还有两天假期，我满怀希望地问。

　　"这个嘛～今天我要和母亲去代代木公园逛逛，顺便到明治神宫祈福。"

　　我很失望，但还是祝他和母亲玩得愉快。

果然第二天秀中又上头条了，这次只有三个人，分别为秀中、秀中的母亲及仓本直美。他们三人在代代木公园散步、赏枫，又上明治神宫祈福。文中还提到 C 女星在神宫里求了签，求到的是昭宪皇太后的和歌《大御心》，秀中跟她解释其中的含义，因为 C 女星从小在美国长大，对古文不是很了解……

好一个出身好、家境优渥且颜质高的海归啊！相较之下，我是多么的平庸。如果能给分，仓本直美肯定得 A+，而我……大概能及格就不错了。

秀中为什么要捡了芝麻丢了西瓜呢？没道理，不是吗？

本田英树回东京，所以我从阁楼搬回来与母亲同住，并且在悠闲的午后和她一起喝下午茶。此时桌上除了绿茶外，还有和菓子、长崎蜂蜜蛋糕片、水羊羹及红豆沙。

"昨天秀中去代代木公园和明治神宫了。"母亲呡了一口绿茶说。

"我知道。"我低下头去，手中搅拌着红豆沙，却一点儿也没有想吃的欲望。

"那个女的条件很好。"母亲又说。

"是的。"我弱弱地同意。

母亲紧接着问我爱不爱秀中？我答爱。于是她传授我性爱秘籍，譬如摸哪里、亲吻哪里，男人比较有反应，而且两腿得夹得紧……

听得我面红耳赤的。

"在床上，男人要的是荡妇，所以妳得放得开。"母亲又说。

"我…知道了。"我的头低的不能再低。

母亲看我一副小媳妇的样子，不禁摇头叹息："哎！既然这样，把秀中叫过来，就说我生病了，请他来探视一下。"

我抬起头来直视她，一时不知母亲的用意何在。

"他们已经在一起两天了，第三天一定得让秀中抽身，否则蜘蛛精就要把他缠死在盘丝洞里了。"母亲咬了一口蛋糕后解释。

一听说母亲生病了，秀中马上从东京马不停蹄地赶来，还带来一盒鸡精。

"真是谢谢你！"母亲收下礼物，"秀中是个好孩子，咳、咳、"

母亲的病因是重感冒、头疼、发烧，看她躺在床上病恹恹的样子，真难为她了。

"杉杉告诉我，您病了，就想来看看您。"秀中解释。

母亲说她这一病，我可急了，把她照顾得无微不至，又问秀中下次的飞行时间。

"我明天下午飞丹麦。"他答。

母亲转而问我何时上岗？我答明天晚上。

"那正好，明天一早你们一起回东京。"母亲说。

她还顺便为今晚的住宿做了安排，让秀中搬去和我住同一间房，因为现在是赏枫季节，旅馆的房间很紧张。

"可是……"秀中犹豫了。

"咳、咳……咳咳咳……"母亲咳嗽得厉害，"别说了，杉杉赶紧带秀中回房，别染上我的感冒才好。"

拉上障子门，我和秀中还能听到背后传来的咳嗽声，一声接一声……

其实今天"本田家"并没有空余的房间（阁楼除外），我在电话里听到母亲对客人低声下气的，又应允两个礼拜后一定空出最大、最好的房间给他，而且房价打对折，这才把客人的怒火给压下去。

"希望妳母亲的病能快点儿好起来。"秀中和我对坐在矮几前，桌上有小雪送来的热茶和小点心。

"谢谢关心！"我说。

"这几天……"秀中欲言又止，"这几天妳好吗？"

我答好，反问他代代木公园好玩吗？去明治神宫许了什么愿？

秀中说代代木公园的草坪很漂亮，像绿色的地毯，他在明治神宫许了希望家人平安的愿望。

"只有你和母亲去吗？"我问，心里打着鼓。

秀中沉默了一会儿后，决定全盘托出。他说他这次回去原以为是普通的家庭团聚，没想到被抓去相亲。

"仓本直美很可爱，就是个性很像鬼妹，情绪大起大落，让我有些招架不住。"他提起相亲对象。

"你喜欢她吗？"我艰难地问。

"我比较喜欢妳。"秀中对我微笑。

如果有一种药能让人起死回生，我想我刚刚服用了。

"妳母亲说让我们同住一间房，这合适吗？"秀中忽然问，并且打起退堂鼓，"我看还是下午回东京吧！"

"别走，"我爬向他，可怜兮兮地说，"晚上一个人睡觉，我感到害怕。"

秀中拥住我，我适时地仰起脸来并且闭上眼睛，他犹豫了一下，低头给我深情的一吻。

第八章：不祥的预感

吃完早餐，秀中到母亲房内向她辞行。

"咳、咳、那好，路上小心。" 母亲还在演戏。

我们正要起身，母亲突然说："杉杉，这个礼拜抽空回来一趟。"

我答最近都是短程航班，没长假可放，要等到月末才有。

"月末也行，酒井太太说要帮妳介绍个好对象，是市立医院的儿科医生，人很实在。" 母亲说。

酒井太太是"本田家"的甜品供应商，在市区有好几家铺子，算是母亲为数不多的日本友人之一。

"妈～" 我低唤一声，顺便看了一眼窘迫不堪的秀中，"这事先缓一缓再说。"

母亲说不能再缓了，我已经 25 岁，不像男人，即使三十好几还能不急不徐。

"很抱歉，" 秀中鞠躬致歉，"是我做事欠考虑，我会尽快向家里禀告。"

"这就对了，咳、咳、" 母亲用白手绢捂住嘴，"你和仓本直美相亲的消息已铺天盖地而来，叫杉杉情何以堪？别忘了你当初的承诺，说是奔着结婚而去的交往。"

对于母亲如此赤裸裸的表达，我感到深深的不满。情感上我倾向秀中这一边，他的压力很大，既要满足自己的父母，还要安抚我家，况且下午要飞远程，飞行员的情绪稳定非常重要。

"那个……别把我母亲说的放在心上，她也是为我好。" 我赶紧表明立场。

"我知道，" 秀中握紧我的手，"这次从哥本哈根飞回来后，我会和父亲、母亲明说，不让妳受委屈。"

晚上飞北京，同机的机组人员只有我是中国籍，不知为什么，同事对我投来异样的眼光，让人很不舒服。

我把晚报发给乘客，有中国乘客借机跟我要白开水，说想在飞机起飞前服药。看她脸色苍白的样子，我马上放下手中的工作，到厨房准备间拿水。

"谢谢！"那个有一口京片子的大妈说。

我答不客气，正要转身，大妈喊住我。

"怎么我觉得这个女人很像妳？"她指着晚报上的照片说。

我探头过去，那是日本《现代晚报》的一隅，上面有好几张彩照，我定眼一看，吓坏了，果真是我还有……秀中。

"不是我，"我微笑，"我没那么漂亮。"

把剩下的报纸放回指定的架子上，我趁机摸走一份，躲到厕所里看。

原来全天下的狗仔队都一样，动作迅速、敏捷，扒人隐私的能耐好比福尔摩斯。

他们拍到秀中刚和仓本直美从明治神宫回来后，隔天便上京都"本田家"，晚上在那里过夜，今天早上则和同为全羽空航空的中国籍空服员吴杉杉一起坐车回东京……

斗人的标题翻译成中文便是《仓本直美豪门梦碎，半路杀出程咬金》。

这下子该如何是好？秀中的父母还不知道我的存在，若从报纸上得知，对我的印象肯定大打折扣。

我再仔细阅读文中内容，还好，狗仔队尚不知我家底细，也许在丑闻曝光前，还来得及掩盖一些真相……

东京飞北京只要四个小时，这是第一次我感觉到四小时如此漫长，简直坐立难安。

机场小巴一载我们回到酒店，我马上将自己关起来，足不出户。

上网搜了一圈日本报，发现除了《现代晚报》动作快之外，其他小报也跟进，只是没有写得那么详尽。

我心想，秀中不知道在机上看报了没？如果有，希望不要太影响他飞行才好。

"嘟……嘟嘟……"是母亲的来电。

"赶快看《现代晚报》！"母亲命令我，口气很急躁。

我告诉她，飞机起飞前，我便得知自己上报了。

"这可怎么办？我们还未部署完毕。"母亲很担心。

"狗仔队还没扒到我们祖宗八代，也许在事情进一步恶化前，我们可以稍微美化一下。"

母亲沉默一会儿后说，她会找本田英树商量，我猜是"拿钱灭口"的意思。

没想到我和母亲还是太高估钱的力量（或者我们太低估报社的胃口），反正从北京飞回东京的机上，我们吴家的身世背景又被往下挖了一丈，其中不乏一些恶意的中伤，譬如我是如何用尽心机才谋上空服员一职。

天知道，为了进入全羽空，我费尽了多少努力，雅思 6.5 分，JLPT（日本语能力测试）四级通过，再加上培训期间的战战兢兢，我不认为那样的无的放矢是合理公平的。

"太可恶了！"飞机一落地，赵秀雯便紧挨着我下机，很有义气地站在我这边："报上竟然说妳走后门进入全羽空，又说妳母亲是小三，日本的言论自由也太过了，竟然允许公然的人身攻击！"

"别说了，人言可畏。"我阻止她继续往下说，因为乘客中有几张中国脸孔正向我们行注目礼。

"Sorry."赵秀雯吐了吐舌头，"待会儿我跟妳一起回家，晚上我想吃乌冬面。"

和我独居不同，赵秀雯和三个来自中国的留学生合租在 23 区，也就是东京房价最低的足立区。那里的房子很老旧，交通也不是很方便，但租金便宜，这对经常得买护肤品及需要寄钱回家的赵秀雯来说是无可奈何的选择。

既然租处不理想，精打细算的她便把算盘打在我身上，到我家蹭饭不说，没多久甚至提出要搬来和我同住，付我"一点儿"租金，但被我婉拒了，因为我的小公寓只有 20 平米大，说白了就是个小一居，我可不想夜夜和女同事挤一张床。

赵秀雯躺在沙发上看我的时装杂志，我则烧了水准备煮乌冬汤面，在等待水开的同时，顺便做了凉拌裙带菜及大虾天妇罗。

乌冬面是最具日本特色的面条之一，与日本的荞麦面、绿茶面并称日本三大面条，是日本料理店不可或缺的主角，其口感介于切面和米粉之间，偏软，配上精心调制的汤料，即成一道可口的面食。

"可以吃了。"我说。

赵秀雯丢下杂志，立马冲到矮几前，眼露贪婪之色："我要是佐藤秀中，肯定娶妳！"

我笑她这么容易就被几道菜给收买了。

"才不是呢！"面烫，赵秀雯先吃凉菜和天妇罗，"妳的个性好，又喜欢宅在家里，很多男人，尤其是日本男人，大概大男人主义作崇，就喜欢这种好控制的女人。"

赵秀雯大咧咧地直言，让我好不心塞，这是褒还是贬？

她答当然是褒，谁不希望家庭稳固？现在外面的小三一个比一个狰狞、一个比一个狠，女人若能用柔情和好手艺抓住男人，那才是硬道理。赵秀雯提起小三，让我很心虚。

"对了，报上怎么说妳母亲是小三？妳不是说自从父亲死了，母亲便守身如玉且凭一己之力开了旅馆，让妳很感动吗？"她喝了口面汤，称赞好味道后问。

哎！该如何说是好？我也害怕别人在我背后蜚短流长，所以编造了谎言，现在纸包不住火，我的颜面就要一扫而光了……

"这么说是真的？"赵秀雯吓到了，连面也忘了吃。

我告诉她，自己很害怕，因为不知流言还要传多久？会不会有更劲爆的消息传出？

"什么更劲爆的消息？"赵秀雯一脸期待。

这次我选择隐瞒。

母亲在认识本田英树之前的肮脏过往，叫我如何启口？父亲是赌徒不是事，她的卖淫生涯才是硬伤，尤其还曾短期出演过成人片，大玩 3P 和 SM。

这几天因为 J 女星吸毒事件，暂时转移群众的注意力，我过了几天相对安稳的日子。虽然同事的眼光依旧犀利，但我选择沉默，安静地做着份内的工作。

"秀中今天飞回东京，他一定有想法，妳要小心应对。"母亲在电话中耳提面命。

"知道了。"我挂上电话。

为了迎接秀中的到来，我把家里打扫得一尘不染，还买了花和新鲜食材，就想和他度过温馨的一夜。

秀中按门铃时，锅子里正炖着红烧牛肉，空气中有扑鼻的肉香，我围着围裙去开门，微笑喊着："你回来了！"

相较于我的高幸福指数，秀中的脸上明显写着不幸，他苦着脸站在门口："我不进去了，十分钟前，母亲打电话给我，要我马上回家。"

"这是怎么回事？"我问他，虽然心中早有谱。

秀中说大概是报上的流言让家人一时无法接受，他回去哄一哄就没事了。

真的如此简单吗？

"先进来吃饭吧！饭总得吃，我还拌了一大碗的蔬菜沙拉呢！"我讨好地说。

"不了，找时间再来吃饭。"他对我微笑，很苦涩的样子。

秀中走了，把我仅有的希望也带走，我有不祥的预感，他再也不会回来了。

回到屋内，我把炉灶上的火熄了，围裙脱了，然后趴在流理台上痛哭不已。

第九章：吴桃桃

我担心的事还是发生了，母亲那些肮脏的黄片被挖了出来，听说制片方连夜加印了二十万张碟，打算大赚一笔。这样一来，母亲的身体便完全暴露在公众面前了。

我伤心难过到无法进食，晚间也睡不着觉。

母亲让小雪通知我，这几天别出门，她正想办法让本田英树把所有的黄碟全买下……

如果能那样就好了，但即使花了大钱，全日本大概已经知道我吴杉杉的母亲不仅是小三，还是黄片的女主角，这对佐藤那样的上流人家，不啻是个耻辱，秀中能抵挡得住反对声浪，坚决站在我这边吗？

我打电话给排班经理，她了解我的处境，也认为目前在家闭关是明智之举，但是季节性流感正冲击东京，全羽空已有不少空服员中招，人手不够，她希望后天上午我无论如何都要飞上海那班，她会安排我在头等舱服务，乘客少，也能少点儿流言。

我感谢她的体贴安排，并且答应准时上班，毕竟公司已经让我休假三天了。

我欢迎乘客乘机，并且请他们出示登机牌，好为他们指示座位。
"吴小姐，好久不见。"
当我再次看到那个中年男人，不禁怔住了，相较于我的失态，林先生倒是很坦然。
"是……是的，好久不见，让我带您入座。"我接过他的行李箱。
这次林先生的座位号是 8E，我把他的小号行李箱举起，打算放进头顶上的柜子里，没想到林先生接过手，说："这重活还是由我来吧！"
我怪不好意思的，这本来就是空服员的工作。
待乘客都就座后，我们开始发放报纸、杂志、饮料和小食，棉制拖鞋已经摆好，毯子用塑料袋包装好放在座椅一侧。

有些客人一上机就要求喝酒，因为头等舱免费提供酒类饮品，其中不乏昂贵的库克陈年香槟。

我走向林先生，问他需要什么？他答白开水和报纸，我给他 Evian 矿泉水及中文、日文报各一份。

整理机舱前我已翻过报纸，中文报纸对我家的丑闻只字未提，但日文报就没那么善意，用了整整一页介绍我家，其中母亲的性史又占一大半。

我暗自祈祷林先生别碰日文报，或者碰了日文报却不看八卦版，即使最坏的情况发生，我也希望他看了八卦版却没认出我来（虽然今天八卦的重点是我母亲，但我的照片还是出现在报纸下方一个不起眼的角落）。

我没料到林先生还是拿起日文报，翻了几页后被八卦版母亲的彩照给吸引住，目不转睛的，我暗自叫苦，但还是故作镇定地做着该做的事。

收拾完杯盘，我给客人上饭后甜点。

"喜欢吃甜点吗？"我把装在精致碟子里的香蕉蛋糕和奶油泡芙放在林先生的桌上，他问我。

"喜欢。"我答。

于是他递给我一张名片，说上海希尔顿酒店的甜品屋有好吃的草莓拿破仑，他太太很喜欢。

因为他介绍的是甜品，所以我收下那张名片，微笑着说："也许飞回日本前能有机会尝尝。"

因为上报的关系，我尽量少和同事接触，避免谈到尴尬话题，所以一上小巴，我便闷着头往里走，独自坐在后座的角落。

在上海，我们通常会被安排住在离机场近但周边很无趣的 X 酒店，很意外的，今天公司让我们入住希尔顿酒店，也许 X 酒店今晚客满的缘故吧？！

同事逐一入座后，司机把门一关，发动引擎，没想到有两个迟到的菜鸟脸孔猛拍车门，司机只好又打开门。

"すみません、遅刻しました。"小酒窝说。

"神经！司机是中国人，怎么听得懂日语？"短头发对小酒窝说。

后者遂改口："对不起，迟到了。"

"赶紧上车吧！全车的人都在等妳们。"司机没好气地答。

一入住酒店，我便动手洗浴厕，没办法，习惯使然。

等我劳动完毕，再把衣服折叠好放进衣柜后，隔壁传来熟悉的声音。

"妳听说了没？我们全羽空有个前辈妄想嫁给家境优越的机长，没想到被狗仔队扒出底细来，原来她父亲是赌徒，母亲是 S 牌化妆品创始人的小三，以前还拍过黄色电影。"

"真的假的？好恶心啊！有这种父亲和母亲倒不如一头撞死，哪个人家会愿意娶进门？"

"说得也是，归根结底，还是前辈太不自量力，估计她现在后悔死了，如果不是高攀，也不致于丑闻满天飞，现在她嫁给普通人家都困难了。"

"听说母亲做妓，女儿多少也有那种倾向。"

"谁说不是？话说回来，全羽空真不应该雇用这种员工，形象太坏了。"

"我听另一位前辈说，高层已经在研究如何让这个风口浪尖的女人主动离职，毕竟在敏感时刻辞退人家有失厚道，传出去也不好听。"……

如果声音能杀人，我现在已经被杀得体无完肤了。

原来，原来外人都是这么想我和我的家庭，而且公司也想放弃我，我……我还有什么颜面活下去？

在听到更多流言蜚语前，我抓起包冲出房外。

到了一楼大堂，我深呼吸一口气，努力让自己冷静下来，然后信步走向旋转门。

"吴小姐……吴小姐……吴杉杉……"听到有人喊我的名字，我停下脚步，转身一瞧，竟然是林先生。

"你……住这里？"我太惊讶了。

林先生笑了："不是，我住在陆家嘴。刚和客户谈了笔生意，就离这儿不远，想起老婆喜欢吃希尔顿的甜品，就上这儿来了，没想到今天才在机上向妳推荐，妳马上就跑来了。"

"不，不是这样的，公司安排我们今晚住希尔顿酒店。"

"这么巧？既然这样，相逢自是有缘，一起喝个下午茶，如何？"他问。

我想回绝，忽然看到小酒窝和短头发下了电梯，正往我们的方向走来，我不想和她们打照面，遂先行一步走向大堂左侧的甜品屋。

林先生点了不少甜点，有草莓拿破仑、提拉米苏、焦糖布丁、水果塔等，茶饮则是 Twining 伯爵茶。

"吃甜点能让人心情愉悦，妳多吃点儿。"他边说边替我在骨瓷杯里倒上褐色的茶水。

我夹了块草莓拿破仑，超大个儿的草莓看起来好新鲜，三层奶油与千层酥也搭配得天衣无缝，咬上一口发觉不那么甜，很适合我的口味。

"好吃。"我满意地说。

林先生听了笑颜逐开，他说他老婆就好这一味。

我呡了一口茶，下结论："你已经提了好几次老婆，可见她在你心目中占有极其重要的位置。"

林先生同意，他说当年他一穷二白，是老婆和他一起胼手胝足打天下，还为他生了一个优秀的儿子，能遇上这样的女人，是他前世修来的福……

看来，这是个爱家的好男人。

想起第一次见面时他塞给我一张酒店名片，约我在总统套房见面，让我不由自主地把他归为好色男，现在看来，这当中一定有误会。

"林先生好福气，家庭和乐、事业有成。"我说着应酬话。

没想到接下来林先生谈起他的尘封往事，顺便解开我的疑惑。

"我来自云南偏远山区，在那个小村庄里，真要追究起来，每个人都有血缘关系。她是我的远房亲戚，明眸皓齿，脸颊红润，像从山沟里走出来的无瑕珍珠。我暗恋她多年，和她比，我只是一个不起眼的癞蛤蟆，所以只能把情愫深埋在心里。直到出外打工，我还是没敢表白，后来听说她嫁给县里最有钱的人家，也难怪，她长得这么美……"他说。

哎～每个人都曾是懵懂少年，有暗恋也很正常。

"第一次在飞机上看见妳，我着实吓了一跳，以为自己穿越了，后来仔细一瞧，妳的眼角没有痣，眼睛也没那么细长，妳不是她，但猛一看还真神似……"

原来林先生误会我是他的暗恋对象，难怪一开始就直盯着我瞧，让人以为是个登徒子。

"能长得像你喜欢的人是我的荣幸。"我说。

"妳母亲……"

听林先生提起母亲，我顿时提高警觉。

"妳母亲还健在吗？她长得跟妳相像不？"他问。

从小到大，大家都说我跟母亲是同一个模子出来，都是美人胚子，但母亲的眼角没有痣，眼形也圆滚滚的，何况我父亲的家境只是一般，不是富贵人家…

听我这么一解释，林先生很失落："看来我认错了，我找她找得很辛苦，就想和她见上一面，了了此生的愿望。"

我深表同情但爱莫能助。

"没事，"他苦笑，"能和长得像桃桃的女孩共进下午茶，也是乐事一件。"

"你……你说她叫什么名字？"我打着哆嗦问。

"桃桃，吴桃桃。"林先生答。

第十章：同舟共济

母亲本来的名字叫吴桃桃，因为带着乡气，离婚后改名吴飞飞，大有飞离穷乡僻壤、飞向世界，从此跟过去生涯告别的意味。

到了日本，母亲又入乡随俗地替自己取了个好听的日本名——雅子（与太子妃同名），所以当林先生提起他的暗恋对象叫吴桃桃时，我一时怔住，还有谁会取那么土气的名字？

"妳怎么了？脸色很难看。"林先生察觉出不寻常。

我说自己可能感冒了，最近东京正爆发大规模流感。

"的确如此，"林先生点头，"我的很多日本员工都请了病假。"

他又叮嘱我注意身体，我谢谢他的关心。

"对了，这是我的名片，"他递给我一张黄灿灿的小卡片，"上面有我的联系方式，日本、上海都有，哪天妳想喝茶，又不介意和老男人喝，可以找我。"

我默默收下名片，对他的好感又加深了。

林大东，中国东方瓷砖公司总裁，日本东洋瓷砖株式会社社长，日本马术联盟会会长，中日友好联谊厅厅长……光看这些洋洋洒洒的头衔，就知道林先生是个大人物，非泛泛之辈。

再看名片本身，金光闪闪，我翻到背面，角落有一行小字：黄金999。难道这就是传说中的纯金名片？

"嘟……嘟嘟……"是母亲的来电，我按下接听键。

"杉杉，妳什么时候回来？"母亲急急地问。

"明天一早的飞机，大概中午会到。"我答。

母亲接着要我出关时有心理准备，因为她的黄片已经流入市场，并且以破竹之势横扫 AV 界，她怕狗仔会蹲守在机场，等着采访女主角的女儿……

怎么会这样？说好的买断黄片呢？本田英树打算坐视不管？

母亲听了，哭哭啼啼地说，传统的日本男人认为小老婆可以不是黄花大闺女，但大喇喇地和男人在镜头前巫山云雨又是另外一回事，所以本田英树一听说她曾经拍过黄片，勃然大怒，即使她苦苦哀求也无济于事，现在她和小雪被赶出"本田家"，只好先到我东京的公寓住下……

天呀！不久前秀中才和我海誓山盟，而我、母亲、本田英树还像一家人上岚山赏枫，转眼情势丕变，我和母亲沦为过街老鼠。

现在已经不是秀中还要不要我的问题，而是我和母亲要如何在日本生存下去？

我一出闸口，成群的记者和狗仔便一拥而上，简直寸步难行。

耳朵嗡嗡嗡地充斥着各种问话，其中我竟然听到拗口的普通话："妳母亲是 AV 女优，和佐藤秀中的婚事是否因此告吹？"

我抬起头看声音出处，那人得到鼓励，继续问："如果有人出高价请妳和母亲一起拍黄片，妳开价多少？"

我恶狠狠地瞪着他，话懒的说一句。

我又在人群中挣扎了一会儿，还是靠机场保安和同事的帮忙才杀出重围，并且躲进全羽空设在机场的办公室内数小时，待警报解除才敢打车回家。

母亲开门，我们对望一眼，没有说话。

第一晚毫无争议的我和母亲睡大床，小雪睡沙发。隔天一早，母亲便把小雪送到酒井太太那儿，答应只要大老板气消了，一定来接她走。

酒井太太是出了名的恶老板，临行前，小雪泪眼婆娑，让人好不心酸。

"妳的枕边人气会消吗？妳给小雪画了个大饼，她等不到妳会有多失望？"我冷冷地说。

"我的枕边人？哼！别忘了我的每个枕边人都喂大了妳。"母亲也来气。

我说我倒宁愿待在山上和外公外婆一起，虽然没有锦衣玉食但至少腰杆挺得直直的……

母亲听了气得发抖，说我是白眼狼，不懂得感恩，她把我养那么大容易吗？就因为她的黑历史被挖出来就万般皆不是？以前不也过得好好的，没见我埋怨过。

我是没埋怨过，但不表示我心悦诚服地接受发生在我身上的种种，谁不愿意自己的家庭清清白白、干干净净？

母亲捂住脸，哭得很伤心，说当初离婚就不该要我，她带着拖油瓶再嫁容易吗？只能在男人间流浪，现在却成了我指责她的借口。

看她哭得声泪俱下，我很想过去安慰她，承认自己心情不好，说错了话，但话到嘴边却开不了口。也许我心里还恨着她，若不是她的浪荡过去，秀中不会不要我。

如果我没数错的话，那个我深爱的男人已经一个礼拜没和我联系了。

我和母亲又在家里躲了几天，把窗帘全拉上，连灯也很少开，也许在黑暗中，我们才能避开大眼瞪小眼的尴尬。

当人事部主管打电话来时，我正在洗衣服，手湿着，还是母亲拿着手机放在我耳边。

安部小姐说想请我喝茶，问我能否来公司一趟？我说可以，两个小时后到。

她的办公室不大，但东西摆放整齐。

安部小姐请我坐下后，自己则去员工休息室拿来热饮及小食，我因不知她请我喝茶的用意，心里七上八下，食不知味。

一开始，安部小姐和我话家常，放松我的防备，话锋一转赞美我工作上的出色表现和努力。我低下头去，谦称自己资历尚浅，还有很多需要学习的地方。

然后我的主管回到主题，她说公司就是个大家庭，维护家族荣誉是每个成员无可推卸的责任。最近发生在我身上的事，公司深表同情，但由此带来的流言和非善意的关注却深深伤害全羽空一向清新、严谨的形象，希望我能站在制高点替公司想一想，如果我能牺牲小我，全羽空也会善待我，公司的意见是发放我六个月的工资，这在航空业是少见的高遣散费……

没想到全羽空的动作这么快，简直杀得我措手不及。

安部小姐见我犹豫，赶紧握住我的手，眼露真诚地说失去我这么优秀的员工是公司极大的损失，相信她，她的遗憾不亚于我。

我想了想，在工作上，我可以说无任何明显过失，但的确给公司带来舆论压力，既然大势已去，我也只能无奈同意。

安部小姐一听，立马拿来《终止劳务合同书》要我签，好个迫不及待啊！

我含泪签下自己的名字，告别已工作两年的全羽空。

出租车司机将车停在我的公寓小区前，从入口处，我看见二楼小屋的灯光亮着，想必母亲正焦急等我回来。

按了门铃，母亲很快打开门，看她那样匆忙，仿佛一直就站在门后等着我敲门。

我望着她，斗大的泪珠滚落下来，她没有发问，只是张开双手拥抱我，我顺势躲进她怀里。

啊！母亲的怀抱才是孩子最安全的避风港。

我原谅了母亲，她有她的不易；她也原谅了我，因我一时的任性。

在日本这块异国的土地上，我别无选择，只能与母亲同舟共济，然后在风雨飘摇中努力开出一朵坚毅的花儿……

第十一章：自我安慰

算一算，母亲在日本已经奋斗了十几年，但除了东京这小公寓外，就只有珠宝、名包和华服，手中的现钱并不多，那是因为我一路读的是昂贵的私校，母亲又好面子，得吃好、喝好、穿好，再加上每年至少有两次奢侈的旅游，平常的人情往来也出手阔绰，誓要留给外人"豪门贵妇"的形象所致。

"怎么办？公司只给我六个月的工资，而我们的医疗保险就快到期了，如果再续约，眼下两个月的工资就没了。"我很担忧。

"别担心，"母亲正在梳妆台前画眉，画的是上挑眉，刚好配她圆润的脸形，"船到桥头自然直，钱会有，面包也会有。"

躲在家的这几天，母亲已经好几天没洗脸，身上的衣服皱巴巴，尽显老态，难得她今天心情好，一早就沐浴，卷了头发还上了妆。

"即使在家也要化化妆，看着清爽。"我有感而发。

"今天化妆是为了出门，U1约了我见面。"她解释。

日本U1是AV界的龙头老大，旗下汇聚了许多超人气的女优，号称AV界的天使之城。

"妈~"我听了急的跳脚，"我们家的名声这样坏，妳还往火坑里跳？"

"破碗破摔，也许趁这波热潮，我还能大捞一笔。"母亲对眉形做最后修饰，闲闲地说。

这是什么逻辑？难道我这一辈子就靠她出卖色相过活？

母亲答我找我的工作，她找她的，咱们互不相干。

"怎么互不相干？估计现在已经没有任何公司会雇用我，我还在想是不是该回中国找工作？"

母亲画完眉形说："想过没，妳若回中国工作，秀中怎么办？妳和他之间不就彻底没戏了？"

母亲提起秀中让我很心伤，原来我们之间的感情如此薄弱，经不起一点儿考验，我这边一出问题，他那边就躲得不见踪影。

"打给他，问他要说法。"母亲边说边拿出眼线笔，指腹撑起眼皮底部，开始小心翼翼地画。

我才不，他的心若不在我这儿，做什么都徒劳。

母亲听了忽然收起画了一半的眼线笔，动手去翻她的爱马仕柏金包。

"おいおい，是秀中吗？……杉杉有话对妳说。"母亲对着手机说。

我没想到母亲竟然一通电话打给秀中。

接过手机，我的脑子一片空白，小声说道："おいおい。"

手机那一端传来秀中沙哑的声音："是杉杉吗？咳……咳……好久不见,妳好吗？"

秀中怎么了？生病了？

在电话中，秀中告诉我，那天他回到家就觉得不舒服，隔天便起不了身，连续发烧三天，打了点滴，吃了药，总算把烧压下来，没想到后来转成轻微肺炎，到现在还咳嗽不止…

原来秀中赶上东京的大规模流感。

"这怎么成？我马上过去看你。"我很着急。

"别来，我会传染给妳。"秀中还是关心我。

我告诉他，我不怕被传染，他生病了，我寝食难安。

拗不过我的坚持，秀中要我下午三点以后到，那时他母亲会出外做头发，地址是千代田区永田町 1-6-1。

我快速记下地址并且复诵一遍，确认无误后我们又话了些家常，但秀中实在咳嗽的紧，所以我放他去休息。

一放下手机，母亲便忙不迭告诉我，秀中的家和日皇的皇居相距不到五百米，那是东京地价最贵的区域，治安也好，我若能成为那屋的女主人，一辈子的荣华富贵就享用不尽了。

我才不管秀中的家有多名贵，我在乎的是他的人，他正生着病，我心急如焚。

"炖个冰糖雪梨吧！"母亲边照镜子边说，"保管他感动的痛哭流涕。"

没错，冰糖雪梨清热润肺、化痰止咳，最适用于感冒、风热、咳嗽等症状，可惜现在家里没雪梨……

"妳去哪儿？"母亲见我拿起包往外走，遂问。

"去买雪梨。"我头也不回地答。

母亲大声提醒我也许狗仔还在屋外蹲守，但我管不了那么多了，此时秀中的影子已整个盘踞在我心头，再也装不下其他琐事了。

秀中的家相当霸气，光大门就有四米宽、三米高，是冷色调的金属门，上面有虎豹之类的动物浮雕。

我按了门铃，对讲机传来问话声，我答是秀中的同事。没多久，一个矮个子的日本女人来开门，她围着白色围裙，笑容可掬地迎我入门并且带我进秀中房里。

"妳来了。"秀中坐在床上对我微笑。

他身穿褐色丝质睡衣，头发梳了但胡子没刮，人瘦了很多。

"你瘦了。"我说。

秀中拍拍身边的床位要我过去，我把保温罐放在床头柜上，人也斜坐上去。

"怎能不瘦？光吃药打针就足够让人元气大伤，更不用说食欲全无了。"他说。

秀中提起食物，我告诉他，自己炖了冰糖雪梨，能治咳化痰，口感也佳，问他要不要现在吃？

"现在不吃，待会儿吃，我得先治治相思病再谈其他。"他粗鲁地把我的手拉过去亲吻，含情脉脉地说，"如果不是生病，我真想吻妳的唇。"

我把手收回，红着脸怪嗔："都生病成这样了，脑子还想着乱七八糟的事！"

秀中说他的确在想乱七八糟的事，在过去的十几天里，他已经和我上床无数回了。

这真令人难为情，不行，我得表表态，否则他要以为我也不正经了。

"别说了，再说我不理你了。"我作势要走，被秀中大手一揽跌进他怀里。

"别走，"他抚摸我的发，"让我好好抱抱妳，真的好想好想妳啊！"

我还想假装但闻到他身上特有的体味，以前种种的甜蜜又回来了。

"我也是。"我终于卸下伪装拥紧他。

躺在爱人的怀里，我告诉秀中，母亲离婚后是如何含辛茹苦地抚养我长大，虽然她做了不名誉的事，但归根结底还是为了撑起一个家，给我无忧的生活...

"知道了，我不会在意的。"他说。

秀中也许不在意，但他的父母呢？尤其他又出生在那样尊贵的家庭里......

"我父母的确会有意见，这需要时间做思想工作，但是相信我，精诚所至，金石为开，父母最后还是会听我的。"

秀中又举了例子，他说大学毕业后父母就没少介绍结婚对象给他，但都被他否绝或冷处理掉，所以能一直单身到现在......

"这么多相亲对象就没一个喜欢的？"我抬头问。

"因为我一直在等一个叫吴杉杉的女人。"他答。

啊！没有任何时候比此时此刻更让人觉得幸福的了。

我刚走出佐藤家的大门没几步，一辆银色劳斯莱斯加长型轿车便驶入，里面坐着穿和服、梳岛田髻的贵妇，那是秀中的母亲，还有一位气质绝佳的丽人，那是......仓本直美。

我又往回走几步，直到金属门哐的一声关上，我才意识到自己的"外人"身份。

秀中直到现在还不敢将我介绍给他的家人，而那个叫仓本直美的女子却能大喇喇地进出佐藤家，孰胜孰负，不言而喻，在起跑线上，我已经落后不止一米、两米了。

"反正秀中爱的是我。" 我喃喃自语。

想来我也只能抿抿嘴，作阿Q式的自我安慰。

第十二章：秀中来访

我在煎饼锅上做广岛烧当晚餐，母亲哼着夏川里美的《なごり雪》走进来，把粉色 Prada 杀手包随意往沙发上一扔，坐在餐桌前喊饿。

广岛烧是日本广岛县人用面粉、高丽菜、面条等材料，在煎锅上搅和成的一盘杂菜煎，再淋上蛋汁、柴鱼、昆布、甜面酱等佐料所做成的美食，作法既简单又好吃，所以又叫好吃烧。

我把刚起锅的广岛烧放在美浓烧的浅盘上递给母亲，再给她一杯大麦茶。

母亲低下头大快朵颐，我转身做第二个广岛烧。

"广岛烧的面条还是要用荞麦面，用软面条很没劲。"母亲抱怨。

我说我对千代田区很不熟，随便进入一家超市买的，没找到她喜欢的荞麦面。

"我不敢在附近的面条店买，怕熟人问起妳的事。"我缓慢地加了句。

母亲听了沉默下来，只听到吧嗒吧嗒的吃食声。

我把做好的第二个广岛烧递给母亲，母亲摇摇头说她吃饱了，于是我关了煎饼锅的电源，也给自己泡了杯茶。

"秀中的病如何？"母亲问。

我边吃广岛烧边答他看起来在恢复当中，痊愈只是时间早晚的问题。

母亲呡了一口茶，很欣慰的样子。

我转而问她和 U1 洽谈的结果如何？母亲瞬间兴致高昂，仿佛从 42 岁变成了 24 岁。

"U1 公司很有诚意，给了我置装费和健身费，说一个月后开拍，底薪 1200 万日元，能抽成 5%。"

这真是好的不能再好的条件，尤其对徐娘半老的母亲而言，但是……

"妈，能不拍吗？"我低下头用筷子将广岛烧四分五裂，"我知道我们需要钱，但如果拍了，不用佐藤家说不，连我自己都没脸面去见秀中。"

我尽量把语气放柔，但看得出来还是伤了母亲，她的脸沉了下去。

"杉杉，"母亲玩起她中指上的祖母绿戒指，代表她很迷茫，"我也不想拍啊！U1 这次下重口味，不仅要求人兽性交，还得和七旬老人玩 3P，妳以为钱好赚？"

母亲接着说拍黄片只是个噱头，目的是让本田英树脸面挂不住，也许他会因此回头找她，她便能顺势回归，重新做起"本田家"的老板娘。

我问她如果本田英树狠了心肠、铁了心，又该如何？

"那也只好拍了，这个社会笑贫不笑娼，我不想再回到社会底层，做永远翻不了身的贱民。"

"妈妈～"我轻叹，顿时感觉前途茫茫。

别人的母亲要嘛是家人至上的家庭主妇，要嘛是冲锋陷阵的职场白领，再不济也是清清白白的劳工阶层，只有我的母亲年近半百了还在镜头前宽衣解带，靠出卖胴体为生，这可是我上辈子造的孽障？

想到母亲若再拍黄片，今生将注定和秀中有缘无份，不禁暗自祈祷本田英树会回头接纳母亲。

母亲果然又上了头条，这次是 U1 故意放出的风声，说征求勇猛的公犬，又说需要三名老年"志愿者"，如果本田英树想应征，优先录取。

最后一句完全是借机炒作，故意拉 S 牌化妆品的创始人下水，好沾一下他的光芒。

没想到只一天的功夫，S 牌的股价便应声下跌，创下自 1980 年上市以来的单日最大跌幅，逼得本田英树紧急召开董事会图谋对策。

母亲刚接受完日本情色杂志 ANAN 的采访，吹着口哨进门，我正在织毛衣，想给秀中织件开襟羊毛衫。

"今天那个色眯眯的男记者问我和本田英树的床上事，我说他是我遇见过的真男人。记者又问我真男人和假男人的差别？我说。真男人好比开着 16 缸的跑车，假男人则好比在冬天发动一辆欠维修的老爷车，嘻嘻……"

我没想到母亲会在我面前风言风语。

"妳还是低调点儿，免得本田桑不开心。"我边织毛衣边说。

母亲说就是要借机激一下过去的老情人，让他赶紧灭火。

"那个色鬼还问我最想和谁拍片？我答本田英树，因为只有他最能解我的饥渴。"

看着口无遮拦的母亲，我摇头说，我若是本田英树，绝对雇凶杀她以绝后患。

母亲听了，呵呵呵地笑得很开心。

第五天的早上，本田英树终于约母亲喝茶，地点在"本田家"。

母亲特地把小雪从京都叫过来服侍她穿衣。

她选了印有红色枫叶绢织物的白色和服，腰带是佐贺锦，小雪用绗成圆筒形的丸绗带细细将腰带绑好。

穿好和服，小雪问母亲想要什么样的发型？她答花苞头。

我心想那是少女的发型，和母亲的年纪很不符，但母亲没有觉得不妥，反而兴奋的像个小女孩似的。

母亲和小雪一起回京都，东京的家又只剩我一人，突然觉得很不适应，好像盛宴后的人去楼空，静的可怕。

"嘟……嘟嘟……"来电显示是秀中，我高兴地几乎拿不稳手机。

秀中在电话中问我好不好？我很快答好。

"你呢？还生病不？"我关心地问。

他说他的病好了，能下地走路，也能骑自行车，今天他在院子里骑了十圈。

我说那很好，很高兴他康复了。

"待会儿我能去妳那里吗？"秀中突然一问。

母亲今天下午和本田英树见面，我不知道今晚她会不会回来，但此刻的我是如此地想见男友一面。

"你来，我等你。"我说。

挂上电话，我赶紧着手做寿喜锅，天气冷，吃这个最好。

我把雪花牛肉片从冰冻层拿出来，又将水烧开，然后动手切洋葱。

第十三章：分手的黃玫瑰

刚把香菇和豆腐放入砂锅内就听到敲门声，我将火转小，然后小跑步去开门。

"你来了。"我高兴地喊着。

秀中把藏在背后的黄玫瑰递给我："送给妳，祝妳青春永驻。"

捧着一大束的柔黄，我的心中冒起幸福的小泡泡。

"进来吧！我煮了寿喜锅，再放入蒟蒻卷和茼蒿菜就可以了。"

我左手抱着花，右手牵着秀中的手入屋。

吃完寿喜锅，我切了哈密瓜当饭后点心。

"怎么想起到我这里来？"我叉了块熟透的果肉递给秀中。

"忽然想妳，就来了。"秀中将瓜纳入口中，然后问我这样做是不是好傻？

"不傻，我也想你。"我赶紧摇头否认。

他抚摸着我搁在案上的手，微笑着说："哈密瓜很甜但妳更甜，怎么办？好想吃妳。"

"那你吃啊！"我的微笑加深了。

"我真吃了。"秀中作势要吃我的手，我没拒绝。

于是他不仅啃了我的手还啃了我脖子，然后把手伸进我的衣裙里……

"别，这里好不舒服。"我扭捏着。

"可是我好想在厨房里做一次。"秀中在我耳边低语。

对于秀中，我永远无法说不。

于是他将我抱上流理台，我们在一堆杂物中做爱，弄翻了水果篮，苹果、橙子纷纷滚落地面，发出碰、碰、碰的声音，还把切菜板撞落，估计楼下会误以为水电工正在修理我的厨房，而且连续失手好几次……

我们睡得正沉，可怕的铃声划过寂静，秀中接了电话，很唯唯喏喏的语气。

"怎么了？"我睁开惺忪的双眼问。

"我妈要我现在回家。"他很气馁。

现在？我看了一眼床头柜上的小钟，凌晨两点多钟，公共交通工具都停驶了。

"没事，"秀中掀开棉被下床，"我开车过来的。"

他开始把衣裤一件件穿回去。

"为什么你妈要你现在回去？他不知道你来找我吗？"我从床上坐起问。

"她不知道，"秀中对着梳妆台的镜子打领带，"我告诉她今天飞罗马，第四天才会回来，也不知道是谁告的状，我妈发现我根本没上飞机。"

这么说，秀中原本打算和我缠绵数日，无奈被他妈棒打鸳鸯。

我赤脚下床，从背后抱住他，撒娇着说："能不走吗？我想你。"

秀中转过身来对我大亲特亲，他说他也不想走，但在这个关键时刻还是别和母亲作对比较明智。

"那么你何时跟家人介绍我？我不想一直活在黑暗里。"我问。

"快了，be patient。"他从西装的口袋里掏出皮夹，拿出里面的一沓纸钞递给我，"妳现在没工作，想买什么就买什么吧！"

这是什么意思？我和他之间是不谈钱的。

秀中要我别误会，他完全是从爱护我的角度出发，不希望看到我受苦。

"不愿看我受苦就把我领回家吧！被承认才是我最需要的。"我说。

他摸摸我的头，没有回答。

我还是收下秀中给的钱，因为他说想和我到北海道滑雪，需要我订机票和酒店。

我兴奋地问他什么时候？去几天？

他答过几天给我答复。

于是秀中走后，我的一门心思便放在旅游上，连母亲开门进来都没察觉。

"谁送的黃玫瑰？"母亲一进门就看到茶几上的花束。

"秀中送的。"我的眼睛没离开电脑屏幕。

"秀中？"母亲嗅嗅空气中的味道，"难怪有男性荷尔蒙的气味，妳昨晚和他上床了？"

我的老天！母亲能不能正经一点儿说话？

"我是很正经啊！妳可别让他白玩了。"

听母亲这么一说，我终于忍不住，啪的一声关上电脑。

"我和秀中不是玩玩的，不像妳！"我瞪大双眼。

"不像我？呵！像我怎么了？除了没一纸婚约外，我过得可比一般的正宫快活。"母亲坐了下来，随意的口吻再度勾起我的怒火。

我说她是表面风光背地饮泣,从来就没一个男人真正在乎她,激情过后，她啥也不是，跟个充气娃娃没两样……

面对我的口不择言，母亲非但没发火反而研究性地打量我："妳是怎么了？像吃了炸药，和平常很不一样。"

大概平常我柔顺惯了，很少面红耳赤，所以母亲一时无法适应。

"没什么，也许例假快来了。"我也觉得太小题大做了，决定偃兵休战，遂从餐椅移驾到沙发，和母亲并排坐下。

"我看不是那么回事，"母亲像只老谋深算的狐狸，"秀中只住一晚就回去，既送妳黃玫瑰，还给妳好几十万元，这不是摆明了分手？"

糟糕！秀中给的钱被我摆在电脑旁，母亲的眼睛很锐利，一眼就锁定。

我解释那是我和他的旅游基金，不是分手费，而且送黃玫瑰又怎么了？我就喜欢嫩黄的颜色。

"在日本，黃玫瑰代表拒绝的爱，是分手的象征，妳也许不知道，但送花的佐藤桑不会不知道，他是日本人。"母亲说。

不，不会的，秀中送花给我是博我开心，没有别的用意。有些男人就是少一根筋，压根儿不知道有些礼物是不能送的，何况……何况昨晚我们还上了床，代表他的心仍在我这里…

母亲听了哈哈大笑，说我稚嫩，不懂得男人的心，上床其实也是分手的仪式之一。

没有什么比被自己的母亲取笑更令人难受的了。

"我说了不是分手，妳为什么听不懂？"我恼羞成怒，转而对母亲咆哮。

对于我的再度失控，母亲倒是很坦然，她要我别大呼小叫的，她不过是让我及早认识男人，对于这类自私的动物，不耍点儿手段就会被吃死，好比本田英树。

"猜猜我和本田英树会面的结果是什么？"见我不吱声，母亲迳自公布答案，"他要我重回'本田家'，又答应赔偿 U1 的毁约金，只求我不再抛头露脸，从此三缄其口。"

"真的？事情果真峰回路转又回到最初开始的地方？"

"怎么可能回到开始的地方？那我岂不是白白被折腾死？"母亲嗤之以鼻。

原来自从 S 牌股价大跌后，本田英树不得不壮士断腕，只求止损。第一步便是交出"本田家"50% 的经营权，也就是说，母亲从原本雇员的角色上升到合伙人的身份。

"恭喜了。"我说。

"本田家"是只下金蛋的母鸡，每年的营业额高达上亿日元，母亲既然是半个老板，这意味着从此我们母女俩便不用担心吃饭问题了。

"除了这个，我还要求本田英树收妳为养女，这样一来，佐藤家的脸面多少能过得去。"母亲说。

啊！原来母亲还是顾念我的，可是……本田家族会同意吗？

母亲叹了口气答，同不同意还是其次，问题是佐藤家已经内定仓本直美为未来的儿媳妇，本田英树收不收我为养女已经没多大意义了。

"胡说！"我振振有辞，"这不是事实，他们两人只是见过几次面而已。"

"不是这样的喔！听说两家人已经开始谈婚论嫁了。"

母亲给我沉重的一击，又呱噪地说了些听似安慰，实则残酷的话，比如：别吊死在一棵树上、比秀中优秀的人多的是、赶明儿给妳介绍一个……

不，我只要秀中，其他我都不要，也不屑一顾。

见我一时无法接受，母亲撂下话来，说我需要时间抚平伤口，今天下午她回京都，刚好给我独处的空间……

面对母亲的抛弃行为，我沉默以对。

于是她回房打包，留我一人独自望着黄玫瑰欲哭无泪。

第十四章：齐人之福

仓本直美和秀中的母亲一起上日本富士电视台的热门综艺节目《星野铃美的厨房》。

星野铃美是揉和知性与感性的主持人，每期节目她都会邀请一位名人分享自己的厨艺并且话家常，观众能从谈话中一窥明星的内心世界和不为人知的一面。

广告打足了一个礼拜，星期三的晚上八点，我准时打开频道看男友的母亲和情敌上电视。

仓本直美为节目准备的私房菜是"菠萝酸奶鲜虾拌乌冬"。

在平底锅加上适量的核桃油后，放入洋葱炒香，再将虾仁翻炒至变色，然后加入海鲜菇、青豆、胡萝卜继续翻炒，并加入适量的水，加盖慢炖一会儿，至汤汁快要收干时，放入菠萝及放凉后的乌冬面，最后将酸奶拌入，即成一道具热带地区风味的美食。

仓本直美做菜时，秀中的妈便打下手，递盐、送水，合作无间。当大作完成后，他们三人便移驾到铺有可爱桌布的餐桌前，边吃边开始今天的访谈。

首先，主持人当然是大加赞赏厨师的厨艺，仓本直美谦虚地说"ありがとう"，并且把大部分的功劳推给佐藤妈，说自己平常工作忙，很少下厨，一听说要上节目做菜便如临大敌，是佐藤妈的肯定和鼓励，才让她有勇气在镜头前完成任务……

真会恭维人，看秀中的母亲一脸欣喜，这个马屁算是拍对了。

星野铃美接着问这道"菠萝酸奶鲜虾拌乌冬"可是她的独门手艺？

仓本直美笑着摇头，她说会做这道菜纯属偶然。

某天晚上佐藤秀中来访，送给她一个夏威夷产的都乐菠萝，说是同事送的，转送给她，把她给乐坏了，因为她从小在夏威夷长大，回日本后很想念那里的菠萝。

为了感谢秀中的体贴，她便想做一道菜表示谢意，当时冰箱里有酸奶、乌冬面条和根茎类蔬菜，冰冻层则有剥壳虾仁，她灵机一动便做了这一道融合夏威夷风情的面食。

主持人笑说难怪面吃起来酸酸甜甜的，原来是有恋爱的滋味。

此时佐藤妈插话进来，她说秀中隔天回家后，大赞仓本直美的厨艺了得……

星野铃美听了眼前一亮，"隔天"回家？这代表仓本直美和佐藤秀中的关系不一般，两人不仅吃了面还共度良宵？

谁知佐藤妈非但不回避，反而坦荡荡地说两情相悦时，做什么都是水到渠成。

此时镜头转向仓本直美，她微笑着，没有否认。

看到这里，我将十指深深掐进熊猫抱枕里，如果它有知觉，恐怕要哀叫一声，然后弹跳至墙角。

原来秀中和仓本直美不是"只见过几次面"那样简单，他送菠萝给她，她请他吃面，然后两人水到渠成地共度一宿，这不是恋人是什么？

如果仓本直美是恋人，那我算什么？秀中为什么要骗我？让我误以为自己是他的惟一。

眼前摆明了佐藤秀中就是个享尽齐人之福，劈腿劈得理所当然的渣男，不是吗？

我本来很喜欢星野铃美，认为她是宜动宜静的大家闺秀，但今晚的她不知怎的，特别惹人厌。就拿衣服来说吧！什么颜色不好穿，竟穿大红的紧身衣，胸口还拉得那样低，小腹又微突，简直就是一副廉价站街女的形象，真不知道富士电视台为什么要雇用她？

"今我々と佐藤秀で通話。"

我还在批评星野铃美的穿着，孰料她竟然当众宣布要在节目中跟秀中联线，喔！不，别折腾我的男人……

通上电话后，星野铃美先报上自己的名，然后介绍节目正在直播，他的母亲和仓本直美都在现场，问他有什么话要对她们说？

秀中沉默了一会儿后说，希望母亲玩得愉快。

主持人又提醒他，别忘了仓本直美也在现场……

于是秀中祝她煮食成功。

星野铃美笑说仓本直美不仅煮了一道美食，而且这道美食还和他有关，让他猜猜仓本直美煮了什么？

秀中说他猜不出来，主持人只好给暗示，说和菠萝有关，这次秀中答对了，现场响起如雷的掌声。

那个喋喋不休的女人接着要秀中用一句话来形容仓本直美，秀中吞吞吐吐地答不上来，于是主持人问他，仓本直美可爱吗？

"彼女は可爱いの女，"他说。

秀中承认仓本直美是个可爱的女人，让我的心直线往下落。

最后，星野铃美不免俗地八卦起来，她问电话那端的秀中是否和全羽空前空服员有密切往来？

这次秀中没来得及回答，佐藤妈抢在前头说，她的儿子从小就有女人缘，女人总喜欢和他搭讪，如果因为和某个女生多说了话就被误会有亲密行为，这还让不让人有正常的社交活动？再说了，她的儿和仓本直美的好事将近……

佐藤妈突然住口，一副说露嘴的尴尬神情。

此时观众席上传来恭喜声，此起彼落，好不热闹。

主持人不忘揶揄秀中藏得深，若不是他母亲承认，估计公众要好等了……

我啪的一声关掉电视电源，抱紧怀中的熊猫痛哭不已。

母亲说得没错，秀中放弃我了，他选择条件比我更好的仓本直美。

"既然不爱我，为什么还和我上床？难道正如母亲所说，上床也是分手的仪式之一？"我心呐喊着。

秀中一直没告诉我北海道之行的确切日期，所以我也没法儿订机票和酒店。正确地说，自从那夜离去后，他的手机便处于关机状态，人仿佛人间蒸发了似。

茶几上的黄玫瑰已然凋谢，秀中给的钱还整整齐齐地放在桌上，这两样东西同时刺激着我的视神经。

黄玫瑰是拒绝的爱，钱说得好听是"分手费"，说得难听便是"买春钱"，我的一片深情被扔进大海，椎心之痛无人能及。

母亲说得没错，男人都是自私的，为了不违父母之命，秀中狠心抛弃我，连分手的话也没说……

不，他说了，他透过媒体传达给我了，有什么比媒体传播更直接快速的了？他甚至不用出面就能撇开我，呵呵！好个快刀斩乱麻啊！

好几天我吃不下饭也睡不着觉，渴了就喝点儿冰箱的果汁，然后 24 小时躺在床上，像具行尸走肉。

我的身体臭的像咸鱼，头发干的像稻草，两眼无神，形销骨立，没有人知道一个叫吴杉杉的人正在死去，她的心死了，肉体也跟着一点一滴的耗损…

"叮咚！"

听到门铃声，我半天没反应，还是小雪自己开的门。

"小姐，老板娘让我带便当给妳。"她说。

"不吃。"我翻过身。

小雪听了没吭声，动手收拾我的屋子，等到她拿起吸尘器开始吸地板时，我不得不大声阻止她："别吸了，我头痛。"

小雪遂关了电源。

她说不吸地板也行，待会儿她拖地，再把衣服和碗洗了，今天的工作就算大功告成，她要赶着回京都看电视直播的冬季天皇赏马赛。

天皇赏马赛分春、秋两季举行，今年是暖冬，除了下了几场零星的雪之外，不显寒冷，所以马赛便破例在冬季举行，这是前所未有的事。

"我押的马是大热门，赔率只有五，但牠一向表现稳定，前天让我小赚一笔，这次我相信牠还是会胜出，所以买了一万日元的马票，这可是个大赌注。"

连平常节省惯了的小雪，也愿意花一万元买马票，可见赛马赌注是日本的全民运动。

我心不在焉地问她押了哪匹好马？她答《爱神丘比特》。

《爱神丘比特》？这个名字听起来很耳熟，好像在哪里听过。

"本来我想请假到赛马场观看，但老板娘不准，她说那对奸夫淫妇也会去，怕认出我来徒增尴尬。"

奸夫淫妇？说的是谁？

看小雪赶紧低下头故作忙碌状，我心里有底了，是佐藤秀中和仓本直美，他们会去看马赛。

"马赛何时开跑？"我问。

"下午那一场两点开始。"小雪看都不敢看我一眼。

我望向床头柜的小钟，还有两个多小时，得赶紧行动了。

把小雪赶出门后，我立马冲进浴室，在哗啦啦的水声中洗了个香喷喷的澡，让每一吋肌肤都光可鉴人……

第十五章：突来的好运

东京竞马场位于日本东京都府中市，总面积约有一个足球场大，拥有世界最大的电视银幕，如天气良好，观众还可以由看台远眺日本最高峰富士山。

我穿着驼色呢大衣、灰色紧身羊毛裤，脚套深褐色高筒皮靴，来回在人群里奔波，橘色的发带在风中飞舞着。

"すみません。"一位样貌猥琐的大叔故意迎面撞我，还假意跟我道歉。

我瞪了他一眼，正想走，他挡住我去路，喊我小妹妹，又问我是不是迷路了？

"ない。"我否认，但他还是过来牵我的手，说要带我去找妈妈。

我嫌恶地推开他，他一个重心不稳倒了下去，旁边的人群很多，像骨牌似地逐一倒下，我看傻了眼，来不及说道歉便落慌而逃。

骑师开始牵着马匹入场，让观众观察马的状态，大家翘首以望，只有我在人群中穿梭，想找到那个近半个月无声无息的人儿。

走了一圈，还是没找到人。我抬起头来，明媚的阳光刺了我一下，我半眯着眼，忽然看到前方高台上一群拿着望远镜观测的人，那是 VIP 观景台，只有马主人和身份尊贵的人才可以进入。

哎呀！执房地产牛耳的佐藤家和有银行家背景的仓本家怎么可能挤在云云众生中观看马赛？我灵光乍现，赶紧跑向 VIP 观景台。

在底层的入口处，我被保安拦下，他要我出示邀请卡或工作证，我什么都没有，那负责任的保安马上让我吃闭门羹，就在无计可施之时……

"吴小姐，怎么现在才来？我等妳很久了。"

我转头一看，竟然是林先生。

"彼女は私の客だ。"林先生对保安说我是他的客人，后者马上微笑着放行。

原来 VIP 室也是人声鼎沸，对于赛事的疯狂不下于一般群众，吆喝声此起彼落，当然这些仅限于待在阳台上的激进份子，室内的观众相对来说还是冷静些，他们安静地看着电视屏幕，有时低头做笔记。

"吴小姐，"林先生递给我一杯冷饮，"怎么有空上马场来？"

"我……找人。"接过饮料，我没喝，反而极目四望。

他问我找谁？

"找……"我看到人群纷纷从阳台退出，大概这一轮的比赛已结束，从一张张有喜有悲的脸孔中，我看到了那个朝思暮想的人。

他和仓本直美跟着人群走出来，手上拿着彩票，一脸欣喜，大概押的马匹夺冠了。

"佐藤秀で～"我轻喊。

声音很小，但秀中还是听到了，他停下脚步，脸上有错愕的表情，估计没料到我会在这里出现。

"妳……怎么来了？"他问。

我告诉他，那夜他离去后，手机便关机了，我再也联系不上他。

"就想问问你，北海道还去吗？今年是暖冬，再不去，滑雪场就要关闭了。"说着说着，我的眼眶注满了泪水，眼看就要滚落下来。

"秀で、彼女は谁？"仓本直美一脸狐疑地问秀中我是谁。

"彼女……彼女は友达だ。"

秀中竟然答我是他的一位……朋友。

"你为什么不告诉她，我是你的女朋友？是以结婚为前提而交往的女朋友。"我质问。

看秀中吞吞吐吐、面有难色的样子，我强忍的泪水终于决堤，而且一发不可收拾，偏偏四周涌上围观的群众，有人甚至举起手机想拍照。

林先生边用手去遮挡镜头边对我说："吴小姐，也许妳想看看我的马，下一场轮到牠出场了。"

我半推半就地离开 VIP 室，背后传来仓本直美的声音，说我是丢人现眼的支那人。

林先生把我带进一间办公室，给我一杯热茶。

喝完热茶，我平静许多，也有闲情逸致察看四周。

这是一间约四十平米大小的房间，有办公桌和小型会客室，墙上挂了几张彩照，都是林先生和马匹的合影，还有几张团体照。

"这是我的办公室。"他解释。

我想起他给我的纯金名片，其中有一个头衔便是日本马术联盟会会长，外国人能在排外的日本当领头，那是非常了不起的，我不禁赞叹。

"过奖了，那是由于我的年纪最大的缘故，大家推举我，我只好责无旁贷地接了下来。"他很谦虚地表示。

我又看了一眼墙上的照片，其中一张有个矮胖的女人和一个面貌俊朗的男子，他们分别站在林先生的左右侧，背景是赛马场。

"那是我的太太和儿子。"林先生跟随我的目光，及时做出介绍。

该怎么说？林太太一点儿也不美，但内在发出的坚毅光芒却无人可及，像颗夜明珠似的。

"当初我们家穷的只剩下五十元，她就有办法给我四十元创业，自己留下十元钱。那时上有老，下有小，就靠那么一点儿钱过三个月，想起来就心酸，他们肯定是有一餐没一餐地度过那些艰苦的日子。"

听林先生这么一说，我再看一眼林太太，真的，美的不一般，是一种让人很舒服的美感。

"我和太太的颜质都不高，还好没遗传给儿子，大概是负负得正的结果。"难得林先生也会说笑。

我当然不苟同："我认为，林先生和林太太的美是需要时间细细品茗的……"

"谢谢，妳的嘴巴真甜。"林先生笑了。

他又问起我的近况，说好久没在机上碰见我。

我答我失业了，现在正待业中。

他转而问我对未来有什么计划？

"我能有什么计划？刚被男友抛弃，前途一片黑暗……"

"那么来做我的私人秘书吧！我需要一位懂中、日文的人帮我处理日常信件和安排会议，我看妳很合适。"

怎……怎么好运就突然降临？仿佛一个伸手不见五指的黑洞被砸开了口，让灿烂的阳光瞬间洒了进来。

"真的？你真的愿意雇用我？"我难抑心中的兴奋之情。

"是的，就等妳走马上任。"

若不是跟林先生不熟，我真想走过去给他一个拥抱。

"但是有个条件……"他神秘地说。

原来还有条件，我的心提了上来。

"每天我都想看到妳的笑容，这是我的动力来源，妳可不许把它带走。"

听完，我松了一口气，笑得犹如一朵春花："好，一言为定。"

第十六章：走马上任

林先生带我到后场看他的爱驹，那真是一匹好马，毛色发光、步伐稳健、开步跨度大，像一名出色的拳击王，给人一种英武彪悍、跃跃欲试的感觉。

"它的母亲是纯血马，父亲是阿拉伯马，通过人工配种达到人类所要求的赛驹素质。"林先生说。

纯血马是 17 世纪在大不列颠培育成功的马种，天生具备快速奔跑的身体条件；阿拉伯马则是马中贵族，速度虽略逊于纯血马，但它有着极大的潜力和耐力，是长距离和耐力训练的首选马。

"也就是说，纯血马和阿拉伯马相结合所向无敌，难怪《爱神丘比特》一直是赛场上的长胜军。"我下结论。

林先生笑而不语。

《爱神丘比特》的骑师是意大利人，矮小精悍，他看见马主人，忙不迭过来打招呼，对我则频送秋波。

我赶紧低下头去，对这种大咧咧的调情敬谢不敏。

待骑师离去，林先生转身对我说："Alessandro 很热情，东方女性可能不太习惯。"

何止不习惯？简直恶心透了，谁会对挤眉弄眼的男人有好印象？何况我们是第一次见面。

"别放在心上，他对全世界的雌性动物都是这样，我太太还曾问我 Alessandro 的眼睛是不是有毛病？还是沙子进眼了？"

听他这么一说，我噗嗤而笑，Alessandro 的浪漫行径被曲解，想到那个画面，真有说不出的乐趣。

"对，就是这样，"林先生捕捉到我的笑容，"我就喜欢妳笑。"

他不提，我真忘了在过去半个月里我是如何悲惨度过的。即便稍早我还愁云密布，转眼间却拨云见日，一切又柳暗花明，这都得感谢我生命中的贵人。

"贵人？"林先生指向自己，"我吗？"

我点头。

他呵呵笑，说也许这就是命运的安排，找不到桃桃，上天送来一位跟她相像的安琪儿，不无小补。

"每次看见妳，就像回到我的青葱岁月，那是带着微微感伤又充满希望的情愫，人生有那么一回心路历程，足矣。"他感慨。

那个叫吴桃桃的女人一定在林先生的脑海里刻下永不磨灭的痕迹，否则他不会在知天命之年还对她念念不忘，可惜母亲不是他要找的人……

"嘟……嘟嘟……"是母亲的来电，我按下接听键。

"杉杉，妳在哪里？"她着急问。

我告诉她自己在赛马场，正要回家。

"看到佐藤秀中了？"她问。

大概小雪回去说嘴了，我无奈称是。

母亲叹了口气说："变心的男人十匹马也追不回，放他走吧！下一个也许会更好。"

难得母亲这么豁达，她一向是那种不肯轻易吃亏的女人，但在这件事上，她却不吵不闹，让我很意外。

"我挂了，手机快没电了。"我说。

母亲又叮咛我吃饭，交待这个、交待那个，完全不理会"手机快没电"这件事。

好不容易听她讲完，手机正好没电，我连再见都没来得及说。

电梯停在二楼，门一打开我就看见秀中站在房门口。

"杉杉，妳终于回来了，打妳手机关机了，我很担心。"他说。

面对秀中，我一时拿不定主意，是该生气还是原谅？是该赏他一巴掌，还是抱紧他诉说这些日子对他的思念？

"杉杉，妳怎么不说话？"他问。

我告诉他北海道滑雪场关闭了，即使他改变主意也于事无补。

"没关系，我们可以去别的地方旅游。"秀中说。

他竟听不出我的话中话？

我开了门，秀中随我进入屋内，还好今天小雪打扫过，不然就泄露我曾经的槁木死灰。

进到屋内，我马上把桌上的钱悉数还给秀中。

"去不成北海道，钱还你。"我说。

秀中把钱收下又放下："杉杉，妳听我说……"

"不听、不听、我不听。"我捂住耳朵呐喊。

秀中一把拥住歇斯底里的我，对我道出我不知道的事……

原来那天他回家后，父母找他摊牌，说我这样的出身配不上他们佐藤家。秀中据理力争仍难挽颓势，遂退而求其次，同意和仓本直美认真交往一个月，一个月后如果仍无法接受她，父母会重新考虑我。

"这就是你关机的原因？"我离开秀中的怀抱问。

"嗯！母亲说如果这个月我忍不住和妳见面，约定便取消。"

我转而问他在仓本家留宿又是怎么回事？

"菠萝是母亲要我送给仓本直美的，后来她煮了难吃的面条，碍于情面，我全吃了，还得假装很好吃的样子。菠萝送了，面条吃了，我就想回家，可是不知怎的，屋子忽然停电，仓本直美说她感到害怕，做为男人，我怎能离开？直到凌晨一点电来了，我才顺利脱身。母亲说我隔天回家，那也没错，过了午夜就算隔天。"

听完秀中的解释，我的气已经消失殆尽。

"其实，"这时的我已能坐下来心平气和地谈话："你可以偷偷告诉我，我会配合演出，也不致于产生那么大的误会。"

秀中听了，眼神有些异样，我知道他没全说实话，心里有不祥的预感。

"杉杉，"秀中终于开口，样子有些为难，"如果……如果我说和仓本直美交往并不全然因为父母之命，这是不是懦弱的表现？"

原来迫于压力，秀中真的想过和仓本直美共度一生的可能性，这样一来，门当户对，父母和舆论便无可挑剔了。

虽然明知道自己的条件不够好，秀中曾经的犹豫也算正常，但……他还是伤了我，爱若能轻易转移，这还算真爱吗？

"对不起，杉杉，"秀中握紧我的手，"我错了，请妳原谅。今天看妳哭得如此伤心，我才知道自己是多么自私，相信我，我不会再让妳流泪。"

有了秀中的保证，对于未来，我又重新燃起了希望。

秀中一直待到晚上十点才走。

"飞机凌晨一点起飞，不走不行了。"秀中把地上的衣服逐一拾起穿上。

我把被子拉过来遮住袒露的躯体，问："你来我这里，家里人知道吗？"

秀中想了想，很不确定地说"应该不知道"。

想起他曾说过的话，如果在约定期间忍不住与我见面，和母亲的约定便取消。我很害怕会东窗事发，让我进不了佐藤家。

"别担心，"秀中过来吻我，"妳不说，我不说，还有谁会知道？况且隔天有早班机，我傍晚离开家没人会怀疑。"

秀中分析得没错，我太紧张了，把什么事情都往坏里想。

林先生的办公楼在东京涩谷区千驮谷附近，整栋建筑呈流线型，像个倒挂的金锺，虽然紧临热闹市区，却闹中取静。

走进大楼，内部的装修属于非主流的时尚范儿，简约但不简单，顶部有个大型琉璃灯饰，仿佛从天而降，予人复古的美感。

电梯上到二十层，那便是东洋瓷砖株式会社的总部，它还有许多分部，散布在日本各大城市。

我进去报上名后，前台笑容可掬的服务人员便带我去社长办公室。一路看到的都是隔断的办公区域，员工正兢兢业业地忙碌着，左前方还有个展厅，里面有各色琳琅满目的墙砖和地砖，每平米从一千多元到一万多元都有，真是丰俭由人。

"妳来了。"林先生正伏案写字，看见我来，很高兴的样子。

我说我来报到了，问他有什么事情交待我做？

"妳今天刚到，我让齐小姐带妳先熟悉一下环境，她是这里的财务。"

林先生拿起电话说了几句，没多久，一个有两百斤重的女人便来敲门。

"齐琦，这是吴杉杉，我的私人秘书。"林先生向她介绍我。

眼前的胖女人对我礼貌性地点了个头，不知是不是我多疑，感觉她不是很友善。

"妳先带杉杉熟悉一下环境，公司业务也做简单介绍，待会儿我上 T 公司洽谈，回来后我要看到这个礼拜的行程表。"林先生说。

"没问题。"她信心满满地答应下来。

于是我跟着这位叫齐琦的女人走出社长办公室。

第十七章：迎新会

齐琦把该交待的事都交待了，连不该交待的也交待了。

"看到那个穿红裙子的没？她和右边那个小白脸有一腿，已经大半年了，小白脸的老婆还挺着大肚子天天给他送便当，简直傻到不行。"齐琦坐在她的办公桌前对不远处的同事蜚短流长。

我不喜欢听这些八卦，想赶紧开溜。

"谢谢妳的介绍，让我对公司有大致的了解，现在我回位安排老板的行程。"我说。

"急什么？"齐琦的眼睛回到电脑屏幕上，"我在帮妳办食堂卡，拿着这个，以后的午餐就有着落了。"

原来地下一层有食堂，老板帮我们员工买了单，拿着卡，星期一至五的午餐免费。

这倒不错，省了伙食费。

"喏！给妳。"齐琦递给我两张食堂卡。

"为什么给我两张？"我问。

齐琦告诉我，林老板是个工作狂，除了必要的午餐约会外，他通常吃食堂里的伙食节省时间，我的任务之一就是负责打饭。

说完，她抬头看了一眼墙上的电子钟："待会儿妳跟我一起吃饭，我会告诉妳老板喜欢吃什么。"

屁股还没坐热，齐琦就来喊我。

"才 11 点钟，妳肚子饿了吗？"我皱起眉头问。

"妳干脆问我肚子什么时候不会饿比较快，通常吃过饭后的一个钟头，我不太感觉饿，其余时间就不好说了。"

为了不让齐琦饿着，我只好关上电脑，与她一起下到地下一层。

这真是个小型的美食广场，有广东烧腊、川菜、西式简餐、韩国拌饭、日式料理和各类面食。

齐琦点了磨菇牛肉拌饭、酥炸鱿鱼须和蒸蛋，饮料则要了鲜榨石榴汁。我逛了一圈，要了凯撒沙拉和一瓶矿泉水。

"最讨厌像妳这种人，完全不懂得享受美食，瘦就好看是不？一个个瘦的像难民。"她轻蔑地说。

我说自己打小就吃得不多，不是故意为之，况且女为悦己者容，爱美何错之有？

"妳以为我不爱美？"她挑起眉梢问，"我这是生错朝代，若生在唐代多好，那种富泰之美才是真美，瘦子就只配当丫鬟！"

面对她的酸葡萄心理，我也只能徒呼负负。

为了不与刚认识的同事起冲突，我安静地用餐，齐琦却不，她把一根鱿鱼须咬在嘴里，发出咔滋咔滋的声音，而且边咬边上下打量我，像在鉴定什么。

"看什么？"我忍不住问。

"林老板的私人秘书都是像妳这种细溜型的，后来全被老板娘给炒了。"

"为什么？"我刚吃了水煮蛋，听她这番话，差点哽在喉咙里。

"还问为什么？当然是仗着自己有几分美色想做怪呗！老板娘是何等厉害的人物，马上清理门户。"

原来我的前面有三位日本姑娘，一个个都像从画报上走出来的时装模特儿，后来无一幸免都跟老板有暧昧关系，老板娘为正视听，使出杀手锏……

真是糟糕！好不容易才找到这份工作，没想到老板娘是个醋坛子，眼看饭碗即将不保，我将何去何从？

"别担心，老板娘有脚气病，长年住在上海，很少远渡重洋，只要妳站在我这边，她不会知道老板又雇了私人秘书，除非……"齐琦竟然卖起关子。

"除非什么？"我急急问。

"除非有人通风报信。"她吃了一大口拌饭后说。

齐琦说林老板喜欢吃辣的食物，越辣越好，所以和她吃过午饭后，我顺手带上宫保鸡丁和水煮鱼，外加白米饭和酸辣汤，又在汤上洒了很多胡椒粉。

我们前脚回公司，林老板后脚就跟进，我赶紧把打包好的午餐通通放在茶几上，又替他泡了杯热茶。

"谢谢妳，杉杉。"林老板对我微笑。

"哪里，这是我应该做的。"

我正要离开，却被老板叫住。

"能陪我吃饭吗？我是说陪我聊聊天，一个人吃饭很无聊。"他解释。

老板的命令，我如何说不？于是我坐了下来。

林大东问我一个早上都做了什么？我告诉他，我和每个同事都打过招呼，也大致了解公司营运方向和作息，现在正努力融入这个大家庭。

"很好，"他吃了水煮鱼，"经理有没有说帮妳开迎新会？"

我答有，地点就设在公司附近的"鳍"居酒屋。

"女孩子可别喝太多酒啊！"他叮咛我。

林老板不知道我的家族酒量奇高，父亲除了赌之外，还是个典型的酒鬼；母亲能喝两斤白酒而面不改色；至于我……我没挑战过我的极限，估计有父母的"优良"基因，差不到哪里去。

"好的。"我答应。

林老板是好意，我没必要拂了他的意。

"桃桃很会喝，两斤白酒下肚，面不改色。"林老板忽然提起他的暗恋对象。

我听了心里喀噔一下，这么巧？那个桃桃"也"很会喝酒？

"我的酒量很不好，大概只有一瓶啤酒的量。"林老板又说。

我不知道他为什么要告诉我这个，大概是提醒我尽量少安排需要饮酒的行程吧？！

居酒屋是日本文化的一种表现，下班后，上班族总喜欢到居酒屋喝两杯，发泄一下工作及生活上的压力，第二天好继续道貌岸然、衣冠楚楚地上班去。

"鳍"居酒屋的店面算大的，就在公司对面的巷子里，装修很朴实无华，墙上有能剧的面具，顶上有昏黄的纸糊灯，加上留声机传来的阵阵太鼓敲击声，让人一下子跌入时间的洪流里，仿佛回到奈良时代。

我们一行二十多人是在六点钟左右进入的，除了有两桌别的客人之外，位子都被我们坐满了。

经理照例讲了些欢迎新进人员的场面话，我也照例做了自我介绍，接着便是点餐。

居酒屋的食物都大同小异，离不开烧き鸟、ホルモン、唐扬げ和雑炊等。聚会模式是大家各自点爱吃的食物和酒，结账时却是共同分担，虽然少了分开结账的麻烦，却便宜了大胃王，让食量小的人承担额外的费用。

还好我不是特别喜欢日本式的聚餐，也少有那样的机会，否则心态就要不平衡了。

"Kanpai！"经理替我斟上温过的日本清酒，举起杯子想跟我干杯。

碰杯后，我豪爽地一饮而尽，大家齐声叫好，接着同事们轮番跟我对饮，我是"来者不拒、照单全收"。

"够了，小心醉。"齐琦扯一下我的裙子说。

我笑笑说没事，印象中的我就不曾喝醉过，刚好趁此机会测测自己的酒量。

酒过三巡后，同事们纷纷卸下武装，一个个像疯子似地谈笑。聚光灯不再打在我身上，反而各自小组带开，日本人一个圈子，中国人一个圈子。

我当然和齐琦在同一个圈子，另有一个 50 岁的中国大叔不与我们搅和，自己默默坐在角落自成一圈。

呵！三个中国人竟硬生生拆成两个圈子，也是醉了。

现在我终于了解为什么齐琦要我站在她这边，日本人是很排外的，即使老板是中国人也无济于事，同事间仍然泾渭分明，所以齐琦极需人脉以壮声势。

我又何尝不需要？说到底，我们是抱团取暖、各取所需。

直到店面打烊，经理才宣布作鸟兽散，于是我们各自拿好衣物起身。

齐琦喝多了，人已经呈现半昏迷状态，我扶着她壮硕的身躯跌跌撞撞地走出去，样子很狼狈。

"お手伝いですか？"几个男同事有口无心地问我需不需要帮忙？

我摇头说不，他们便头也不回地走了。

"鹤くん、松下君、待って、あたし！"齐琦对着远去的男同事背影喊，他们听了非但没停下脚步，反而加速前进。

早知道齐琦想和他们回家，我就不拦了。

"都……都是妳，干……干嘛撵他们走？我……我知道妳忌妒我，见不得我好。"她突然一屁股坐在地上，一把鼻涕一把泪地哭诉，"我……我都三十二岁了，还……还是处女，这说出去多丢人！"

她的心声我很能体会。

"好啦！对不起，下次不挡妳的桃花运。"我试着去拉她。

不拉还好，一拉她竟然直接趴在地上打起地铺来。

"大姐，妳不能睡啊！妳一睡，我怎么抱得动妳？"我急的想哭。

可惜齐琦听不见，没多久便鼾声大作。

这下子我惨了，夜深人静，路上连只狗也没有，只有远处还闪着车灯，叫我和一个两百斤重的女人何去何从？

"需要帮忙吗？"林老板忽然从路旁停的某辆车子里走出来。

他怎么在这里？我太惊讶了。

"要，"我赶紧点头，"齐琦喝醉酒了。"

简直是废话，明眼人都看得出是怎么回事。

"扶她进我车里吧！"林老板下令。

于是我们七手八脚地，把重如一头小象的齐琦塞进劳斯莱斯的后座躺下。

　　“谢谢！”我坐进副驾驶座，气喘吁吁地说。

　　“不用客气，妳们都是我的员工。”林老板答。

第十八章：乐极生悲

齐琦的家在浜町公园和隅田川交会处，是栋老式平房。

我按了门铃，一对中国老夫妻来应门。原来齐琦和老人同住，她负责日常采买和做简单家务，换来免费食宿，讲白了就是家务助理。

老夫妻知道齐琦喝醉酒，很是着急，赶忙在我们前面领路，好让我和林老板能顺利将她送回房内。

进到齐琦的房间，我没料到它这样小，单人床、衣柜、书桌几乎占据大部分的空间，剩下的仅容转身，而齐琦又是庞然大物，其局促可想而知。

一番折腾后，我们终于将醉酒的齐琦塞回房内，累得像刚跑完百米赛跑。

我随手帮她盖好被子，她嘟囔两句，翻个身又沉沉入睡。

在老夫妻的道谢声中，我和林老板走出屋外回到车内。

"没想到齐琦的房间这么小。"我系上安全带，"我以为自己的房间已经够小的了。"

林老板说"东京居，大不易"，人均面积小已成常态，有人甚至住进胶囊酒店里。这种酒店的单间像个胶囊又像个抽屉，人要钻进去在里面睡觉、上网或看书，其大小比一张单人床大不了多少。

"妳的房子有多大？"他问我。

我答我的小公寓在地铁犬吠站附近，面积只有二十平米大，但因设计合宜，看起来比实际大。

"那样的房子恐怕也要好几千万日元，对于像妳这样年轻的小姐来说，房贷压力应该不轻吧？！"他问。

我告诉他，房子是母亲全额买的，所以经济压力不太。

这年头能全额买房的不多，林老板转而问起母亲的职业，我吞吞吐吐地答她在京都开民宿。

"京都的民宿都很有特色，希望有机会能去拜访妳母亲。" 他说。

我看一眼林老板，他不动声色，所以很难判断他是否在说场面话。

日本人很会说场面话，但往往有口无心，你若真信了，那才叫一个囧字。

由于林老板长年往返日本，我不知道他是否感染了这风气？我希望是，否则母亲的身份就要败露了。

为了怕林老板继续追问我那不光彩的家庭，我无话找话："既然来到居酒屋，你为什么不进来一起同乐？"

"我不喜欢人多的地方，欢乐的场合总让我放不开。" 他大概意识到答非所问，赶紧又加了句，"我是怕妳酒喝多了不胜酒力，有车方便些。"

我问他难道对每个员工都这么上心？

他笑了笑，没有回答。

为了打破冷场，我说还好东京有川菜馆能满足爱吃辣的他。

"知道我为什么喜欢吃辣吗？" 他特意停顿一下，"因为家里穷，吃辣能胃口大开，尤其面对千篇一律的白薯时。"

呃……我没料到竟然是这个原因，还以为他天生爱吃辣呢！

没料到的事还不止此，那个我最熟悉的陌生人又出现了。

"桃桃不喜欢吃辣，她喜欢洋食物，我打了好几个月的小工才存够钱，在她生日时把一块巴掌大的鹰牌巧克力放进她的抽屉里，恐怕到现在她还不知道是我送的。"

天啊！又是桃桃，打从我们认识以来，这个名叫桃桃的人就无所不在，她的一颦一笑被林老板深印在脑海里，喜好也被他背得滚瓜烂熟。

"也许桃桃现在人老珠黄、齿摇发落，和你印象中的她完全不一样了。" 我想打破神话。

林老板同意有这个可能性，因为他自己也早生华发还腆着个大肚腩。

"不过我有预感，她还会是我印象中的样子，因为她天生爱美。即使山中水源缺乏，当年的她仍是女孩中最干净的一个，辫子梳得光亮，连指甲也修得整整齐齐，满脸的胶原蛋白……" 林老板跌入记忆的洪流，完全一副怀春少年的模样，"如果当时我家不那么穷，或者我有那么一丁点儿的勇气，也许今生就不会错过她了。"

秀中已经偷偷和我见面三回了，每次都短暂停留数小时，又得回父母家。

"你能不走吗？今晚有寒流，暖气又不巧故障了。" 我可怜兮兮地说。

然而他还是离开暖烘烘的被子，把一件件的衣服穿回去。

"再过两天就满一个月，我要告诉父母，和仓本直美彻底没戏，他们会重新考虑妳。"

"真的？" 我高兴地从床上跳起，不顾身上单薄的衣服，直接趴在秀中后背撒娇，"他们会不会反悔呢？"

秀中抱我回床上，用被子严严实实地将我包住："不会，妳就安安心心地做佐藤家的媳妇，但在约定期限到来前，我们还是得小心行事，免得功亏一篑。"

听秀中这么一说，我赶紧催促他走。

秀中抱怨我变脸变得太快，但还是三、两下穿戴完毕，然后推开门走向黑夜。

我的情绪一整天都处于亢奋状态，见谁都笑脸相迎，连复印资料时也哼着歌。

"妳这是中彩票还是捡到钱？" 齐琦投过来狐疑的眼神。

"都不是。" 我笑着否认，小气到不愿有人分享我的喜悦。

明天，明天就满一个月，可惜秀中还在机上，不然我们可以为这个伟大的日子而大肆庆祝。

我一蹦一跳地拿着资料回办公室，连老板也发现我的异样。

"看来有好事发生，能说出来听听吗？"

林老板见过秀中，我希望他对秀中不好的印象能改观，遂告诉他后来发生的事。

"一切都是误会，他是忍辱负重，还好明天就满一个月，我们算是守得云开见月明。"我高兴地说。

相较于我的兴奋，林老板却是一脸惊讶："他就是佐藤秀中，有名的 ZT 集团总裁的儿子？"

我答是。

"这么说妳母亲……"

啊！真是糟糕，报纸扑天盖地报导佐藤家的八卦消息，林老板本来不知道赛马场那个脚踏两条船的男人就是佐藤秀中，经我一点破，刚好对号入座，母亲的丑事昭然若揭。

我仿佛从高空一降而下，瞬间跌得粉碎。

"我……我……"现在说什么都欲盖弥彰了。

林老板很体贴人，马上顾左右而言他："上半年的财务报表能现在交给我吗？"

"好的，马上。"

我顺着阶梯下，赶紧推开门往财务室走去。

秀中的父母不知道他曾在约定时间内开小差和我见面，我正偷乐，没想到乐极生悲，星期六一大早母亲便不请自来，并带给我一个爆炸性的消息。

"前两天我登门拜访佐藤家，一张嘴就要五千万日元，理由是佐藤秀中对妳始乱终弃，我的黄花大闺女不能被白玩。"

原来母亲还是不改她不吃亏的本性，誓要为我讨回公道，她不知道我与秀中后来又和好了。

"妈，妳为什么跟佐藤家要钱？我还要不要和秀中在一起？"我气得发抖。

母亲耸耸肩说看不懂年轻人的把戏，一会儿分，一会儿合，这演的是哪一出？

"我不管，妳捅的篓子自己去补！"我下最后通牒。

母亲答太晚了，佐藤家已经汇钱过来了。

听到生米煮成熟饭，我像个疯婆子似地来回踱步，焦躁的不得了。

秀中还在机上，我不能让他误会我们吴家就是见钱眼开的吸血鬼，不行，这件事得在他回国前处理好。

拿上母亲的银行卡，我马不停蹄地赶往佐藤家。

第十九章：卖身钱

我按了门铃，依然是那个矮个子的日本女人来开门，只是这次她的笑容不见了，换来冷漠与鄙夷。

她没带我进秀中房里，反而让我在客厅坐下，一杯茶也没有，仆役如此无礼，真不多见。

我等了约莫 20 分钟，秀中的母亲才以一种"君临天下"的姿态缓步前来，我赶紧起身问好。

那个骄傲的女人上下打量我一番后，说我和母亲长得很像。

"ありがとう。"我道谢。

孰料秀中妈竟皮笑肉不笑地解释，那是因为我和母亲都有"妓女颜"的缘故。

这真是莫大的侮辱，我的眼泪几乎要夺眶而出。

强忍着泪水，我告诉她对于母亲的鲁莽行为感到万分抱歉，今天来除了代她道歉外，还顺便归还佐藤家的东西。

我把银行卡放在桌上，她懂的。

"それはあなたたちのした。"秀中妈摆明了不要。

"どうぞ，"我的头低的不能再低，"すみません。"

秀中妈不仅不接受道歉，反而冷嘲热讽地批评我们母女俩，尖酸刻薄的话语，我都忍受下来，谁让母亲有错在先？

"たとえ再お金払って、私も、私たちは希望に佐藤家娼婦。"

秀中妈最后的一番话像压倒骆驼的最后一根稻草，我觉得自己都要晕死过去了。

她说了什么？她说即使再多钱她也会付，因为她不希望娼妇进入佐藤家，污染他们的优良血统。

秀中妈左一句妓女，右一句娼妇，完全不把我们吴家看在眼里，说是踩在脚下也不为过。

虽然对方是长辈，但也太过份了，母亲的确犯了错，我也道了歉，人身攻击应该适可而止，况且我做错了什么？我一直洁身自爱，秀中还是我的第一个男人。

秀中妈说她儿子是不是我的第一个男人她不知道，但秀中和她约定的事没做到，所以她不会再考虑我了，请我别做梦。

我一头雾水。

于是秀中妈对着屋内唤了几声，那个矮个子的佣人便拿来一个牛皮纸袋，我打开一看，里面有一沓的照片，都是过去几天秀中曾到我家的证据，有几张还拍到我们在房间里拥吻，因为窗帘忘了拉上。

"私は心から爱し合った。"我说。

面对铁证如山，我只能打温情牌，强调我和秀中是真心相爱。

秀中妈又对屋内唤了几声，那个矮个子的佣人再度出现，手中有几张碟子，她抽出其中一张放进播放器里，没多久电视画面便出现养眼镜头，母亲正光着身子和两个猛男玩 3P，脸部表情很消魂，我痛苦地闭上眼睛，要求把电视给关了。

画面一消失，我知道自己彻底无望，佐藤家不可能要我了。

秀中妈说得对，人得有自知之明，是鸡就别想当凤凰，否则只有自取其辱...

我浑浑噩噩地离开佐藤家，当金属大门在我背后关上时，我知道秀中已离我远去。

全日本大概都知道佐藤秀中和仓本直美下个月就要完婚，而我……被三振出局了。

我沉默地坐在食堂角落用餐，面前摆着扬州炒饭和橙汁，我却完全没有吃的欲望。

之所以来食堂用餐是因为待在公司更苦闷，每个人都会走过来假意关心地问我："为什么还不去用餐？"

与其找借口回答，倒不如顺着民意走。

"光吃炒饭是不够的，我给妳盛了一碗汤。"林老板突然出现在食堂里，并且大喇喇地坐在我对面。

"谢谢！"我小声地答，乖顺地喝下他递过来的萝卜排骨汤。

"人生没有过不去的坎，再大的事，明天可能就云淡风轻了。"林老板安慰我。

"我也想云淡风轻啊！但我不能，秀中走了，世界不会再有色彩，我都不知道自己还活着干嘛？"说着说着，我的眼泪又不争气地滴落下来。

林老板见状，送来餐巾纸，没一会儿的功夫，纸湿的拧得出水来。

自从认识秀中，我不知为他哭过多少回，眼泪加起来比过去 25 年累积的量还要多。

"如果一个男人只会让妳流泪，那男人就不值得妳爱。"林老板说。

"不，他不是故意让我哭的，"我急急解释，"他爱我，我知道，怪也只能怪我的出身以及有一个……特别的母亲。"

我还在替秀中说话，虽然他早已不再和我联系，手机关了，邮件不回，仿佛人间蒸发。

"听说他下个月结婚。"林老板说。

我无奈点头。

也难怪像林老板这么忙的人也知道这件事，报章杂志天天跟进，仓田直美买了什么鞋？吃了什么料理？和秀中逛了哪些地方？……都被详实记录下来。

那些被买过的东西，很快就会断货；吃过的餐厅，隔天一定大排长龙；逛过的地方，人们组团一探究竟……一举一动都在大众的监视之下，简直成了"全民目击"。

历史从来都是"只见新人笑，不见旧人哭"，我这个旧人现在天天饮泣，就想见上秀中一面，把话当面说清楚。分手也得有个交待，否则就像根鱼刺卡在喉咙里，不上不下的，连咽口水都困难。

"现在见面肯定不合适，你们会被狗仔队抓现行。"林老板又说。

我当然知道，不然秀中也不会关机。

"这样吧！"林老板拍胸脯保证，"把事情交给我，我来安排。"

他真的有办法吗？

看到林老板坚定的神情，我又重新燃起了希望。

这周四是秀中婚礼前最后的一次飞行，林老板递给我一张飞维也纳的机票。

"记得替我向莫札特问好。"林老板说。

我感动的无以复加，竟然泪流满面。

"看，又哭了，眼泪这么多？都可以拿去卖了。"

听到后面那一句，我破涕为笑。

林老板要我别一冲动就留在维也纳不回来，害他少了一名员工。

"不会的，"我很快说,"一定回来当你的忠实员工。"

星期四傍晚，我理了个小箱子，脸上化了淡妆，又戴上墨镜和棒球帽，把帽沿压得低低的。

乔装完毕后，我上了全羽空班机，不同的是，这次的我是以乘客的身份上机而非空服员。

经过 11 个小时的飞行，飞机安全降落在 Vienna 国际机场，凭着前空服员的优势，我很快知道机组人员住宿在航站楼对面的 NH 酒店，直线距离不到一百米。

拉着行李箱，我小跑步走地下通道，上到地面便是秀中住的酒店，我很快在大厅坐了下来。

机组人员通常是集体办入住，人那么多，我不知道该如何告诉秀中～我来了。

正当我陷入苦思当中，那群穿灰色制服的人走了过来，只有机长、副机长和机械师的制服是黑色的，所以我一眼就能在人群中找到"万灰丛中一点黑"的秀中，他正和一位笑容可掬的女空服员讲话。

约莫二十分钟后，已办好入住的人都一一离去，只剩秀中和那个女的，两人似乎有说不完的话。

好不容易连他们也办好入住手续转身走向电梯，我顿时慌了，不知该不该向前？

还好此时秀中让女生先进电梯，自己回到前台，似乎在交待某事。等他再次回到电梯前，我已在那里等候。

"妳……"秀中吓到了。

我没说话，假装看着墙上的广告。

电梯很快降到地面，我们跟着人群进入，我看见秀中按了数字 8。

这是个标准间，有深褐色木地板、米色窗帘和白色两米宽大床，上面难得铺上了红色床罩，显得喜庆。

"怎么来了？"他递给我一瓶桌上的矿泉水，我没接。

"我想你了，秀中。"

不知怎的，一开口我就想哭，仿佛秀中就是我的眼泪遥控器，能左右我的泪腺。

"别哭。"他蹲了下来，把我的眼泪划去。

我告诉他，母亲以为我和他分手了，所以到佐藤家要钱，这是她的错，但母亲毕竟是母亲，我能怎么办？总不能登报和她脱离关系吧？！

"妳母亲没错，"他站起身，"我……我能给妳的也只有这些了。"

秀中说得很慢，但一字一句仿佛钉枪打在我心上。

"秀中，你……你不爱我了？"望着他，我艰难地问。

他的大手包住我的小手，温柔地说："要好好的，一个人也要按时吃饭……"

"不，"我抱住他的躯体呐喊，"我不要一个人吃饭，我不分手，我爱你，秀中，我不要分，不要！"

我痛哭失声。

秀中抚摸我的头，要我冷静，他说我们的差距太大，勉强结合也不会幸福。

这不合理，当初他选择和我在一起时，我就已经是这个条件了，怎么现在才说差距大？

"当初……我不知道妳母亲的背景，虽然有流言，但看她谈吐不俗，以为不过就是个小老婆罢了，没想到还拍过尺度那么大的黄片，妳让我们佐藤家的面子往哪里摆？以后孩子出生了，还能不能在学校交朋友？这些都得考虑进去，毕竟婚姻不是儿戏。"

秀中的一席话不啻醍醐灌顶，他……看轻我母亲，连带也放弃我了。

"呵……呵呵……呵呵呵……"我笑得像个疯婆子。

"杉杉，妳怎么了？"秀中急了，以为我发疯了，"我可没说妳，妳是好女孩，跟妳妈不一样。"

"屁！哪里不一样？我是她生的，当然一样，都是婊子，呵呵！要不要看婊子能荡成什么样？绝对让你欲仙欲死。"

我三、两下扒光他的制服，将他推倒在床。

"杉杉，冷静一下。"他提醒我。

"冷静个鬼，你不想吗？哼！别装了。"我快速脱下胸罩往他脸上扔去。

他没恼怒，反而丢开胸罩迎接光着身子的我。

"刚刚……很好，咱们再来一次，嗯？"秀中拥着我，在耳边低语。

"当然可以，只怕你没那么多现金了。"我推开他。

在秀中的诧异眼神中，我拿走他钱包里的所有纸钞。

"下次若有需要，记得 call 我，不过得带够钱。"

穿好衣服，我对他妩媚一笑，然后带着行李和"卖身钱"昂首离开房间。

第二十章：大惑不解

我站在天桥上，桥下是络绎不绝的车流。我把秀中的钱一张张的全撕了，撕得很慢，碎片直线往下落，一片片的纸雨像我一颗颗的眼泪……

我走向全羽空航空柜台，改签最快起飞的航班直飞东京。

11 个小时的航班，我一滴眼泪也没掉，秀中已不再是我的眼泪遥控器。

空服员过来问我要不要毯子？我要了两条，一条盖在身上，一条盖在头上，把自己严严实实地包起来，像个阿拉伯女人。

隔壁坐着一位日本大妈，她正在看《朝日新闻报》。

"仓本直美きれいです。"她轻叹。

我转头过去，那是一张电影广告，女主角是仓本直美，她穿着黑色低胸紧身衣，拿着枪叉开大腿，一副女特务的模样。

大妈说她美，我一点儿也不觉得。那女人的颧骨很高，脸部线条显得僵硬，看起来缺乏女性的柔美。

我告诉大妈，仓本直美的脾气不好。

大妈兴奋地问我是不是认识她？否则怎么知道她的脾气不好。

我怎么知道她的脾气不好？呵呵！因为我的前男友是她的未婚夫……

大妈放下报纸，转头狐疑地看着我，我索性拉高毯子，将头整个埋进去。

林老板给我订的是往返机票，我理应后天晚上回东京，但今天一大早我就到公司报到，把资料准备齐，又为老板泡了杯大麦茶。

"早上 11 点听取报告，下午两点有马术联盟会会议，晚上 7:00 和雅信建筑总裁吃饭，地点在银座蟹道乐，还有，"我合上记事本说，"下礼拜二是夫人的生日，请别忘了给她惊喜。"

"我太太的生日啊～"林老板感慨，"她也五十岁了。"

原来老板娘五十岁了，那可是大生日，得好好庆祝。

林老板说他也想，但最近忙实在走不开，问我能不能帮他买个礼物邮寄过去？

我义不容辞地答应了。

"对了，妳有没有替我向莫扎特问好？"林老板提起我的维也纳之行。

"莫扎特已不再是莫扎特，我没问好，直接回来了。"我说得很慢。

其实提前回国已经说明了一切。

林老板沉默了一会儿后说："这世界不只有莫扎特的音乐，如果妳能仔细聆听，花开的声音也很美。"

花开的声音？我的确没听过。

我谢了老板，他以一种含蓄的方式安慰我。

周末，我把碗洗了，地板擦了，窗户抹了，垃圾倒了，床上用品全换了……

当午后阳光洒进这个焕然一新的小家时，我对未来又燃起了希望。

我穿上白色高领毛衣及 OL 长裙，外罩苏格兰羊毛披肩，脚蹬高跟短靴，头戴珍珠发箍，把自己打扮得很淑女。

这是离开秀中后的第一个周末，我打算去市区逛逛，顺便购买老板娘的生日礼物，再不买，连国际快递也不敢保证准时送达。

我在新宿和银座两者间犹豫了一下，如果是买我的东西，我会选择新宿，那里的东西比较新潮，也能淘到许多平价的好东西，但买老板娘的东西就不合适，她是上了年纪的女人，可能接受不了新事物。

我最后选择银座，那里有很多高档货，与巴黎的香榭丽舍大道、纽约的第五大道并列世界三大繁华中心。

搭上地铁丸之内线到银座站，一出地铁站即被熙熙攘攘的人群给淹没，我成了百万购物大军其中的一员。

银座是东京的奢华象征，集中了多家老牌百货店、世界一流专卖店及大型购物中心，东京最贵的顶级料理店和高级 Club 也藏身于此。全区分为八个丁目，由中央通和晴海通分别横纵贯通，其中最为繁华的中心地带属银座四丁目，有"四丁目的十字路"之称。

走在银座，各种肤色的人擦肩而过，让人恍惚来到巴黎、伦敦或纽约。

我在有名的药妆店 ViVi 买了些护肤品和香水，又在三越百货吃了红豆年糕汤当点心后，这才开始烦恼该买什么当礼物？

名牌包？手表？珠宝？……老实说，这些都很俗，没什么特别。

我边走边思考，经过中央区时，看到 GGG 艺廊正在展出日本漆器，我一向喜欢艺术品，便不由分说地进去瞧瞧。

日本漆器源于中国，中国自商代开始种植漆树，取漆涂抹在木制或竹制的器皿胎形上，做成各种漆器，技术传到日本后被加以发扬光大。

在日本待久了，你会发现漆器随处可见，从碗、碟、筷、勺到首饰盒、珠宝盒，再到大型的桌、柜、屏风、佛坛等，品种繁多。

中国的 China 是"陶瓷"之意，而日本的 Japan 则是"漆器"之意，它已成了日本传统艺术和工艺的代表。

话说 GGG 艺廊正在展出各路漆器大师的作品，我怎能错过？

果然一逛就逛出不少精品，如眼前这个寺井直次的"草花鸟兽纹莳绘小手箱"就让我感到惊艳。

这款日本漆器以铜线画笔流畅地描画出一只只动物的灵动身姿，有奔鹿、脱兔和飞鸟，表现出生机勃勃的景象。

我看了一眼标价，六百万日元，折合人民币约 40 万，我犹豫了，这可不是个小数目，但……我真喜欢。

"自己是买不起，但作为生日礼物，老板娘应该会喜欢。"我心想。

于是我给林老板发短信，描述看到的宝贝。没多久他打来电话，说要亲自上 GGG 艺廊看看，我便好整以暇地等待着。

虽然明知道六百万日元不是一般人能马上入手的，但一看见有人靠近我的宝贝，我便不由自主地紧张起来，深怕被买走了。

好不容易林老板来了，我半吊着的心终于可以放下。今天的他穿着整套阿玛尼西服，脖子上围了条黑灰相间的围巾，看起来很潮、很年轻。

"宝贝在哪里？"他急急问。

我指向玻璃柜里被灯光聚焦的金色盒子。

"きれい～"林老板忍不住惊叹。

我也觉得漂亮，真不似人间物。

没想到下一秒林老板便唤来工作人员，说他要了。

"这么快就下决定？不再多看看？"我问。

"何必呢？时间就是金钱，再说了，这世界能合眼缘的并不多，一旦看上，就是它了。"

林老板说得轻松，这得有底气的人才说得出口，譬如我，即使再喜欢也买不下手，因为实在太昂贵了。

"不贵，"林老板搖头，"寺井直次的作品本来就是这个价，再过几年卖出，不降反升，是投资首选。"

原来林老板还是离不开生意经，有什么比送能增值的礼物更好的？

我交待工作人员，说这是要送往上海的生日礼物，请他们包装好。

"はい。"

工作人员点头，还说艺廊可以代为邮寄，保证做好包装及保价的工作，预计明天就会送到，并且转身交给我们一张卡片，说是方便留言给收货人。

林老板盯住卡片，迟迟没下笔。

"又不是要他写情书，怎么需要酝酿这么久的时间？"我心想。

又等了数分钟，他才终于下笔："嫦娥仙子，吴刚给妳送礼物了，希望妳会喜欢。"

啊！这真是另一种浪漫，如果哪天老了有人唤我嫦娥，那真是美事一椿。

林老板听了一笑："我老婆真的就叫嫦娥，方嫦娥，只是我不叫吴刚。"

我刷的红了脸，原来还有人的名字叫嫦娥，天下真是无奇不有啊！

林老板带我去三井花园酒店吃西餐，说是感谢我的"慧眼"。酒店就在银座地铁口，一出站就能看见。

和老男人一对一吃饭，这是头一回，让我见识到有修养男人的魅力。

入座会帮我拉椅子；点餐会征求我的意见；我说用不惯刀叉，他马上替我切割了牛排，大小正合适我一口咀嚼；我说话，他绝不插嘴；汤汁弄脏了嘴角，他递来餐巾纸……

和本田英树的"大男人主义"不同，林老板就是"温良恭俭让"的代表，他让我感受到一直以来从缺的父爱。

"如果当初有钱医治小惠的病，她大概有妳这么大了。"林老板心生惋惜。

原来他不只有个儿子，还曾经有过女儿，两岁大时得了脑炎，没钱医治被很多家医院拒收，后来虽然凑够了钱，但因延误医治的时间，撒手人寰了。

"我太太因此伤心很久，宝宝是个很乖的女孩，面貌清秀，现在想起来还会鼻酸……"

林老板眨了眨眼睛，我知道他想压住夺眶而出的眼泪，没什么比看流泪男人更让我心痛。

我握住他的手，说我懂的，小惠在天之灵一定会感谢他曾做过的努力，也会为他今天的成就感到骄傲。

"谢谢！看到妳，我感觉女儿又回来了。"林老板对我微笑，虽然笑容有些哀悽。

用完餐，我和林老板走出酒店，风大，他帮我披好披肩。

我笑着向他道谢，碰巧看见齐琦和一位女伴刚走出地铁口。

"Hi，齐琦。"我对她招手。

她却像看到鬼一样，拉着女伴快步走人。

"真奇怪，连招呼也不打一声。"我嘀咕着。

谁知林老板却大呼不妙，抛下我去追远去的齐琦，留下我一人站在原地大惑不解。

第二十一章：你还爱我吗？

林老板有没有追上齐琦？说了什么？我不知道，不过从此以后她看我的眼神就变了，冷漠中带点儿批判，等我回望她时，她又将眼光落在别处，一副无事的模样。

这一天，我把报表送去给老板，他正坐在办公桌前，双手揉着自己的太阳穴，状态很不好。

"怎么了？不舒服吗？"我关心地问。

林老板说他头疼，我问他有没有感冒症状？他答没有，于是我猜他中暑了。

天冷其实也会中暑，因为室内温度高、空气流通性差的缘故。

"让我帮你刮痧可好？"我问。

想起和林老板在飞机上的第一次见面，他也说头疼，我还帮他刮了痧。

"好的，麻烦妳了。"他说。

因为没有刮痧板，我到休息室拿了个玻璃杯，并在浅盘上注入一些清水。

等我进到办公室，林老板已经赤裸着上身趴在沙发上，我心想他的动作可真快，一定头疼的紧。

我刚一坐下便听到敲门声，来者真不会挑时间，我正想起身，齐琦已经推门进来。

"啊～"她惨叫一声，像看到凶杀案现场。

林老板听到尖叫声也吓得坐起身，此时公司的员工都冲了进来，以为发生了什么骇人听闻的事，结果看到赤裸上身的老板和我共处一室，每个人都瞠目结舌、目瞪口呆。

"はは、ご覧のようだ。"我赶紧解释。

日本经理见风转舵，马上出面轰走员工，然后回过头来对我们暧昧一笑，说请继续，最后还不忘关上门。

"怎么办？他们好像误会了。"我很担心。

林老板叹息："哎！人言可畏，我一个老男人不怕，但坏了妳名声可不好，所以……还是试试吧！"

他穿好衣服后，破例要大家通通进会议室，包括清洁人员。

那个好男人不顾自己的头疼，坚持开会说明以示清白，但"言者谆谆，听者藐藐"，尤其办公室那些日本男人投过来的眼光让人受不了，仿佛我没穿衣服似的。

开完会，林老板无奈地对我说："我尽力了，妳……多担待。"

接着他转身离开公司，说是回家躺躺，大概身体真的不行了。

"刮痧"事件后，公司上下开始用异样的眼光看我。

当我传达老板命令时，每个人都对我笑脸相迎，一旦转身过去，又在背后指指点点，仿佛我做了什么肮脏龌龊的丑事。

这些我都忍了，在外做事难免受气，何况林老板已经尽力了，我不能再拿这些小事烦他。

时岁进入三月，已有春天的气息，听说秀中和仓本直美会在樱花花开时节结婚，想到落樱缤纷的场景，该有多浪漫？

那两人还没结婚，婚纱照就已经出来，有日式、西式和中式，同时为了电影宣传，秀中还扮了一回日本军官，刚好与自己的特务老婆相呼应……

我把报纸捲起来塞进字纸篓里。

说不在乎是假的，到现在我还能闻到秀中身上的味道，也怀念他的温柔体贴（当然不包括最后一次见面的绝决），然而这些已不复存在，就让记忆永远只停格在曾经相处的美好时光中吧！

没有一点点儿预兆，一个矮胖的女人便一跛一跛地走进公司，而且明显是冲着我来。

我正想这人真面熟，好像在哪里见过？

"妳就是吴杉杉？"她说着一口西南方口音，和我的家乡音很近似。

我站起身回答："是的。"

孰料她甩手给我一个耳光，力道之大，让我的耳朵立即嗡嗡作响。

"妳是谁？为什么打我？"我捂住脸，既受惊又委屈。

齐琦赶紧小跑步过来，一副谄媚小人样："老板娘，别生气，我扶您到老板办公室。"

原来她就是老板娘，印象中林老板的太太应该是个坚强有韧性的女人，不会不分青红皂白地打人才是。

"等等，"我唤住那两人，话是对老板娘说的，"为什么打我？我做错什么了？"

"打妳是要妳长记性，偷吃就到此为止，明天别来上班了！"她怒气冲冲地说。

太可恶了，无缘无故打人还有理，而且我是林老板雇用的，要辞也得老板说了算数。

"这家公司法人登记的是老板娘的名字，妳还不知道吧？！"那个200斤重的马屁精开口护主了。

我正想说话，老板忽然现身，他二话不说地过来扶自己的老婆进办公室，对于无端挨打的我视若无睹。

眼瞧没热闹可看，围观的人群纷纷回到自己的座位上，只有我还愤愤不平着。

凭什么？凭什么要我受这种委屈？

在眼泪流出来之前，我拿上包走出公司。

我漫无目的地走在大街上，已是春天，四周尽是行色匆匆的人们，和我一点儿干系也无。

被人误会的无助让我感到特别的孤单，除了母亲和小雪，在日本我可说是孑然一身，连惟一能托付终身的秀中也离我而去，难道这辈子注定我要孤独走一生？

拐过十字路口，我无可无不可地走进"井之头恩赐公园"，此时虽然离樱花盛开还有些时日，但沿湖的四百余株樱花树已隐隐约约可以看到含苞待放的花蕊，我能想见当湖面铺满花吹雪的美景时，那会是何等的美丽、壮观！

这是日本的第一座西式郊外公园，除了自然景观外，还有著名的宫崎骏"三鹰之森龙猫美术馆"。

龙猫美术馆和其他美术馆的区别在于这里的结构像迷宫，每一处都体现动画设计者的匠心，自然也有许多珍贵的原稿和电影场景的重现。

我喜欢龙猫动画片，家里还有它的布偶和包，来到这里，算是小小的温习了儿时的旧梦……

"すみません。"一个戴口罩的男人撞上我，赶紧低头向我道歉。

由于"迷宫"的设计，稍一不小心很容易撞上人，这不难理解，只是……

那男人向我道完歉，眼睛却睁得老大，虽然 2/3 的脸被遮住，但凭着曾有的肌肤之亲，我认出他来了。

"恭喜你就要结婚了。"我假装淡定地说。

"杉杉，我……"

"什么都别说，你未婚妻来了。"

仓本直美并没有过来，我利用秀中转头之际，赶紧溜了。

爱人就是要他过得好，放手也是一种祝福，不是吗？

我跑出美术馆又跑出公园，直到上气不接下气才躲进路旁的公用电话亭内。

"喂，是秀中吗？我是杉杉，我爱你，你还爱我吗？"我对着未投币的话筒讲话，"你还爱我吗？……你还爱我吗？……你还爱我吗？……"

直到连电话里的嘟嘟声也听不见，我还一遍又一遍地问着。

第二十二章：小老板

　　回到家后，我睡到隔天下午，虽然偶尔有手机铃声响起，但都被我忽略了。

　　"扣、扣。"

　　听到有人敲门，我翻了个身继续好眠，但来者很有毅力，一声接着一声，我怕吵到邻居，只好起床应门。

　　"老板在小区外等妳。"林老板的司机说。

　　"我已经被炒了，跟林老板再无瓜葛，为什么还来找我？"

　　"妳还是当面问老板吧！我只是传达命令。"

　　我也知道跟司机说没用，他不是当事人。哎！既来之则安之，我还是听听老板的说法吧！

　　我穿上毛呢外套和马丁靴，又在脸上扑了点儿粉，也擦了口红，总算有不太邋遢的样子。

　　到了小区外，没看到人，倒是看到老板的座车，黑色奔驰 S600。

　　我走了过去，司机赶紧下车开了后座门，我看见林老板坐在里面，样子像一下子老了十岁。

　　"我不想再回公司，太丢人了。"我坐了进去，马上抱怨起来。

　　"对于我太太的不当行为，我在此表达歉意，她是病人，请妳宽宏大量。"林老板说。

　　病人？什么意思？

　　原来老板娘有脚气病，导致肢体萎缩，主要表现为走路困难、周身疼痛、感觉功能正在逐渐麻痹或丧失中。

　　"她开始觉得自己一无是处，加上更年期的疑神疑鬼，总觉得我会不要她，所以患得患失，当然，有心人士的搧风点火也起到了作用。"

　　有心人士？这说的可是齐琦？

　　林老板苦笑，他说齐琦是老板娘远房亲戚的朋友的女儿，八竿子打不着的关系，但碍于情面，不得不塞进公司内，没想到安了个内鬼，时不时便往上海通风报信，害他前后失去三位得力助手。

　　这么说，这次老板娘不辞千里来日本甩我耳光是拜齐琦所赐？太可恶了，这个肥婆！

　　"为什么不辞了她？"我义愤填膺。

　　没想到林老板还真炒过齐琦，只是没多久她又强势回归，因为老板娘发话了。

　　"她是病人，对林家又曾立下汗马功劳，所以只要她开口，我都尽量满足她。"林老板解释。

　　既然这样，还有什么话好说的？我一不是林家人，二没为林家立下汗马功劳，说白了就是个路人甲，甩了也不足惜。

　　"快别这么说，妳对我的意义非凡，我……舍不得妳走。"

　　林老板的坦白让我大吃一惊，这是什么意思？难道……

　　"别误会，"林老板赶紧扑灭我怀疑的火花，"我觉得妳是个心地善良的好女孩，做事勤快又认真，我不想失去这么好的员工。"

　　可是……老板娘不喜欢我，又能如何？按照林老板的说法，只要她开口，没有做不到的。

　　"去大阪工作如何？"他伸出橄榄枝，"离开齐琦的监视，妳会更开心些。"

　　我知道东洋瓷砖在大阪设有分公司，但没想到老板会派我到那里工作，而且大阪离京都才半小时车程，我可以住在"本田家"，省下住宿费。

　　"太好了，"我笑了，"林老板真是我的贵人。"

　　"是吗？我以为妳才是我的贵人，遇见妳，我开心多了。"

　　我还能让人开心？想必是因为桃桃的关系，所以林老板爱屋及乌。呵呵！原来绕了一大圈，那个和我长得相像的人才是我的贵人。

　　"什么时候能上班？"他问。

　　我答越快越好，因为秀中的婚礼将近，我想尽快离开伤心地。

"那好，我会跟那里的负责人说，就说……后天报到，行吗？"

"嗯！"我用力点一下头。

我很快打包完毕，母亲让福山先生过来接我。在"本田家"住了两晚后，隔天我搭乘 JR 京都线到大阪，转乘两站地铁，前后只花五十分钟便抵达办公楼，比在东京上班更快捷。

跟前台报上名后，一位日本姑娘便带我进会客室，她说林老板还没到，请我稍待片刻，接着为我倒了杯茶水。

这么巧？分公司的负责人也姓林？他们两人该不会是亲戚吧？！

我把茶水都喝光了，会客室的门才被打开，我赶紧起身。

"すみません、渋滞した道。"那个有一口整齐白牙的男人跟我致歉，他说路上塞车，所以迟到。

"大丈夫、私は待った。"我告诉他没关系，我没有等很久。

我们都坐下来后，才开始细细观察对方。

我的新老板看起来很面熟，好像在哪里见过，眼睛很清澈，配上剑型眉，可说是剑眉星目，像武侠小说里的大侠。

没想到对方也在看我，像扫描器一样，在我脸上扫过无数回。

"あの……"我正思索该如何开口。

"中国人吧？咱们还是讲中国话。"他说。

我马上松了一口气，日语的动词时态最令人头疼，我经常に和で分不清，又把は与が搞混，基本敬语还凑合，高级一点儿的就捉襟见肘了。

"好的，讲中国话舒坦些。"我同意。

"我父亲把妳安插在我这里，让我很迷惑，大阪分公司目前不需要人。"

面对新老板的另类拒绝，我来不及反应，倒是他提起他父亲……难道这是林老板的儿子？怎么和照片上的人不一样？

我再次端详他的脸，没错，脸型拉长了，青春痘和婴儿肥不见了，想必照片是多年前拍的，让林老板的儿子一脚从青少年跨进成年。

"我的脸怎么了？有脏东西吗？"他下意识摸摸自己的脸。

我赶紧否认，说因为他和照片上的人有些出入，所以……

"照片上的人？"他皱紧眉头。

我告诉他在赛马场的办公室内有一张全家福，他和父母都入镜了。

"原来是那一张，那是十年前拍的，当时我还是高中生。"他解释。

啊！十年的光阴让一个稚气男孩长成相貌堂堂的成熟男人，让人不禁感叹时光的造化。

"妳……多大了？"他问。

我很讶异他会当面问女人这个不礼貌的问题，年纪不是写在履历表上了吗？

"对不起，我没细看，因为妳和某人长得很像，所以一时好奇。"

和某个人长得很像？我问莫非是吴桃桃？

"妳也知道吴桃桃？"小老板睁大眼睛。

我说我当然知道，如果不是拜她所赐，大老板也不会拉我一把。

"我以为这个秘密只有我和父亲知道，没想到现在多了第三人。"

"你该不会想把这个第三人杀人灭口吧？！"我说了双关语。

他答我言重了，既然是父亲的安排，总会找到事情让我做。

第二十三章：妳不是天使

　　我没想到小老板要我做的事就是复印、复印、再复印，一项完全没有技术含量的活儿，阿猫、阿狗也会做。

　　下午四点五十九分，我收拾好自己的办公桌，就像刚来时的模样，只是不巧被人使用了一天，然后去敲小老板的门。

　　"どうぞ。"

　　得到允许后，我走了进去，把最后一份复印好的资料放在他桌上。

　　"下班时间到了，这是你要的复印件，明天我不来了。这一天的薪水，你想结就结，不想结就算了，我不在乎！"我表现得很洒脱。

　　"等等，"小老板正在打电脑游戏，应该是到了关键时刻，"妳说什么？"

　　老天！这是还没长大的孩子吗？

　　我叹了一口气，转身推门出去。

　　我刚走到地铁口，有人用力[illegible]了我一把。

　　"跑那么快，害我追了好几个路口。"小老板竟然有脸抱怨？

　　"追我干嘛？我已经不是你的员工了。"

　　"为什么？"他一副思无邪的模样。

　　还问为什么？我堂堂一个大学毕业生，既懂普通话也通日语，还在航空公司工作过两年，却被派去复印资料，这不是牛鼎烹鸡吗？

　　他反问我什么是"牛鼎烹鸡"？

　　噢！老天，我翻了翻白眼，迳自走入地铁站。

　　回程坐的是阪急京都线的特急列车，因为想去河原町。那里是京都最繁华的地方，有悠久历史的新京极商店街及最大的菜市场—锦市场。

　　此刻的我急需在那里找一碗热乎乎的拉面，借以抚慰受挫的心灵。

《一兰拉面》是日本最有名的拉面店之一，在很多城市都有分店，河原町这一家店面不大，需要等位，但仍吸引无数老饕前往。

"这里有人坐吗？"

我刚吃了一口叉烧，小老板又来了，害我差点儿噎住。

"有人。"我毫不留情地答。

小老板充耳不闻，大喇喇地坐了下来："吃拉面怎么可以不点抹茶豆腐和温泉蛋？看来妳还没真正融入这个国家。"

望着他递过来的小食，我狠心撇开脸，虽然它们看起来很可口。

"吸溜、吸溜……卟哧、卟哧……吸溜……"

小小的店面刚走了一拨食客后，马上又来一拨，大家安安静静地用餐，安安静静地走人，只有对面那位大侠不甘寂寞，吃面、喝汤都很大声，我忍不住讥笑他几句。

"这是日本文化中对美食的赞赏，妳不知道吗？"他反问我。

"我当然知道，但那是老一辈人的作法，年轻人，尤其喝过洋墨水的，哪个会这么粗俗？"

"粗俗？呵呵！大概佐藤秀中不粗俗吧？！不粗俗的人最后却娶了仓本直美。"

听完，我啪的一声将筷子扔桌上，然后拿起包愤怒地走出拉面店。

全日本大概没有人不知道我是失败者，只是他们都客气地保持表面的和谐，不像小老板那样一刀捅向我胸口。

我走了半小时才把气压下去，也开始有闲情逸致逛街。

位于四条通上的"新京极"是日本仅次于东京浅草仲见世的第二大古老商店街，逛街的人很多,非常热闹。整个商店街有顶棚罩着，即使刮风下雨也不怕，这里吃的、喝的、穿的、用的……琳琅满目、丰俭由人。

我在一个卖饰品的小店前停了下来，店门口有个别致的木制盆子，里面有各色首饰，一个一百日元，约合人民币6元。

我蹲了下去用手淘了淘，想淘出一个性价比高的玩意儿哄自己开心。

就在一堆廉价的饰品中，我淘到一个红心耳环，像鸡血一样红，现在很少有那么红的琺琅，让人为之振奋。我又淘啊淘，把整个木盆子都翻了个遍，还是没找到"另一半"。

真是可惜！我总不能只戴一只耳环吧？！我无奈地把手中的红心放回去。

"这耳环像鸡血一样红，现在很少有那么红的琺琅。"小老板把耳环拾起，"怎么不要了？很好看呀！"

我答耳环只有一只。

他二话不说地走进店里头，没多久走了出来，手里拿着一个可爱的纸袋。

"里面还有好多木盆子，我一眼就找到它的孪生姐妹。"他说，然后把纸袋递给我。

我没接，低头往前走。

"还生气？都贿赂妳了还不行？难不成要我切腹自杀？"他说。

"去啊！没人拦你。"我就不信他有这个胆。

不知道小老板是因为看到西瓜刀才想到"切腹自杀"，还是因为说了"切腹自杀"才去找西瓜刀，反正他现在走向水果店，并且在店主人错愕的表情中拿起西瓜刀...

"すみません。"我赶紧冲上前抢下西瓜刀，并且低头向水果店老板道歉。

将小老板拉到店外后，我气急败坏地责问他是不是有病？

他气定神闲地答没病，只是想试试我是不是如同他父亲所言，一心地善良到"悲天悯人"的地步？

我气的将他往水果店的方向推："去死吧！这次我不拦你了。"

小老板呵呵笑，转身往神社的方向走去。

"锦天满宫"是个小神社，前面有一只亮晃晃的大金牛，金牛的对面就是锦市场，这里有"京都的厨房"之称，里面有好多卖酱菜、生鲜食品及小吃的铺子。

"这样吧！妳帮我挑几样酱菜，耳环就给妳，我们以物易物，不然我一个大男人要耳环做什么？"小老板说。

我没回应，继续往前走，然后在"濑户先生的酱菜铺"前停下来。

"本田家"的酱菜都是从这里进的，那个声如洪钟的老先生一看到我就乐呵呵地笑，问我今天怎么有空上店里买？

我答不是买给自己的，而是帮朋友买。

濑户先生看了一眼我身旁的男人，走过去拍拍他的肩膀又捶捶他的胸膛，满意地说："この中で、佐藤秀よりいいよ。"

真糟糕！他以为小老板是我男友，而且给出"比佐藤秀中强多了"的评价。

我红着脸解释那人不是我男朋友，老先生还是诡异地笑看我们，我赶紧胡乱点了几样酱菜要店员包好，然后头也不回地落慌而逃。

我把酱菜交给小老板，这椿"以物易物"的交易真不划算，花了我五百日元。

他把可爱纸袋递过来，我犹豫了一下，还是接了，毕竟一个大男人不需要耳环，何况还是便宜货。

"他说得没错。"小老板说。

"嗯？"甩不掉这个影子，让我很郁闷，连话都不想多说。

"我是比佐藤秀中强多了。"

听他这么一说，我停下脚步，转头恶狠狠地看着他："你知道在别人的伤口上撒盐是什么滋味？对你来说可能有可耻的快感，但对我来说却是痛入心扉，所以别再提佐藤秀中了！"

为了掩饰被弃的难堪，我接着告诉他，爱人不是为了占为己有，而是希望对方幸福。如果娶了仓本直美，秀中会感觉幸福，那我宁愿祝福他，而不要反的那一种，让他在我的怀抱里抑郁而终……

话说得洋洋洒洒，只有我心里清楚，自己是打落牙和血吞。

很意外的，小老板非但没有吐槽，反而神情哀伤地看着我……

"你还好吧？"我不确定是哪句话伤了他。

"没事，"他苦笑，"告诉我，妳……不是天使。"

第二十四章：鸡飞狗跳

因我的抱怨，小老板对我委以重任，他让我在"雅虎日本"网站卖瓷砖。

"为什么不在淘宝网上卖？"我问。

小老板说我们的母公司"中国东方瓷砖"早就入驻淘宝网，但日本人还是习惯到"雅虎日本"网站上买，我的任务就是网上销售，他则专攻房地产开发商，因为日本的新房多带精装修，如果能拿到一个案子，那代表好几个亿的营业额。

我现在懂了，小老板走的是大订单，我则走小订单，大小通吃，誓让"东洋瓷砖"成为一线品牌。

所以一个早上我都在研究如何让公司的瓷砖上"雅虎日本"网站，搞得一个头两个大。

"杉杉，吃饭了。"小老板说。

"噢！我现在不饿。"我的眼睛还停留在电脑屏幕上。

"可是我饿了。"

我慢慢地抬起头来，难以置信地看着我的老板，他笑得一脸灿烂。

"大门出去向右转，第二个路口有一家卖咖喱的，我要炸牛排咖喱饭，早点儿去免得排队。"

小老板交待完毕，将两千日元放我桌上，说剩下的当跑路费，让我为之气结。

"播戸重カレー専門店"在当地颇具人气，店里每天人满为患，总要排好长的队伍。

日本的餐厅总是这样，一定要等里面的客人结完账，桌子收拾好，刀叉都摆放整齐后才会出来唤下一位客人进入，所以时间拉得很长，但每个等待的人都很有耐心，没有人插队，也没有人喧哗，大家安安静静地等候。

好不容易我的前面只剩下一对情侣，也就是说我排第二，终于"多年媳妇熬成婆"，不禁喜形于色。

本来我的肚子不饿，不吃也行，但在排队当中被那浓郁的咖喱香气挑起食欲，突然觉得饥肠辘辘，很想大快朵颐一番。

"还没轮到妳？都等了 50 分钟了。"小老板向我走来。

我再一次难以置信地看着他，像看到一只怪物。

"怎么，没看过饥饿的人吗？"他回望我。

我很不满地说既然他要来店里吃，干嘛差遣我？我的时间就不是时间吗？

"妳的时间已经被我买下，至于我亲自前来是因为妳让我等太久，我来看看妳是不是开小差了。"他大言不惭地承认不信任我。

我气的一句话都不想说。

我点了咖喱牛肉饭，小老板则点炸牛排咖喱饭，听说是镇店之宝。

"这里的牛肉特别新鲜，上等的雪花牛肉，每天从神户运过来。"他说。

日本是个酷爱咖喱的国度，只要看看摆在超市货架上的各种咖喱粉和咖喱块，你就知道它有多受欢迎，差点让人误以为日本才是咖喱的发祥地。记得报纸上曾经有个票选活动，让日本人选出最爱吃的食物，结果咖喱饭打败寿司成为日本人最喜爱的食物。

"ごゆるり。"穿和服的日本妹子捧来两个大盘子，并且娇声娇气地请我们慢用。

我看了一眼盘中物，雪白的米饭淋上深褐色的咖喱汁，上面浮着几块牛肉，蔬菜几乎看不见，应该已经和咖喱汁溶为一体，盘子的边缘上则有一小撮酱菜，开胃用的。

"いただきます。"我双手合十，学日本人说"我开动了"，然后拿起勺子吃饭。

米饭很香，咖喱汁很浓，牛肉块则入口即化，连附赠的冰开水也透心凉，让我的味蕾得到充分的满足。

"妳知道为什么日本人吃饭前一定要喊一声'いただきます'？"小老板问我。

又来了，我管它为什么，说穿了就是一个民族的风俗习惯罢了。

"错，"他斩钉截铁地说，"因为要让食物有被吃的心理准备。"

对于小老板的幼稚言行，我已经见怪不怪了，所以当他又胡诌时，我能做到纹风不动。

"你一定认为我很幼稚吧？！"他读出我的心思，"那是因为妳天生缺乏幽默感。"

呃……反倒是我的错？

"放心，跟我处久了，妳会一天比一天快乐起来。"小老板又加上一句。

真是胡扯，我是很快乐啊！能吃饱、有地方住、身体健康，还有什么能让我不快乐？……

我侃侃而谈，没注意到店内的食客开始议论纷纷，并且眼光落在同一个方向。

"别回头。"小老板压低声音说。

我还是回过头去，原来收银台顶上有一架小型电视机，现在正直播佐藤秀中和仓本直美的婚礼。新娘子穿上白无垢（全白拖尾和服，头戴白帽子），新郎则穿着附有家纹的和服，两人在神社的神灵前许下结婚誓言，整个仪式非常庄严肃穆。

"幸せですね～" "花嫁真美" "いいカップル璧人"……

耳中传来阵阵祝福和赞叹声，我赶紧又转头回来，拿着勺拨弄盘中的咖喱饭，心中五味杂陈。

"妳说佐藤秀中是结婚的新郎，怎么一点儿喜气也没有？该不会是做了什么亏心事？"话是对我说，但小老板的眼睛一直盯着电视机瞧。

"够了，"我制止他，"什么都别说了，我一点儿也不感激。"

我起身，头也不回地走了，忘了小老板的钱在我身上，而我连自己的午餐钱也没付。

直到下午四点多钟，小老板才灰头土脸地走进公司，一副踩了狗屎的样子。

我刚在"雅虎日本"注完册，需要交押金，便知会了他一声。

"用妳的钱交。"小老板像吃了炸药。

"干嘛用我的钱？"

原来中午吃饭时，他身上既没钱也忘了带手机，我一跑，他便被店主人留下来刷盘子。

"真的假的？"由于平常他胡言乱语惯了，我不得不怀疑其真实性。

"看到没？手都皱的像哈密瓜上的纹路了。"他张开手掌让我瞧，果然皱巴巴。

我赶紧道歉并把钱款悉数还给他。

"算了，原谅妳，"他收下钱，"今天妳也不好受。"

我试着抽离悲伤的情绪，没想到小老板又一脚将我踢下水。

"谢谢你的善心，让我受益匪浅。"我没好气地答。

小老板没还嘴，迳自走向自己的办公室，没两分钟后又出来，把一张银白色的卡片放在我桌上。

"这是什么？"我边问边打开卡片，那是一张婚宴邀请卡，地点设在香格里拉酒店。

"想不想参加前男友的婚礼？"他问。

"不想！"我直接回绝并把卡片交还给他。

小老板感叹好可惜，因为吃的是精致料理……

"真想让那个龟孙子惊喜一下，难道妳不想？"他再次游说。

我还是摇头。

"糟糕！忘了妳是天使，"小老板收起邀请卡，"等着瞧吧！我绝对让他们的婚礼鸡飞狗跳。"

他对我眨眼睛，一副邀功的模样。

第二十五章：河豚料理

我还是去参加秀中的婚宴，目的是阻止小老板的恶作剧。我和他不算熟，不知他会不会来真的，如果应验了，秀中岂不难堪？

我很认同一句话"分手即使不是朋友，也不用恶脸相向"，况且……小老板说得对，一个结婚的新郎官，脸上却没有一点儿喜气，这已是最大的报复。

婚宴设在东京，七点入场，我提早下班到发廊做头发，还请了专人化妆。

化妆师问我穿什么颜色的礼服，我想了想，答"黑色"，因为我参加的是葬礼。

"どうぞご愁伤様ね。"化妆师一脸哀悽地要我节哀顺变。

一转头，她帮我化了一个"我见犹怜"的妆容，连口红都是淡粉色，整张脸素净的很。

小老板看见我，乐不可支，他说就差在发髻上插一朵白花了，这才是反击的最高境界。

走进会场，入口处有佐藤秀中和仓本直美的大型婚纱照，让参加婚宴的来宾不会走错宴会厅。我看见小老板从西装口袋里拿出一个白色的礼金袋，上面系有红色的同心结，袋子的正面用黑色水笔写上二十万日元。当收礼人员翻到背面做登记时，我看到送礼人的名字：林小西和孙爱梅。

林小西是小老板的名字，但这个孙爱梅是谁？

付完礼金，接待人员带我们入座，从座位离新人的远近来判断，林小西和办喜事的人关系很一般，因为我们被带到最角落的圆桌，估计连新人的脸孔都看不清。

再一次，我又看到"孙爱梅"三个字，因为桌上有名牌，而我正坐在她的位置上。

敢情林小西有女朋友，因为临时有事不克出席才抓我来填补空位？

我们坐下后，服务员便为我们斟上葡萄酒，瓶身上写着大大的红色"祝"字。

林小西曾说要大闹婚宴现场，但我看到的是，他端起酒杯到处和人敬酒，并且大派名片，把婚宴当成拉关系的场所。也难怪，佐藤家是日本最大的房地产商，而仓本家资本雄厚，来往者非富即贵，不趁现在推销"东洋瓷砖"更待何时？

好不容易等到今天的男女主角入席了，林小西才赶紧入座。

我看见秀中换了礼服，但仍是深色和服，没什么新意，倒是新娘子穿上用金、银、红三色交织的豪华打挂，上面绣了松竹梅及凤凰等吉祥图案，除了让宾客大饱眼福外，更代表新娘子已染上夫家的荣光，正要展开全新的缤纷多彩人生。

新人的两旁坐着双方家长，我看到秀中的父母一脸欣喜。还好今天的新娘子是他们喜欢的仓本直美，我很难想像若换成是我，他们的脸会臭成什么样子？

简短的欢迎和祝福词后，婚宴开始了，服务员一字排开，井然有序地上菜。

日本婚宴上的每一种食品都代表一个美好的祝愿，比如鱼头和鱼尾都向上卷起，整条鱼围成一个圆圈，象征夫妻永不分离，而虾、黑豆、海葡萄都是定番，分别意味着长寿、多金与多子多孙。

觥筹交错、风卷残云之后，三层大蛋糕被服务员用小车推出来，我知道婚宴已接近尾声。

秀中和仓本直美套上白手套，两人合力切开结婚蛋糕，全场报以热烈掌声，我忽然眼前一热，泪水滚落下来。

我最爱的男人结婚了，新娘不是我，而我还在观礼之列，切肤之痛也不过如此。

林小西握紧我的手，给予我安慰，此时的他化身为大侠，抱起我这个被万箭穿心的弱女子。

"始乱终弃的人不会幸福的。"他说。

如果这个世界上有人希望秀中幸福，那一定有我，可惜我爱的人不若我爱他的多。

"你说我一边把他恨得牙痒痒的，一边却还死心塌地爱着他，这是不是犯贱？"

"别再作贱自己了，渣男有什么好留恋的？再过几个月，妳连他的样貌都记不起来了。"林小西答。

我难以想象会有想不起秀中样貌的一天。

"あなたはなぜここに？"一个女人忽然狂喊起来。

我抬起头，认出那是佐藤家的小个子佣人，她正在逐桌分派蛋糕，来到我这一桌，误以为我是来闹事的。

我来不及解释，她已经慌慌张张地跑向主桌汇报，我看见秀中往我这边瞧，他……看见我了。

不仅他看见，整个会场的人都看见了，他们交头接耳、议论纷纷，几名记者甚至冲过来想拍照，但都被林小西挡住。拉扯之中有人倒地，全场哗然，尖叫声四起……

我和大侠被保安押着走出香格里拉酒店，我的一只鞋在混乱当中遗失了。

"我回去找！"林小西想往回走，被我一把抓住。

"算了吧！我今天没给礼金。"我说。

我们沉默了一会儿，还是林小西没忍住，他噗嗤一笑，并且一发不可收拾，像个疯子似的。

我也跟着笑，这是什么跟什么嘛！难不成我送了一只鞋给秀中当结婚礼物？

"这……这个礼物，呵呵！太……太屌了，带味道的……"林小西笑得眼泪都出来了。

"别这样啦！我应该很伤心才是。"我总觉得又哭又笑的，很不伦不类。

林小西说伤心个屁！在真爱面前举白旗的人，本身就是个渣，失去了不足惜，反而应该额手称庆才是。

"妳应该选一个不渣的人。" 他建议我。

"不渣的人？难道指的是你？"

"不，" 林小西的眼神突然暗淡下来，"我也是渣，而且渣的彻底。"

我上了报纸头条，虽然竭力想遮住镜头，但一张脸还是被照得清清楚楚，反倒是林小西的脸被切了 2/3，完全认不出他来。

"佐藤秀中是该吃点儿苦头，闹也闹了，到此为止吧！生活还是要继续。" 母亲和我一起吃早餐，今天桌上有烤鱼。

"我没有闹，只是去观礼，旁边的人太小题大做了。"

母亲看着我，仿佛说："闹也无所谓，干嘛撇清？"

我知道多说无益，低下头专心吃鱼。

大阪分公司的员工不像东京，除了小老板和我之外，清一色全是日本人。日本人很有礼但非常排外，我很难和他们交心，反倒因林小西在婚宴上的"行侠仗义"，我和他越走越近。

"喜欢吃韩国烤肉吗？" 他问。

"还行，但今天不想吃。"

"中国饭？"

"昨晚才吃过。"

"西餐？"

"全是肉。"

"意面和匹萨？"

"呃……没什么食欲。"

"河豚料理？"

林小西提起河豚，我犹豫了一下。

河豚是一种淡水鱼，身体呈圆筒形，有气囊，遇到危险时会吸气膨胀，一般体长在 25-35 厘米，筋肉、皮和卵巢有剧毒。

不仅日本人吃河豚，中国人自古也有吃河豚的历史，只是不若前者这般狂热。江户时期，日本就有嗜吃河豚的风气，稍有不慎，河豚肉便成为食客最后的晚餐，因为它的剧毒毫无解药，针尖大小就足以致人于死地。

丰田秀吉还曾因为有太多武士死于河豚毒而颁布禁食令，一旦吃了河豚，会被没收家产，乃至拘留。

这么一道让人又爱又恨的料理，我却未曾品尝过。

"那好，就是它了。"林小西拿起手机拨号。

我问他打给谁，他答"づぼらや"——大阪最出名的河豚料理店。

"贵不贵？"我又问。

"最近河豚捕获量递减，物以稀为贵，目前行情大概每条在 15 万日元左右。"他答。

15 万日元？折合人民币约一万，我的钱包可没这么鼓。

我正想阻止林小西预约，没想到他已通上电话，并且跟料理店订了两条，也就是 30 万日元，比吃金箔还贵。

想到我的薪水才 22 万日元一个月，一个晚上就吃掉大半的月薪，不禁叫苦连天。

第二十六章：是人还是魔？

日本人吃河豚是从"秋天的彼岸吃到春天的彼岸"，也就是从 9 月下旬至 3 月下旬，我们刚好赶上末班车。

林小西开着他的 Jeep，往通天阁的方向驶去，他预定的是道顿堀本店，远远就能看到那只飘在闹街上的大河豚招牌，连菜单都制成一面面的大板子直接摆在路边，让人一目了然。

先呈上的是河豚刺身，它的装盘方式很讲究，是采"鹤盛り"，也就是一只张开翅膀的鹤，旁边还有一朵祥云。

面对第一盘如艺术品般的精致菜肴，我仿佛站在悬崖边，要嘛摔得粉身碎骨，要嘛因品尝到人间美味而欣喜若狂。

眼看林小西用筷子轻轻夹起一片晶莹剔透的河豚肉，沾了醋就要送进嘴巴时，我忽然喊卡。

在日本，只有得到河豚厨师资格证的人才能处理河豚的毒素，然而凡事总有意外，2011 年，银座一家米其林二星餐厅就曾发生河豚中毒事件，让这个原本以为安全的食物又蒙上一层死亡阴影。

"那个……万一……你有什么事要交待？"我说。

林小西放下河豚肉，似笑非笑地看着我："妳是指临终遗言？"

被他瞧见心中的担忧，我怪不好意思的。

见我不言语，他开始很认真地想着他的临终遗言。

"告诉我父母别伤心难过，因为我是吃完美食，含笑离开人世的，还有……把我葬在孙爱梅旁边。"

说完，林小西把河豚刺身吃下肚，一副解脱了似的表情。

这是我第三次看到或听到"孙爱梅"三个字，很显然她已经死了，但她是谁？和林小西是什么关系？

"我不会为了满足别人的好奇心而开肠剖肚，妳该不会像那些庸俗的人一样，一心一意就想挖人隐私吧？！"大概我的表情泄漏了内心独白，我的老板迳自给出答案。

"噢，不，当然不，我也讨厌打破砂锅问到底的人……"我答。

"那好，"他夹起第二片刺身，"妳吃还是不吃？再不吃就要被我吃完了。"

由于河豚毒发作时间在 10 到 30 分钟之间，如果我等林小西"安然无恙"再食用，估计河豚肉早被他吃光了。

咬了咬牙，我豁出去了，大不了一死，至少黄泉路上还有人作陪。

我挑起鹤羽毛最边缘的部分，沾了点醋后纳入口中。

那是河豚皮的部位，非常有嚼劲儿，后来我又吃了生肉部位，肉质极富弹性，想要一口咬断很难，无怪乎每片刺身都切到薄如宣纸的程度。我吃了一片又一片，简直停不下来。

"离毒素发作还有几分钟，妳也讲讲临终遗言吧！"我几乎都忘了这件事，偏偏林小西又很煞风景地提起。

我想了想，说："我希望母亲能好好度过下半辈子，不要太伤心，还有……"

真是可气，死前的我竟然还想着秀中，我希望他不要太内疚，我们有缘无份，一切都是命。

虽然我没说出那些不争气的话，但林小西已从我的面部表情猜出大概，他毫不留情地取笑我："妳以为佐藤秀中还在乎妳？切，真是宇宙无敌大傻瓜！"

"不用你管，"我也来气，"再傻也是我的事，我喜欢当傻瓜，你管得着吗？"

他看了我好一会儿，终于接受我是个笨蛋的事实。

"吃，"他把两坨白白的，表皮微焦的东西放进我的盘里，"少说话。"

我问他这是什么？他很神秘地要我猜。

咬了一口，味道很特别，该怎么说呢？吃起来非常非常的嫩，很柔滑的感觉，带一点儿微腥，口感像嫩豆腐。

"这是雄性河豚的精囊，是河豚料理中最昂贵的部分。"林小西解开谜团。

精囊？制造精子的地方？我突然觉得浑身不自在，像吃了什么肮脏的东西似的，虽然它并不难吃，甚至算得上可口。

吃完精囊，接下来的食物就显得平凡许多。

豚皮沙律、煮凝り、河豚锅等都中规中矩，保持在水准之上。

最后服务员端来两碗米饭和生鸡蛋，把它们加入已吃完大半的河豚锅中熬成粥，味道之鲜美，在口中久久不能散去。

吃饱喝足后，林小西忽然可怜兮兮地说：“怎么办？我以为今天会毒发身亡，所以身上没带钱。”

不会吧？！我可不想留下来刷盘子。

我的老板笑着起身走向收银台，几句对话后，我看到林小西用手指着我，收银员探出头来看了我一眼后，拼命点头。

完了，完了，他该不会把我卖给料理店了吧？！30万日元，恐怕要洗上几十天的盘子。

我暗自祈祷林小西不会弃我而去，但怕什么来什么，可怕的一幕还是发生了，他竟然拉开门走了，完全忘记我的存在，这如何是好？

我趁着服务员没注意，偷偷离开座位，没想到在出口处被收银员拦截下来。

“私がクレジットカード。”我硬着头皮说自己可以刷信用卡（虽然明知道30万日元已经超出每个月的消费额度）。

收银员笑说刷什么信用卡？老板让她叫出租车送我回“本田家”，是不是要现在叫？

老板？哪个老板？

“林さん。”她说。

在收银员的解释下，我终于明白这家料理店有3个合伙人，林小西属于出资不管事的，说白了就是股东。

“彼はどこに行く?”我急着问林小西的行踪。

她答老板回家了，家就在料理店楼上。

这个可恶的林小西竟然玩我？看我不宰了他！

我火冒三丈，偏偏在这种情况下，视力却出奇的好，我看到收银台后面的墙上挂着几张名人与厨师合影的照片，其中有一张是属于林小西的，他和日本财务大臣及一位穿和服的清秀女子站在一块儿。

"あの女は谁？"我指着照片中的女人问。

收银员说那是他们的店长，现在在尼泊尔旅行。

我接着问这位在尼泊尔旅行的店长，名字是不是叫孙爱梅？

"あなたが知っているのか？"收银员很惊讶地反问，我是怎么知道的？

呵呵！我怎么知道的？一旦被耍够了，人的第六感就会出奇的敏感。

我请收银员帮我叫出租车，然后好整以暇地坐下来想一想，林小西到底是人还是魔？

第二十七章：母亲的计划

我成功地把东洋瓷砖送上"雅虎日本"网站后，林小西为我雇了两位兼职的工读生，他们担任网上销售的客服人员，我则负责接单、出货。

"网上销售的情况如何？"我的老板站在我背后，眼睛盯着电脑屏幕问。

我告诉他成绩还不错，刚开始因为摄像采光问题，被顾客认为与实物的颜色有出入而惨遭退货，但自从调整了摄像技术后，已经很少接到这方面的投诉了。

"很好，继续加油！"

林小西正要走，我转过头去，告诉他最近接了个单，是从尼泊尔发出的，订货人叫孙爱梅……

他愣了一下，样子很错愕。

自从在河豚料里店被他捉弄后，我一直想找机会反击。

"孙子的孙，爱情的爱，梅花的梅。"我再次强调。

孰料他一下子炸开来，说我有那个闲工夫查人隐私，何不把时间花在工作上？我可是他花钱雇来的劳工，每小时九百日元。

"得，"我沉下脸来，重新回到电脑前，"以后别在我面前提孙小姐，人家好好的在尼泊尔旅行，你偏偏要咀咒她死，居心何在？"

林小西气急败坏地反问我，他什么时候咀咒过孙爱梅？让我把话说清楚。

于是我清了清嗓子，学他在"づぼらや"的洒脱口吻："告诉我父母别伤心难过，因为我是吃完美食，含笑离开人世的，还有……把我葬在孙爱梅旁边。"

林小西非但没有自打嘴巴的尴尬，反而问我难道不能他先死，等孙爱梅驾鹤西归后，两人再葬在一起？

"是……是可以啊！但既然这么爱，何不亲口告诉她，生离死别算个什么？"

"我的事不用妳管，妳管好妳自己就行，"林小西转身，边走边念叨，"别又遇上渣男，哭哭啼啼的。"

让我为之气结。

日本是台风高发的区域，通常五月下旬以后才会有，但今年颇不寻常，刚进入四月就迎来今年的第一个台风。

据日本气象厅的报导，1号台风正在鹿儿岛县枕崎市西南120公里的海面上，以每小时30公里的速度向东北偏东方向推进，截至昨晚，日本多地已出现强降雨天气…

今天出门时，天空果然乌云密布，有少许风，还是热风，我带了把伞出去，但一直到进公司都没打开过。没想到下午两点便下起小雨，到了四点成了中雨，同事说大阪已经挂出四号风球了。

我不知道四号风球代表什么意思，但看见窗外漆黑一片，像末日来临，夹杂的风雨声也让我很不安，因为从公司大门到地铁口有十几分钟的步行距离，我肯定要淋成落汤鸡了。

"台風日間、君たちが先に退社した。"小老板突然走出办公室，宣布因为台风的关系，今天提前下班。

同事们欢呼一声，开始收拾桌上物准备离去。

"杉杉，妳最后走，别忘了锁门及关掉所有电源。"林小西下令。

啥？这不公平，公司有那么多男员工，为什么让我一个弱女子最后才走？

想到一定是今天早上我提起孙爱梅，让小老板很不爽，所以借机报复。哼！真是小心眼。

等到最后一位工友也走了，我忍住气关上所有的窗户及电源，再将公司大门锁上，拿起雨伞匆匆下楼。

果不其然，中雨已经成了大雨，风势也越来越强，偏偏我还穿着长裙……

我站在办公楼楼底下踌躇不前，想着该不该等风雨小一点儿再走？

"叭……叭叭……"一辆车停在我面前。

我看着那辆车好一会儿，好奇它为什么还不开走？

此时车窗忽然打开，林小西冲着我喊："快上车，妳傻了吗？"

真是奇怪，我为什么要上车？

我将头撇向一旁。

"あなたが急いで乗る？"一位老人催促我快点儿上车。

显然林小西的车不开走，后面的出租车便无法就定位，老人当然也无法上车了。

为了不当讨厌的人，我无奈上车。

"我没去过'本田家'，下高速后妳得指路。"他面无表情地说。

一路上风雨交加，雨刷器刷刷刷地左右摇摆，即使照明灯全打开，可视距离依然不到五十米。

"你开慢点儿。"我提醒。

林小西说不是开慢就安全，搞不好因为开得太慢，反而让后面的车撞上来……

那怎么办？前有断崖，后有追兵。

"别担心，我会把妳安全送到家。"他很有担当地说。

平常仅仅四十分钟的车程，因为台风的关系，硬是将时间延长了一倍有余。

母亲着急打来电话，怕我被堵在半路上。我告诉她今天老板开车送我回家，她便不再说话，只是叮咛我，车子可以停在车库内。

"本田家"是栋有 300 年历史的老宅，当时的房屋设计不可能有车库，为了方便本田英树的造访，特别在澡堂旁边加盖了双车库，平常只会停放母亲的座驾。既然母亲说林小西可以将车子停进车库内，代表此时本田英树不在"本田家"，这让我松了一口气，因为我不想在自己老板的面前介绍母亲的情人。

我让林小西开到宅子西侧，按了喇叭后，没多久车库的门开了。

待车子停妥，小雪对车内的我们说："快进来，晚餐准备好了。"

林小西扭捏地表示他还是回去吧！

"你回去不也得吃饭？反正要吃，不如吃完再走。"我是知恩图报的人，他开车送我回来，我便请他吃饭。

于是他无可无不可地跟我进到母亲的房间内。

远远的我就闻到火锅的香气，和日式火锅不一样，空气中有花椒的味道。

"今天有中国贵客到，所以我特别交待厨子准备重庆火锅，你……爱吃辣吗？"母亲问林小西。

我的老板没回答，反而直喇喇地盯着母亲瞧，像个被女色吸引的男人。我又重复母亲的问话，他这才笑着答他无辣不欢，连做梦都想吃重庆火锅。

重庆火锅又称毛肚火锅或麻辣火锅，起源于重庆码头船工纤夫的粗放餐饮，原料主要为牛毛肚、猪黄喉、鸭肠、牛血旺等。

"那好，待会儿你多吃点儿。"母亲给他一个加了蒜泥、葱花、香菜、小米辣、榨菜、花生、香油，花椒油等的蘸料碟子。

看着油汪汪的红色锅底，我皱了皱眉头，还好母亲准备了鸳鸯锅，她知道我不吃辣。

"妳不吃辣吗？"林小西看我把筷子伸向清汤锅，遂问。

"嗯，吃辣让我脸上长痘痘。"我解释。

当他看见母亲也把筷子伸向清汤锅时，按耐不住地问了同样的问题。

母亲说她的皮肤好的很，不吃辣不是怕长痘痘，而是怕有口臭。

"那么待会儿我得刷三十分钟以上的牙才行。"林小西笑说。

我给了林小西他要的牙刷、牙膏和漱口水，他很认真地刷起牙来。

我心想他干嘛这么煞有介事？反正待会儿就回去了。

没想到下一秒母亲便告诉我已经挂五号风球了，让林老板别回去，就在"本田家"住一晚吧！

可恶！台风早不来晚不来，偏偏选这时候来，让人进退两难。此时赶客人走显得不近人情，但不赶他走，又觉得住得别扭。

"那个……风雨越来越大，要不……在这里住一宿吧！"我说。

"行，"林小西用毛巾擦了嘴，"住宿费我付。"

我答不用了，心想就当收留一只无家可归的小狗吧！

母亲为林小西开的是"本田家"最大的一间客房，一晚要价十二万日元，秀中来时也是住那一间，秀中……？

难不成母亲的眼光又落在另一个男人身上，以为他会是我生命中的真命天子？

不行，林小西有女朋友了，我得让母亲明白不是所有的雄性动物都是我的结婚对象。

将小老板带进房后，我合上障子门，急冲冲地往母亲的房间走去……

第二十八章：乱点鸳鸯谱

日式民宿旅馆内的房间通常是一个开间，地上铺有稻草编织的"榻榻米"草席，正中央有一张矮桌子及四张座垫，房间的门是滑动式的拉门，装饰品通常是画和瓷器，旅客晚上就睡在地板上的"大通铺"被褥里。

然而母亲是老板娘，她的房间自然不一样，属于一居室，有个不算小的会客室，室外连着露天阳台，阳台正对着小花园。

我进去时，她正坐在矮桌前喝茶兼看时装杂志，半小时前的杯盘狼藉已被小雪整理干净，房间里还喷了花露水，借以盖住呛鼻的火锅味。

"老板睡了？"母亲问，眼睛没离开 Anecan，那是一本专门提供轻熟女选择衣饰的杂志。

"嗯！"我坐了下来，直接切入主题，"我的老板有女朋友了。"

"所以呢？"母亲翻了页，"本田英树还有老婆和孩子呢！"

我就知道母亲是那种不理会传统教条的人，简直离经叛道的可以。

"只要有钱，妳大概不介意我当别人的小老婆吧！"我问。

母亲用力合上杂志，语重心长地表示她当然愿意我当正宫，但当正宫第一要件得家世清白，最好还是书香门第，可惜我们吴家在第一轮就被刷下来，人得有自知之明，螳臂当车的事还是少做。

"呵！我为什么被刷下来？这是拜谁所赐？"

"杉杉，妳若要纠结这个，只会让自己不开心，人总得往前看。"母亲感叹，又强调当小老婆没什么不好，既受宠又没有传宗接代的包袱。

全天下要自己的女儿当小老婆的父母大概不多见，我何其有幸偏偏遇上了。

"反正我不当小老婆，妳也别把林小西放进名单内。"我把话撂下。

"妳说老板叫什么来着？"母亲抬眼看我。

"林小西，双木林，大小的小，东西的西。"我答。

母亲突然陷入沉思，她端起"汤吞"（没有柄的陶瓷杯，上面有一圈圈的握纹），若有所思地说："我倒是认识一个叫林大东的人。"

"谁？妳说妳认识谁？"我惊讶地喊出声来。

林小西的父亲叫林大东，年轻时曾经暗恋一位叫吴桃桃的女人，尽管母亲现在的中文名叫吴飞飞，也难逃以前叫吴桃桃的事实，加上母亲也承认认识一位叫林大东的男人，种种迹象显示，这对男女有着千丝万缕的关系。

"妳眼角的痣到哪里去了？还有，妳的眼睛什么时候变得又大又圆了？"我质问。

因为大老板描述的暗恋对象和母亲现在的容颜有出入，所以我一直没将两人对上号，现在一想，事有蹊跷。

"眼角的痣是爱哭痣，这辈子我哭的还不够多吗？所以花了五十元把它点掉了，至于眼形……圆滚滚的更讨喜，于是我又花钱开了眼角。"母亲解释。

也难怪，从小我跟着外公外婆住，对母亲的印象一直很模糊，等我够大时，她已经是眼前的"整容脸"了。

我赌气地说哪天我也去开眼角，这样我们母女俩就更像了。

孰料母亲说不必，因为我的起点比她高，不需要整容，只要按照她说的做，一辈子的荣华富贵就享用不尽了……

"真是谢谢妳了。"我说。

"不客气，"母亲竟听不出我的反话，反而自言自语起来，"没想到当年的癞蛤蟆如今成了大老板了……"

噢！不，林大东有幸福的家庭，可别又"吹皱一池春水"。

母亲听了呵呵笑，她说自己也有幸福的家，保证绝不会"哪壶不开提哪壶"。

隔天一早，外面虽然仍有风雨，但明显小很多了。我赶着上班，林小西也是。

"睡得好吗？"我问。

刚走出房门我就看到他，虽然衣服还是昨天那一套，但看起来神清气爽。

"很好。"他答，接着低头看了一眼腕表，"现在出发刚刚好，早餐就在路上随便买点儿充饥。"

我也这么认为。

谁知走没两步就遇见小雪，她说早餐准备好了，老板娘要我们移驾到她房里吃。

"不吃了，我们赶着上班呢！"我对小雪说。

然而林小西考虑得比较多，他说还是当面向我母亲辞行比较有礼，于是我们往母亲的房间走去。

"本田家"提供的早餐一向是传统日式，不外味噌汤、鱼、鸡蛋、豆腐、米饭、渍物和茶，偶尔会应客人要求提供美式或欧式早餐，但中式早餐绝无仅有，只有在极少的情况下，譬如我或母亲患上思乡病时才可能会有，因为我们的料理师很不喜欢将厨房搞得乌烟瘴气的。

然而现在桌上不仅有油条、大饼、豆腐脑，还有云吞和豆浆，母亲的"司马昭之心"显而易见，让我很反感。

"小西，快坐下，喜欢吃中式早餐不？"母亲竟然唤我的老板"小西"？

"喜欢，"林小西忙不迭点头，"梦里都想吃油条、大饼。"

"怎么做梦都梦吃的？有没有病？"我很不屑。

他反问我，不梦吃的梦什么？难道梦风花雪月？

我本来想说梦"孙爱梅"，但一想到那是他的禁区，遂噤口。

原先我们只打算礼貌性地和母亲告别后就离去，没料到林小西一屁股坐下就开吃，加上母亲有计划的谈话，时间一分一秒地流逝，眼看就要赶不上打卡了。

"杉杉，妳在穷紧张什么？老板在这里，难不成他会因为迟到而扣妳薪水？"母亲话是对我说，其实是讲给林小西听。

　　"不会，不会，"我的老板赶紧否认，"难得吃到家乡味，晚个几小时算什么？"

　　"就是说嘛！"母亲附合，转而又问林小西平常在家谁做饭？和父母同住吗？

　　他答父亲住在东京，母亲住在上海，他住在大阪，平时有人帮他烧饭。

　　"谁？钟点工还是......女朋友？"母亲正试着摸底。

　　林小西的眼神忽然暗淡下来，有些欲言又止，我赶紧出手相助："好了啦！还让不让人走？再不上班，员工要以为我和老板私奔了。"

　　母亲睨了我一眼，说："妳要跟老板私奔，也得先搞清楚他有没有女朋友。"

　　真是败给母亲了，玩笑话她都听不出来，还答得上纲上线的。

　　没想到林小西竟然回答了母亲无厘头的问话，他说他和表姐住，表姐名叫孙爱梅。

　　什么！孙爱梅是他表姐？！我再一次被林小西的"不按理出牌"给震惊住，能不能来点儿正常的？

　　"也就是说，你现在不仅单身，而且没女朋友......"母亲下结论，嘴角上扬。

　　完了完了，母亲又开始乱点鸳鸯谱了，我不禁叫苦连天。

第二十九章：跳河

本来以为林小西会跟我解释孙爱梅为什么从"女友"变成了"表姐"？但他什么话都没说，我也只能噤声。

车子上了高速后，风雨又增强了，所有的车子因此都放缓了速度。我看了一眼车速表，一小时不到 30 公里，以这种龟速，大概中午过后才能抵达公司。

"如果你没坐下来吃早餐，我们早就到公司了。"我忍不住埋怨。

没想到我的老板说早到公司又如何？还不是跟一堆数据打交道，然后是说不完的电话，能偷得浮生半日闲是件惬意的事……

我一时角色错乱，以为我是老板，他才是员工。

得，老板不急，我急什么？

"妳说……"林小西望着前方的车屁股怔了一会儿，"和我私奔一天如何？"

听他这一说，刚下肚的豆腐脑差点儿呕吐出来，我问他脑子是不是进水了？

"没有，妳没有听错，不知怎的，今天特别不想上班，就想人间蒸发一天，妳能陪我吗？"林小西问。

说是人间蒸发，其实是跑回他家。

我看到《づぼらや》料理店的门口挂出"准备に"的牌子，顿时松了一口气，我可不想让餐厅员工误会我是来抢他们经理的男朋友，噢！不，不是男朋友，是表弟。

"楼梯很陡，妳小心点儿。"林小西提醒我。

原来他家真的在河豚料理店的楼上，只是楼梯设在建筑物外面，呈之字形，踩上去吱吱作响。

因为下着雨，我和林小西几乎是跑着上去，然而到了家门口，我的老板才发现他把房门钥匙遗留在车上了，于是又跑回车里拿，这样一来一往，可想而知，倾盆大雨早把我俩淋成落汤鸡了。

"快进去！"门一打开，林小西就在我背后推了一把。

进到屋内，我却站在玄关处进退两难，因为里面整齐、干净的如同房屋销售的样板房，我这么湿漉漉的，怎好走进去？

林小西也看出我的窘态，他脱了鞋进到浴室，出来时手上多了两条大浴巾，一条他自用，另一条给了我。我赶忙将一头湿发给擦干，顺便又擦了身上的薄外套，可惜没什么用，因为里面的棉衣仍紧贴着皮肤，怪难受的。

"去吧！"林小西从衣柜里拿来一件衣服递给我，"浴室里有烘干机。"

等我把湿衣服塞进机子里，这才发现林小西给我的是男士衬衫，虽然它宽大到能遮住屁股，但也就这样了，底下的两条腿光溜溜的，叫我如何见人？

"扣、扣、"林小西敲门，"妳还好吧？没掉进马桶里吧？"

死相！这时还开玩笑？

"我……没事，我等衣服干。"我隔着门答。

谁知林小西在门外笑得好大声。

"哈哈！等衣服干？妳知道这得等至少半个小时以上吗？"他笑问。

那……该如何是好？

我吞吞吐吐地说脚冷，林小西马上心领神会，他从门缝里送来一条米色的卡其布长裤，腰围大了点儿，但不碍事，只是裤长实在太长，我向上折了两翻。

"你表姐大概有一米七。"我终于走出浴室，并且一开口就提孙爱梅，那个林小西避谈的人物。

这次他倒不动声色，只说桌上有热茶，要我赶紧喝了祛寒。

我坐了下来，慢悠悠地喝茶顺便观察整个屋子。

入口处左侧有个简易厨房，右侧则是卫浴，走进来是客厅，木地板上铺了白色羊毛毯，奥地利著名情色画家古斯塔夫.克里姆特的名作

《吻》挂在灰蓝色布艺沙发的背面墙上，没有电视机，倒有一套看似不菲的音响设备。

客厅和卧室之间以书架隔开，里面的 Queensize 席梦思床看起来很柔软，角落有个梳妆台，梳妆台的旁边立着一个水蓝色的两开式衣柜……

有梳妆台代表这个家有女主人，但只有一张床又代表什么？林小西总不可能和表姐挤一张床吧？！

我突然感到愤怒，有女朋友又不是见不得人的事，干嘛隐瞒？他不仅捉弄我，也捉弄了我母亲，是可忍孰不可忍？

"我要回家！"我板起脸孔说。

林小西听了倒没诧异，他双手捂住茶杯走向窗口，观察了一会儿后说："外面还在下雨，妳确定真要走？"

此时的他已经换上干净的家居服，我不认为他想为我出一趟门。

"你可以不送我，"先拒绝比较不尴尬，"我让楼下料理店帮我叫出租车。"

林小西说叫出租车有什么难的？现在就可以叫，只是我的衣服还没干……

对啊！我的衣服还在烘干机里呢！

这一想，我赶紧找台阶下："那……忍耐几分钟是可以的。"

林小西说既然要忍耐几分钟，不妨说说我忽然讨厌他的理由。

原来那小子不是木头人，他感觉到我的厌恶。

"你是我的老板，我怎么可以讨厌你？"我反问，就想看他出糗。

没想到林小西流露出轻蔑的笑容，他说我不诚实，又说我矫情，十足作女一个。

这彻底激怒我了，我口无遮拦地说他谎话连篇又爱捉弄人，不仅捉弄我，还捉弄我母亲，罪加一等……

"我什么时候捉弄妳又捉弄妳母亲？"林小西抓住话柄。

呵！真会演戏，是谁说孙爱梅是他表姐，表姐和表弟有可能睡同一张床吗？那叫乱伦……

谁知林小西没等我把话说完，愤怒地将手中的杯子往地上砸，发出哐啷一声，陶瓷碎了一地。

这是做什么？耀武扬威吗？大不了我走，犯不着拿杯子出气。

我冲进浴室，三两下脱了林小西和他"表姐"的衣裤，换上自己半干的衣服，等我出来时，那个失控的男人已站在门外，神情似乎平静了许多。

"对不起，我太激动了，能不走吗？我想找个人谈谈。"他说。

原来孙爱梅真的是林小西的表姐，她像个小妈妈似的，从小给他无微不至的关怀与照顾。他跌倒了，她帮他擦药；他被欺负了，她挺身而出。在林小西的眼里，孙爱梅像神一样的存在，一人同时扮演了多重角色，既是亲人又像朋友，所以当孙爱梅的身边出现追求者时，林小西的天地瞬间垮了，他接受不了自己的守护神会去爱别人。

"每个追求者都受过我大大小小的恶作剧，他们是我不共戴天的仇人，我恨不得吃其肉、啃其骨！"他说。

孙爱梅也察觉出他的异样，两人一番长谈后，林小西向她表达了爱慕之情，这个外表柔顺的女人非但没有扼止他疯狂的想法，反而一拍即合，也许在内心深处，她也爱上了这个小她五岁的表弟。

情投意合的下场非但没迎来祝福，反而点燃了家族战火，灰头土脸的两人只好联袂逃到日本，暂时避开风暴。

"这不是很好吗？找到了避风港。"我说，顺便又告诉他古今中外近亲结婚的多的是，尤其是皇亲贵族，只要不生小孩就没事，因为血缘太近难免生下不健康的孩子。

林小西叹了一口气说，这就是症结所在，他爱孙爱梅，但他也支持"传宗接代"的想法，尤其他是家里惟一的孩子。

"这就麻烦了，要不......领养一个？"我建议。

林小西苦笑着答，他还没大度到去养别人的小孩。

这真伤脑筋，难怪孙爱梅要到国外散心，因为情势复杂像走迷宫，一时半会儿还绕不出来。

林小西说他本来也不抱希望，但自从遇见我，黑夜终于有了曙光。

"我给孙爱梅看了妳的照片，她也同意，因为妳看起来温柔体贴，孩子若像妳很好……"

"等等，这是什么意思？"我一时犯迷糊。

我的老板清了清喉咙，放缓了声速，像发表重要宣言："杉杉，妳能为我和爱梅贡献卵子吗？我可以另外找代孕妈妈，免去妳怀孕的痛苦。"

这宣言无异当头棒喝，打得我半天没缓过来。

"价钱随便妳开。"他补上一句。

林小西提到钱，让我更怒火中烧，怎么……怎么可以这么欺负人？我还是待字闺中的未婚女子啊！

因为太过气愤和委屈，我忍不住泪流满面。

"杉杉，杉杉，别哭，当我没说，行吗？"林小西慌了手脚。

我的老板一定早知道母亲的风流韻事，以为我和母亲一样，只要给钱，没什么做不到的。想到此，我想死的心都有。

"妳去哪里？"林小西对着我的背影喊。

"还能去哪里？跳河呗！"

我往道顿堀的方向跑去。

第三十章：仓本秀中

我在雨中奔跑，鞋子进水，眼睛也进水了。

虽然看不清前方的路，但我看到 Glico 的广告牌子，知道离河不远。

道顿堀是一条横穿大阪的运河，与木津川及东横堀川连接，全长约 2.5 公里，两岸有很多餐厅、戏院和娱乐场所。

"杉杉……别跑了……我道歉……我道歉还不行吗？"林小西追着我。

虽然我个子不高却很能跑，从小就是短跑校队，林小西想追上我的确吃力，但他的腿长，最后还是在"蟹道乐"的红色帝王蟹招牌下逮到我，离河不到二十米。

"告诉我，为什么生气？如果不愿意做，没人会强迫妳。"他说。

我为什么生气？亏他说得出口？如果我是正经人家出身的女孩，他会跟我要卵子吗？肯定是骨子里看轻我，认为可以予取予求。

"秀中看不起我，你也看不起我，所有的人都看不起我，我……活着还有什么意思？"我哭得上气不接下气，"我母亲的所作所为虽然不光彩，但孤儿寡母容易吗？那也是无奈之举啊！"

林小西见我不再反抗，松了我的手，语重心长地说我误会他了，就是因为知道我是个正经的女孩，才愿意自己的后代有我的基因，如果不是太喜欢我，他也不会选择我当孩子的原生母亲……

太喜欢我？这是什么意思？

林小西答我是他见过最心善的人，宁愿自己受苦也不愿伤害别人，符合他对美的要求……

"你这是以退为进的哀兵姿态，我不会上当的。"我仍不假辞色。

"よく言う話があって、カップルがケンカが壊れた感情。"一位路过的大叔误以为我们是吵架中的情侣，要我们好好说话，别伤和气。

"妳看，旁人都以为妳是我的女朋友，可见我们有多般配，别哭了吧，"他擦掉我脸上的泪水，"我们回家，嗯？"

　　林小西"又"带我回他家，只是这一次我等衣服全干了才走，离开时，已近黄昏。

　　我没有答应给卵子，林小西也不再提此事，我们既像老板和员工，也像朋友一样的相处，直到……
　　"杉杉，妳能把瓷砖样品送给大和房地产公司吗？"林小西问。
　　"大和房地产公司？"
　　林小西答大概是新兴的房地产开发商，他们在东京的葛饰区盖了住宅楼，位置偏了点儿，但靠近水元公园又是大型社区，所以很受中产阶层的欢迎。
　　"在东京？为什么不找东京总公司要样品呢？"我提出疑问。
　　林小西答他也不清楚，也许他们认为东京公司的要价要贵一些，管他的，有生意做还不做吗？
　　老板说得对，送上门的钱能往外推吗？但是网上的订货……
　　林小西要我先别管那事，因为对方社长指定要会说普通话的销售，公司除了他就是我了，当然只能派我去。
　　那位社长竟然指定会说普通话的销售前往？这倒新鲜。
　　我没有迟疑，马上整装出发。

　　我们的瓷砖样品都是 4 乘 6 厘米见方的小块，因为房屋销售对象是中产阶层，位置又比较偏，所以我选择不花俏的中性色调，装满了整个手提箱，很沉但不碍事，因为公司会派司机送我去。
　　东京的行政区域共划分为 24 个区，葛饰区是一个被江户川、荒川围绕着的水乡，区内的水元公园是东京惟一的湿地公园，拥有二十万株的菖蒲花，拿它提取芳香油可防疫驱蚊。
　　此时车子正沿着水元公园附近的湖泊前进，没多久，我看见万绿丛中有五栋大楼正在兴建，其中一栋已接近完工，我下车走向售楼处。
　　那位穿着 OL 工作服的干练女子说他们的社长正在 A1818 等我，A 栋楼只剩最后装修，电梯能正常运行，不需戴安全帽。

她将我带到电梯处，按了上行键后，对我行了个礼就走，让我很不安，我原以为她会和我一起上去。

上到十八层，电梯门一打开，眼前尽是毛坯样貌，也难怪，如果已装修完毕就不需要我上门了，问题是 A1818 在哪里？这里连个房门也没有，让我从何找起？

走没几步，我听到了谈话声，约有四、五人的样子，遂快步走向声音出处。

"お前は東洋タイルの人？" 门口那个高大的男人问我是不是东洋的人？

我赶紧点头，说自己带来了瓷砖样品。

他侧过身，让我进入一个采光良好的房间，里面有四个人，一高、一矮、一胖，还有……那人背对着我看窗外，背影有些面熟。

高矮胖看了我带来的瓷砖后问了一些问题，我都逐一答复，最后他们转向窗前的男子，问他有什么意见？

"私、あなたの意見がいい。" 他答没意见，依然背对着我们，但我认出那声音了。

矮个子问我能把样品留下来吗？他们还得讨论讨论，而且我报的价太高，价钱还得磨一磨。

我当然知道那么一大笔单子不可能很快下决定，留下样品后，我赶紧告辞，因为不想面对窗前的那个人。

"君たちに行こう!見たい。タイル。" 那人还是转过身来，并且打发高矮胖走。

待人走远，他问我："如果是妳，浴室会选择哪块瓷砖？"

我指向一块抛光白玉瓷砖，告诉他用这款最好，不防滑，沾上水后包管让人跌个四脚朝天。

他尴尬地笑了笑，说我小心眼，不愉快的事还记得这么牢。

我小心眼吗？任何被前男友弃之如敝屣的人会有多大度？我不知道。

"杉杉，对不起，妳知道，我……情非得已。" 秀中终于开口道歉。

我强忍着泪水，说："我……我一直以为这世界上能给你幸福的只有我，看来我太自信了，所以你选择了别人。"

秀中苦笑，他说能给他幸福的是我，但能给整个家族幸福的却是仓本直美，他寡不敌众，只好牺牲小我，完成大我。

那好吧！话都说到这个份上了，我还有什么话好说？

"我把样品留这里，价钱你和我的老板谈，这么大一个社区，我相信他会给你一个好折扣。"

是时候该走了，我转身。

"杉杉别走，"秀中抓住我的臂膀，"我……我依然爱妳。"

这算什么？爱我而不娶我，是想让我当小老婆吗？

秀中捧起我的脸："名义上的老婆我不能给妳，但我的心一直在妳这里，未曾离去。"

他说得情真意切，我差点儿要投入他怀里，诉说对他排山倒海的爱恋，但我还是推开他的手，无情地说："我妈是别人的小老婆，那是她的命，我不一样，我要明媒正娶，况且……况且已经有人向我求婚了。"

"谁？"秀中着急问，像个被抢走心爱玩具的小孩。

我告诉他，是谁不重要，重要的是那人认为我心善，符合他对美的要求，希望我能成为他未来孩子的母亲……

不知不觉中，我竟然将林小西借来当挡箭牌。

"不，妳不能嫁给别人，妳是我的。"秀中很痛苦。

"早在你成婚之时，我就已经不是你的了，仓本秀中。"我故意在他的名字上冠上妻姓，借以羞辱他。

林小西说错了，我不是心善的人，面对秀中，我希望他婚后过得悽惨、过得猪狗不如……

然而在电梯里，我还是忍不住哭出来，冷酷只能再次证明我有多在乎他，那个曾经背叛过我的人——佐藤秀中。

第三十一章：葵祭

从东京回来后，我沉默不语，林小西问我怎么了？我答没什么，例假前的躁郁症。

"妳今天外出前好好的，是不是在东京遇到了什么人？"

他的问话让我忽然想起，好端端的，怎么秀中就知道我在东洋瓷砖大阪分公司工作？而且非常笃定我会前来，莫非……

林小西指天发誓他真的不知道那个渣男会设局让我去，早知道他就亲自驱车前往，怎么可能让我身陷魔窟？

也是，他的确看起来不像"告密者"，何况公司运营良好，他犯不着做"人神共愤"的事。

我又沉默了，林小西忽然一问："他……有没有对妳怎样？"

嗯？对我怎样？

林小西红了脸，我猜到他想问什么。

"没有。"我答。

"那就好。"他松了一口气。

下班前，大和房地产公司的人来电话要我明天再到工地详谈，如果谈得好，他们决定用我们的瓷砖。

我很快心算了一下，五栋三十层大楼，总铺设面积不低于 60000 平方米，那是一笔大约十亿日元的订单。

眼看还有几分钟下班，我敲开林小西的办公室门，告诉他明天我需要用车，又问他十亿日元的订单能给到多少折扣？

"妳别去，我去。"我的老板合上卷宗说。

既然林小西想亲自出马，我没理由不让。

"行，我等你的好消息。"我说。

林小西笑问怎么我的口吻像老板，他反倒成了雇员？

我答如果能把这个单子拿下，年底的分红可以多出好几个月，我当然希望他旗开得胜，至于谁是老板……当然他才是老板，我只是摇旗呐喊的员工。

"那好，明天等我的好消息。"林小西信心十足。

隔天，我的老板直到快下班才进公司，而且灰头土脸，气色很不好。

我心里有底，肯定是糊了。

"杉杉，下班了。"林小西从办公室走出来，经过我的办公桌喊了一声。

我看了一眼墙上钟，还有半小时才下班。

"我在楼下等妳。"说完，他推门走了。

工读生安部次郎看了我一眼，我知道他学过汉语，只是不知道他能听懂多少。

"店主が私を探し談公事。"我以堂而皇之的理由搪塞过去，希望别被误会才好。

办公室恋情从来就不被看好，尤其和老板之间，要嘛被认为是靠床上功夫上位；要嘛新鲜感一过被晾在一边，两者都不讨好，何况我和林小西之间什么都没有，若无端被贴上标签，以后想漂白就难了。

我下到办公楼底层，没看到人，正想拨手机，突然听到"叭、叭"两声，原来林小西的车就停在旋转门外，我看到保安过来赶人，赶紧跳上车。

"你是怎么了？办公大楼前禁按喇叭，你又不是不知道。"我系上安全带。

"今天心情不好，不想管乱七八糟的规定。"他说。

果然单子没拿下，所以心情不好。我开口安慰他几句，反倒被他当成发泄的对象。

"说我们的瓷砖品质不好，品质不好还约着第二次见面？又把价钱压到三折，三折哪！那是成本价，等于没赚。"他气愤不已。

"我肚子饿了。"我面无表情地说。

"什么？！"林小西难以置信我会在这个节骨眼喊饿。

其实我不是真饿，但他边开车边发怒，我怕出事故，所以不得不找个理由让他停车。

元祖这家串串烧一向大排长龙，也许我们去的时间点刚好，没有等位。

我不是特别想吃串串烧，但附近都是吃正餐的，要嘛还没营业，要嘛份量大到得有个空腹才行。

林小西说他不饿，只想喝杯啤酒，于是我叫了牛肉串、海老串及秋葵串，另加两杯啤酒。等食物送上来，我的老板又加点了鳗鱼串、扇贝串、牡蛎串及藕片串。

"没办法，闻着闻着，肚子就饿了。"他解释。

串串烧是油炸食品，吃多了会腻，但这家的蘸酱好吃，加上冰过的啤酒，当小食再合适不过。

吃饱喝足后，我问他还生气不？他答还生气，于是我说想吃甜品，不为什么，刚好看到"キルフェボン"的招牌，那里有高人气的水果塔。

我点了草莓水果塔，酥脆的塔皮加上大颗草莓及甜的刚刚好的浓香奶油，好吃的不得了。

"你确定不吃？"我问。

这次林小西真没吃，他点了黑咖啡慢慢啜饮。

"还生气不？"我又问。

林小西答不生气了，如果继续生气下去，恐怕我们得把道顿堀美食街上的美食全吃上一遍才成。

我听了呵呵笑，算他聪明。

"孙爱梅喜欢吃甜品吗？"我问起他的心上人，顺便测测他是否还忌讳谈她。

"喜欢，但不知为什么，她的胃口越来越差，有时整天不吃东西也行。"

那可不妙，她肯定有烦心事。

林小西说那自然是，他自己也是每天烦恼事一大堆，办公室的租金涨了，人工涨了，偏偏竞争还特别激烈，光今年大阪就多了近二十家瓷砖公司，简直不让人活。

我问怎么会？公司的订单不少，情况应该不至于那么糟糕。他答那是都去年签的约，今年还没有签下任何大单，光靠小单，很快会寅吃卯粮……

原来经营一家公司这么不易，所以大和的单子说什么也得拿下。

"这也是症结所在，佐藤秀中明显给我小鞋穿，不知为什么，他似乎对我有敌意，话里带刺，虽是开玩笑的口吻，但听着很不是滋味。"

我告诉他，秀中可能把他当成追求我的人，尤其大闹婚礼那天他也在场。

"说的也是，我和妳一起参加婚宴，关系应该不一般，"林小西很懊恼，"看来，这个单子肯定飞了。"

我又安慰他几句，心中的计划也悄然而生：我得拿下这个单子，为公司也为自己。

如果东洋没了，等于宣告我失业，再求职，难免背上母亲给我的十字架，除非我真的不在乎那些流言蜚语。

"明天我想请假一天。"我说。

"为什么？"林小西问。

我告诉他明天是京都的葵祭，母亲约了我去看祭典。

"去吧！今年妳还没放年假。"我的老板很大度地说。

第三十二章：醍醐灌顶

在日本古老的神话中，为了感谢日神的恩惠，人们会把系上向日葵的牛车赶到神殿去参拜，称为葵祭。时至今日，每到葵祭你会瞧见装扮成各类文武百官的人们赶着牛车去巡行街头，从中体会到历史的传承。

今天阳光明媚，我不知道母亲会不会去看葵祭，但我铁定不会。

穿上秀中喜欢的甜美服饰，又用卷发棒在发梢做出蓬松效果的梨花头，我想打造出活泼、俏丽的形象。

"杉杉，把个人的恩怨抛开作背水一战！"我给镜中的自己打气。

秀中的手机号还是从前那一个，没变。

他听到是我，很开心，当下提议让我们找个地方叙叙旧。

我答叙旧免了，光谈瓷砖的事。

"瓷砖能有什么事？不过是一堆石头罢了。"

听他这一说，我知道他想打太极拳，根本没诚心谈生意。

"我到工地找你，请将样品带上。"我仍把公事摆第一。

他答何必呢？自己正在往地铁犬吠站的路上，犯不着绕一大圈回到工地。

"你去那里干嘛？"我问。

"妳忘了我仍保有妳东京公寓的钥匙？我先过去，妳慢慢来，我煮好吃的东西等妳。"他答。

真该死！怎么就没想到换个门锁？

因为失恋，我曾自弃好一阵子，后来临时得到大阪的工作，匆忙间又没来得及收拾屋子，可想而知，被褥乱成一团不说，垃圾没倒、碗盘没洗外加晾在浴室里的内衣裤……

一想到那个画面，真恨不得一头撞死。

不，不行，我一定得赶在秀中前面回到屋子，不然尴尬死了。

我转身找人，原以为福山先生会为我跑这一趟远路，没想到他去机场接客人了，我二话不说叫上出租车。

出租车司机一听说要跑东京，面露难色，他说回程恐怕得空车，跟我要了双倍车资。

我咬了咬牙，无奈同意。

没想到上天继续给我出难题，车子一上高速就大塞车。

"どういうこと？"我问。

司机说可能前方出了车祸，而且是大车祸。果不其然，到了浜松就看到连环车祸，两辆大货车追尾，还波及另外四、五辆轿车。

警车因此来了好几辆，车顶的警示灯闪个不停，高速公路上也围起了黄色的警戒布条，只留下单线道供车辆通行，难怪车子走走停停，让人好等。

过了肇事区域，车流才顺畅起来，挠是这样，到达小区门口也足足开了三个小时。

我付给司机近两万日元的车资，他很高兴地表示今天的营业目标已达成，他要回家帮老婆摘豆荚。

我无奈地笑了笑，心想今天的订单一定得拿下，否则就亏大了。

我在房外就闻到牛蒡土佐煮的香味。

"妳回来了。"秀中从厨房探出头来，身上围着我的粉色围裙，样子很滑稽。

我关上门，脱了高跟鞋再趿上家用拖鞋，这才发现地板抹了，在灯光下闪着光。

走向客厅，窗明几净，再把头往卧室探去，被褥、床单、枕头都整整齐齐地摆放着。往左推开浴室门，高挂的内衣裤不见了，里面倒有一股消毒水的味道。

"你不需要这么做。"我毫不感激。

秀中说他就喜欢家里干干净净的，看着也舒服。

"这已经不是你的家了。" 我有些感伤。

秀中没接话，他把刚起锅的食物放进骨瓷盘里，喊着可以吃了。

此时桌上除了牛蒡土佐煮，还有烤青花鱼及蒸蛋。

"因为打扫花了点儿时间，所以中午吃简单一点儿。" 他说。

接过他递来的香米饭，我不知自己该用什么态度对待他，尤其眼前这个笑颜逐开的男人正把菜挟进我碗里，很快成了一座小山。

"你不需要这么做。" 我再次将他往外推。

"做不做是我的事，妳不用操心。" 他对我微笑。

秀中说中午吃简单一点儿，偏偏他煮的都是我爱吃的。我边吃边掉泪，如果我和秀中是名正言顺的夫妻，这么寻常的一餐该有多温馨！

"杉杉，怎么了？" 秀中放下碗筷，"是不是饭菜不合妳胃口？"

我抹去眼泪："没错，米饭硬梆梆，牛蒡老了，青花鱼太咸，蛋也没打匀。"

秀中笑了笑说饭菜的确没我做得好，但也还行，没那么糟糕……

我闷不吭声地把碗一推，回到客厅坐下。

秀中见状没说什么，他把早泡好的绿茶端过来，说想和我谈谈瓷砖的事。

见他主动提起公事，我赶紧把准备好的合同摊在桌上，问他想用哪个型号的瓷砖？花园的地砖我们也生产，要不一起订了吧！我会给个好折扣……

"用哪个型号，我们的设计总监会告诉妳；花园地砖……就我所知已经交由园艺公司负责，妳要，我也可以给妳；至于打多少折扣？" 秀中想了想，"妳随意，我没意见。"

这还谈什么？我放下笔，心中五味杂陈："在商言商，你这样没底线，不是个好领导。"

"我根本不想当领导，只想和妳相濡以沫，就算妳要天上的星星，我也会摘下来给妳，只求妳不要拒我于千里之外，好吗？杉杉。"

秀中的最后一声唤我，把我的防线给彻底冲毁了，谁让我还深爱着他，很爱很爱……

所以当秀中握住我的手，我没说不；把手伸进我的裙子里，我没拒绝；解了我的上衣纽扣，我也没反抗；甚至脱下我的胸罩时，我还主动去抱他。

啊！那熟悉的感觉又回来了，我再一次陷入秀中编织的情网里无法自拔……

隔天上班，我把合同往林小西桌上摆。

"瓷砖型号还没决定，但不重要，因为大和公司同意打八折，所以即使不同的瓷砖有不同的价位，差距也不大。"我说。

我以为我的老板听了会欢呼一声，甚至给我加薪，没想到他毫无欣喜，甚至有些微愠。

他用力打开合同，翻到最后一页看到"佐藤秀中"四个工整的大字时，顿时炸开了锅。

"我让妳去签合同了吗？在哪里签的？酒店还是计时宾馆？妳是去工作还是去做鸡？"林小西口无遮拦地向我开火。

怎……怎能这样说话？我为了公司鞠躬尽瘁，他不感激也就罢了，竟然还羞辱我？！

"吴杉杉，我告诉妳，就凭妳那点儿能耐，绝对是走后门拿到的订单，而这个开方便之门的不是别人，正是不要妳的前男友，妳竟然还和他上床，要脸不？！"林小西继续向我捅刀。

我告诉他，我的确和佐藤秀中上床了，但不是为了生意，而是经过这么多事后，我发现自己仍深爱着他，而他也是。

想起昨天激情过后，秀中拥着我告诉我许多秘密，包括仓本直美不仅强势而且还是个石女，不论他怎么营造气氛，她完全没反应。

"妳能想像这是多么痛苦的一件事吗？她甚至算好排卵日才肯与我行房，其他日子都敬谢不敏。"秀中说。

我没想到外表野艳的仓本直美会对那事不感兴趣，秀中身为另一半肯定苦不堪言。

"也只有和妳在一起，我的身心才能彻底解放。"秀中边说边又骑在我身上。

这样"纯粹"的爱情却被林小西一手抹杀，成了见不得光的丑闻。

"回答我，佐藤秀中离婚了没？妳和有妇之夫搞在一起，到底有没有头脑？！"他气愤非常。

我告诉他这世界上多的是貌合神离的夫妻，我和秀中不过是少了那纸婚约，但我们清楚地知道对方才是这辈子的真爱。

林小西像看一个无知小孩一样的看着我："妳知道妳在干嘛吗？妳在走妳妈的老路，成了别人的小老婆！"

此话一出犹如醍醐灌顶，没错，绕了一大圈我还是成了人家的小老婆。

"我……我……"

林小西要我什么都别说了，想当小老婆就当吧！没人阻拦我。

他拿上合同走出办公室，留下我一人，呆若木鸡……

第三十三章：我是吴桃桃

母亲在"本田家"的门上系了个大分别府风铃，是用纤细柔韧的竹子编织成葫芦，里面有个古铜色的铁器，非常古朴，晃动起来音色轻柔悠长、余韵隽永。

我意兴阑珊地回到家，小雪听到前门被拉开所发出的铃声，匆忙跑过来想行礼，她以为我是十分钟前打来电话的客人。

"是妳，小姐。"小雪赶紧过来帮我拎包。

"我妈呢？"我脱了平底鞋，穿上我的专属棉质拖鞋。

小雪听闻后，面有难色："老板娘她……"

"知道了。"我阻止她说下去。

本田英树一个月总有一、两次上我们家来，今天应该就是他的上门日。

走在被小雪擦得光亮的地板上，我应该在走廊尽头左转，不知为什么，我右转走向母亲的房间，然后在障子门前停下脚步。

迟疑了一会儿，我将耳朵贴紧木格子中间的半透明樟子纸，想偷听里面的人讲话

"あなたの爪の生えた。"母亲停顿了一会儿后："わたしが爪を切った。"

原来小老婆的工作还包括"剪指甲"。

我从障子门的空隙间往里瞧，看见本田英树穿着棉布浴衣，应该是刚沐完浴，他的腰带没系上，腆着个大肚腩躺在榻榻米上，母亲则蹲在他身旁帮他剪指甲……

这……这难道就是我的宿命？和母亲一样成为男人的宠物，借以换来衣食无忧。

"小姐？"

听见小雪唤我，我赶紧离开障子门。

"我把浴衣遗留在母亲房里了。"我解释。

小雪说她进去帮我拿，我推说不用，自己可以直接穿睡衣……

明知答得有破绽，但我无暇他顾，快步离开是非地。

拿回高达十亿日元的订单后，林小西明显与我疏远了，尤其每到午餐时间，更让人如鲠在喉，他不再唤我一起用餐，反而和别的员工走得近，将我晾在一旁。

这一天，他约了工读生安部次郎吃饭，说巷子口新开了一家韩式拌饭店，买一送一。

"吴小姐、一绪に行きましょう！"安部次郎不知我和林小西之间的心结，竟然开口邀我一起去。

我说不了，"买一送一"是两个人划算，我是第三人，总不能让我吃两份吧？！

安部次郎说那有什么问题？他叫上会计部实习生浅尾若香，后者小跑步过来。

其实我早留意到了，安部次郎没事就上会计部转转，有几次我在休息室看到那两人边喝咖啡边聊天……

这一来骑虎难下，我很害怕林小西会因此拂袖而去，还好他的情商尚可，至少保住表面上的和谐。

因为是新开业，又是"买一送一"，加上附近的上班族又多，所以着实等了好一阵子才轮到我们。

那两个叽叽喳喳的"年轻人"，一个点了牛肉泡菜，另一个点了五花肉，反观我们这两个"沉默是金"的"老人"，不约而同地都点了蘑菇牛肉。

安部次郎在一旁瞎起哄，说我和林小西"心有灵犀"，又说我们"臭味相投"，连用的茶杯都一样（这也是我颇感意外的地方）。

我曾经和母亲到台湾花莲游玩，在太鲁阁的一家特色小店里买下一个柴烧手工品茗杯，非常的古朴雅致，一直是我的办公室专用杯，没想到林小西的桌上也搁了个一模一样的，连颜色都是深褐加灰蓝。

"我也去过那家特色小店。"林小西说。

原以为是"神不知鬼不觉"的一件小事，却被眼尖的工读生给抓个正着，他甚至利用这个吃饭的机会问我们是不是情侣杯？

"ない。"我和林小西异口同声，说得那样急，反而像是"粉饰太平"来着。

这下子安部次郎的表情丰富极了，似笑非笑，浅尾若香也是，只是因为低下头去，所以含蓄了些。

心神不宁地用完餐，两个"小朋友"赶快找了个借口离开，因为林小西还在吃小菜，我不知道自己是否也该识相走人。

"那个……明天我换个杯子。"林小西说。

我答好。

"以后我们保持距离。"他又说。

我还是答好。

"尽量别交谈。"他加了句。

我忍不住说："要不，把我辞了吧！省得你看了心烦。"

林小西摇摇头说我是空降部队，把我辞了，他老爸会提刀来见他……

我气愤极了："那么我主动递辞呈吧！不，连那个也省了，就说我恶意旷职，遣散费也不用给了。"

说完，我起身走出店外。

我刚抱着纸盒走出公司就和林小西撞上。

他说我动作真快，我答"此处不留人，自有留人处"，然后昂首离去。

没想到我又失业了，还是为公司挣了今年的第一桶金之后。

"我以为那小子喜欢妳。"母亲吃了一口あんみつ后说，那是一种日本甜食，将水果切成各种形状再放入甜豆，像水果盆。

"他有女朋友了。"我旧话重提。

然而母亲固执的很，她说她看人很准的，有没有火花一说一个准。

"呵！那妳告诉我，为什么我辞职他没挽留？"

我边问边吃雪印冰淇淋，那是产自北海道的香浓冰品，甜而不腻，入口即化。母亲还因此说我不伦不类，日本人喝下午茶讲究的是端庄、优雅，吃冰淇淋在意境上差多了。

"我说……他很快会回头找妳。"

母亲以为她未卜先知，我听了嗤之以鼻。

"扣、扣。"有人敲门，我代母亲回答"请进"。

障子门被拉开，小雪立在房外。

"什么事？"母亲问。

小雪答外面林先生找。

"林先生？哪个林先生？"

"上回台风天送小姐回来的林先生。"

我惊讶到合不拢嘴。

"请他进来。"母亲说，然后对我投来意味深长的眼神，仿佛在说"姜还是老的辣，瞧！我说得没错吧？！"

出于来了客人，下午茶除了多了个杯子外，还多出四样点心，分别是鲷鱼烧、麻糬、团子和日式馒头。

冰淇淋早被我囫囵吞下肚，我也觉得有伤大雅，赶紧毁尸灭迹。

"小西，快进来，就等你喝下午茶。"母亲又发挥她谄媚的功夫。

林小西很快坐下来，并在品尝过后毫不吝啬地赞美甜品的精致可口。

"知道你会来，特地为你准备的。"母亲说。

"知道我会来？"林小西迷糊了。

母亲说那当然，她女儿刚替公司赚了十个亿，这样的有功人员怎能弃之不用？如果真做了，那就是大逆不道、人神共愤……

说得林小西的脸上青一阵紫一阵的。

我天生心肠软，看见淋雨的小狗小猫都要抱在怀里，何况是人？

"不是这样的，是我主动请辞的。"我开口护卫。

母亲说即使是主动请辞，但凡思路清楚的老板都知道那是"以退为进"，那么大一笔订单，少说也得双倍加薪或者职位三级跳……

我睁大眼睛看母亲，难以置信她会在这个节骨眼上"狮子大开口"。

"没错，我这就请杉杉回公司，薪水肯定加，职位也会做调整。"林小西毕恭毕敬地说，样子很诚恳。

"这就对了，林大东的儿子果然识时务。"母亲很满意。

"妳……妳认识我父亲？"林小西很错愕。

母亲说那自然是，当年两家相距不到两百米，他父亲一天经过她的家门不下五十次。

"妳……妳是吴桃桃？"

"我是吴桃桃。"母亲笑了，艳如桃李。

林小西也笑了，仿佛找到遗失多年的珍宝。

第三十四章：雪の桜

　　母亲的房间是一居室，有个小客厅，中间放张矮几，旁边散落几张座垫，既是会客室也是餐厅。

　　只有我和母亲时，我们或卧或躺，反正怎么舒服怎么来，可是当有客人在场时，就不得不学日本人采取跪坐的方式，那是很累人的。

　　男性还好，除了跪坐还能盘坐，即将双腿向内屈伸相盘，双手分搭于两膝，这个坐姿比跪坐好多了，腿也不容易麻，可惜不适用于女性。

　　此时的林小西正是采取盘坐，他对母亲微笑后，突然神情严肃地从座位上爬起，改采跪姿，双手抚住榻榻米，低头，目光向下："杉杉妈妈，请和我父亲见上一面，拜托！"

　　日本文化中，下跪是一种下对上的礼节，到了昭和时代才演变成为"谢罪"或"有求于人"的形式。如今林小西也学日本人对母亲行下跪礼，很明显是后者的原因。

　　母亲喝了口茶水，慢悠悠地说："都已经是三十多年前的事了……"

　　"我父亲依然记得您，并且日夜思念着，请您满足他年过半百的心愿。"林小西仍然不敢看母亲。

　　"なるほど～"母亲把尾音拉长，代表她正在思考。

　　"拜托了！"林小西几乎要把脸贴近榻榻米了。

　　母亲说既然这样，那么请他父亲上"本田家"，她会预留最好的房间给他……

　　"本当にありがとうございます。"林小西终于抬起头，对母亲说着日语感谢辞中的最高级。

　　母亲非常淡然，对他人的由衷感谢，既不回礼也不肯流露一点儿个人情绪，反正就是冷冷的，像极了冰雪女王。

　　林小西说放我几天假，下个月一号再开始上班，薪水调整为每月 30

万日元，这是为了考虑其他资深员工的心理。不过，年底结算时，他会给我丰厚的红利，感谢我为公司的辛勤付出。

我说他变脸变得可真快，他叹口气说："没办法，人在屋檐下……"

原来我的前任老板，也就是林小西的父亲，知道我替公司拉来一笔大单子，他儿子非但没留住我，反而一脚将我踹开，颇为震怒，他发话了，如果杉杉不回公司，林小西就得收拾行囊回中国，而这正是他的软肋。当初他和孙爱梅就是为了远离悠悠众口才远度重洋来到日本，他若回中国，他的女人怎么办？

说来说去还是为了孙爱梅，行，我"宰相肚里能撑船"，看他诚心认错的份上，加上母亲也羞辱了他，我决定"强势回归"，因为不过才两天的功夫，我就开始感觉无聊了。

离下个月 1 号还有几天，我在岚电车站附近的 TokyoHands 买了些布料，打算做一条拼布凉被。夏天到了，有这么一条凉被，炎炎午后能让我睡一个安稳的午觉。

我曾在这家全国连锁的手工店上过课，知道拼布艺术的作法和所需的材料，考虑到凉被的大小，由 16 个正方形图谱拼成的表布足矣，我所要做的是选择八种调和布料做不同的排列组合即可。

在布料区徘徊了约莫一刻钟后，我终于决定以粉色和湖水蓝为基础色，给凉被来点儿海洋的气息。

提着大包小包进门，小雪不知到哪里去了，也没人帮我提一下。

回到房内休息片刻后，我开始裁剪布片，每片大小都需要精确无误且留有缝份，这花去我不少时间。

"小姐，用餐时间到了。"小雪在房外喊。

由于此刻房间内到处都是剪好的布料，我不希望汤汤水水弄脏了它们，遂说："把晚饭放在我母亲房里，待会儿我过去和她一起吃。"

谁知小雪答老板娘不在房里，她在客人房间里用餐。

母亲跑到客人房间里用餐？这是从来没有过的事。

我拉开障子门问："哪个客人？"

小雪说今天早上我出门后，"本田家"来了一位重要客人，由母亲亲自到玄关处迎接。客人没有直接进自己的房间，反而在母亲的住处坐了下来，片刻后才走向客房。

"老板娘要我把晚餐送到雪の桜，又说没她的吩咐，任何人都不许进入打扰。"小雪又说。

雪の桜是"本田家"最大的客房，秀中和林小西都曾住过，难道……

"不，不是的，来者有五、六十岁，穿着昂贵的西服和黑皮鞋，人很紧张，不停地用手巾拭汗。"

小雪描述得绘声绘影，该不会是……

想到昨天下午林小西才像获得特赦般愉快地离去，难不成他父亲今天就莅临，这也太快了吧？！

一个人吃饭挺无趣的，我又回到房间把剪到一半的布料剪完，这才合上障子门，往母亲的房间走去。

今天厨子准备的是前后共 13 道的怀石料理，看着桌上用古典陶瓷盛装的精致餐点，的确让人食指大动，但我长居于此，再好吃的东西经常吃也会腻，所以当我的眼光被角落的一篮苹果给吸引住时，也就不足为奇了。

趁着小雪进来为我倒茶水，我问她哪里来的苹果？她答是雪の桜的客人送的。

竟然是林大东送的？！我以为送给心目中的女神，礼物会是寥若晨星般的珍贵，结果却是几粒其貌不扬的红苹果……

"小姐，妳可别小看这些苹果，这是木村秋则的苹果啊！"小雪说。

木村秋则在日本是个传奇人物，他曾为了栽培无农药的苹果，前后花费十年的功夫。这种苹果个头小，颜色形状也不好看，但味道却让人吃了有想哭的冲动，谓为天上人间少有的极品，很多日本吃货的最大心愿就是"一生能吃到一次木村秋则的苹果"。

这么说，为了这次会面林大东是煞费苦心，连木材秋则的苹果都能在一夜之间拿到，可见母亲在他心目中的份量。

"小雪，把苹果放进冰箱吧！"我说。

想到眼前的水果是如此稀缺，还是送进冰箱为妥，没想到遭到反对。

"老板娘说了，她要让整个房间充满苹果的香气，所以特别嘱咐我别放冰箱。"她说。

呃…拿…木村秋则的苹果当室内芳香剂？有够奢侈的了。

打发小雪走后，我躺在榻榻米上望着天花板出神，那一丝丝的苹果香气果然迷人，让人仿佛置身于果园内，而我也在阵阵的果味当中，一步步地进入梦乡…

打个盹醒来已是晚上十点，桌面被收拾干净了，我的身上还盖着条薄被，小雪是什么时候进来的？我一点儿也没发觉，她的轻手轻脚真让人折服。

我唤了一声母亲，没听到回应，遂爬起来察看，果然卧室里空无一人。

走出母亲的房间，我应该回到自己的房间倒头入睡，或者继续 DIY 拼布艺术，但是雪の桜却在此时呼唤我。

那两位老人在干嘛？叙旧叙得够久的了。

我想起林大东的老婆，那个又矮又胖，不论容貌或脾气都能让男人退避三舍的女人。相比之下，母亲是仪态万千，一勾眼、一回眸，分分钟能唤起男人的原始欲望，该不会……

母亲说没她的吩咐，任何人都不许进入打扰，但我是她的女儿，女儿担心母亲的安危天经地义。

于是我往雪の桜的方向走去……

第三十五章：不速之客

夜晚，"本田家"走廊上的日式竹编吊灯一盏一盏地亮了，加上客房里倾泄出来的柔和灯光，整个民宿仿佛跌入时间的洪流，回到战前的昭和时代。

我老远就看到母亲的木屐，上面绘有松竹梅图案，是她特地到浅草寺的木屐一条街购买的。木屐的旁边是一双擦得倍儿亮的黑皮鞋，两双鞋都被小雪整齐地排放在房外，而且鞋头一律朝外，方便一拉开障子门就能穿上。

就着灯光，我能看到雪の桜里有人影在晃动，再走近一些，我听到邓丽君的歌曲《甜蜜蜜》，而那身影看着像是两人正在婆娑起舞。

甜蜜蜜，你笑得甜蜜蜜，

好像花儿开在春风里，

开在春风里。

在哪里？在哪里见过你？

你的笑容这样熟悉，

我一时想不起。

啊～在梦里……

播放的音乐声虽不大但难免会吵到想清静的客人，也许是母亲的有意安排，此时雪の桜两侧的客房乌黑一片，还好。

我以为年近半百的人早已没有了激情，若真有，也顶多是一起下厨做好吃的东西或者在家含饴弄孙，当起免费的住家保姆罢了，我没想到此时此刻的吴桃桃会和当年眼中的癞蛤蟆边放情歌边跳舞。要知道，母亲虽强势，但和本田英树在一起时完全是一副唯唯诺诺的小媳妇儿样。

再一次看到母亲的矫揉作态让我冷汗直流，难道她又梅开三度？

怀着惆怅的心情回到自己的房间，眼前仍是凌乱一片，到处是大大小小的布片。我没心情收拾，倒头就睡。

也许，也许明天母亲会告诉我，眼前的一切不过是误会一场，那么我就不用担心林大东的老婆会河东狮吼，她更年期的反复无常，我可是领教过了。

因为忘了拉窗帘，早上七点多我就被明媚的阳光给叫醒，赶紧一骨碌爬起，穿戴整齐后，连脸也来不及洗就冲到雪の桜，然而房外没有木屐，也没有黑皮鞋。

他们去哪里了？

我看到小雪手里捧着数条折得整整齐齐的白色浴巾向我走来，遂唤住她："小雪，我妈呢？"

"老板娘在公用温泉澡堂里，我这就送浴巾过去。"她说。

我忙不迭挡住小雪的去路，问我妈是一个人上澡堂的吗？她支支吾吾半天答不上话来，我的心跌落至谷底。

"本田家"有个小型的温泉澡堂，分"男汤"和"女汤"，因为本田英树喜欢"独自"泡温泉，为了满足大老板的喜好，在有限的空间里又单独隔出一小间来，想必母亲带林大东去的正是本田英树的专用澡堂。

为了避免和前老板打照面徒生尴尬，我默默回房，刚好手上有凉被要做，暂时分散了注意力，连小雪唤我吃早餐，我也以"手工未完成"给打发掉了。

正午时分，小雪又来喊吃饭，我因没吃早餐正饥肠辘辘着，二话不说，起身走向母亲的房间。

"回去了？"我问。

"回去了。"母亲答。

中午我们吃荞麦凉面。

厨子将煮熟后的荞麦面捞出放入冰水中降温，待彻底变凉后呈上，食客将面蘸着以葱、酱油、芥末调和而成的调料汁吃，在炎炎夏日里不失为一道清爽的开胃面食。

"他洗完澡回去的？"我又问。

"嗯！洗完澡人也精神些。"母亲又答。

此时母亲的脸颊红扑扑，皮肤像掐得出水来，更糟糕的是，她那久违的少女气息又浮现了，让我很不安。

"妳不会也一起洗了吧？！"我挑衅问。

母亲无所谓地答："林大东需要有人帮着搓背。"

呵！我不知道我的前任老板是三岁小孩，连澡也不会自己洗。

母亲愤而将筷子掼下，问我到底想说什么？

"我想说林大东的老婆替林家立下过汗马功劳，人也刀枪不入，妳别偷鸡不着蚀把米。"

母亲听了哈哈大笑，她说她从来没把那女人放在眼里，以前没有，现在更不会有。想当年，丑小鸭还穿着用饲料袋做成的衣服，拖着两行鼻涕满山遍野地跑，当林大东说他娶了方嫦娥时，她还笑他没眼光，把全村最丑的女人给娶回家了。

"林小西的母亲的确不怎么好看，但人不能光看外表，内在也很重要……"

"傻孩子，"母亲摇头看我，"男人都是看外表的，说内在很重要只是自己在骗自己。"

她重新拿起筷子吃面，还把配菜海带和绿豆芽放进我碗里。

我听到大门风铃晃动的声音，接着听到小雪喊着"いらっしゃいませ"，知道又有客人入住。

这是今天的第五位客人，我边缝制凉被边数着人数。

没多久，我听到小雪的脚步声，她急匆匆从我的房门走过，跟在后面的客人就没那么心急，他甚至在我的房门外逗留了一会儿，直到小雪又回头催促客人，他才跟上。

"真是个怪人！"我心里犯嘀咕。

等到我把两个正方形图谱缝上，耳边传来敲门声，我抬起头来看时间，今天的晚餐可是提早了？

"小雪，我在忙，待会儿再吃。"我说。

孰料又是"扣、扣"两声，也是，不可能是小雪，她总是在房门外就代传圣旨了。

我无奈起身去开门，谁知一个影子以迅雷不及掩耳的速度进入我房里，随后将障子门拉上。

那人头戴鸭舌帽，大半张脸被口罩罩住，我来不及尖叫，他已将口罩取下。

"秀……秀中？"我的脑袋里满是问号，他是怎么进来的？

"我借用员工的证件在网上订房，是以客人的身份入住的，"秀中解释，"那小姑娘很好说话，我说自己感冒了，她没要求我摘下口罩。"

原来如此。

虽然看到秀中很高兴，但我还是说："你不应该来，我们也不应该再见面，你是有老婆的人了……"

我仍然无法接受自己沦为别人的小老婆，何况，秀中虽然婚姻不幸福，但自始至终从未提到"离婚"二字，想必也是把我放在一个"言不正名不顺"的位置上，让我很心伤。

"杉杉，就是因为妳不理我，所以即使冒着被拆穿的危险，我也要前来见妳一面，请别再拒我于千里之外，好吗？"秀中可怜兮兮地说。

我知道"被拆穿的危险"意味什么，母亲现在已把佐藤家列为"拒绝往来户"，如果知道秀中吃回头草，肯定又会大闹一场。

"我住在雪の桜，晚餐过后，妳一定得来一趟，我有话对妳说。"他叮嘱。

林大东刚离开雪の桜，秀中马上入住，一个晚上要价二十万日元，仿佛不要钱似的。

"我不去，你也别等我。"我硬起心肠说。

"妳不来，我也等妳。"说完，秀中戴上口罩，转身拉开障子门走了。

我知道他不能停留太久，因为走廊上人来人往，稍一不小心，马上

"东窗事发"。

秀中走了，把我的心也带走。

想到现在的他和我相距不到 50 米，做什么都魂不守舍，连图谱也缝得歪七扭八，不得不拆了重缝。

"小姐，晚餐时间到了。" 小雪在房门外喊。

"知道了。" 放下手工，我起身往母亲的房间走去。

第三十六章：肝肠寸断

晚餐时间，我只吃了半条烤秋刀鱼和些许白饭，母亲问我怎么了？我答天气热，没胃口。

"说的也是，夏天来了，我该提醒厨子做些开胃菜。"她说。

母亲没发现我的秘密，让我有些意外，她通常是我的心情解读机，有时我甚至以为她曾经在我很小的时候把什么机器装进我脑里，以至于在她面前我几乎是赤裸裸的无所遁形。

回到房内，我拿起凉被 DIY，湖水蓝、苹果绿、葡萄紫都是冷色系，得加点儿暖色平衡一下，火焰红太红了，香蕉黄可不可以？

我忙着构思，但不代表我没注意到房外的动静。那人已经绕着"本田家"的走廊走了好几圈，每次到我房门口就停留一下，见我仍不为所动后，开始在障子门的门缝间塞纸条。

第一张：我住长江头，君住长江尾。

第二张：日日思君不见君，共饮长江水。

第三张：此水几时休，此恨何时已。

第四张：只愿君心似我心，定不负相思意。

真不愧是北大的高材生，连宋代词人李之仪的作品也知道。在《卜算子.我住长江头》之后，我很好奇秀中还会祭出什么？

第五张：夜夜挂长钩，朝朝望楚楼。

原来秀中打算送我唐代《铜官窑瓷器题诗》，全文共 84 行五言诗，作者可能是陶工或源于当时流行的里巷歌谣。

想到秀中还要绕着"本田家"的走廊走 42 圈，岂不是得走到半夜？

这怪异的举止肯定会引起注意，若由此掀起轩然大波，也不是我所乐见，于是在他塞进第六张纸条前，我把房内的灯灭了，随他回雪的樱。

我不愿他进我屋，因为母亲的嗅觉很灵敏，她能在各种气味中快速找出男人的味道。

我一进雪の樱，秀中就迫不及待想拥抱我，被我拒绝了。

"请停止幼稚的举动，别再绕着走廊走，除非你想进疯人院或蹲监狱。"我义正言辞地说。

"见不到妳，跟进疯人院或蹲监狱没什么不一样，妳让他们将我带走好了。"秀中赌气地答。

真是任性的可以！看来我得跟他说清楚，这样藕断丝连着，成何体统？

"请别再来找我，你有你的仓本直美，我有我的林小西，两条直线交叉后若无法重叠，那也只能各自散去……"

"那个瓷砖公司老板真的是妳男友？"他问。

为了彻底打消秀中的念头，我只好把孙爱梅的男人再次借来用。

"是的，他的脾气不好，忌妒心又强，还是黑带九段的高手。"我语带威胁。

秀中说他老早就猜出是他，那人就是獐头鼠目、尖嘴猴腮、鼠心狼肺、歪瓜裂枣、心术不正……

也不知他从哪里学来的成语，反正我听了噗嗤一笑，如果林小西知道有人这么形容他，肯定会气得吹胡子瞪眼睛。

"看！妳笑了，肯定他就是这样的人。"秀中抓到把柄。

我答，我笑是因为他说错话，林小西不是那样的人，相反的，他外冷内热，既重感情也有担当，是个能当真朋友的人……

话一说完，我才发现林小西在我心目中竟成了正面教材，这或多或少和他爱护他的女人有关，与秀中的"见风转舵"形成强烈的对比。

"杉杉，妳……不爱我了？"秀中很伤心地问。

想到在维也纳的 NH 酒店里，我也曾问过他同样的问题，当时他的大手包住我的小手，温柔地说："要好好的，一个人也要按时吃饭……"

"要好好的，一个人也要……"

我想学他说过的话，没想到秀中却一把抱住我，呐喊着："我不要一个人吃饭，我不分手，我爱妳，杉杉，我不要分，不要！"

我用力推开他，一不做二不休，正好借此机会看看他的态度："告诉我，你会和仓本直美离婚，然后和我结婚。"

"我会和仓本直美离婚，然后和妳结婚。"他斩钉截铁地答。

"真的？"

"真的。"

听到秀中的承诺，我放下戒备心，以至于当他又上前拥抱我时，我没推开他。

"世界上最遥远的距离不是生与死，而是我站在你面前，你却不知道我爱你……"秀中边在我耳边呢喃泰戈尔的诗篇边拉开我背后的拉链，我知道自己又将沉沦，沉沦在爱人的柔情蜜意当中，无法自拔。

我哼着歌走进母亲房里，今晨沐了浴还洒了香水，母亲不可能闻得出来。

"今天的厚蛋烧很入味。"我说

厚蛋烧是一道传统的日式家庭料理，既有咬劲而且蛋香味浓，很是可口。

"和前几天的没两样。"母亲冷默回答。

虽然被泼冷水，但我不以为意，依然好心情地用着早餐。

"他是谁？"母亲不急不徐地问。

"谁？"

"我问让妳心情大好的那个人是谁？"

我赶紧摇头说没有人让我心情好，而是天气没那么热的关系。

"我不知道天气也能让人产生荷尔蒙，妳的身体现在充满了发春的气息。"

听母亲这么一说，我赶紧低头闻自己的身体，但除了 MissDior 的淡香水味道外，什么也没有。

见我仍想抵赖，母亲遂恶声恶气地向外喊："小雪！"

小雪慌忙来到跟前。

"把妳看到的都说出来。"母亲下令。

小雪面有难色，像只受惊的小鸡，最后在母亲的威喝下才不得不说。

"昨天夜里 11 点左右，小姐和一个戴口罩的男人去雪の樱，到了凌晨五点多才回到自己房里，我看到的只有这么多了。"

"行了，妳走吧！"母亲下逐客令。

小雪一直到离开都不敢抬头看我一眼，大概因为出卖我而心有愧疚吧？！

"该死，那么晚了小雪咋不睡？白天工作得不够累吗？"我内心骂道。

母亲才不管我怎么想的，她厉言色怒地说"本田家"是高档民宿，不是廉价的钟点房，请我搞搞清楚。

"不，不是这样的，秀中……"情急真会说溜嘴。

"秀中？"母亲扬起声。

知道已经瞒不住，我索性开诚布公—秀中的婚姻不幸福，他又回头找我，并且强调他会和仓本直美离婚，然后娶我。

"他会和仓本直美离婚，然后娶妳？"不知为什么，母亲听了笑不可抑。

这是怎么回事？我老大不高兴。

"妳太单纯了，连男人为了上床所做的忽悠也听不出来？"母亲说。

我再三否认，并且坚定地认为秀中不可能骗我。

"那好，当着我的面打电话问他，昨晚的承诺还算不算数？"

拗不过母亲，也为了证明自己不傻，我真拨了电话，而且让座机呈免持话筒状态，让母亲也能听得一清二楚。

电话那头的秀中听到我的声音，很是高兴。

"你在干嘛？"我问。

"刚用完早餐，待会儿收拾一下就回东京，下午有个会议一定得去。"他说。

我提醒他路上小心，又问他什么时候跟仓本直美提离婚的事？

"离婚？噢！离婚，是，离婚，我想想……最近她拍了一部古装剧，得拍一年，很辛苦，这个时候提不合适……"

如果不是母亲正等着看我笑话，我会立刻起身杀到雪の樱，给那个信口开河的混蛋两巴掌。

"那好，就这样吧！我挂了。"挂上电话，一早的好心情也随之烟消云散。

我等着母亲对我落井下石，没想到她却握紧我的手，很掏心掏肺地说："杉杉，别让那小子食髓知味，下次他若有要求，一定得将条件讲好。妳正值花样年华，未婚，加上面貌好、身材匀称、气质佳，得开个好价钱，绝对不能掉价。"

我本来不想哭的，听母亲教我如何标价出售，我忍不住哭出声来。哭我的家庭、哭我的际遇、哭我的所遇非人、也哭我自己，怎么就这么不争气，摆脱不了一个渣男？

"别哭了，"母亲抚着我的背，"妳若不好开口，我替妳说。"

这下子我更是哭得肝肠寸断……

第三十七章：山雨欲来风满楼

在情感上挫败，我便想在事业上有所成就。

今天是"小长假"后的第一天上班，我把自己打扮得很干练，不仅穿上职业女装及黑丝袜，还把脸当成七彩调色盘，又喷了一身的 Chanel 香水。

一进公司，不知为什么，同事们都对我行注目礼，大概很少看我化浓妆的缘故吧？！

我假装没事，迳自走向自己的办公桌，谁知工读生安部次郎正大喇喇地坐在我的位子上讲电话，翻看到一半的《妄撮》毫无羞色地摆在我桌上，那是以现实情境作背景的著名男性杂志，每期让不同的模特儿上场，一张穿着正常服饰、另一张仅穿内衣，甚至不穿，然后把两张照片合成起来结集成书，很受日本男人的欢迎。

那男孩看见我来毫无起身之意，拿出上个月的销售成绩递给我，嘴里仍叽里呱啦地讲电话。

待他讲完电话，我才冷冷地告诉他——这是我的位子。

谁知安部次郎说销售部部长的位子不在这里，他转身指向林小西办公室旁边的深褐色大门，那原是广末久美子的办公室。

怀着狐疑的心，我走了过去，却在门前停下脚步。

"这该不会是同事间的恶作剧吧？！"我心想。

通常我得敲门，得到部长的允许后才能进入，如果真的是我的办公室，何需敲门？

还是安部次郎机警，他读出我的心思，过来帮我开门。

"どうぞ。"他做了个"请进"的动作。

是的，没错，我看见里面的办公桌上搁着我的名牌，桌上和柜子也空荡荡的，正等着我将它们填满。

我问安部次郎，这是怎么回事？他耸耸肩说恭喜我高升，但原来的销售部部长就不开心了，她被分派边疆做物流部部长，每天在工厂间来回奔波……

广末久美子是我看过的少数既有能力又兼具美貌的女人，很难想象她穿着高跟鞋在工人间穿梭的模样。

我谢了安部次郎，转身奔向隔壁房间。

虽然我替公司拉来一笔大单子，但那是看在"人情"的份上，不是我的真实力，就这么把一位元老重臣踢走，我心中有愧。

"这是怎么回事？"我质问我的老板。

"呼应妳母亲的要求——升职、加薪。"林小西答。

我说我不做空降部队，请收回成命。

"杉杉，妳行行好，我好不容易才把广末小姐派到物流部，妳说不做就不做，我的颜面往哪里搁？"

我说那是他的问题，不是我的问题。

林小西哀叹一声："妳原来的职位就那么点儿工资，我若要加薪只能升妳职，否则如何服众？"

我想想也对。

"这样吧！我坐回原来的位置，你也别加薪了，年底分红多给我一些，毕竟是我拉来的单子，别人也不好说什么。"

林小西听了又哀叹两句："好歹妳也入驻部长办公室几天，等我找到合适的人选再说，否则朝令夕改，员工看了要笑话的。"

我想想还是他对，忍耐个几天没问题，我的"黔驴技穷"应该一时还不至于穿帮。

方案一敲定，我回我的办公室继续"装模作样"去。

东洋瓷砖大阪分公司不大，但上下阶级分工明确，再加上为了省开支，多雇了几名工读生及实习生，一时竟"人满为患"。

一早上，我的电话响个不停，敲门声也此起彼落，让我疲于奔命，心中不禁佩服起广末小姐。

"扣、扣。"

我还没喊"どうぞ",那人已探头进来:"杉杉,吃饭了。"

"不吃。"看来者是林小西,我又低下头写字。

"中午约了三井不动产公司社长吃饭,妳这个销售部部长,责无旁贷。"他说。

我看了一眼行程表,上面没有这一项,想必是前任部长约的。

"那好吧!等我五分钟。"

我快速整装,又在脸上扑了粉,这才走出办公室。

林小西说和三井约在"鹤桥风月",那是以卖大阪烧为主的特色小店。

这实在太奇怪了,商务午餐通常选择有包间的安静餐厅,而且不劳与会者动手,反观"鹤桥风月"不仅人多吵杂还得自己动手制作,怎么说都不对劲。

果然一走进餐厅就出纰漏,我听见林小西对服务员说只有两位客人。

"三井不动产公司的社长呢?"一坐下,我就"明知故问"。

"刚来电说约会取消了。"林小西毫无愧色地答。

"呵呵!这个来电可真玄,是'心电感应'。"

林小西忽视我的酸言酸语,转身向服务员点了梅酒和两份大阪烧。服务员问我们要自己烤还是由他们代烤,林小西答自己烤。

待服务员走后,林小西才想起我正等着他给答案。

"来日方长,我不希望妳第一天就战死沙场,事情是永远做不完,难道饭因此不吃?"他说。

好吧!这个回答合情合理,我勉为其难地接受了。

梅酒先上来,加了冰块的橘黄色液体,味道绵、甜、净、爽,酒精度数虽不高,但喝多了也会醉。

"能问你个问题吗?"我借酒壮胆。

"不能。"他答。

我不理他,直接提问:"为什么你让你父亲来找我母亲?就不怕因此闹家庭革命？"

"因为……因为我知道苦恋的滋味。"

听他这么一说，仿佛有某种柔软的东西被我触及。真讨厌！为什么林小西总要把秀中比下去？我忽然嫉妒起孙爱梅。

"你母亲……"

我话没说完，服务员的动作比我还快，他们把食材和调料端上桌，林小西忙着煮食，懒的回答我。

只见他在铁板上加油，再把圆白菜丝、肉和鸡蛋混合后，放在铁板上，等两面都焦黄后，淋上沙拉酱和甜味酱，再撒上一些柴鱼片，热腾腾的大阪烧就完成了。

我切下一小块，趁着热乎一口放进嘴里，顿时蔬菜味、鸡蛋味、肉味配合着酱汁的微甜在口舌间化开来，加上柴鱼片淡淡的熏味，嗯～おいしい。

"食物是努力工作的动力，吃不好或没吃，怎能做好工作？"我的老板说。

我经常被林小西搞得昏头转向，他不像老板倒像员工，时不时站在平民老百姓的角度向工作及资本家吐槽。

"你应该竞选工会主席，绝对高票当选。"我有感而发。

"谢谢，如果我当选主席，妳就是副主席，因为只有在凌虐妳的时候，我才能文思泉涌。"

"呃……这是褒还是贬？"

"妳把它当成褒吧！心里会好受些。"他答。

这是我听过最大的贬义之辞。

我们谈兴正浓，就那么不凑巧，广末久美子和另一名同事秋元美代也来"鹤桥风月"吃大阪烧，而且好死不死就坐在隔壁桌。

我们彼此客气地互打招呼。

因为突来的"不速之客"，我们的谈话谨慎多了，即使说的是他们未必听得懂的普通话。

"我去上厕所。"林小西大概忍受不了那种怪异感觉，突然离席。

没了说话的人，我招手请服务员替我们加绿茶，因为淋上各种酱料的大阪烧，第一口吃下去很受用，但吃多了容易腻，而绿茶能解油腻。

服务员刚加了我这桌的茶水，转身问隔壁桌需不需要也来点儿？

我听到广末小姐答好。

待服务员走远，秋元美代开口了，她问我喜欢这里的食物吗？我答喜欢。她又问老板是否也喜欢？我心想是林小西带我来的，他肯定喜欢。

"はい。"我答。

然后秋元美代说了，也许她应该学我请老板吃好吃的东西，就不会像广末小姐一样被派到累死人的物流部工作……

我赶紧否认这跟请客有关，林小西也不好这一口。

秋元美代反问我，不好这一口，好哪一口？她是良家妇女，就少了那么一点儿撩拨人的魅力……

这是什么跟什么？我涨红了脸，还因为气愤，把日语说得颠三倒四的。

"怎么了？"林小西解完手回到座位上。

那两人见状,赶紧起身买单，连再见也没说。

"没什么。"我打落牙齿和血吞。

女人间的勾心斗角和短兵相接太常见了，没必要说给林小西听。再说，广末小姐心中的不平，我也能理解，谁让我的实力和职位不相称？

我相信谣言终会止于智者。

偏偏这个世界非智者比智者多的多，等到谣言传进我耳朵时，我已是潘金莲再世。

"杉杉，下班后到我家，咱们分开走。"即使我和林小西在工作上比邻而居，此时的他仍然以"电话"通知我。

"不行，麻烦事还不够多吗？"我拒绝。

"要不然呢？现在谣言四起，我们还能明目张胆地出双入对吗？"他停了一会儿，"我真的有要紧事跟妳谈，电话中若能说我早说了，何必巴巴的要妳到我家？"

　　其实我也有事跟老板汇报，最近多了几个不寻常的邀约，他们通常以购买瓷砖为名，指名道姓要和我"私聊"。

　　"好，今天你先走，我晚半小时才到。"挂上电话，我隐隐约约有"山雨欲来风满楼"的不祥预感。

第三十八章：东京之行

我告诉我的老板，森森、JP、三石、大京、K 房都曾找我买瓷砖，会面地点清一色约在酒店或私人住宅，而且点明要我只身前往。

林小西沉思了一会儿后，说："别去。"

我也觉得有鬼，但那些都是大单子……

"再大的单子也不去，妳看不出这是桃色交易吗？"他的语气很不好，但我一点儿也不怪他。

林小西不像那些见钱眼开的雇主，只想赚钱，完全不顾员工安危，在他底下做事，我很放心。

"真想不透，事情怎么会演变成这样？把子虚乌有的事传得有鼻子有眼睛的，我差点儿要以为自己犯了花痴，真的做了那些淫荡之事。"我说。

林小西认为也许我们平常做事太不谨慎，才留给造谣者想像的空间。

"这样吧！东洋在札幌有分公司，妳到那边去，我会跟那里的社长打声招呼。"他说。

什么？到北海道？那里每年有六个月是冬天，我才不想天天穿得像只企鹅似的。

"要不然到上海，噢！不，不行，我母亲经常会到那儿转转。"他自己先打回票。

我现在知道了，林小西想做一只把头埋进土里的鸵鸟，不打算跟恶势力对抗，只想息事宁人……

"算了，我辞职，你也不需要把我派遣来派遣去。"我壮士断腕。

林小西说瞧我说的什么话？如果不是为了保全我的名誉，他何苦寻思来寻思去？

"你有想过是谁造的谣吗？"我问。

他说肯定是公司内部的利益受损者或同行间的恶意抹黑。

算他不笨。

虽然林小西没指名道姓，但我的脑海却指向一个人，那就是广末久美子。

"把她请回来坐在原来的位置上，一切都会风平浪静。"我分析。

林小西听了摇头，他说我不懂办公室规则，不是把广末小姐请回来就能天下太平，既然我不愿走方案一，他只好走方案二。

"哎！"他叹息，"我实在不愿大开杀戒，培养干部也不是一朝一夕的事。"

隔天一早，广末久美子被请去喝茶，她从林小西办公室走出来时，脸臭的方圆百里都闻得到……

这是安部次郎为我传来的消息，我刚谢了他，秋元美代就来敲门。

我问她有什么事？她告诉我，她老公收入不高，他们刚贷款买房，小孩今年上幼儿园，进不了公立只好进私立，学费贵了不止一倍……

我不明白秋元小姐为什么要告诉我这些琐事。

"どうぞ私を退校にお愿い！"她对我行九十度大礼。

原来她以为广末久美子被辞退后，她便是下一位，所以恳求我手下留情。

我故做沉思状，然后说自己口渴了，她高兴地问我想喝什么？她可以到休息室去取，或者我想喝楼下的星巴克也行，他家的抹茶拿铁做得挺好的。

我说不用麻烦了，休息室里的咖啡即可，她马上去端了来，还附上奶球及两包糖。

没想到事情大逆转，林小西的"杀鸡儆猴"取得很大的成效，上下员工因此对我百依百顺，我的地位如盘石般坚固。

我和林小西又开始"出双入对"，不同的是不再有人议论纷纷，反而识相地刻意走开，譬如现在我和我的老板刚在纪州回转寿司店坐下，有三名东洋的员工也推门进来，看我和林小西在座，马上又推门出去。

"我们是不是该避避嫌？现在员工看到我们像看到凶神恶煞。"我把玉子烧寿司从运输带上取下。

纪州寿司的食材都是从和歌山渔港直接进货，鲜度和各种小细节都十分讲究，使用的是高级岩盐及有四百年技术的小豆岛酱油，连海苔也是从名海初摘的。

"让他们误会也无所谓，欲盖反而弥彰。再说了，我刚派到大阪分公司时就有好事者传我和表姐的逆伦之恋，和那个比，办公室恋情正常多了。"他说。

敢情林小西把我当成烟雾弹了？

"成，为了你们伟大的爱情，我豁出去了。"我以茶代酒想和他碰杯，谁知他却兴趣缺缺。

"怎么了？"我问。

"没什么。"他的眼神黯淡下去。

我知道肯定有事，但寿司店里人来人往，不是谈话的好地方，想着一定得另找机会问问原委。

我的凉被终于制作完成，拥着它，簇新的味道很好闻，连颜色也是我喜欢的，没有什么比亲手缝制的成品更让人欢喜的了。

"扣、扣、"有人敲我房门，来者是母亲。

"杉杉，我去冲绳岛，有事打我手机。"母亲站在房门口说。

"好的。"我举起凉被问她，"做好了，漂亮吗？"

母亲微微一点头说挺不错的，但她宁愿我把时间花在交友上，因为我也二十好几，马上就要拉警报了。

"知道了，"我的好心情立马被她一盆冷水给浇熄，"祝妳玩得愉快！"

S牌化妆品在冲绳岛有新品发布会，本田英树以公务为名，毫不避讳地带着小老婆前往，真不知元配是怎么想的，难道就这么睁一只眼闭一只眼？

母亲走了之后，我才想起这个连着周末放三天小长假的"男孩节"

要如何度过？

在日本，五月五日既是端午节也是男孩节，到了这一天，家家户户除了摆菖蒲叶、屋内挂钟馗驱鬼图及吃去邪的糕团和粽子外，还会挂上鲤鱼旗表达父母望子成龙的心愿，因为日本人认为鲤鱼是力量和勇气的象征。

"小姐，听说为了庆祝男孩节，今年的东京塔会悬挂 333 米长的鲤鱼旗。"小雪为我端来午餐，顺便告诉我这个消息。

333 米长？那会有多壮观？！

"是啊！要不是我得忙'本田家'的事，早去东京看热闹了。"她说。

小雪提起东京，让我想起自己的小公寓，那么久没回去了，至少也该打扫一下，否则蛛丝尘网，看了都害怕。

主意一打定，我穿上新买的夏衫坐上开往东京的新干线，预计两个多小时后，就能踏上日本首都。

打开公寓大门，除了有些气味和灰尘外，一切尚好。

我把窗户打开让房子透透气，又抹了家里，再把漂白水倒进下水管道里。一个小时后，我的小公寓又恢复往日的气息。

打扫完毕，我抬头看墙上挂钟，下午 5:40，正好赶得上看夜晚的鲤鱼旗。

东京塔是东京地标性建筑物，位于芝公园内，高 332.6 米，它的原型是巴黎埃菲尔铁塔，塔身颜色为红白相间。白天的东京塔很醒目，但夜晚更璀璨，灯光照明的时间从日落到午夜，颜色则随季节变化，夏季为白色，春、秋、冬季为橙色。

此时塔上系的深蓝色鲤鱼旗正随风飘荡，它的身长等同塔高，白色的灯光打上去颇为壮观。

"小雪应该来看看，连空气都有节庆的味道呢！"我心想。

看着一家老小前来观看鲤鱼旗，小男孩都经过特别的精心打扮，看起来很精神。我忽然想着什么时候也能有个虎头虎脑的儿子？但随即又打消自己的异想天开，我现在连个男朋友也没有，哪来的儿子？真是痴人说梦！

此时前方传来骚动，该不会是游行吧？！我也赶去看热闹。

"チーズ"我看见仓本直美和一群小男孩拍照，他们喊的口号和中国人喊的"茄子"有异曲同工之妙。一旁的男孩父母正忙着按闪光灯，我却不由自主地忙着找秀中，仓本直美在此，他应该也在不远处。

极目四寻后，我终于发现他就站在左前方的人群里，正目不转睛地看着自己的老婆被众星拱月。

我想从他的眼神中找出一点点儿蛛丝马迹，证明他不爱仓本直美，那我就能原谅自己的一再迷失，可惜他的表情正常，看不出内心起伏。

"すみません。"一个小男孩忽然将发泄球丢在我身上，他的母亲马上过来跟我道歉。

我笑着说没事，谁知那男孩却嚎啕大哭起来，原来发泄球是采用记忆性橡胶制成，往光滑的平面上一摔立刻碎为一滩，然后再慢慢滑到一起恢复原状，只是打在我身上的发泄球反弹掉至地面，经人群一踩踏，白色的球很快便脏了。

孩子的妈妈蹲下身给他上课，说球回家洗洗就干净了，他现在应该做的是跟我道歉。

"すみません。"那孩子抽抽答答地说。

我答没关系。

送走那对母子，迎来的却是秀中的身影，想必是孩子的哭声引起他的注意。

噢！不，我转身跑开，但还是在花木扶疏的石阶前被他抓住。

"杉杉，别走。"他说。

我想大声斥责他却开不了口，面对多日不见的秀中，更多的是思念与不舍。

"别踫我！"我用力推开他，反被他搂得更紧。

"我想妳了，杉杉。"他附在我耳边低语，"父亲已经同意我们了，看，我没骗妳。"

什么？！秀中的父亲已经同意我们了？

"真的？"我不敢相信。

"是真的，我想亲口告诉妳这个好消息，可惜妳电话不接，短信不回。"

看着秀中一脸诚恳不像假的，原来，原来长久的等待是值得的，我终于守得云开见月明。

"杉杉，妳怎么……怎么反倒哭了？"秀中用手轻轻划去我的眼泪。

"高兴。"我答。

原来喜极真的会流泪，我抱紧秀中，心中有满满的"小确幸"。

第三十九章：山崎和彦

我很难告诉你接下来的两天发生了什么，大概只能用〝浸在蜜糖里〞来形容。

当晚，秀中和我回公寓，还好我已打扫过，避免了尴尬。

我问他就这么凭空消失，仓本直美不会说什么吗？

〝我和她是开放式婚姻，基本上各自为政，从这点妳就知道我过得有多痛苦，冷灶冷锅的，一点儿家的温暖也没有。〞他说。

我心疼秀中，他应该得到更好的照顾才是。

〝从现在起，由妳来照顾我，嗯？〞秀中问。

我答好，然后我们很有默契地一起走向浴室……

浴缸很小，但我们挤在一起泡澡，我还帮秀中搓了背。

我很早就起床给秀中准备早餐，当他醒来看到茶泡饭时，感动的说不出话来。

〝我昨天才回到东京，冰箱没什么东西，只能做茶泡饭。〞我感到抱歉。

〝茶泡饭好，我已经很久不曾在家里用早餐了。〞他接着解释，〝家里的阿姨早上十点才上班，她只负责打扫及做晚餐。〞

日本很少有住家阿姨，尤其在东京，因为房价昂贵，人们都挤在狭小的空间里，没有多余的房间留给阿姨，况且人工不菲，兼职者的月薪都能达到 12-18 万日元，相当于白领，遑论全职，所以除非是经济非常宽裕且拥有大房子者，否则一般家庭很少雇用全职的家政服务员。

〝那么快坐下，今天做的是梅干茶泡饭。〞我解下围裙说。

还好制作茶泡饭的材料家里都有，我只需把饭做好放凉，然后把海苔和梅干铺在饭上，再把煎好的茶注入，最后洒上少许的盐、芝麻、日式酱油和芥末，搅拌均匀即可。

虽然是简易的一碗饭，我和秀中却吃得很开心。

"待会儿一起上超市采买，我煮好吃的东西给你吃。"我说。

"当然，妳需要有人替妳拎东西。"

饭后，我们手牵手去西友超市，除了买一堆吃食外，还买了换洗衣物，秀中临时到我家，什么东西都没带。

"这样一来，我岂不是可以随时到妳的小公寓过夜了？"秀中笑说。

"嗯！"我同意，"不过这是暂时的，我的公寓小，很快我会搬过去和你一起住，是吧？！"

婚后，秀中的父母帮他们小俩口在江东区买了顶层复式公寓，有两个厅加四个房间，窗外能俯瞰整个东京湾……

我也是从报上的娱乐新闻版中得知的。

"那个……如果我们不住江东区可以吗？房子小一点儿但交通便利，绝对比妳现在住的舒服。"

"没关系，"我把头倚在秀中的肩膀上，"我又不是嫁给房子，只要有你，哪里都是家。"

此刻的我，无比幸福。

小长假很快就结束，今晚我一定得走，否则赶不上明天上班。

"再待一会儿，我怕下次见面又是很久以后的事……"秀中把头搁在我的小腹上，不肯让我走，而这样的对话已经持续一个多小时了。

我又看了一眼时钟，不行，真的得走了。我将秀中从我身上拔起，自己赶紧跳下床收拾行囊，虽然只是个随身的小挎包。

"我陪妳去车站吧！"秀中也下了床。

我微笑着点头。

有了秀中的承诺，回到公司的我干劲十足，看谁都顺眼，对谁都微笑，反倒是林小西，双颊深陷、两眼无神、加上一脸的落腮胡，一副失魂落魄的样子。

"怎么了？患了周一倦怠症？"我把这季度的销售成绩送到林小西

的桌上。

"不只周一，我觉得天天都倦怠，你说我是不是患了抑郁症？" 林小西看都不看成绩一眼，直接签名。

我说我若呈上的是生死状，岂不是让他处于不利的地位？

"死了好，死了就没有痛苦了。" 他捂住脸说。

他是怎么了？我很少看到林小西如此意气消沉。

"爱梅......爱梅在尼泊尔认识了一个意大利小伙子，两人相恋了。" 他反倒自己招供了。

我问真的假的？

"当然是真的，她还发了照片给我。"

我嚷着要看，林小西无可无不可地打开邮件。

那是个皮肤黝黑的精壮汉子，身穿白色骑行装，坐在自行车上面对镜头微笑，不知道的人，还以为他是自行车赛的选手呢！

反观站在一旁的孙爱梅，一身的波西米亚长裙，人很瘦，比起河豚料理店那一张，瘦了不止十斤。

"这能证明什么？随便找个路人拍照也有这种效果。" 我不认同。

林小西说，一张照片也许不能说明什么，但白底黑字总可以证明吧？！她在邮件上写着她想在结婚时得到祝福，也想拥有怀胎九月的宝宝，不想做过街老鼠......

"凭良心讲，她的要求并不过份，哪个女人不这么想？" 我说。

"妳不了解，爱梅用她的整个生命来爱我，如果我们两人注定有一人会先放手，这个人绝对不会是她。她说过即使我不再爱她，她也会为我守寡一辈子。"

不知为什么，见证他们两人的爱情总让我想起"生死契阔，与子成说"这句话，如今曾经如胶似漆的恋人也要分离，怎不让人唏嘘？

"当初她说这句话时也许是真心实意，但现在......她爱上别人了，不代表她没爱过你。"

"屁！" 林小西很激动，"她不可能爱上别人，不可能的！"

好吧！不可能就不可能，失恋的人总要经过一段时间的否认期才学会接受现实，我不想被"殃及池鱼"，找个借口离开，暂时远离风暴。

　　一直到 12 点半，林小西都没过来唤我吃饭，这很不寻常，我主动去敲他的门，没想到里面空荡荡的。
　　"喂！你在哪里？"我打电话给他。
　　"关西机场。"
　　"关西机场？今天有客户吗？"
　　林小西答没有，他正在马来西亚航空柜台办理登机，有一架飞机两小时后起飞，是目前最快的。
　　"你该不会是飞加德满都吧？！"我问。
　　林小西不置可否，只说把公司交给我，有事发邮件，但他不确定山上的通讯是否良好。
　　"笨蛋！大笨蛋！人家有新欢了还巴巴地跑去，真是不到黄河心不死！"挂上电话，我没好气地骂道。

　　母亲从冲绳岛回来，给我带来一对张开大嘴的狮子玩偶，据说狮子是冲绳的吉祥物。
　　"谢谢！"我说。
　　"还有，"母亲递过来一条金项链，上面的坠子是四叶草，"这是别人托我送妳的。"
　　我问冲绳岛是否也产金子？母亲不发一语，只是忙着帮我戴上项链。
　　"多好看！"母亲赞美。
　　我对着镜子摆首弄姿，这条项链的确秀气。
　　"谢谢！"这个谢是给本田英树的，除了他，还有谁会托母亲送我东西？
　　我和养父之间一直是客客气气的，他很少送我东西，但我知道他是我们母女俩的衣食父母，所以我总是在一旁做一朵安静的小花。
　　"那个……本田英树的小舅子是山崎珠宝店的老板，这次我们去冲绳玩，他也去了，人很和善，年纪也不大，四十初头，送了我珍珠耳钉和妳脖子上的金项链。"

原来如此，我还以为母亲又让本田英树大出血了，可是为什么一个不相干的人要送我们母女那样贵重的礼物？

"也……也不是不相干，他……他是本田英树的小舅子呀！"母亲竟然说话不利索。

这就更奇怪了，本田英树的老婆的弟弟应该把母亲和我恨得牙痒痒的，再不济也会退避三舍，哪有主动示好的道理？

"也只有女人会为难女人，日本男人哪，根本不把床笫之事纳入眼中。"母亲说。

是这样的吗？我又对着镜子看脖子上黄灿灿的项链，总有些什么让人说不上来。

"这几天过得如何？"母亲忽然问，"听小雪说妳去了东京。"

"是……是的，东京的公寓需要打扫一下，我也借机去看东京塔上的鲤鱼旗。"我答。

母亲又问我在路上可有踫见什么熟人？

"熟人？呵呵！没有，哪来的熟人？"我吓得手心出汗。

母亲说没有就好，就怕遇见佐藤那个人渣，光看他处理事情的样子就知道是个没担当的男人，不像山崎和彦，既有果断力，为人也八面玲珑……

再一次听到那个陌生人的名字让我心生警惕，难道……难道母亲又觅得第四春？

她听了哈哈大笑："傻孩子，不是我。哎！本来想缓缓再说，既然这样了，也只好一吐为快。"

原来山崎和彦是个小儿麻痹症患者，但为人勤奋又有小聪明，不到三十岁就开了第一家珠宝店，十几年过去了，全日本已有三十多家连锁店，还开到了美国及澳大利亚……

"但终身大事就这么耽搁下来，这次到冲绳岛，还是本田英树牵的线，他希望我替山崎和彦留意适当人选。我想了想，肥水何必流入外人田？"母亲握紧我的手，"杉杉，这是个好男人，妳要把握住。"

什么？！母亲竟然要我嫁给一个身体有残疾的老男人？这还是我的亲生母亲吗？

我扯下金项链扔地上，转身拉开障子门。

"杉杉～"

母亲在背后唤我，但我已夺门而出。

第四十章：母亲的能耐

林小西不告而别后，我一下子负责整个公司业务，感到有些力不从心，整天忙得焦头烂额的，偏偏这个时候有电话进来，是从总机那里转过来的。

"もしもし。"我喂了一声。

"是杉杉吧？小西去哪里了？"竟然是我的大老板。

"噢！小西？小西……小西……去哪里？我想想……"突来的变化让我一时昏头转向的。

"听总机说，他已经好几天没上班了。"

知道大老板已经知道部分事实，我反倒放下心来。

"是的，他有事外出了。"我答。

大老板说他刚从上海飞过来，现在在关西机场，就想来大阪分公司了解一下公司的运营情况…

"好的，我马上派司机去接。"我如临大敌。

大老板"入公司，每事问"，大到销售状况，小到卫生间的厕纸用量，巨细靡遗都要我报告，谁让我被抓来当"代"社长。

"今年除了大和公司这笔单子，其他都很零星，网售情况也不太理想。刚刚我到休息室，洗手柜上到处是水渍，咖啡罐没密封，垃圾桶里还有没用过的茶包，这不是个好现象。凌乱、浪费只是表相，背后是管理不到位……"

说得我面红耳赤的，赶紧低头行九十度大礼，承认自己的不足并且保证会加倍努力。

"好了，"大老板终于又露出慈祥的笑容，"训话完毕，我的肚子饿了。"

我看了一眼时钟，下午 4:15，这时间不上不下的，只能吃轻食。

"没事，妳忙妳的，我到休息室吃块消化饼干，待会儿下班，我让司机送妳回家。"大老板说。

大阪分公司的业务不若东京的多，所以雇用的司机是兼职的，按次收费，主要是接送重要客户。

"不，不用了，公共交通工具很快的，不到一小时就到家。"我赶紧推辞，不敢背上"浪费公帑"的罪名。

"主要是……我也想去京都看看。"他说。

京都？难不成……

"我很怀念'本田家'的怀石料理。"

这么说，大老板的"大阪行"并不单纯。

"好的，我想'本田家'已经做好接待客人的准备。"我答。

谁知，林大东并没有提前告知母亲，因为他的暗恋对象曾对他说："美好的回忆，一次就够了。"

"那也没错，毕竟……毕竟您是有老婆的人。"这次，我站在母亲这一边。

此时大老板起身走向窗口，有那么几分钟的沉默，我不知道自己是否该回到自己的办公室。

"我知道儿子去哪里了，虽然打从心底我不赞成不被祝福的结合，但……我了解他，他和我一样都是痴情种子。"

我不知道母亲到底给了林大东什么，能让他在大半辈子的人生中念兹在兹。

"既然这样，我们一起回'本田家'吧！吃个饭没事的。"我说。

我想得简单，但计划赶不上变化。

刚拉开"本田家"的大门，小雪就出来迎接，她看到站在我身旁的林大东，吓得脸色惨白。

"是不是……他来了？"我指的是本田英树。

小雪微微点一下头。

真是糟糕！事情全挤到一块儿了。

我让小雪带客人到雪の桜，自己则走向母亲的房间。

母亲正和本田英树话家常，我轻轻敲了两声门。

本田英树看来者是我，邀请我进去一块儿聊天，这很不寻常。

我跪坐在矮几前，他马上递过来一个小平底杯，倒的是 namazake，一种要冰冻后再喝的清酒。

"Kanpai！"本田英树隔空跟我干杯。

我只好拿起小酒杯一饮而尽。

"すばらしい。"他给予赞扬，又在我空了的杯子中注入新酒。

这是怎么回事？还没吃饭倒先喝起酒来？

母亲见状赶紧阻止，她说空腹喝酒很伤胃。

本田英树听了，没有坚持己见，反从自己的手包里拿出几张相片递给我。

我低头一看，是个好看的中年男子，有点儿像我喜欢的日本男星竹野内丰。

"かっこよくないカッコ？"本田英树问我那人帅不帅？

我答帅。

他听了呵呵一笑，说看过山崎和彦照片的人都说他帅，只可惜双腿不行……

原来，原来这就是山崎和彦。

我又看了一眼照片，的确好看，而且眉宇之间还透露一股英气，加分不少。

"何时に会いますか？"他问我何时见面。

我支支吾吾半天，还是母亲解的围，她说我最近升职了，工作忙，相亲的事缓缓再说。

本田英树笑说就快当上珠宝店的老板娘了，还在乎那点儿小钱？切！

"これはどうした？"母亲忽然尖叫一声，说我的脸上长痘痘了，赶紧回房洗脸去。

我顺着台阶往下走，在母亲关上障子门前适时在她耳边低语："林大东来了。"

母亲的慌张一闪而过，马上又"也无风雨也无晴"。

我在自己的房内用晚餐，一直心神不宁。

趁小雪来收碗盘，我问我妈在干嘛？她说老板娘还在房里拼命灌本田英树喝酒。

原来这就是母亲的计谋。

"记得给雪の桜的客人送晚餐。"我说。

小雪说不劳我费心，老板娘已经交待了。

这盛夏的夜晚不禁让人有些浮躁，青蛙呱呱呱地叫，小虫呲呲呲地鸣，还让人睡觉不？

哎！我一定是烦恼过了头，平常我挺喜欢听这些大自然的声音……

我走到房外，夜里 11 点了，雪の桜的灯还亮着，林大东在干什么？

本田英树号称"千杯不醉"，那个痴心汉子今晚恐怕要孤枕难眠。

我还在替林小西的父亲着急，忽然听到障子门被拉开的声音，赶紧退到木柱后面……

母亲果然成功灌醉本田英树，她蹑手蹑脚地离开房间，并且三步一回头，非常小心谨慎的样子。

我实在太好奇，林大东和母亲究竟是什么关系？说"恋人"肯定不是，母亲是"外貌协会"的 VIP 会员，连交个朋友都选好看的，遑论谈情说爱。

此刻的我也学母亲三步一回头，非常小心谨慎地走向雪の桜的隔壁房间里，并且刻意将阳台的窗户打开，如果碰巧林大东也把窗户打开，我可以从模模糊糊的谈话声中猜出一、二。

"我说了，到此为止。"这是母亲的声音。

"如果妳愿意，这辈子可以不用再抛头露面了。"

"呵呵！我早不用抛头露面了，这民宿的一半归我，你说我当老板娘是闲不住还是缺钱？"

"那么……算可怜可怜我吧！我和嫦娥已经多年没有性生活了。"

"我不明白，日本的色情交易很泛滥，打个电话很方便的。"

"的确很方便，但……我只对妳有反应。"

听到这儿，我惊讶地捂住嘴巴，没想到母亲都徐娘半老了，还有这份能耐。

"五十万。"母亲一张嘴，竟然要了三万多元人民币。

我半天没听到林大东的回复，想必是吓到了。

在日本召妓，一个小时两万日元，中国女人减半，母亲都这个岁数了，还把价钱往上提了数十倍，简直是疯了！

"可以刷卡吗？"林大东终于开口。

我彻底无语了。

第四十一章：赶鸭子上架

　　清晨，我吃完早餐从房内走出来，刚好看见小雪从雪の樱里出来，手上提着红色塑料桶，里面是清洁用品。

　　"客人……走了？"我问。

　　"嗯！早班机，还是由福山先生送的机，"小雪关上障子门，"老先生唉声叹气的，因为昨天夜里才去接了晚到的客人，今天五点不到又得起床。"

　　这么说，林大东是百忙之中抽空来见母亲的？我问那个"万人迷"现在在哪里？

　　"老板娘还在睡觉，老板也在睡觉。"她答。

　　母亲一个晚上就赚了五十万日元，的确有资格睡到"日上三竿"，我就不行，还得"为人作嫁"，把大部分收来的钱放进老板的口袋里。

　　日子又过去好几天，自从和秀中在东京告别后，我们每天通电话，多时五、六通，少则两、三通，即使是只字片语也能让我甜蜜一整天。

　　今天是星期六，秀中说他觑了个空到京都，问我能不能出来见面？我答好。

　　"待会儿我要到松浦町，想做个小布包。"早餐桌上我宣布。

　　想做小布包一事不假，顺便也想见见秀中。

　　母亲把嘴巴里的烤三文鱼咀嚼完毕后才说："别再做手工艺了，外面的阳光多好，咱们出去走走。"

　　"不，"我急急说，"我想做小布包，做梦都想拥有那么一个小包，能装钥匙、交通卡、零钱和其他小杂物。"

　　母亲说我瞎折腾，那玩意儿在日本百元店就有现成品，何苦花时间和精力去做？

　　我说满大街都有的东西有啥稀奇？我就想要个世界上独一无二的。

"爱折腾去折腾，不管妳了！"

有了母亲这句话，我像只飞出笼子里的鸟。

谁知我刚打扮好走出房外，母亲也一席华服出场，手里挽着一个新包，看起来很昂贵。

"我陪妳去买那个破啥子用品，中午在外面吃，咱母女俩很少一起外出，得联络一下感情才行。"她说。

真是糟糕！这一来怎么跟秀中见面？

"我……我买东西会耽搁很多时间，妳确定不要和妳那帮朋友会面，譬如……酒井太太？"

母亲说酒井太太出国看女儿女婿了，她刚添了个白胖孙子。

"如果妳今年出嫁，明年我也能抱孙，省得光看酒井晒儿孙。"

她挽着我的手，嘴巴喊着福山先生，看来今天母亲是跟我跟定了，我不禁叫苦连天。

福山先生载我们来到 TokyoHands，店面占据四层楼，我故意停在二楼老半天，并且佯装无法下决定的样子，让急性子的母亲很抓狂，她只花了几分钟就把整个店逛完，非常无聊地东摸摸西看看。

"巷子口有家咖啡馆，他家的香蕉蛋糕是我吃过最好吃的，要不，妳到那边坐坐？我买完东西就过去。"我成了贴心小棉袄。

母亲说她正在减肥，香蕉蛋糕就免了，但她可以来一壶茶。

送走母亲，我马上打电话给秀中，听得出来电话那头的他很失望。

"你在哪里？"我问，"也许稍晚我能摆脱母亲与你见面。"

他说他在 Motel 里，没有窗户，房间很小很压抑……

日本的汽车旅馆非常特别，从进去到出来完全见不到服务人员，十足的自助式，彻底保护了客人的隐私。

"你出去走走吧！我这里……说不准的。"我心疼秀中。

"不，我不出去，就等妳来解救我。"他稚气地说，害我恨不得插上翅膀飞向他。

"好，我尽快赶过来。"我答。

我三两下买完制作小布包所需的材料，然后赶到咖啡馆。母亲说我的手脚真快，茶都还没端上来，人就已经到了。

因为服务员等着我点餐，我只好叫了杯咖啡。

"妳的包真漂亮。"我无话找话。

那是一款保守款式的白色包，非常小巧精致。

母亲说这是 Gadino 手袋，由挪威设计师 HildePalladino 设计，纯手工制作。

乍看这个包包并没有过人之处，但仔细瞧瞧，五金环扣上的数十颗白钻真摄人心魄呀！

"鳄鱼皮虽然贵，钻石才是真本事，土豪的世界就是由钻石堆起来的。"母亲骄傲地说。

土豪的世界的确是由钻石堆起来的，但母亲的世界不是，她挽了一个超过身份很多的包，看起来很刺眼。

"多少钱买的？"我问。

母亲答不知道，那是别人送的。

别人？谁？本田英树还是林大东？

母亲笑说都不是，而是山崎和彦，因为这包包上面的白钻自他家出产，Gadino 为了表示感谢，特别多制作了一个送给他。

"然后他转送给妳？"我扬起声，"天下没有白吃的午餐，妳不知道吗？"

母亲说她知道，但拒绝别人的诚意很残忍，倒不如把礼物收下再转赠他别的东西，这样一来就扯平了。

"转送什么？我们家除了民宿，没什么可送人的。"

母亲说我真是心领神会，一点就通，她已经邀请山崎和彦到"本田家"作客，今天傍晚到。

什么？！这么快？！

"待会儿我们到四条河原町逛逛，买件新衣裳，也算是对贵客的一种尊重。"母亲又说。

我气得七窍生烟，她收了别人的昂贵礼物，我就得一旁"陪笑"，这是什么道理？

"没门！"我说。

"好吧！"母亲抚着那个白色包，很恋恋不舍，"我把包退回去，顺便叫山崎桑别来了，他特别排开一个重要会议前来，看来也只能对不住人家了。"

想到母亲若这样做的确很伤人，我一时没了主意。

见我犹豫，母亲马上表明："我保证，只是吃顿饭，饭后妳回妳的房，他回他的雪の桜，谁也碍不着谁。"

想着一个残疾人，再怎么着也对我构不成威胁，还是维持表面的和谐吧！总比因拒绝而结下梁子好…

"就知道我家杉杉最善良，"母亲终于露出笑脸，"赶紧把咖啡喝了，我们还得采买衣服呢！"

依着母亲的建议，我买了中规中矩的圆领衫加百褶裙，又跟着她上了一趟美发院，出来时已近五点。

"好的，请客人到我房里，我和杉杉马上到。"

挂上手机，母亲告诉我山崎和彦已经抵达"本田家"，我们得加快脚步。

车子飞快地往回驶，望着车窗外一抹殷红的血色太阳，我想起了秀中，他等不到我，会有多难过？

"别担心，山崎和彦是个很好相处的人，妳见了就知道。"

母亲竟然以为我的沉默不语是为了一个未曾谋面的人？！

"我一点儿也不担心，就当和客户吃顿饭。"我很消沉地答。

第四十二章：午餐的约会

小雪跪在障子门前轻喊着老板娘回来了，然后拉开门。

母亲先进入，我随后跟上。

"会えてよかった。"母亲的声音像浸过蜜一样。

那个长得像竹野内丰的人想站起来答礼，可惜双腿不听使唤，母亲忙阻止他起身。

"これは呉杉杉です。"母亲介绍站在她身后的我。

我对他微微一点头，他微笑着请我们都入座。

矮几上有小雪替客人准备的抹茶及和菓子，我认出后者来自皇家御用点心铺——甘春堂，母亲就认准这一家，别家的都不吃。

话说山崎和彦也等了我们足足有一刻钟，但桌上的和菓子却动都没动过。

母亲问他是不是不喜欢吃和菓子？他答喜欢，只是想等主人回来后再一起享用，让我对他的好感倍增。

我们坐着寒暄，我因此有近距离观察客人的机会。山崎和彦本人和照片相差不大，四十几岁的男人保养得算不错，看着也就三十多岁。听说他很早就学做生意，但身上一点儿铜臭味也没有，反而带点儿艺术家的气质，很干净清爽的那一类。

他问我在哪里工作？我答东洋瓷砖。山崎桑马上说我的老板是中国人，非常精明能干。

我很讶异他认识林大东，但他说他不认识，只是最近在世田谷区买了栋别墅，正在装修，听设计师说东洋瓷砖的品质不错，就是价格贵了些，而且老板很抠，一点点儿折扣也不让……

世田谷区位于东京西南部，是有名的富人区，很多政界及商界名人居住于此，如：安倍首相、麻生副总理及乐天集团的三木谷。那区的治安好，学校也好，房价一直居高不下。

我问清楚房屋面积，对一般家庭而言，527 平米够奢侈的了，但东洋的主要客户是开发商，他们一订就是整栋大楼的面积用量，无怪乎不把这个"小"订单看在眼里。

我提议他跟大阪分公司订货，我们负责送货到东京，而且给他一个好折扣。

母亲借机说我是东洋的销售部部长，很受分公司老板器重云云，害我怪不好意思的。

"ありがとうごさい。"山崎先生对我颔首表示感谢，顺便问我对设计感不感兴趣？因为他的设计师老把房屋往"金碧辉煌"的方向带，很不合他的意。

我谦称自己是房屋设计的门外汉，但对瓷砖还有一点儿心得……

"選択ください適切なタイル。"他又再次对我颔首，并且把"选择合适瓷砖"的重责大任交给我，顿时让我陷入两难。

大阪分公司最近销售成绩持续下滑，我正苦无对策，面对再"小"的订单也无任欢迎，但……我实在不想再和对面这位男人有任何瓜葛，即使他一点儿也不讨人厌。

我还在想如何拒绝又不伤人，母亲却毫无预警地给我捅娄子，她说明天是星期天，杉杉有空，可以陪他去看新房子，顺便出点儿主意……

"吴小姐、あなたが？"山崎和彦满怀期待地看着我。

被"逼上梁山"大概就是这种感觉，我只好无奈点头，心里把母亲恨得牙痒痒的。

说完瓷砖，山崎桑又谈起自己的家庭状况，原来他的家境殷实，父母健在，有一个姐姐，就是本田英树的元配。学历方面是硬伤，他从小不爱念书，只读了专门学校的珠宝鉴定，现在是合格的珠宝鉴定师……

母亲笑说如今的学历就是个摆设，像山崎和彦这样有能力的人，东京大学早该授予"名誉博士"的称号给他……

我很烦母亲的呱噪，看样子山崎和彦也不喜欢，样子有些窘迫。我转而问他如何判断珠宝的真伪？他很大方地分享专业知识，还说哪天可以教教我，让我买珠宝时不会被忽悠……

吃完下午茶，我们又连着吃晚餐，其间母亲说要出去打个电话，结果一去就没再回来。转眼间，我和山崎和彦已经不知不觉讲了四个多小时的话。

"すみません、私に部屋に戻りました。"山崎桑向我道歉，他说他必须回房了。

我以为自己讲错了什么，使得他中途离席。

他笑着说我没讲错话，而是再不回房，他的膀胱就要炸了。

说的也是，席间我们喝了不少茶和味噌汤，还喝了点儿小酒，不用他提醒，我自己也想上厕所呢！

于是山崎和彦挣扎着起身，我过去帮忙，被他拒绝了。

看他连起个身都费劲，走路一拐一拐的，我忽然被醍醐灌顶："吴杉杉，难道妳打算一辈子都和残疾人在一起？"

我吓得出了一身冷汗，不，我不愿意，我还没善良到那种程度。没错，山崎和彦身上是有很多闪光点，但我仍然希望自己的另一半身体健全。

我唤小雪收拾桌上狼藉，母亲也"适时"回来了。

"客人呢？"母亲问。

我答，都十点了还不回房吗？

母亲解下她的腰带，看她整晚束着，怪难受的。

"很好的一个人，不是吗？"母亲问。

是很好，无婚史，多金，颜质佳，年纪虽大了点，但没恶习，谈吐也行，既不浮夸也不过分闭塞，算是见过世面、有教养的人士，但是……没门！

母亲问为什么？这么好的人选打灯笼都找不到。

"还问为什么，他那两条腿……"

母亲忽然插话进来："是男人都偷腥，差别在于明目张胆还是偷偷摸摸。山崎和彦都这样了，肯定对妳一心一意，这辈子妳就不用担心小三压境了。"

母亲的担心不无道理，但凡成功人士总有几个"红颜知己"，她自己就是个受益者，既不用承担家族压力，还有花不完的钱……

"我不管，即使老公有可能偷腥，我也不嫁残疾人。"我满腹委屈地说。

看我泪眼婆娑，母亲放下身段，走过来拥抱我："不嫁就不嫁，待在我身边也挺好的，咱俩就相依为命。"

想起我们母女一直砣秤不离，我拥有的也只有母亲和……秀中了。

"明天替山崎桑的瓷砖出点儿主意，这件事就这么算了，好歹我们也帮上忙，再拒绝就不理亏了。"

虽然我不高兴母亲自做主张，但她说得没错，拿人的手短，我如果去帮忙，回头再拒也不致于"一败涂地"，况且出完主意，我还有时间和秀中约在东京见面。

"好，明天我和山崎和彦一起去东京。"我说。

母亲感到欣慰，她说我果真是她的贴心小棉袄。

我在电话中告诉秀中，明天和山崎和彦看过房子后，我有半天好挥霍，约他在东京见面。

"山崎和彦是谁？"他反问我。

我避重就轻地说他是本田英树的亲戚，买了世田谷区的房，正在装潢，找我当瓷砖顾问……

"能在世田谷区买房者，非富即贵啊！哪天介绍我们认识认识。"他说。

秀中的生意人嘴脸让我感到极度的不舒服，但想到他有他的压力，东西卖不出去会急死人的，我不也是？

想到此，我释然了。

"缓缓再说吧！我跟他也不熟。"这是实话。

我们又话了些家常，他照例说爱我，要我想着他入眠，我答好。我是如此爱他，还有什么不可以的呢？

"别忘了明天的午餐约会，我带妳去吃蟹。"

秀中说在都港区有家米其林三星餐厅"せ村"，吃的是间人蟹（即松叶蟹和长脚蟹），肉质细嫩，膏似凝脂，味道鲜美，是螃蟹饕客必至的圣地。

我没意见，于是他放我去睡觉。

隔天起床，看见窗外乌云密布，不禁有些担心。

"可别下雨啊！秀中等着和我见面。"我心里犯嘀咕。

正吃着早餐，果然大雨翩然而至，把一早的好心情全扫光了。

山崎和彦望着倾盆大雨，很体贴地说今天天气不好，还是改天再去看房吧！

我不同意，急急说福山先生会开车载我们去，保证身上一滴雨也不会有……

山崎桑有些迷惑地看着我。

"あなたと私と早く決定タイルの色。"我红着脸说自己以为他想赶快决定瓷砖的颜色。

母亲见状便上来解围，她说福山先生对东京的路况很熟，吃完饭出发，估计 11 点之前就能抵达世田谷区。

山崎和彦答既然如此，只好麻烦我们了。

听他这么一说，我松了一口气。明天秀中要到美国出差，一去就是个把月，我希望临行前能与他见上一面。

"いいですか？"山崎和彦问我可以吗？

什么？我心里想着事，母亲和客人在讲话，我左耳进右耳出。

母亲转而用普通话告诉我，山崎桑所在的小区有高级会所，里面有游泳池、桑拿和健身房，还有一家中华料理店，山崎和彦想邀我看房后共进午餐。

噢！不，我已经有午餐约会了。

我吞吞吐吐地表示不用麻烦，自己在外面随便吃吃就行。

那个脑筋不会转弯的男人说随便吃吃也得吃，况且天气这么糟糕，我还跑了那么一趟远路，不请客说不过去……

我还想说不，但母亲投来怀疑的眼神，让我把到嘴的话又吞下肚。

"じゃあ、ありがとう。" 我只好道谢，间接接受午餐的邀约。

母亲和山崎桑都很满意我的回答。

"这可怎么办？" 我心里干着急。

第四十三章：世村

　　到了东京，雨小了很多，车子进入吉田小区后，基本已停雨了。

　　山崎和彦用遥控器打开车库门，我看见里面堆满了建材，风一吹，木屑灰尘齐飞，我不禁捂住口鼻。

　　"あなたはまだいいだろう？"山崎和彦问我还好吧？！

　　我答好。

　　我们从车库门进入屋内，福山先生已早先一步走了，因为山崎桑说吃完午饭他会开车载我到车站。

　　小儿麻痹症患者能开车吗？我很怀疑。

　　屋主人放我四处"考察"，我把所有的门窗打开，让屋子透透气。今天是星期天，工人不能施工，给了我一个完整的空间思考。

　　我看见柜体果真如山崎和彦所说，走的是"奢华"风，上面有很多雕刻和金线；躺在角落的成捆壁纸也是，让人联想起凡尔赛宫。

　　我问山崎桑对屋子有什么想法？他答以简单、舒适为主。

　　这就奇怪了，设计师竟然和屋主反其道而行？

　　那个面貌姣好的男人马上替设计师澄清，他说事情不是这样的。原来他的姐姐的闺蜜是做柜体的，一听说他要装修房子，立马"免费"包办屋内所有的柜体，包括衣柜、书柜、鞋柜、甚至厨柜。碍于颜面，他不好意思拒绝，偏偏"赞助方"走的是土豪风，也正因为如此，其他软装不得不加以配合，想到将来要在不合他心意的房子里居住，山崎桑苦不堪言。

　　我了解他的痛苦，也愿意代他排忧解难，于是再次观察整个屋子，发现只要选对材料，房子还是有救的，譬如：舍去壁纸换上柔和颜色的涂料，再把水晶灯取下，代以古仆的灯饰，然后加上一些雅致的墙砖和地砖，整个 Muji 风就出来了。

　　"よかった、君の言うとおりだ。"山崎和彦对我的构想大力支持。

我赶紧表明这是自己的浅见，具体还得由他跟设计师商量。

山崎和彦笑了笑，没说什么。

由于没有随身携带瓷砖样品及量尺，我拍了几张照片，说回去思考一下，再让助理上门，当然，最后我会提供好的建议。

山崎和彦还是笑而不语。

我们又交换了一点儿装修想法，很快午餐时间就到了。山崎和彦说会所离他家约十分钟步程，问我介不介意走过去？顺便可以参观一下小区。

我答不介意。

于是关上门窗后，我们"散步"去会所。

雨后的空气很清新，加上小区内栽满花木，到处是欧风式的豪宅与豪车，仿佛走在欧洲大陆街头。

沿路的保安和清洁人员都非常有礼地和我们打招呼，让人很受用。

我们边走边聊，山崎和彦问我爱吃中国菜吗？因为会所只提供改良过的中华料理。

我说我是中国人，当然爱吃中国菜，只要菜里不要加过量的糖就好。

他说他待会儿会交待厨子少放糖，我很感激他的体贴，所以即使他行动缓慢，我也毫无怨言。

"嘟……嘟嘟……"我看一眼来电显示，又是秀中，我匆忙挂了机。

山崎和彦问我为什么不接听？我谎称是讨厌的推销员打来的。

今天吃完早餐时，我觑了个空打电话给秀中，但他完全不能理解我的难处，一定要我排除万难与他见面，后来又打来数通"骚扰"电话，我索性不接听了。

"彼はもう一度電話をすれば、私はあなたの悪口を手伝って彼。"山崎和彦说对方若再打来，他帮我骂他。

我当他说笑，一笑置之。

山崎和彦把点餐的工作交给我，看着那些神似的中国菜照片，我点了糖醋里脊、麻婆豆腐、青椒肉丝、炒圆白菜、春卷和炒饭，服务员离去前，那个善解人意的男人又特别交代"少放糖"。

我们喝着碧螺春，话没说两句，电话又来了，山崎和彦问我是不是又是那个讨厌的推销员？我答不是，怕他真的骂秀中。

"もしもし。"我只好接听。

"妳在哪里？"秀中问。

"跟……朋友吃饭。"我用普通话答。

"我在'せ村'，正在看别人吃蟹。"他愤愤不平地说。

我想起那家米其林三星餐厅。

"别等我了，你吃吧！我这边结束后再去找你。"我耐着性子，说的还是普通话。

无奈秀中还是任性地要我马上撇下朋友前来，这如何是好？我只能再次挂机。

"怎么了？"山崎和彦说着怪腔怪调的普通话。

我太惊讶了，他竟然会说中国话？

山崎和彦忙摆手，他说他只会几句，还是中国客户教他的，难登大雅之堂。

后来证明果真如此，我讲了稍微复杂的句子，他就只能对我傻笑。

为了抹去尴尬，山崎桑说如果能有个中国老婆当助手，他的普通话一定会突飞猛进，顺便还能帮他打理店面，因为他的客户有 40% 来自中国。

我笑说那简单，花钱请个老师或雇个中国籍员工得了，不一定要娶中国人……

山崎和彦听了突然变脸，他说他以为我们正处"以结婚为前提的交往"中。

我惊得差点儿拿不稳筷子，忙问他是谁说的？

原来又是母亲。

昨晚山崎和彦回房后，母亲打他房里的座机问他还需要什么东西？譬如多个枕头或茶水。山崎答什么都不需要，他挺好的，正要就寝。

于是母亲说那就不打扰他休息，又说我对他的印象很好，打算和他正式交往...

"のではないか？"那个可怜人问我难道不是？

我没想到母亲表面一套，背后一套，叫我情何以堪？当面否认等于给母亲打脸，承认又与事实不符，我吴杉杉是造了什么孽？这辈子一直在帮母亲善后。

见我迟迟不言语，精明如他心中已了然。

他苦笑着要我别放在心上，就当交个朋友，他也清楚自己的条件，嫁给他是委屈了......

生平最怕伤害别人，我赶紧说他是个好人，如果不是自己已有了心上人，肯定会把他列入考虑名单中。

山崎桑问刚刚来电的那一位是不是我的心上人？我无奈点头。

他笑说没事，饭后他会载我去见男友。

"覚えている私に结婚を先発の招待状だ。"山崎和彦从车里探出头来，他要我结婚时记得发请帖给他。

我对他挥挥手，他微笑着把车子开走。

很难想象一个小儿麻痹症患者竟能将车子开得四平八稳，让人忘了他双腿的残疾。

山崎和彦走了，我抬头看了一眼"せ村"，那是一栋传统的竹木结构建筑，非常的淡雅朴素，有手推门及深蓝色的暖帘，上面写着"味自慢"，即"自豪的手艺"之意。

拉开手推门，日式风铃响了，服务员马上过来迎接。我说找人，他便让我自行进入。

已经是下午两点，秀中还在吗？我走了一圈，发现他坐在吧台，旁边有个妙龄女郎，两人正大声谈笑，很目中无人的样子。

我走了过去，秀中问我找谁？还说这家店是"支那人免进"。

看吧台上有数瓶空酒瓶，知道秀中喝高了，便不与他计较，谁知他用力推开我，叫嚣着我是大话王，专门骗他这种富二代......

"够了，咱们回家，嗯？"我好脾气地说。

"回……回什么家？我……我和妳有什么家？不过是……是个婊子，和……和妳妈……一样！"

我仿佛被甩了两耳光，虽然秀中喝醉了，但酒后吐真言，难道……难道在他心中我就是个妓女？还是免费的。

"ばか！"秀中跌坐在地上，嘴里吐出一句脏话问候我妈。

是可忍孰不可忍？我掩面逃离"せ村"，感觉心已死。

第四十四章：如释重负

一连好几天，秀中都没打给我，少了临睡前的问候，我睡得很不安稳。

他现在在美国，两国有时差，秀中一定是怕影响我上班或睡觉，所以才没打给我……一定是的，绝对不会错，他是很体贴的人……

尽管我一直在帮秀中找理由，但现实是他一天没打给我、两天没打给我、一个礼拜没打给我、半个月没打给我……

我再也找不到借口，反而开始反省自己是否说错了话、做错了事，惹得他不高兴？

那天他喝醉了，醉酒说的话怎能全信？……我也不好，他等我两天，心情一定很苦闷……我把他丢在餐厅里，他是怎么回家的？……

我开始感到恐慌，难道秀中"再次"不要我了？

"嘟……嘟嘟……"

我拿起办公室座机接听，电话那头是山崎和彦，我问他有什么事？

"あなたと私の家に送り補佐官だ。"他说他以为我会派助理到他家。

助理？什么助理？

我忽然灵光乍现，哎呀！怎么忘了这事？十多天前因为没有随身携带瓷砖样品及量尺，我拍了几张照片，说要回去思考一下，再让助理上门，结果因为秀中的事心情大坏，把"公事"忘得一干二净，亏山崎和彦好脾气，换作别人，早拂袖而去。

我在电话中一再表示歉意，并且允诺马上派助理前往，问他何时在家？

他答下午都在，因为园艺师也想咨询他的意见……

原来他炒了房屋设计师，现在一切都得亲力亲为。

其实我也不喜欢那位设计师的风格，还是按照屋主人的喜好行事最好，毕竟合脚的鞋只有自己知道。

我很快和他约了下午三点。

挂上电话，我马上拔号叫助理，偏偏电话一直无人接听，这才想起助理被我派去平野区测量某栋新项目的面积，好计算招标价格。也就是说，即使她动作迅速地完成任务，回来估计也要下午两、三点以后，根本来不及上东京。

我推开办公室的门，想找个"闲人"，无奈发现每个员工都在忙，讲电话的讲电话，做文案的做文案，看来看去，全公司最闲的就是我。

美其名我是销售部部长及大阪分公司"代"社长，但每日的工作无非是接听电话、召集开会及在文件上签名。因为受个人情感问题困扰，我交待总机除非是重要人物，否则一律把电话转给各负责人员，顿时本人的办公室"安静"许多，加上我把例行的开会时间往后挪了又挪，一直就这么"怠忽职守"地过了十几天，实在有亏林小西的信任和提拔。

得，就从山崎和彦这个案子开始发愤图强吧！至少这趟的东京行能替公司带来约一百万日元的营业额。

公司司机在山崎和彦的别墅前停下，我跟他约了两个小时后见，他很快开走了。

别墅的梨花木大门没关，我轻轻一推就开了。隔了半个多月，新房子除了水晶灯不见了之外，其他都没怎么动，倒是花园里有许多工人在砌走道及铺草坪，正中央的位置挖了个坑，貌似要造池塘。

"あなたが来た。"山崎和彦看见我来，很高兴的样子，忙不迭向园艺师介绍我是吴小姐，并且希望他听听我的意见。

我的意见？我以为我是来送瓷砖样品及量尺寸的人。

山崎桑说因为我母亲的民宿有一个漂亮的花园，耳濡目染下，我一定有不俗的园艺眼光。

此话不假，任何到过"本田家"的客人，无不对它的"绿意盎然"留下深刻的印象。

恭敬不如从命，对照"本田家"和山崎和彦的后院，我很快给出建议：右手边建一个日式凉亭，绿色草坪上则用白色鹅卵石砌成走道……与邻居的交界处植上一排的青翠竹子，风一吹，树涛声便仿佛天籁……池塘里养锦鲤，水上架着暗红色弧形拱桥，水里摆着水车，让水流的动力推动着水车旋转，带来滚滚的财源和好运，同时流水声能让人身心愉悦，放下世俗的烦恼与忧愁……

山崎和彦听了很欢喜，他说这正是他要的花园，转身交待园艺师按照我说的做。

园艺师点头表示接受，并且称赞山崎桑好眼光，有那么一位蕙质兰心的女友……

女友？

山崎和彦马上澄清我不是他的女友，没想到园艺师乐呵呵地说当然不是女友，很快就是老婆了。

回到屋内，山崎桑马上跟我道歉，他说纠正只会越描越黑，倒不如一笑置之，反正是不熟的人……

我果真一笑置之，转身拿出瓷砖样品请他定夺，自己爬上爬下地量尺寸，务必把误差减到最小，因为大阪和东京之间有两个小时的车程，如果将来退货或补货，不仅会让屋主人破费，自己也麻烦。

等我好不容易测量完毕从楼上下来，山崎和彦正面对着后院看园艺工人忙里忙外。

我问他决定好瓷砖了没？他答没有，正等着我选呢！

这怎么可以？我告诉他，房子以后是他住，不是我住，还是应该由他来决定。

"私あなたの目に信頼だ。"他说他信任我的眼光。

这该如何是好？生平头一遭被人这么无条件地信任着，反倒觉得责任重大。

我打开带来的瓷砖样品反复浏览，并努力在脑中勾画出实景：客厅用黑白色棋盘式砖，显得时尚；厨房用白玉抛砖，因为水蓝色的地中海式柜体已经太过抢眼；家庭房用粉色微晶石砖，显得柔和；两个浴室，一个用深绿，另一个用嫩黄……

我滔滔不绝地说，山崎和彦照单全收，即使给了他八五折的折扣，他也只是笑笑，一句废话也无。

没见过这么好说话的顾客。

虽然山崎桑的房子正气大方，是我喜欢的户型，但在测量的过程中我也发现到一个问题：屋主人的腿不方便，这屋却是上下两层，楼上岂不成了摆设？

"三人の子供を私の生まれたい。"那个好看的男人答他想生三个小孩。

这么说，楼上就是孩子们的天地？

"吴小姐お前、何人かの子供を生まれたい？"他反问我想生几个孩子？

我愣了愣，山崎和彦竟然问我这么隐私的问题，让人好生尴尬。

见我红了脸，他赶紧跟我道歉，说自己"辞不达意"，应该问将来我想和现在的男友生几个孩子才是。

和秀中吗？我想起自己是如何深爱他，能有他的"复制品"是件多么幸福的事！

我答自己是家里惟一的孩子，从小一直是孤孤单单地长大，如果可以的话，我也喜欢家里热热闹闹的，多几个孩子也多点儿活力和乐趣，不是吗？

"あなたの嫁さんにできる男が福した。"山崎和彦说我若能嫁给日本人，日本就有福了。

此话从何说起？

他解释现在的日本人都不想多要孩子，人口老龄化严重，可利用的劳动力大幅减少，再这样下去，日本的未来堪虞……

我没想过这么"忧国忧民"的事，单纯只为自己着想，我想要年老时经常有儿孙回来探望。

山崎和彦兴奋地表示他也这么认为，如果老的时候冷锅冷灶的，即便坐拥金山银山又如何？精神苦闷啊！

"あなたは小児麻痺症遺伝？"他突然问，小儿麻痹症会不会遗传？

以我浅薄的医学常识，小儿麻痹症是感染来的，非遗传。

他说他很高兴我了解这个病症，因为不是每个女人都有这个脑子，相反的，认为小儿麻痹症会遗传的大有人在，也正因如此，让他在择偶的这条路上困难重重。有些人甚至认为是他上辈子作恶多端，所以这辈子受此症困扰……

真是太可笑了，怎能这样说人？！

我显得义愤填膺，山崎和彦却是一脸平静。他说以前的他也会怨上天待他不公，但现在想开了，一辈子单身也无所谓，反正他资助了许多穷苦孩子，在某个意义上，他已经是十几个孩子的父亲了。

原来山崎和彦通过国际组织认养了一些孩子，他们散居在世界各个角落，不定时还会寄来用各国文字写的感谢信。

有些人的伟大如烟火般亮眼，另有些人虽然只夹带着萤火虫般的微弱光芒，却在黑暗中吸人眼球。山崎和彦属于后者，让人油然升起对他的景仰之心，和他相比，我像蝼蚁般卑微。

他要我快别这么说，在他心目中我犹如空谷幽兰般，微微地吐露着芬芳……

这……这是什么意思？

我低下头去，感觉耳根子发烫。

山崎和彦解释他很高兴我有了心上人，但感情的事说不准，他希望能在心灵上陪伴我，直到最终看我和某人走向结婚殿堂为止，问我能否给他这个机会？

这可是三人行？

他笑说不是，只要不拒绝他的关心就行，我……仍是自由的。

我非常不明白这个男人的思路，竟把自己当备胎使，有几个男人做得到？

然而山崎和彦坚称自己不傻，即便当备胎，那也是暂时的，只要我给他足够的时间，他会让我看见他的好。

噢！不，绝对不行，这是个陷阱，我一定得避开……

"嘟……嘟嘟……"公司司机的适时来电救了我，我赶紧跟屋主人道别。

"ありがとう、気をつけて。"他谢我特意为他跑一趟东京，并要我路上小心。

我向山崎桑深深一鞠躬，然后转身离去

虽然我一点儿都不想伤害这个男人，但无法否认的，离开时我的心中有小小的"如释重负"，可见我和他之间完全是不可能的。

"会社へ戻る？"司机问我是否回公司？

我答回"本田家"，此时已是下午五点，我迫不及待想回家和秀中视频。

没错，是我先"弃械投降"的，因为思念太过痛苦，所以今天一早我发了邮件给秀中，约他在日本时间晚上九点视频，那时是纽约的早上七点，讲完话他可以开始一天的工作。

"希望到时他别忘了才好。"望着窗外的夕阳，我喃喃说道。

第四十五章：欲哭无泪

20:55，我打开电脑，装好摄像头，然后登陆 Skype，意外发现联系人中的秀中已经启用视频，我马上发起邀请，很快屏幕便弹出影象，那是一张大床，床上的白色被褥很凌乱，我看见一只男人裸露的臂膀。

是秀中吗？如果床上躺着的是秀中，那么是谁接受了视频邀请？

我打开音箱，喊了一声"秀中~"，没想到屏幕左下角出现一位身着性感睡衣的人影，她对我做个"嗫声"的动作，然后指指床上的人，意思是有人在睡觉。

那个演默剧的不是别人，正是秀中的元配——仓本直美。我一时五味杂陈，不知做何反应，想必她也看见我了。

接下来的一幕才真的让我瞠目结舌，以火辣身材闻名的仓本直美竟然对着我跳起撩人的脱衣舞，把忽隐忽现的睡衣折腾来折腾去，最后才缓慢地脱下扔地上，然后以傲人之姿，一丝不挂地面对我。

同为女人，她的胴体像水蜜桃一样多汁，而我……要胸没胸，要臀没臀，要说有什么可取之处，大概只有皮肤还算白皙，小胜她一筹，但也只能在日本圈子混得开，换作欧美，他们更偏爱仓本直美的小麦肤色……

那个搔首弄姿的裸体人在摆了几个 AV 女优的经典 pose，突然靠近镜头又是眨眼又是舔舌头，把我的五脏六腑烧得面目全非。待捉弄完毕，她转身一跃上床，被褥掀开后，我看到同样光着身子的秀中。

接下去的情节就不用说了，各种的缠绵悱恻。秀中本来还在梦中，意兴阑珊的，但被仓本直美一撩拨，立马像喝了红牛似的，化被动为主动。

我啪的一声关上电脑，人也趴在桌上痛哭不已……

秀中，你骗我，你说仓本直美是石女，激不起你的性欲，看看你都做了什么好事？既睡了我又去睡你老婆，尽享齐人之福，是不？

我哭了又哭，把肠子都悔青了，还是母亲敲门问我出了什么事？我才意识到自己太孟浪了。

"没……没什么，刚刚看了日剧《一公升的眼泪》，池……池内亚也死……死了。"说完，我又哭了。

"傻孩子，"母亲走进来拥抱我，"那是电视剧，假的，假的妳也哭，眼泪不要钱吗？"

"我……我也死了。"我赌气地答。

"别乱说，"母亲略显不悦，"我还指望妳养老送终呢！"

任性的事只能点到为止，我很快擦干眼泪，母亲又安慰我几句后才转身离去。

她走了，房间又安静下来。

我睁大眼睛躺在床上，不知今夜是否能成眠？

我眉头深锁地接听电话，和野公司的松下部长有很重的地方腔，偏偏时不时还冒出九州方言，听得我冷汗直流，这说的是啥？

"扣、扣。"有人敲门。

我来不及说"请进"，林小西已经开门进来，看见我手持话筒，丢了个精致手链在我桌上后，转身就走。

我三、两下找个借口挂了松下桑的电话，然后拾起手链奔向林小西的办公室。

"你回来了？"我问。

"这不是废话？"他没好气地答。

"一个人回来的？"我又问。

"爱梅过几天到。"

这么说林小西成功抢回爱人，但为什么他还是一脸的不高兴？

林小西说他没不高兴，要我别瞎猜。

"这手链哪来的？"我拿起镶有七颗孔雀石的链子问。

他解释尼泊尔盛产宝石，孙爱梅说这颜色称我，硬要他买回来送我。

面对林小西的"诚实"，真不知该说什么好？一个未曾谋面的女人尚且想着送我纪念品，反倒我鞍前马后的老板却一脸的不情愿，这礼物收的有够憋屈的。

"算了，我不要，不食嗟来之食！"我把手链搁回他的桌上。

"这......这是干嘛？妳就非得要我说好话不可？"

"对，就要你说好话，"我也来气，"不打一声招呼就把公司丢给我，一出走就是一个半月，我......我容易吗？"

不说则矣，一说满腹委屈就上来，什么跟什么嘛！太欺负人了！

林小西沉默不语，他抚着手链若有所思，最后决定服软。

他站起身来恭恭敬敬地把手链奉上："吴部长，辛苦了，这是我买回来的纪念品，请笑纳！"

我睨了他一眼，纹风不动，还是他走过来强行把手链戴在我手腕上。

"看！漂亮吧？！爱梅的眼光就是好。"他说。

我真服了林小西，"借花献佛"还不忘赞美自己的女友。不过话说回来，这蓝绿色的宝石真漂亮，我是越看越爱。

"替我谢谢你老婆！"我说。

脑海中的孙爱梅是个"眼观四方，耳听八方"的机灵人，连素未谋面的我都懂得打点儿，让我对她的好感倍增。

"妳可以亲自谢她，下礼拜二晚上她约妳吃饭，地点就在'づぼらや'。"林小西说。

"又吃河豚？"我问。

想到孙爱梅是那家河豚料理店的店长，爱巢甚至还筑在店楼上，近水楼台，约在"づぼらや"也在情理之中。

"妳不吃也行，我们有免费的茶水喝。"他答。

这小子一天不气死我，一天不得安宁，偏偏我就和他扛上。

"吃，怎么不吃？而且我光捡贵的吃，不把你的股东分红一夜吃光誓不为人！"

"女人啊~"林小西摇头感叹，"惹不起呦！"

秀中带给我的伤害还在，我尽量捂着伤口度日。

白天工作忙，时间过得很快，最怕就是夜里和周末，背叛带来的痛苦简直是"度日如年"。

我又到 TokyoHands 买了些布料，打算做第二条拼布凉被。夏天快结束，我也已经有了一条凉被，但手上不做点儿什么，心痒得慌。

"又做凉被？妳打算把妳的青葱岁月都奉献给凉被？"母亲嗤之以鼻。

晚餐过后母亲一向有节目，要嘛练练三弦琴，要嘛跳跳扇子舞，而多半时候她会和闺蜜在电话中蜚短流长。

如今的她却待在我房里东拉西扯的，让人不明所以。

"不做凉被做什么？我可不想像妳一样，每天东家长西家短的。"我没好气地答，顺便又选了块布料衔接已缝好的方形布。

没想到母亲听了非但不生气，反而很兴奋地表示"东家长西家短"也有好处，因为……萧十一郎回来了。

"谁是萧十一郎？"我随口一问，眼光又去找缝线，得找条颜色近橘黄的。

"就是萧会长的第十一个儿子嘛！"母亲答。

萧会长在日本是个响叮当的人物，名义上是《中国同乡协会》的会长，但黑白两道通吃，既有循规蹈矩的上市公司，又行抢夺杀掠的不法勾当，可说是个亦正亦邪的人物。不过，他最让人津津乐道的是"妻妾成群"，光浮上台面的就有二十三名儿女之多，更别说台面下的私生子人数了。

"其中萧十一郎最得宠，是萧会长的接班人。"母亲補充说明。

如果我没记错的话，这个萧十一郎吃喝嫖赌样样来，两年前还涉及杀人案，灰头土脸地潜逃到国外，没多久就有人出面自首，依我看是找了个替死鬼顶罪，这个人渣！

"妳可别冤枉好人，真正的凶手已经伏法认罪了。"母亲替他开脱。

那又怎样？反正是八竿子打不着的人，说多了浪费口水。

"酒井太太说……"母亲欲言又止。

"说什么？"其实我不关心，问话只是为了让母亲将话讲完。

"她说萧十一郎看了妳的照片后直说可爱，所以我安排了相亲。"

什么？！简直是晴天霹雳，我听了差点儿晕过去，母亲这是将我往火坑里推！

"说的什么话？！"母亲睨了我一眼："萧公子现在变了，刚从美国拿了硕士学位回来，加上家财万贯，配妳算配得上。"

开什么玩笑？那个满脸横肉的人会是个读书人？杀了我吧！学位肯定是买来的！

母亲要我别无的放矢，还没见上面就定人罪，太不厚道了。

"妳也二十好几了，再不积极点儿，转眼只能人挑妳，妳挑不了人了。"母亲苦口婆心地说。

想到要和黑道大哥相亲，我想死的心都有，推三阻四硬是不去。

"莫非……妳还和那个不要妳的男人纠缠不清，所以不想去相亲？"母亲投来怀疑的眼神。

"哪……哪有？早……早分了。"我话都说得不利索。

母亲说既然分了正好，反正没事，和青年才俊相亲又何妨？搞不好就看对眼了。

呵呵！我肯定是看不上"青年才俊"，但他就不好说了，万一他真看上我，我还能说不吗？除非向老天爷借胆。

"我……我若去相亲，山崎和彦怎么办？"情急之下我只好把那个可怜人拿来借用一下。

"山崎和彦？"母亲睁大眼睛，"妳……妳不是嫌他双腿残疾？"

"哎呀！话不能这样说，第一眼总是看外表，第二眼就看内在了，他……他有美丽的灵魂。"我说。

不知为什么，母亲听到"美丽的灵魂"乐不可支。

"没想到你俩背着我勾搭上了，哈哈！要不是因为萧十一郎，我还不知要被蒙在鼓里多久呢！"

面对母亲的怪嗔，我无言以对。

"明天把山崎和彦约来吃个饭，我要当面责问他为什么把我的女儿拐跑了？"母亲喜滋滋地说，一点儿都不像要责问人家的样子。

我气馁地放下手中的布料，脑子一片空白，怎……怎么峰回路转地又把山崎和彦牵扯进来？难道这就是命运的安排？

　　我……欲哭无泪。

第四十六章：愁云惨雾

　　我以为母亲说请吃饭只是随口说说而已，没想到早餐桌上，她宣布山崎和彦今天中午到。

　　"那孩子说咱家的怀石料理是一级棒，但今天他想请我们出去吃，因为品尝一下别家的美食有利'本田家'以后的创新。"母亲转述。

　　我对吃什么不感兴趣，但对接下来的会面坐立不安，因为我的"满嘴胡诌"很快就会被识破，这如何是好？

　　"妈，还是改期吧！据我所知山崎和彦很忙，只有星期天能休息，妳把人叫来，人家要怎么休息？"我说得合情合理。

　　母亲可不买单，她说我只有周末休息，平常也不知道我和山崎桑是怎么联络感情的，但要"面对面"，肯定得找双方都有空的时候。再说了，宅在家里不算休息，出来走一走才能放轻松，而且哪有那么便利的事，都快把她的女儿上到手了，还不跟丈母娘熟悉熟悉？

　　母亲边说边动作麻利地把纳豆放入碗里，再用筷子均匀搅和，接着把准备好的佐料——葱末、紫菜末、芝麻、生鸡蛋、晒干的小沙丁鱼等逐一放入，然后加上芥末和酱油，最后把它放在热乎乎的米饭上。

　　"吃，纳豆能养颜美容，快吃！"她说。

　　其实纳豆的功效不只此，它能溶解血栓、改善便秘、降低血脂、预防大肠癌、降低胆固醇、软化血管、预防高血压……等，但这些母亲都不关心，她只关心是否能"变美"。

　　"那个……"我还在做困兽之斗，"对了，山崎和彦说新房子正在装修，工人们都很懒，得盯着才做事，我看还是别让他跑这么一趟，东京离这里满远的。"

　　母亲问我到底怎么了？还未出嫁就胳臂往外弯？再说，吃完饭还可以上东京转转，山崎和彦的新房她还没看过，刚好借此机会鉴定一下……

　　我闭上双眼，把自己恨得牙痒痒的，吴杉杉呀吴杉杉，看妳做的好事，瞧！篓子捅得越来越大了！

　　回到房内，我马上打电话给山崎和彦，希望能及时阻止他，没想到他的手机关机，怎么也打不通，我只好留言，把复杂的故事"言简意赅"地交待一下，为了更具说服力，我还把萧十一郎妖魔化，希望能激起他的怜悯之心，进而原谅我的鲁莽。

　　发完短信，我松了一口气，这下子山崎和彦应该不会来了。

　　我哼着歌把凉被拿出来缝制，还不到一天的功夫，我就已经缝了大半，再这么下去，我能把凉被放到网上贩卖了。

　　"认真投入"的结果总能让人忘了时间，当小雪来敲门时，我还以为是来唤我吃饭的。

　　"不是的，现在才十点半，吃中饭太早了。我来是通知妳，山崎桑已到，老板娘要妳打扮一下，穿上那件新买的玛瑙红连衣裙，刚好称妳的肤色。"

　　我是买了件新衣没错，但可不是为了山崎和彦买的，而且他是怎么了？没收到我的短信吗？

　　我心神不宁地打扮完毕，本来想和母亲唱反调，穿上她最讨厌的墨绿色裤装，但继而一想，山崎和彦可能误会我对他有意思，还是打扮好看点儿，将来道歉才有本钱，因为男人很难开口向美丽的女人说不。

　　我一进母亲房里，四只眼睛同时望向我。

　　"看！多漂亮，像个新娘子似的。"母亲笑颜逐开。

　　虽然她说的是普通话，但难保山崎和彦听不懂。我很气母亲的口无遮拦，碍于客人在场，也只能把怨气往肚里吞。

　　"レストラン予约位、行こう！"山崎和彦催促我们启身，他说已订好餐厅的位子了。

　　我注意到今天的他不一样，虽然每次见面时他都是衣着光鲜，但不像今天，好像……好像有什么喜事降临似的。

　　糟糕！母亲该不会在我打扮的同时，又加油添醋地把我的"恨嫁之心"提高了好几个档次吧？！

我把眼光落在那一脸喜气的人脸上，想瞧出一些端倪，无奈山崎和彦只是笑弯了眼，像尊弥勒佛似的。

豆腐是京都的名物，除了高档的怀石豆腐料理外，一般的小吃像豆腐馒头、豆腐冰激凌、豆腐甜甜圈等也值得一试。

今天山崎和彦带我们去吃的是汤豆腐，提到汤豆腐，"奥丹"是其中的佼佼者，在日本已有超过 350 年的历史。貌似山崎和彦是"奥丹"的常客，我们一到，店长就亲自到门口迎接，并安排我们坐在包间里。

"吴小姐、豆腐が大好きですか？"山崎桑问我喜不喜欢吃豆腐？

我答喜欢。

实际上，豆腐是我的大爱，不论煎煮炒炸，通通都喜欢，我很难想象会有人不喜欢吃豆腐。

山崎和彦说他也是豆腐爱好者，没肉没关系，只要有豆腐，加上几样青菜就是美味的一餐。他还说他买了大阪春兴堂出版的《豆腐百珍》一书，里面介绍了一百种以上的豆腐料理手法，哪天可以借我看看……

"借りたなくて、もうすぐ家族。"母亲说马上就是一家人，不用借了。

如果有种神力能让人从高空瞬间往下掉摔得粉碎，我想母亲刚刚已经施展了。

顿时我和山崎桑都"无话可说"。

见我不言不语，那个略显尴尬的日本人转而和母亲话家常。母亲是"人来熟"，更何况对方是她未来的乘龙快婿人选，当然是使出浑身解数应战，没多久便将场子炒热。

这厢谈得兴起，那厢服务员已端上芝麻豆腐、山药豆腐羹、味噌烤豆腐等前菜，我逐一品尝，不禁折服。越平凡的东西越难做得出色，难得"奥丹"做到了。

当主角汤豆腐上桌时，母亲才真正收起话匣子。也难怪，热腾腾的东西当然得"专心一意"地食用，否则分分钟可能烫嘴。

我望向锅里，所谓的"汤豆腐"就是白开水加豆腐，另外还加了一块昆布调味，再无其他。

我听到隔壁房里的中国客人大呼坑爹，说还不如他家附近菜市场两元钱一大块的豆腐。我听了不禁莞尔，这种美食需要细细品味，吃的是食物的本质，如果味蕾已被各种酱料破坏，恐怕就不容易欣赏"原味"的可贵了。

"おいしい？"山崎和彦问我觉得好吃吗？

我答好吃，只是素了点儿，偶而吃吃还行。

母亲马上说我是肉食动物，尤其喜欢啃鸭脖子。

山崎桑又多问了两句，确定母亲说的是鸭子脖子的部位，很是错愕。

我感到有些难为情，仿佛自己成了他眼中茹毛饮血的野蛮人了。

吃完饭，山崎和彦问我们母女想上哪儿逛逛？他可以开车送我们去。

趁母亲还未开口，我赶紧答"清水寺"。

清水寺就在"奥丹"料理店附近，是京都最古老的寺院，于1994年被列入世界文化遗产名录。

我的如意算盘是这样打的：待在清水寺直至傍晚，如果需要的话再吃顿晚餐，这样母亲便匀不出时间上东京看山崎和彦的新房子了。

没想到她"记忆犹新"，说清水寺随时都能去，她现在想看的是"婚房"，怕我们两个年轻人不会装修，尤其有些忌讳还是得避一下，譬如镜子不能对着床，否则会招鬼……

"鬼？"那个日本人一头雾水。

我赶紧岔开话题，问他瓷砖送到了没？工人开始贴了吗？……

我们边走边说，把母亲落在身后。

母亲倒好，看我和山崎和彦谈兴正浓，一点儿也没打岔的意思，反而安安静静地跟在我们身后。

一进吉田小区，母亲的眼睛亮得像夜明珠，等到山崎和彦打开别墅大门，她的喜悦之情便溢于言表。

房子虽然还在装修，但母亲的想象力超强，把欠缺的部分逐一在脑海里补上。

"多好啊！这厅够大，来套 HarborHouse 沙发正好……采光佳，柜体结实……五个房间，想睡哪儿就睡哪儿……浴室设个按摩浴缸，坐便器选 TOTO 牌子，马桶盖要能烘干屁股……花园是日式的，哎呀！造花园怎么不咨询我一下？我可是半个园艺专家……"

母亲叽叽喳喳说个没完，仿佛这是她的房子，而且由于兴奋过度，一点儿也没考虑山崎桑的语言能力，全部以普通话交待，真是"自说自话"。

"私のどの部屋に寝るか？？"母亲竟然问山崎和彦，她睡哪间房？

我真想挖个地洞钻进去，八字都还没一撇呢！噢！不，我跟山崎和彦压根儿没戏，母亲竟误以为在这个大房子里有她的一席之地？

"あなたが选。"那个老好人答"任由母亲选择"。

得到"授权"后，母亲兴奋地上楼，她说得选一个好朝向及大小合适的房间。

趁母亲不在，我赶紧问山崎和彦有没有收到今天早上我发的短信？

他答有。

我说既然有，为什么……

他答因为想见我，即便是惊鸿一瞥也聊胜于无。

面对一个男人赤裸裸的表白，我也会心动，但现实是残酷的，我做不到漠视他身体上的残缺。

他说他知道自己的硬伤，但有时情不自禁，希望我能给他陪跑的机会，即使最后仍是 out，他也无怨无悔。

这可怎么办？情感书上教人这时要"快刀斩乱麻"，但面对一个残疾人，尤其还是好看的残疾人，我真说不出口。

见我不言语，他又补上一句，任何时候只要我的心上人多说一句什么，他马上离开。

我告诉他没有什么心上人，我和秀中……分手了。

"そう、私あなたより付き添ってしばらく步いた。"他说这样更好，就让他陪我走一段吧！

这样……好吗？我对他没有爱情，只有友情和保护弱者的"护犊之心"，怕就怕一时的心软反而伤他更重。

那个体贴的男人马上要我别多想，那是他的问题，不是我的问题。对他来说，如果连参与权都被剥夺，那才是最痛苦的事。

"私は左の南向きの部屋。"母亲从楼上下来，大声宣布她要朝南靠左的房间。

"はい。"山崎和彦马上应允。

我看见母亲脸上浮现欣慰的笑容，而我却像刚下了赌注，愁云爬上心头。

第四十七章：鹣鲽情深

也许因为没有明确表态，山崎和彦开始发起攻势，今天是紫色郁金香，昨天是红玫瑰。

"谁送的花？"林小西推门进来。

"一个……朋友。"我嗫嗫地答。

他对我投来怀疑的眼神。

"不，不是佐藤秀中。"我赶紧否认。

林小西不再纠结，他让我重新评估中崎町办公楼的瓷砖价，将价钱再往下压一点儿，只要有钱赚就行，最近没有大单子，中崎町的案子一定得拿下…

我唯唯称是。

见林小西转身想走，我忙喊住他。

"巷子口又开了家新店，卖澳门的猪扒包，附饮料才 320 日元，想去尝个新吗？"我满怀希望地问。

自从林小西从尼泊尔回来，中午午休时间总不见人影，我想继续和他有午餐的约会。

"不了，我另外有约。"他答。

我很失望，觉得自己忽然失宠了。

"对了，"他转过头来，"别忘了今晚的约会，和我爱人。"

若不是林小西提起，我还真忘了。

"那么……下班后一起走？"我又燃起希望。

他思考了几秒钟，终于点头。

嘘～我还以为嫂子一回国，这小子马上和我划清界限，还好，至少还愿意接送我。

林小西在"づぼらや"门口放我下车。

"你不进去？"我问。

"不了，女人间的谈话我去了没意思。"他看着前方道路说话，大有拒人于千里之外的意味。

我说我不认识他爱人。

"放心，她认得出妳来。"说完，他脚踩油门，车子呼啸而去。

拉开"づぼらや"的深褐色大门，服务员马上出来迎接，我说我找店经理。

"杉杉，这里。"

我看见一个很瘦很瘦的女人向我招手，她就坐在入口处，只是我没有第一眼认出她来。

"妳真准时，"她走过来，"替妳留了包间，这边请。"

孙爱梅替我留了个"大"包间，足足可坐十个人。

服务员拿来菜单，我告诉请客的人自己已是第二次上门，以前是林小西带我来的。

"你们上次都点了些什么？"她问。

我答河豚刺身、河豚精囊、豚皮沙律、煮凝り、河豚锅以及用河豚锅熬成的粥。

"那么这次吃点儿不一样的。"她说。

我听见孙爱梅交待服务员送上河豚泡饭、炸河豚、河豚寿喜锅、串烧及天妇罗，都是一人份的。

"妳不吃吗？"我问。

她说她不饿，而且两个小时前才喝了一碗粥。

我知道日本女人很克制自己的饮食量，除非特殊体质，否则吃的极少极少，所以你很难在日本看到胖女人。

但是孙爱梅不一样，已经瘦得前胸贴后背，根本不需要减肥。她的刻意不吃，反倒让人怀疑她得了厌食症来着。

"不，不是的，"她笑了，连笑纹都皱巴巴的，"我现在采少食多餐，因为吃多了胃胀。"

眼前的孙爱梅双颊凹陷、肤色暗黄，加上头发也黑的不自然，活脱脱就是个"老妇"。

我想起收银台后的照片，那时人虽瘦，但她的脸颊是丰腴的，和现在比简直美太多了。

"我变丑了。"她自嘲。

我想一定是自己猛盯着人家瞧，让孙爱梅感到不舒服了。

"对不起。"我赶紧收回目光。

"不用说对不起，我是真觉得自己变丑了。"她说。

我告诉她旅行途中不可能都吃好、穿好、用好，现在她回来了，把身体调理一下，很快就能恢复以前的状态。

她听了没反应，刚好服务员送餐来，她便招呼我用餐，把我照顾得妥妥贴贴的。

老实说，我不了解她请我吃饭的用意，如果是感谢林小西的员工，那么全公司上下可不只有我一人劳苦功高；如果是"人是故乡亲"，倒还说得过去，因为除了林小西外，我是公司里唯一的中国人。

"谢谢妳照顾小西，别看他三十多岁了，行事有时还像个孩子。"她说。

果然是沾了"中国人"的光。

我告诉她我没照顾林小西，反倒他经常照顾我……

"这样很好，以后你们就互相照顾。"她对我微笑。

糟糕！她会不会误会了？还是有人在她耳边搧风点火？看来宴无好宴，这是场鸿门宴，我顿时胃口尽失。

"妳……妳别误会，我和林小西之间真的没什么，就是一般的照顾，像哥哥对妹妹，或者妹妹对哥哥那样，妳……懂吗？"说得我大汗淋漓。

"不懂，异性之间不可能有纯友谊，亲情就更不用说了，干哥哥、干妹妹都是烟雾弹，没有的事。"

虽然孙爱梅的脸上无一丝不悦，但难保她不是道行高深的狐狸。听说真正厉害的人，杀人都不见血。

"咳、咳、我知道了，以后我会和林小西保持适当的距离，请妳放心。"我说。

"不，妳误会了，"她握紧我的手，"咱们以后就以姐妹相称，我知道小西喜欢妳，只是不好开口，妳多给他一点儿时间，嗯？"

这下子，我彻底迷糊了，难道……难道孙爱梅还爱着那个意大利小伙子，所以巴不得把我和林小西送作堆？

"没错，我还爱着他，"她噙着泪水，"很爱很爱，小西不该强行将我带回来，我就想待在尼泊尔了此一生。如果妳不讨厌小西，请把他的心带走，我不想……不想再背负他的爱，太过沉重了。"

听完，我的脑子瞬间炸了，因为信息量太大。

一、孙爱梅不爱林小西了，林小西是横刀夺爱。

二、孙爱梅希望我转移林小西的注意力，好成全她的异国恋情。

三、林小西喜欢我（？），只是不好开口。

这……怎么我再次沦为别人的棋子？难道我就不能爱我所爱？

孙爱梅说我当然能爱我所爱，但扪心自问，我对林小西真的没感觉吗？他不是完人，但品性好、待人诚恳，是个很好的结婚对象，况且……况且他对我的评价极高，她看得出来，若不是因为他们两人认识在先，林小西肯定会追求我……

我承认林小西是少数几个人品好又能"行侠仗义"的男人，但这不能成为相伴一生的理由，更何况他经常和我拌嘴，完全看不出"怜香惜玉"，难道喜欢我就是捉弄我？这也太一厢情愿了。

"对不起，我不想介入别人的感情，况且……我有男朋友。"我说。

"是佐藤秀中吗？"她显得异常小心，"依我看，他们的夫妻感情还可以，听说两人刚从美国补度蜜月回来，而且已经造人成功了……"

"造人成功？什么意思？"

"就是有宝宝的意思，也就是说从此他们的婚姻会更稳固，妳……确定还要等这个男人？"她问。

"呵……呵呵呵……"我笑得眼泪都流出来了，"我和秀中早就结束了，我的男友比他优秀不止十倍。他是'山崎珠宝'的老板，光在日本就有三十多家连锁店，店还开到了美国及澳大利亚……他刚在世田谷区买了房，五百多平米，有五个房间……他每天送我花，今天郁金香，昨天红玫瑰……"

　　孙爱梅听了，很抱歉地表示是她误会了，因为林小西从未提到我有一个开珠宝店的男友，而且还这么优秀。

　　"恭喜妳有相爱的人，"她诚意十足地说，"哪天有好消息记得通知我，我一定到场……噢！我是说如果那时我还在日本的话。"

　　我笑说没问题，到时候请她、林小西，甚至那个意大利小伙子坐大位，而且来个不醉不归。

　　人前我可以表现得无所谓，人后我可做不到心如止水。

　　秀中就要当爸爸了，他的美国行根本不是出差而是补度蜜月，他怎能这样？没一句实话，我还能信他什么？

　　放下手中的报纸，我很气馁，都怪自己平常不看报，否则早瞧出破绽。报上说了，仓本直美和佐藤秀中婚后鹣鲽情深，后者还经常去片场探班，带好吃的东西给老婆吃……

　　怎么看都不像闹离婚。

　　我是怎么了？脑子进水？竟然一而再、再而三地相信他那并不高明的骗术，简直傻的可以。

　　"嘟……嘟嘟……"

　　晚上十点，谁会打给我？

　　"もしもし。"我喂了一声。

　　"杉杉~"

　　听到秀中的声音，我愤然挂上手机，太可恶了！还有脸打来？

　　"嘟……嘟嘟……"魔音又传脑，我索性将手机关了。

　　哼！是谁说"是福不是祸，是祸躲不过"？我偏不信邪，明天……明天我就另外买个手机号，誓必将这个生命中的孽障扫得一干二净！

第四十八章：牵红线

我一进办公室就看到一大束的满天星，顿时心情大好。

安部次郎刚好推门进来，看见又是花，自嘲干脆把"东洋瓷砖"改为"东洋花店"得了。

说的也是，昨天的郁金香还在，前天的红玫瑰也没谢，加上今天的满天星，我的办公室已经花海一片。

我问来者有何贵干？他回答文京区的学生宿舍楼已接近完工，问我要不要派人跟开发商拉拢一下关系？

我问是哪家？他答"大和房地产公司"。

"必要のない。"我直接打回票。

安部次郎不明所以地愣在那里，以为我会做出解释，但我只是随口说要看报表，把他"名正言顺"地打发掉。

"大和房地产公司"的社长正是佐藤秀中，我避他都来不及，哪有主动送上门的道理？

"扣、扣、"没想到安部次郎拿报表的动作倒挺快的。

"どうぞ。"我说。

进来的却是前台的接待员，她的手里捧着好大一束香水百合，喜滋滋地放在我桌上，好像收到花的人是她不是我。

难不成山崎和彦一天送我两束花？

我狐疑地把夹在香水百合里的卡片拿出来看，和前两张一样，山崎和彦只在卡片上工整地写下自己的名字，再无其他。

于是我去翻找满天星里的卡片……

秋风清，秋月明，落叶聚还散，寒鸦栖复惊。
相亲相见知何日，此时此夜难为情。
入我相思门，知我相思苦，长相思兮长相忆，短相思兮无穷极。

早知如此绊人心，何如当初莫相识。

默写李白《秋风词》的不会是别人，只有他了。

有时我真怀疑秀中在北大读书时是不是光背古诗词就能毕业？

一早的好心情因为李白的"无病呻吟"而烟消云散，我把满天星连同《秋风词》一同丢进字纸篓里。

"杉杉，吃饭了。"林小西推开门喊。

他已经好几天没约我一起吃中饭了。

"等会儿。"我说，得将手中的工作告一个段落才行。

于是我的老板便在我的办公室里闲晃，把香水百合拿起又放下，再把落难的满天星从字纸篓里捞起……

"把花放回去！"我头抬也不抬地说。

"秋风清，秋月明，落叶聚还散，寒鸦…"那人已打开卡片并且字正腔圆地朗诵着。

我愤而起身把花和卡片抢回，重新丢入字纸篓里。

"怎么了？吃炸药了？"他问。

"对，吃了五公斤的炸药。"我回位继续写字。

林小西踫了一鼻子灰，说："那好，我远离火药。"

他作势要走。

"等等，"我合上报表，"有话问你。"

说要吃猪扒包，结果没去成，因为他们只提供外卖。

"改吃别的吧！"林小西当机立断。

他带我去的美式咖啡馆在大阪有很高的知名度，中午提供的商务套餐只要 3500 日元，以外国餐厅而言不算贵，但怎么说也是猪扒包的十倍价格。

"我请客，别啰嗦！"我的老板趾高气昂地说。

3500 日元的商务套餐包括汤、沙拉、牛排或猪排，另外加甜点和热饮。看似洋洋洒洒其实份量都不大，我有点儿担心林小西会吃不饱，然而我的担心是多余的，因为他吃得很少，甚至连主食都留下大半盘。

"怎么，不合口味？"我问。

"味道还行，但吃多了胃胀。"他答。

我想起孙爱梅也说"吃多了胃胀"，加上林小西从尼泊尔回来后，虽然不似他爱人般瘦得皮包骨，但也明显瘦了一圈。

"难不成你们俩在尼泊尔染上了什么恶疾？"我问。

"放心，即使染上恶疾也绝不会传染给妳。"他很不屑地答。

林小西这是怎么了？话没好话，想找人出气是不？我愤而起身。

"去哪里？"他问。

"气饱了，"我愤恨地说，"回办公室继续替你卖命！"

"坐下坐下，"他把桌上的刀叉递给我，"牛排没吃完，浪费食物会遭天谴。"

我还是站着没动静，直到他用日语向我道歉，我才又坐了下来。

"你不是有话问我？"他说。

对啊！怎么把重要的事给忘了。

"你喜欢我吗？"我问。

林小西刚喝了一口水，差点儿呛到。

为了表明自己不是花痴，我马上强调这是他爱人说的。

"孙爱梅说我喜欢妳？"他扬起声，一副难以置信的样子。

虽然我说过不愿介入别人的感情里，但林小西不是别人，他是我的老板。

我语重心长地劝说："放手也是一种祝福啊，与其把人留在身边枯萎，倒不如让她在别人的怀里绽放。"

"妳这是在说自己吗？"林小西反问。

"不，我在说你，让孙爱梅回到意大利小伙子身边吧！你没看到她现在槁木死灰的样子吗？"

"这就是你们两人昨晚的谈话内容？"

我答是，然后他陷入沉思。

等我把泡芙吃完、美式咖啡喝完，林小西还是不发一语，连面前的蛋糕和红茶也没碰。

"Well，谢谢你的午餐，我真的得走了。"我伸手去拿包。

"等等，我有话要说。"

真是奇怪，在过去的 15 分钟里，他早干嘛去了？神游吗？

"有兴趣听我讲吗？故事有点儿长。"他又说。

我忙不迭点头。

原来孙爱梅一直有胃的毛病，吃多了胃胀，吃少了冒胃酸，所以一直很小心饮食，没想到这成了挥之不去的梦魇。

她在尼泊尔病倒，被酒店人员紧急送往 CIWEC，这也是尼泊尔惟一一家按照西方标准建立的医院。

"意大利小伙子说爱梅到了胃癌晚期，还有三到六个月的生存期。没错，他是她的主治医生，妳可别告诉我病人爱上医生的老掉牙故事，那是骗小孩子的。"林小西说。

我捂住嘴惊讶到不行，没想到孙爱梅病得这样重。

"林小西你在干嘛？还不快去陪伴生命倒计时的爱人？"我说。

"妳以为我不想？但爱梅不允许我放弃工作，她说一旦我停止工作，哪天她撒手人寰，我会更难回归社会，所以我们有了协议，她跟我回日本，我照常工作，但……天呀！叫我如何专心工作？我现在满脑子都是她。"林小西捂住脸，非常痛苦的样子。

我能想象和心爱的人"生离死别"是什么滋味，更何况是看着对方的生命像沙漏般一点一点地消逝。

"她目前用什么治疗方案？化疗还是中药调理？"我问。

林小西说，胃癌到了末期做什么都徒劳，反倒医生教他如何打止疼针，现在能做的也只有尽量减轻她肉体上的疼痛。

虽然我和孙爱梅只见过一次面，但她的柔顺和善解人意让人印象深刻。我完全能理解林小西的爱慕之情，大概他生活中所有的不如意和挫折都能在他表姐的柔情里化解。

"这就是你每天中午消失以及准五点钟下班的原因？"我问。

"嗯！"他点头，"我珍惜和她在一起的每分每秒，如果不是迫切想知道昨晚她跟妳说了什么，我不会缺席和她的午餐约会。"

知道了林小西的特殊情况后，我很讲义气地表示，只要在能力范围内，我两肋插刀在所不辞。

我的老板听了很高兴，他说的确有个忙需要我帮。

"劝爱梅和我结婚吧！我等待这一刻已经等很久了。"他说。

"可是……明明是将死的人……有意义吗？"

"有，因为这辈子我只结一次婚，而对象除了孙爱梅之外，不做他人想。"他斩钉截铁地答。

面对林小西的痴情，我有瞬间的感动，很久很久以前，有个人也同样对我说他这辈子想娶的人只有我，可是转过身去，他却娶了别人而且有了孩子……

"妳怎么了？"看我掉眼泪，林小西慌了。

我赶紧抹去眼泪，说沙子进眼睛里了。

"爱梅说的没错，妳的心真软。"他苦笑。

我要他别灌迷汤了，即使不说好话，我也会帮忙游说。

"真的？妳真的愿意？"他满怀希望地问。

"嗯！"我用力点一下头，并且琢磨着过几天就去探望生病的人。

第四十九章：小雪生病了

说要去探望孙爱梅，但一忙就给忘了，转眼明天又是周末，看来只能下礼拜去了。

没想到一走出办公大楼就听到"叭叭"两声，这个乱按喇叭的人不会是别人，肯定是林小西。

"五点多了，你怎么还在这里？"我弯下身问。

"爱梅想见妳，走，我们去吃鲷鱼饭。"他说。

其实我不太想去，今晚有《神探伽利略》大结局，我很想知道伽利略是否能顺利解答木岛给的难题。

"下次吧！今晚我有约。"约的是伽利略的扮演者——福山雅治。

"嘟……嘟嘟嘟……"手机响了，我接听。

对方是山崎和彦，他要我看三点钟的方向，我往右转头九十度，果然找到银灰色轿车，车主的手正伸出车窗外向我打招呼。

"那人是谁？"林小西问。

挂上手机，我答："一个……朋友。"

"就是向妳展开鲜花攻势的人？"林小西又特意看了人家两眼，"长得一副小日本的嘴脸，妳可别自降身价去和蕃啊！"

我不理会老板的警告，迳自往三点钟的方向走去……

山崎和彦说想请我吃饭，我想起和福山雅治的约会，遂告诉他今晚我有事，他显得很失望。

不是周末，山崎桑却出现在大阪，我想起"山崎珠宝"最近正大肆庆祝成立 15 周年，既打折又请来明星助阵，我问他是否为此而来？

他答不是，而是……想我了，两小时前特意从东京赶过来。

我听了，刷的红了脸。

"ご用命食べられる？"他退而求其次，问我能否吃完饭再去办事？

虽然福山雅治很重要，但想到山崎桑花了两小时在路上，就这么灰溜溜地回去，实在心有不忍，况且我也要吃饭，如果吃快一点儿，也许赶得上八点钟的大结局。

山崎和彦很高兴我上了车，他动作敏捷地发动车子，经过林小西的 Jeep 车时，我能感觉到一支不友善的箭正不偏不倚地向我射来，我赶紧侧身避开。

看到"と太呂"白底黑字的招牌，我知道八点钟肯定回不了家。

这家餐厅在日本有许多分店，外表很朴实无华，一个不留意极可能错过，但食物是上乘的，已经连续好几年夺得米其林二星的荣誉。

他家最有名的就是鲷鱼饭，可以看到一整条鲷鱼躺在米饭上，但是随后服务员会端下去为鱼去骨解体再拌进饭里，让尝到的每一粒米饭都饱含着鱼的鲜味，连搭配的汤也有股特别的味道，非常爽口……

依着服务员的建议，我们点了两份天妇罗和一份鲷鱼饭，在等待的过程中，山崎和彦问我喜不喜欢他送的花？

我答喜欢，但请他别再送了，因为同事经常因此揶揄我。

"なるほど～すみません。"他对我表达歉意并且深深一鞠躬。

我要他别放在心上，花虽美但实用性不高，过几天就谢了，倒不如种在花园里，时刻都能欣赏到。

他很高兴地问我喜欢什么花？他马上让园艺师种在别墅的那片荒芜之中……

哎！又一个对号入座，他喜欢什么花就种什么呗！干我何事？

然而我还是做不到当面让人难堪的地步，我答所有的花都漂亮，没特别喜欢的。

我们正谈着话，有新客人被服务员带进来，我抬头一看顿时五雷轰顶，林小西竟然带着孙爱梅跟踪我？！

"这就是妳的约会对象？"林小西向我走来，没好气地问。

我尴尬死了，不知道的人还以为我同时脚踏两条船。

站在一旁的服务员不明所以，看我们相识，好心地问要不要同坐一桌？

"なら！" "やめ。" 我和林小西各自给出不同的答案。

还是孙爱梅识时务，她把那个幼稚的男人拉向角落的桌子，避免了一场战争。

待他们走后，山崎和彦压低声音问我那两人是谁？我答东洋小老板和他的女友。

"どうして彼は怒る？" 他又问我林小西为什么生气？

为什么生气？这我哪儿知道？发神经呗！

吃完舒心的一餐，让人暂时忘掉了所有的不愉快。我望向角落的桌子，林小西和孙爱梅已没了踪影，不知他们吃饱了没？

"食事はどこに行きたい？" 山崎和彦问我饭后想去哪里？

我看了一眼手表，20:45，即使赶回去也看不到福山雅治了，但我依然告诉他有要紧事办，得赶回家。

看得出来山崎桑有点儿小失望。

"嘟……嘟嘟嘟……" 是母亲的来电，她要我吃完饭马上带山崎和彦回家喝茶。

"不用了，" 我小声说，"餐厅提供茶水，他喝了好几杯。"

今天上了山崎和彦的车后，我曾向母亲报备，她说我可以晚点儿回家，这会儿又要我 "早点儿" 回家，顺便带上男人。

"吴杉杉，妳知道喝什么不是重点，他不想喝茶，可以吃水果。"

母亲一旦唤我全名 "吴杉杉"，代表这事没得商量，就得照办。

挂上手机，山崎和彦问我怎么一脸的不高兴？

我实话实说，没想到他说正好口渴，让我 "无言以对"。

母亲准备了绿茶，又切了水果盘，五颜六色的，煞是好看。

山崎和彦说他喜欢吃哈密瓜，母亲不动声色地把所有的哈密瓜片都挑出来放在他的盘子里，没成想他又拨了大半给我，让人很尴尬。

母亲看在眼里很是欢喜，她说我有福气，遇上这么好的男人。

反倒那个被赞美的人说是他有福气，遇上我这么好的姑娘……

也许因为山崎和彦天生有身体上的缺陷，所以在别的地方尽量表现完美，我越想挑他毛病就越挑不出来。我常想，若不是因为他的腿，大把大把的女孩都愿意嫁给他，搞不好我也在排队的队伍里，但……一切只能说可惜了。

耳边突然传来铜铃般的笑语，我看见母亲笑得花枝乱颤。

"怎么了？"我用普通话问她。

母亲答山崎和彦的店正在做 15 周年的庆祝活动，请来森进二演唱。

我问谁是森进二？母亲马上唱出《おふくろさん》这首歌，连山崎和彦都跟着打拍子。

光听曲风就知道演唱者一定是 1960 年代以前的人，搞不懂珠宝店为什么要请一个年过半百的人驻唱？

母亲说这我就不懂了，年轻人哪买得起珠宝？主力还是大妈，对大妈而言，森进二就是小鲜肉。

山崎和彦听了鼓掌叫好，说母亲高瞻远瞩，讲的话一针见血。

有那么几秒钟，我发现母亲和山崎桑很合拍，干脆……

我的异想天开马上被母亲的一席话给击碎，她跟山崎和彦要了生辰八字，说想去预测我俩的婚姻。

后者还问她什么是生辰八字？如果预测不好又该如何？

母亲答生辰八字是指一个人出生时的干支历日期，可以借此推算命运的好坏。中国人在议婚之初通常会根据八字进行"合婚"，年命若不合就得化解，这是算命师的工作之一……

说来说去就是"有钱能使鬼推磨"，什么时候"合八字"也流于形式了？而且……我为什么要和一个有点儿熟又不太熟的人合八字？整件事真是荒唐的可笑。

"あなたはここで一晩泊まってましょう！"天晚了，母亲要山崎和彦在"本田家"留宿一晚，这样，明天我们三人便可以一起去听森进二唱歌。

我多希望那人说不，但他只是客气一下就接受了。

"杉杉，妳带山崎桑去雪の桜，顺便替他开床。"母亲吩咐我。

所谓开床就是把床罩打开，让客人能一倒头就入睡，而这一向是小雪的工作，她人呢？

母亲答小雪病倒了，只好麻烦我。

小雪竟然病倒了？在我眼里，她就是无敌女金刚的化身，睡得少，人又勤快，"本田家"的所有杂活几乎全落在她那瘦小的肩膀上，但她从不抱怨。如今女汉子病倒了，反让我觉得正常，原来她也是凡人，也会生病。

"生什么病？我去看看她。"我很关心小雪。

母亲要我别打扰病人休息，还是先把客人照顾好才是正事。

说的也是，山崎和彦的腿不方便，总不能让他自己"开床"吧？！

我没多做考虑就答应了，母亲说我真懂事，顺便又在山崎桑面前夸我一番。

那个长得像竹野内丰的英俊男人转而对我微笑，眼神很温柔，我赶紧低下头去，不想让他看见我心跳加速的样子。

第五十章：山崎珠宝店

　　打开雪の桜的障子门，我请客人进屋。他踌躇了一下，我才发现进屋得脱鞋，对寻常人而言的简单动作，对山崎和彦来说却不容易。

　　"私は靴を脱ぐてくれた？"我说让我帮他脱鞋，可好？

　　每当我提出要帮忙时，骄傲的山崎桑总会婉拒，这次不知为什么，他没有拒绝我，于是我弯下身帮他脱鞋。

　　山崎和彦的脚掌比一般人小，顶多穿 36 码，而且双腿长短不一、粗细不同（右腿比左腿短 2-3 厘米，同时又比左腿细三分之一）。

　　我把他擦得发亮的黑皮鞋脱下，整齐地摆放在台阶的下层，鞋头朝外。

　　"本田家"的房舍都高出地面约十五公分，那是因为日本是岛国，湿气很重，地板抬高能防潮，但对行动不便的人来说就没那么方便了，哪怕只是一个台阶的高度。

　　我小心翼翼地扶着客人跨台阶，深怕有一点儿闪失。

　　进到屋内，客人自己找位置坐下，我则开了空调，然后把取下的床罩放进壁橱里。

　　"私の水がほしい。"山崎和彦忽然说想喝水。

　　今晚的他不仅喝了不少茶水，还吃了利尿的哈密瓜，现在又说想喝水，我怀疑他的膀胱是不是比别人的大？

　　没办法，来者是客，何况"本田家"的服务周到是出了名的。

　　我不仅用烧水壶烧了满满一壶的热开水，还从冰箱里拿出一瓶矿泉水递给他，这下子冷热水都有了，我自认为做得面面俱到。

　　"杉杉，ありがとう。"他向我道谢。

　　我表明这是我应该做的，没事的话，我走了。

　　"待って。"他唤住我。

　　我问他还有什么事？他说能不能和他说会儿话？好不容易只有我们

两人在。

这正是我害怕面对的，我不希望他谈过度敏感的话题，那会让人坐立不安的，于是我说我累了，想早点儿回房休息……

"あなたが雪国まいたけ人形。"他竟无厘头地说，我长得像丘比娃娃。

丘比娃娃是美国人 Rose 以"爱、活泼、纯真"为基础，在 1909 年创造出来的娃娃并发表在妇女杂志《LADY HOME JOURNAL》中，随后这个娃娃便用圆滚滚的眼睛、尖尖的头、天真浪漫的笑容征服全世界，现在还有人收集各款的丘比娃娃，蔚为风潮。

我提醒他，丘比是个"洋"娃娃，有蓝眼珠及高额头，跟我一点儿都不像。

他答，五官虽不像但气质像，都很单纯，像活在一个没有污染的世界里……

活在一个没有污染的世界里？那是个什么鬼？

山崎和彦进一步解释，自己很早就步入社会，虽然家境优渥、起点高，但创业的艰辛一样也没落掉，商场的尔虞我诈早让他厌烦透了，总想闻一点儿新鲜空气，很幸运地，第一次与我见面，便让他沉浸在森林浴里…

我谢谢他把我美化了，但我是俗人，是俗人就逃不开世俗的眼光与桎梏。

他小心地问我是不是……是不是他的腿让我觉得不舒服？因为他很想和我进一步发展，但明显感觉到我的抗拒。

这叫我从何说起？腿是原因，年龄差距也是原因，还有……虽然不想承认，但内心里我还爱着秀中。

"秀で？佐藤秀で？"他问。

我无奈点头。

他又问我若排除秀中的因素，他还有没有起死回生的机会？

我想回答没有，但看到他清澈的眼眸，想着何必将人一棒打死？只要一口咬定对秀中至死不渝，也算在不伤颜面的情况下拒绝了人家。

于是我告诉他哪天我不再爱秀中了，也许还能接受别人。

山崎和彦听完松了一口气，说还好没被判死刑。

我踩着轻盈的步伐回自己房内，秀中总算在所做的诸多渣事中帮上忙，我不想伤一个好男人的心，他适时当了挡箭牌。

今天是秋高气爽的好天气，我打算穿在 Muji 买的开襟针织衫配灰蓝色棉布裙，起风的日子就该这么穿，既舒适又洒脱。

我拉开障子门，看见司机福山先生的太太刚从隔壁房间里走出来，头上扎了碎花布巾，手里提着红色塑料桶。

"グッドモーニング。"我向她道早安，并问她怎么会在这里？

她答自己被抓来当临时工，因为小雪生病了。

对啊！小雪生病了，我怎么忘了这件事？

"去哪儿？"我往小雪的房间走去，母亲拉开障子门问。

我答去探望小雪，母亲说待会儿再去，并且将我赶到雪の桜，她说山崎和彦正等着和我吃早餐。

"他自己不会吃吗？为什么要我陪？"我提出疑问。

母亲说小雪一病，"本田家"全乱套了，福山太太误把两人份的早餐送到雪の桜，而山崎和彦只有一人用餐，所以差我去把另一份早餐吃掉。

"那我不吃了。"我赌气地说。

"吴杉杉，妳一大早就想气死妳妈是不？"母亲涨红了脸。

"好啦！"我一跺脚，往雪の桜走去。

我和山崎和彦安静地用着早餐，今天的酱菜不够味，秋刀鱼也咸了点儿，难道真如同母亲所说，小雪一生病，"本田家"就乱套了？

然而那个好男人却吃不出好坏，反而说这是他吃过最好吃的早餐。

我冷冷地指出今天的厨子不在状态下……

山崎和彦解释他之所以觉得好吃是因为和我一起食用，少了我，即使山珍海味也索然无味。

好不容易打开了话匣子，他又说了让人"无言以对"的话，气氛瞬间冷了下来。

为了打破僵局，山崎和彦说森进二早上 11 点开唱，他会让母亲有近距离和偶像接触的机会……

森进二是母亲的小鲜肉，可不是我的，但我还是谢了他。

没想到临上车前母亲却说不去了，因为小雪病情加重。

"怎么回事？我去看看她。"我作势要下车。

母亲又把我塞回车里，她说一切都在掌控中，要我别担心。

"记得帮我要森进二的签名照。"她叮嘱。

"山崎珠宝"座落在永旺购物中心内，这是京都的时尚购物地标，兼具购物、美食和娱乐功能。

此时一楼广场已架起小型舞台，看来待会儿森进二会在这里登台，而不远处的"山崎珠宝"正张灯结彩，好不热闹。

山崎和彦说还有半小时才开业，趁着人潮还未涌入，他想带我逛逛他的店。

我无可无不可地随他进入。

售货员们见老板来，一字排开地向他行最敬礼。没想到山崎和彦答礼后，要她们把新货通通挑出来让我选，我吓坏了，今天是来听歌的，不是来买珠宝，况且我囊中羞涩。

然而她们不明白我的心思，以为老板带了个大客户前来，纷纷把展示柜里最时尚且昂贵的玛瑙、翡翠、钻石、珍珠、玉器等拿出来让我过目，它们动辄好几百万日元，不是我一个工薪阶层能负担得起的。

虽然试着不去留意那些价值不菲的珠宝，但我的火眼金睛还是在最不起眼的角落发现一枚绚丽多彩的戒指，它是我看过最美的宝石，而且标价不到五万日元。

　　售货员看我对高级品不感兴趣，反而青睐一个便宜货，多少有些失望，但还是礼貌的告诉我这宝石是蛋白石，主产地在澳大利亚，具有星光和变彩效应，虽然很美，但没有收藏价值，升值空间几乎为零。

　　我又看一眼手指上的蛋白石，在光线的照射下，它呈现七彩颜色，而且时现时灭，非常漂亮。

　　我是越看越爱，遂又问售货员 15 周年庆打多少折扣？无奈被告知十万元以下的珠宝不打折，这下子换我感到失望了。

　　山崎和彦问我可喜欢那枚戒指？我答喜欢，但……还是下次再买吧！反正现在不打折扣。

　　还好老板没游说我买，他说森进二就要开唱了，问我愿不愿意在演唱前和歌星见个面？

　　我想起了母亲的叮嘱，忙不迭点头。

第五十一章：作死的前奏

　　我成功地要到森進二的签名照，是用拍立得相机拍的，照片背面用黑色墨水笔写上"森進二"三个斗大的字。

　　"这不是森進二，"母亲看着照片，"都老到能进博物馆啰！"

　　不是森進二？那会是谁？山崎和彦总不致于欺骗普罗大众吧？！何况那人虽老，声音还是可以的，一听就知道是个老手。

　　"我刚来日本时，森進二年华正好。"母亲跌进时光的洪流里。

　　"妳刚来日本时？那不是二十年前的事了？谁二十年后还会'年华正好'？"

　　"我不管，反正这个老男人不是我的森進二，快把照片拿开！"母亲把照片塞回我手里，并催促我回房，因为她想休息了。

　　碰了一鼻子灰，我快快地离开母亲的房间，正想回自己屋里时突然想起了小雪。

　　她好点儿了吗？我往她的房间走去。

　　已是夜里九点，不知小雪睡了没？
　　我轻轻敲了两下门，没回应，又喊了一声"小雪"，依旧无声无息。
　　想着生病的人大概已经入睡了，我转身回自己的窝。

　　又是一个晴朗的好天气，我睡到日上三竿才起床。
　　福山太太不像小雪，她不会唤我吃早餐，但母亲竟然也将我忘了，以至于在不用上班的星期日早上，我美美地睡到自然醒。
　　稍微梳洗了一下，我走出房外，碰巧抓拍到走廊尽头母亲一扫而过的裙尾巴。
　　她难得穿上和服，而且行进的方向分明向着小雪的房间。
　　我想了想，还是跟了过去。

小雪的房门打开着，里面有人在说话，中日文夹杂。

"彼はいい男だ。"是酒井太太的声音。

小雪的日语不好，母亲在旁充当翻译，说的是"他是个好人"。

好人？谁是好人？

"あなたが过去嫁いて暮らした。"酒井太太又说话了，她说"小雪嫁过去就有好日子过了"。

什么？！小雪竟然要嫁人？我怎么不知道？

一脚跨进小雪的房间，眼前的三个女人同时注视着我，样子有些错愕。她们都穿上和服，可见接下来的会面很重要。

这不是我第一次看到小雪穿和服（平常工作时，她总穿着廉价的单色和服），却是第一次看她穿昂贵的中振袖和服，大红底，上面有三个古董纹样。

再说发型，她的乌丝被高高束起，扎了个花苞头，发髻别了朵山茶花，显得温婉大方。

然而在这么华丽的衣着打扮下，小雪却无一丝喜悦神情，反而眼睛肿得像核桃，鼻子也红红的，分明是哭过。

"这是怎么回事？小雪不是生病了吗？穿这么漂亮的和服要去哪里？"我用普通话问，对象直指母亲和小雪。

母亲一脸困窘，倒是小雪像抓到救命稻草，爬过来抱住我的大腿："小姐，我不要……不要嫁人，请妳代我跟老板娘求情。"

看小雪泪眼婆娑的样子，我把眼光落在母亲身上，她叹了一口气，要我回她的房间说话。

"什么？！你们怎能这样？这是买卖人口。"我义愤填膺。

因为拒绝和萧十一郎相亲，让牵红线的酒井太太下不了台，聚光灯一转便打在未婚的小雪身上，她的年纪比我小，人也长得水嫩，满脸的胶原蛋白……

"说什么傻话？！"母亲怪嗔，"只是去相个亲，又不见得成，何况若能被萧家看上，是她前世修来的福，哪只野鸡不想变凤凰？她那个破败的家也能跟着鸡犬升天。"

小雪和母亲一样，都来自云南偏远山区，在那个小村庄里，真要追究起来，每个人都有血缘关系。小雪就是我家的远房亲戚，上有老人，下面还有四个年幼的弟弟和妹妹，一家就靠几分薄田过活。

在许了她家里一笔钱后，母亲将小雪带到日本，买断了她五年的青春。算一算，她还得在"本田家"做满一年的劳役才能重获自由身……

知道小雪顶替我去相亲后，我内疚到不行，坚持把人救下，否则……否则……

"否则怎么了？难不成把妳妈给杀了？"母亲瞪大眼睛问。

"杀人倒不至于，但我会终身不嫁，让吴家绝后。"

母亲听了气得发抖，说我是白眼狼，不知感恩图报，养我倒不如养只畜牲……

没等母亲咀咒完，我拉开障子门奔向小雪的房间。

什么叫"声东击西"，我现在终于明白了。当我和母亲在房间里争执不下时，酒井太太已经带着小雪相亲去了。

望着空荡荡的房间，我很失落，仿佛自己扼杀了一位少女的梦想。没错，小雪是贫穷的，但不代表她不会做梦，一旦遇上萧十一郎这个凶神恶煞，她还有什么美梦可编织？

我连着没吃两餐并且早早上床，母亲过来唤我几次，我都不理睬，算是对她的无声抗议。

"扣、扣、"隔天一大早就有人来敲我房门。

我看了一眼墙上挂钟，7点整，是该起床了。

"小姐，起床吃早餐了。"

听见小雪铜铃般的声音，我一骨碌爬起奔向房门口。

"小雪，昨天的相亲……成了吗？"我急急问。

她眉开眼笑地说大概黄了，因为到了约会地点，她仍旧一把鼻涕一把泪，把萧会长给惹毛了。他说真晦气，哪有相亲哭哭啼啼的？又不是办丧事……

我听了哈哈大笑，还是小雪冰雪聪明想出这一招，酒井太太的脸上恐怕要挂不住了。

"没错，她一直鞠躬道歉。"小雪的脸上有胜利的笑容，"想到曾经在她的眼皮底下做事，被她以不人道的方式对待，如今再看到她诚惶诚恐的样子，真是解气！"

酒井太太是"本田家"的甜品供应商，同时也是出名的恶老板，当初母亲落难时，曾把小雪送到酒井太太的店里工作，换来免费食宿……

"这下子妳安全了，我也无需内疚了。"我说。

小雪如释重负，她说自己明年年底就能回老家，这些年在日本工作攒的钱虽不多，但足够在家乡盖一个二层小楼，也让弟弟妹妹们都有书可念……

我真替她高兴，只是，这么得力的助手就要离去，母亲恐怕不会太开心。

因为小雪避开了横祸，我对母亲也有了笑脸。

早餐桌上，我们彼此客气地用着餐，没有讲危险的话。

星期一近中午，林小西唤我开会，搞什么？还有半个小时就该吃中饭，开什么毛会？！

到了会议室，我才知道这是两个人的会议。

"今天怎么没人送妳花？和小日本吹了？"他问。

因为林小西轻佻的问话及两天前的跟踪，我没好气地告诉他，和小日本没吹，花都送到家里去，我每天闻着花香入睡……

"那个小日本长得是不错，人模人样的，但日本男人都吃在嘴里，看在碗里，佐藤秀中就是前车之鉴，妳别又上当受骗了。"他说。

我谢谢他的忠告，说小日本再坏也不会玩跟踪，不像某人，专做狗仔会做的事……

"等等，妳这是在说我跟踪妳吗？"他问。

"难道不是？"我反问。

林小西这下子炸开锅了，他说那天他和孙爱梅请我吃饭，没想到我见色忘友，跟小日本跑了，然后阴错阳差的，我们进了同一家餐厅……

"我问妳，我有没有说请吃鲷鱼饭？再问妳，'と太呂'卖不卖鲷鱼饭？"林小西举出例证。

我想了想的确如此，真糟糕！误会人家了。

"すみません。"我弯腰致歉。

林小西拒绝接受，他说，没想到我把他想得这么龌龊。

我问他要怎样做才能"不计前嫌"？

"把小日本的腿给剁了，让他追不上妳。"他说。

我一头雾水，不用剁，山崎和彦也追不上我啊！

他问为什么？

"因为……因为他是小儿麻痹症患者啊～"我把"啊"字拉得老长，因为觉得太不可思议了。

林小西的表情瞬间大变，怎么，他没注意到吗？

他说他真没注意到小日本是残疾人，大概当时气疯了。

"杉杉，"他清了清喉咙，"妳要冷静冷静，婚姻是大事，不能当儿戏，佐藤秀中欺骗妳，不代表全天下的男人都会欺骗妳，犯不着……"

犯不着什么？

我告诉他，和秀中的渣男行径比，身体的残缺根本不算什么，况且山崎和彦是个成功的商人，不偷、不抢、不赌、不嫖、还一天 24 小时对我忠诚，有什么不好的？……

我洋洋洒洒地发表自己的爱情观，殊不知那小子早已蓄了一肚子的不痛快。

他冷冷地丢下一句"随便妳，爱咋咋地"，然后头也不回地扬长而去。

看林小西面色铁青地走了，我才颓然地找把椅子坐下，心中懊恼死了。

　　我是怎么了？明明对山崎和彦不感兴趣，却一次又一次地将自己和他绑定，这不是作死的前奏吗？

　　哎~

第五十二章：一步之遥

　　我拉开"本田家"的大门，门上的大分别府风铃响了，小雪匆忙跑过来，看到是我，高兴地说十分钟前黑猫送来快递，是给我的，她已经放在我房里了。

　　这里的"黑猫"指的是"黑猫宅急便"，即日本最大的运输公司"ヤマト運輸"，因为 logo 上有一只大黑猫叼着小黑猫的图案，所以常以"黑猫"之名取代该公司。

　　我谢了小雪，赶紧回房。

　　那是个中号的专用包装箱，封得很严实，花了我不少功夫才打开，里面有满满的防挤压泡沫球。我掏啊掏的，才掏到一个五厘米立方的精致小盒，外面还用透明塑料袋封好。

　　看到日本人对快递物件的体贴，再看看国内的暴力运输，真要给跪了，实在太太太……细心了。

　　打开塑料袋，我终于看到小盒原貌，深蓝色丝质面上有金色烫金字样"山崎ジュエリー"，顿时知道是谁送的。

　　我不急着夫打开盒子，反而先读卡片上的文字，这一次，山崎和彦不像前几次一样只是签个名了事，反而洋洋洒洒地写了一大段话。

　　他说我果然是他想找的人，大部分的女孩被带到珠宝店，总理所当然地认为男方会买单，并且尽挑贵的买，没想到我只听从内心的声音，选中一枚自己喜欢却不起眼的戒指。他相信在爱情里，我也会不顾世俗的眼光，选中和自己携手一生的伴侣……

　　我把卡片放下，默默打开盒子，当看到蛋白石戒指的那一煞那，心中真是五味杂陈，山崎和彦会是与我携手一生的伴侣吗？

　　我将戒指举起，在光线下，那乳白色石头的星石效应又呈现了，闪烁着忽明忽灭的七彩颜色，这么美的宝石，真的不起眼吗？

本田英树隔了近一个月才来"本田家"，我很识相地没去打扰，没想到晚餐时间母亲主动过来敲门，她说本田英树想和我共进晚餐。

难得今天厨子呈上的不是怀石料理而是龙虾大餐，因为本田英树刚去了一趟三重县，带回来伊势市有名的大龙虾。

伊势龙虾体积壮硕，肉质鲜美多汁，一向被视为盛宴的座上宾。

面对高级食材，厨子除了把透明虾肉做成刺身和寿司外，又裹上面糊油炸成天妇罗，再呈上用西芹、胡萝卜、洋葱等熬成的龙虾汤，最后以一道龙虾伊面完美收官。

因为吃的是海鲜，本田英树舍弃了平常爱喝的日本清酒，换上勃艮第的 chablis，这款白葡萄酒有点儿发酸，搭配海鲜很对味。

我们安静地用着餐，我因心里有事，加上对本田英树一直保持"有点儿粘又不会太粘"的距离，"不主动开口"成了我的标志，但那两位老人竟然也不说话，这实在太奇怪了。

直到伊面吃完，小雪把碗盘撤了，砌上一壶玄米茶后，本田英树才开口，他问我和他的小舅子发展到什么程度？

我拿起茶杯，喝了一口由小麦与烘青茶坯拼和而成的茶水，吞吞吐吐地答我和他只是普通朋友…

"きれいな指輪だ。"母亲突然说上一句"好漂亮的戒指"。

我赶紧用右手捂住左手，有点儿不知所措。

"誰からの指輪ですか？"母亲问我是谁送的？

我无奈回答是山崎和彦送的。

"なるほど～"本田英树感叹一声"原来如此"，并将尾音拉长，我知道他误会了，但又不知从何解释起。

我的继父开始说起新近发生的事，原来他的元配（也就是山崎和彦的姐姐）看自己的弟弟一直单身，很是心急，于是有意撮合他与一位因读书而耽误婚姻大事的女博士相亲，没想到被山崎和彦一口回绝，因为他有心上人了……

自己的老公被抢，连亲弟弟也被小三的女儿拐跑，可想而知，那女人会有多恼火！所以当本田英树说他的老婆情绪不太稳定，要我小心应对时，我有了不妙的感觉，她该不会提刀前来和我撕杀吧？！

没想到本田英树又说，如果他的老婆做了过激行为，就告诉他，他马上家法伺候。

啥？我有没有听错？他竟然打算对自己的老婆动粗？！

我看了一眼母亲，她没说话，倒是嘴角有一抹难以解释的笑容，这么说传言是真的？

刚来日本时，我跟着母亲搬过几次家，越搬越好（搬家的速度和她换男人的速度基本一致）。记得搬到"本田家"的前一天，我无意间听到家里的钟点工在电话中与人唠嗑，她说母亲傍上了大款，那人是 S 牌化妆品的老板，老板娘在听到风声后，把母亲堵在半路上，并甩了她两耳光，没想到回家后被自己的老公揍得半死，现在乖的像只绵羊……

我很不自在，觉得我们吴家是"得了便宜还卖乖"。话说回来，山崎和彦的姐姐是多虑了，我对她的弟弟丝毫不来电，山崎桑若能与女博士结连理倒是不错的结局。

"再怎么说，求婚也得是钻石戒指，他的店里多的是，怎么用个普通石头了事？"母亲用普通话说，当然是说给我听的。

我正想解释这不是求婚戒指，而是一般的礼物，没想到母亲一转头对本田英树说山崎和彦都向我求婚了，这婚事得快点儿办，免得夜长梦多……

我看继父双手护胸作沉思状，心中不禁叫苦连天，这如何是好？

"私たちはただ普通の友达。"我重申自己和山崎和彦只是普通朋友罢了。

本田英树反问我普通朋友会送求婚戒指吗？况且他的小舅子已经表明这辈子非我莫娶……

我的老天！真是越描越黑，叫我从何说起？我急的像热锅上的蚂蚁。

"杉杉，妳是怎么了？身上有虫吗？动个不停。"母亲问，顺便要我吃饱饭回屋去，她和本田英树还有私房话要谈。

"私房话？可别把我卖给山崎和彦。"我用普通话哀求。

母亲对我投来严厉的眼神，我只好憋着一肚子气回房。

大和房地产公司来电，要我们派人洽谈学生宿舍楼的瓷砖业务。我考虑了几秒钟，在商言商，如果做事都像我一样参杂个人情感，东洋公司迟早要关门大吉。

我把洽谈的工作交给安部次郎，谁知他说，大和房地产要一个懂普通话的人前往。

又来了，秀中又玩起他的老把戏。

我要安部次郎将此事报告社长，请他定夺。没多久，林小西不请自来。

"文京区的学生宿舍楼已接近完工，他们来电要我们过去详谈。"他说。

我告诉他，对方是佐藤秀中，虽然没指名道姓，但明显是要我去谈。

"你要我去，我就去，学生宿舍楼的预算不可能高，但最近生意不好，有订单总比没有好。"我说。

林小西考虑了一下，说他和我一起去，充当我的保镖。

再次见到秀中，心中依旧小鹿乱撞。即将当爸爸的他有一种熟男的魅力。

"楼高六层，共四栋，瓷砖要坚固耐用又便宜的，素色，不要太花俏。"秀中说。

我逐一记录下来，并且告诉他最近有批外贸尾货，如果他不坚持每栋楼都统一，价格可以很优惠。

"不，一定要统一，质量好不好不一定一眼就能看出，但颜色、样式不统一，马上就能察觉。我们大和公司是讲口碑的，不想落人口实。"他说。

我点头表示知道了。

"这是样品，"林小西打开手提箱，里面有排列整齐的瓷砖样品，"学生宿舍楼我们做过，给你看的都是坚固耐用又便宜的产品，颜色也单一、不花俏。"

谁知秀中听而不闻，看都不看林小西一眼，直接把他当空气。

为了缓解尴尬的气氛，我要我的老板去测量宿舍楼面积，这样能快速给出报价，我则协助客户选瓷砖，一个小时后在车上见。

"我是来当妳的保镖的。"林小西意有所指。

我说我会把房门打开，人来人往的，我很安全。

林小西一走，秀中马上把洞开的房门关上，他说外面正在施工，听不清楚我说什么。

我不想在小枝小节上与他过不去，转身将样品从手提箱里拿出来，请他下决定。

"为什么不理我？"他问。

"这款淡褐色的卖得好，吸水率大于 0.5%。"我答。

"我每天不停地想妳，苦死了，妳知不知道？"他又问。

"要不，这款深灰色的软瓷砖也可以，既环保又防滑，贵是贵了点儿，但质轻体薄，可减少运输成本 3%，算一算也贵不到哪里去。"我又答。

见我答非所问，秀中愤而指着瓷砖样品："这个、这个、这个、这个，还有这个，记下来了没？我们现在可以谈话了吧？"

看秀中随便乱挑瓷砖，我无奈合上笔记本，说自己还是回公司吧！这样的父易很没意思。

"杉杉，妳不爱我了。"秀中痛苦地说。

我要怎样爱他？他已经有一位美丽的妻子，很快孩子也会出世，一家三口其乐融融，我……算什么？

秀中要我相信他，他最爱的人还是我。

"你叫我如何相信你？"我扬起声，"你骗我，一直都是。"

"我没骗妳。"他说，接着向我大吐苦水，说半年过去了，仓本直美的小腹还是一片平坦，于是双方家族齐力向他施压……

"我也不想啊！但传宗接代的责任无可推诿。妳放心，自从有了孩子，我已经不再碰她了，真的，妳要相信我。"秀中说得掏心掏肺的。

见我仍无动于衷，他打开右手无名指和小指间的缝隙要我看。

我看到一个不到 1 厘米见方的黑色小字刻在无名指的侧身，这……这不是手指纹身吗？

"嗯！很痛的，如果十级算最痛，手指纹身大概能达到七、八级。当针刺入皮肤底层时，无异打在骨头上，要多疼有多疼。妳看，我都把妳的名字刻在身上了，难道不能说明什么吗？"

我心疼他的鲁莽，用手指轻触那个"杉"字，他痛苦地哀叫一声。

"怎么了？"我着急问，难道纹身后还会疼痛？

他说手指不痛了，是心痛，因为日子过去一个多月后我们才又有了"肌肤之亲"。

"说什么啊你。"我抚摸着手上的笔记本，不知所措。

"杉杉，妳…不想吗？"他猛力抓住我的手，"看见妳，我浑身热的难受。"

"我不想，"我放开他的手，"以后也不会想。"

秀中很失望，沉默几秒钟后，他说："那……好吧！妳走，再见。"

听他说再见，我收起笔和本子，再把瓷砖样品通通塞回手提箱里，对他点了个头后走向房门，只剩一步之遥，一只手突然从后面捂住我的口，另一只手将我推向左侧墙壁，手提箱早已掉至地面，我听见裙子拉链被拉开的声音……

第五十三章：心碎了一地

　　林小西喋喋不休地说学生宿舍楼设计得不好，得房率太低；墙壁有裂缝，怕会渗水；下水管太细，将来容易堵塞……

　　我转头望向窗外，高速公路上车水马龙，像我紊乱的心。

　　"即使是给学生住的，也不能这么马虎了事，大和房地产公司实在令人失望，妳说是不是？"林小西问。

　　"什么？"问话进入脑海里，我花了几秒钟才辨识出来。

　　林小西问我怎么了？上车后就一直心不在焉，是不是……是不是佐藤秀中说了什么或做了什么？

　　"他没说什么，也……没做什么。"我答。

　　"那妳……"

　　"我…很好。"说完，不争气的眼泪还是流了下来。

　　林小西见状，把方向盘一转下了交流道，车子刚好停在汽车旅馆前。

　　"说！怎么回事？"他面色凝重。

　　"说什么说？！我都说自己很好了。"我抹去泪水。

　　林小西投来凌厉的眼神，冷冷地下结论："他欺负妳了！"

　　这……这让我如何说是好？

　　刚开始的确是被欺负，但后来……后来就不是这样了。一个多月没见面，我们像干柴烈火般彼此燃烧，秀中还说，没想到我的"爆发力"十足，让他很惊艳。

　　见我欲言又止，林小西马上"对号入座"，他赶我下车。

　　"你去哪里？"我站在车外问。

　　"去惩恶扬善。"他脚踩油门，扬长而去。

　　我急的跳脚，偏偏这条公路上车子虽多，却无一辆是出租车，我又不知身在何处，情急之下只能跑进汽车旅馆内求助。

　　服务员为我叫来一辆车，那是 20 分钟以后的事了。

匆匆赶到学生宿舍楼，没看到人，反倒是看到临时办公室里一片狼藉，柜子倒了，玻璃碎了一地，桌椅也横七竖八，水泥地上竟然还有一滩血迹，这下子不得了了，肯定有人挂彩。

我跑出屋外，逢人就问受伤的人去哪里了？可想而知，我的慌乱非但没问出个所以然，反被误会是疯子。

无奈只能叫车回公司，想着林小西也许回去了，我要当面问他把秀中怎么了？

直到下班仍不见老板的踪影，打他手机也不接，我只好又叫车直奔他的住所。

孙爱梅开了门，我表明找林小西，她说他还没到家，我顿时泄了气。

"怎么了？"孙爱梅给了我一杯茶水。

"我……哎……"我长叹一声，不知话从何说起。

孙爱梅不愧是"心理辅导师"，在她的循循善诱下，我全盘豁出，包括在那个小房间里的巫山云雨。

"所以小西为妳和佐藤秀中大打出手？"她问。

"我猜是这样的。"我小声地答，非常气馁。

孙爱梅说林小西的个性嫉恶如仇但还算理性，会失控打人，肯定是踩了他的底线……

"我没让他去打人，"我替自己辩解，"况且这是我的事，不是他的事。"

"小西恐怕不是这样想的，我们认识三十多年了，他的一个眼神、一个动作，我了若指掌，他是爱上妳了。"她说。

爱上我？不会的，不可能，我们经常斗嘴，再说了，林小西还要我帮他求婚呢！

"求婚？"孙爱梅很惊讶。

"没错，他爱妳至深，即使知道这可能是短暂的婚姻，他也想和妳共有那纸婚约。"我说。

孙爱梅听完笑了笑，样子有些苦楚。她说林小西是为了兑现诺言才这么说的，但事情有了变化，她必须尊重既成事实。

"如果我的身体健康，断不会舍去自己的幸福，但眼睁睁着自己是半死的人了，还有什么不能放下？"她坚定地说，"小西的幸福就是我的幸福，他遇上对的女孩，我则负责将她留住。"

不，不，不，林小西不爱我，孙爱梅完全搞错了。

为了让我认清事实，那个伟大的女性举了例子，她说林小西选中我为卵子捐赠人时，曾说他从没遇过这么单纯的女孩，像是长在深山里的野百合。还有还有，在尼泊尔时，某天他们坐在高处俯瞰山下美景，林小西冲口而出："杉杉，这风景真美。"他唤错了人名却不自知。如果这些都不能证明什么，那么当他们男欢女爱时，小西嘴里喊的不是她，而是我的名字，这总说明什么吧？！

听完，我害羞地红了脸。这林小西怎么说话不经脑子？搞什么嘛！

"没事，我看开了，小西爱过我，这就足够了。"孙爱梅握紧我的手，"现在他爱的是妳，只是不愿承认罢了，尤其我病得这么重，这时舍弃我，天地不容。"

我不知道林小西是否真如孙爱梅所说对我有超乎朋友的感情，但我是爱着秀中的，即使他有万般缺点，甚至有老婆了。

孙爱梅抱歉地表示这个忙她帮不上，要我扪心自问是否不爱小西？哪怕一丝一毫；或者这样问，我是爱着佐藤秀中还是习惯了他？这有本质上的差异。

是啊！也许我的爱不过是习惯了秀中，加上他是我的第一个男人，便顺理成章地以为那是真爱了。

"嗵、嗵、嗵……"我和孙爱梅同时听到沉重的足音由下而上。

这个家在河豚料理店的楼上，楼梯设在建筑物外面呈之字形，踩上去吱吱作响。

开了门，只见一个右手打上石膏的人，脸倒还好，看不出有何异样。

"手怎么了？"孙爱梅走过去，很关心地问。

"没什么，"林小西特意看了我一眼，不太能拿捏说话内容，"摔了一跤。"

"要小心啊！" 她轻触他受伤的手，"手这样了，肯定开不了车，你的车子停哪儿？"

"停……停文京区。"

孙爱梅要了车钥匙，顺便问了详细地址，她说趁天还没全黑，得把车子开回来。

她走了，林小西问我都跟他表姐说了什么？

"我说你打架去了。" 我诚实回答。

"妳怎么什么都说？到底有没有脑子？她是生病的人。" 被林小西责备，我不以为意，反而问"他"怎么了？

"眼球大概破了，不知视力有没有受损？他的老婆很强悍，过来想赏我一巴掌，被我逃掉了。" 他有些洋洋得意。

听到秀中的视力可能受损，我担心极了，冲口而出："你怎么下手这么狠？出了人命怎么办？"

"出了人命更好，这种渣男就该一命呜呼。"

我说，秀中若死了，他不也断送前程？"玉石俱焚"是天底下最蠢的事。

"说到蠢，我想问妳是被逼无奈还是自愿的？佐藤秀中怎么说妳叉开双腿欢迎他？"

听到这么赤裸裸的表达，我脑袋轰的一声，几乎要站不稳，秀中，秀中怎能这么说话？

看我受伤的神情，林小西义愤填膺："就知道那小子说谎，妳怎么可能如此做贱自己？！"

哈！我……我的确是做贱自己啊！

"我回去了。" 因为太羞愧，只能掩面而逃。

林小西问我还好吧？！

我苦笑着说自己很不好，心碎了一地。

第五十四章：隔岸观虎斗

仓本直美昨晚紧急被送往医院安胎……

坐地铁时，我不小心听到邻座两位女孩的对话而得知。

下地铁后，我马上走向便利店买了一份报纸就地翻看起来，果然如同女孩们所说的一样。

合上报纸，我不禁想着："难不成林小西连孕妇也打了？！"

"怎么可能？都说了她想赏我一巴掌，被我逃掉了。"他的嘴巴吃着蛋糕，有浓浓的香蕉味，让我想起上班途中经过的糕饼店，他肯定是从那里买的。

我陷入沉思，怎么人好好的却紧急入院了呢？

林小西说这有什么好想的？他一闹，两人能不吵吗？谁能容忍自己的老公是强……强人所难？

我的老板提起那件屈辱的事，让我很郁闷。

"你的手受伤了，有什么事叫我哈！我在隔壁。"我作势要走。

"等等，"他把蛋糕盒往我眼前一送，"TokyoBanana 的香蕉蛋糕，好吃到爆。"

我拿了一个约八公分长的香蕉造型蛋糕，上面有长颈鹿纹，轻轻咬下一口，柔滑的香蕉布丁马上溢了出来，非常的细致绵密。

"好吃吗？"他问。

我点头。

"多拿几个吧！吃甜食能让人心情愉悦。"他说。

我一向吃得不多，但为了堵住林小西的嘴，怕他又说出让人心塞的话，所以随手从盒子里拿走三个，然后挥手说 Bye。

近午餐时间，孙爱梅推开我的办公室门。

"杉杉，一起吃中饭。"她说。

林小西的手受伤，开不了车，我还在想他中午会回家吗？没想到是孙爱梅过来接他。

"不了，我不饿。"我不想当电灯泡，尤其孙爱梅有意撮合我和她的爱人。

那个好心人随即叮咛我要按时吃饭，钱没了可以再赚，健康没了就什么都没了……

我谢了她，说自己真不饿，况且抽屉里还有林小西给的蛋糕，饿了可以充饥。

话都讲到这个份上了，孙爱梅只能识相走人。

我把地铁便利店买来的报纸再拿出来看，仓本直美虽然戴上黑超，但看得出来脸色很差，秀中没有入镜，不知眼睛伤得如何？

"圣路加国际医院……"我默念着报上打印出来的医院名称，想着从这里到医院需要多久时间？

下午1点，林小西从外面回来。

"给，"他递给我一盒外带食品，"孙爱梅说要好好吃饭。"

我告诉他自己正在减肥，不想吃。

"减什么肥？瘦就好看是不？等妳病了，就知道瘦成皮包骨一点儿也不好看。"他说。

鉴于他的爱人正受病魔折磨，我理解他的嘴碎，没有反击。

"那……谢谢了。"我说。

原以为这是下逐客令，再傻都听得出来，没想到林小西却一屁股坐下："孙爱梅说要看着妳将饭吃完。"

这个"孙爱梅说"简直像是"老师说"或者"我妈妈说"，极具权威性，由此也可看出她在林小西心目中的地位。

我打开餐盒，是海参捞饭，海参在日本是高级食材，很贵很贵的。

"多少钱？"我问。

他答是孙爱梅买的，没打算让我付。

我说自己不会那么容易被收买，然后从皮包里拿两千日元塞给他。

"什么意思？"他问。

"孙爱梅像照顾孩子一样地照顾你，连媳妇也帮你挑好了，这后事安排得可真是面面俱到啊！"

也不知是踩到他什么要害，林小西突地站起身来，咬牙切齿地说："妳也太把自己当回事了，要不是看在妳被男人欺负的份上，爱梅何需同情妳？看来帮助人也得看对方值不值？！"

他气冲冲地走了。

我死鸭子嘴硬，自言自语地说："谁让你们同情来着？我……好着呢！"然后把食欲全无的餐盒往旁边一推。

回到"本田家"，出来迎接我的不是小雪，而是福山太太。

我问小雪呢？她答小雪一早跟母亲出门了。

这就奇怪了，小雪和母亲很少同时出门，因为总得留一个人看守民宿，再说了，既然将福山太太唤来，可见这是趟远门。

福山太太答没错，她得留在"本田家"帮忙，直到明天傍晚。

我嘟囔着回到房间，一通电话打给母亲，她说自己正在叡山电铁鞍马线上，马上就可以看到"红叶隧道"了。

很多人关于京都的印象大都停留在岚山竹林、凸风寺庙、怀石料理等，但对于当地人而言，鞍马山可是一块宝地，夏天可以避暑，秋天可以赏枫，冬天还可以泡温泉，简直是不可多得的清静天堂。

"除了小雪之外，旁边还有谁？"我怀疑这不是两人行。

"一个……朋友。"她答。

我问是谁？母亲突然在电话那头喂喂喂个不停，然后说信号不好听不见，明天回去再说。

明天回去？

母亲带着小雪和一个……朋友在鞍马山过夜，而这个朋友会是谁？

林小西一整天都绷着脸，认人望而生畏，但手上的事又不得不交给他裁决，很是左右为难。

趁着安部次郎来交网上交易明细，我拜托他把文京区的学生宿舍楼合同交给社长。

他有些困惑，我和林小西比邻而居，通常这样的事，我是不会假手他人。

我佯装很忙的样子，安部次郎只好照做，没多久他又来敲我房门。

"社长はあなたが決定。"他说社长让我决定。

我看了一眼合同，交易价格处仍空白着，但我方签名处已经签上林小西的名字，这是啥道理？让我决定价格还是直接把合同扔进字纸篓里？不仅老板的反应让我一头雾水，秀中也是，明明挨打了还回过头来递上合同，而且还是份已签好名字的合同，也就是说价格主导权交给"东洋瓷砖"，这简直不合理到了极点。

我突然灵机一动，何不利用这个机会和秀中见上一面，顺便看他伤得怎么样？

"再说了，价格也得磨一磨，总不能我方说了算。"我替自己的愚蠢行为找到借口。

秀中竟然跟我约在圣路加国际医院的观望餐厅，他老婆安胎的医院。

我心想他可真够大胆的，但再一琢磨，也许他想寸步不离地守着仓本直美，所以约在就近的餐厅……

想到此，让我妒火中烧。

圣路加国际医院位于东京都中央区，是大型综合医院，有新旧楼，新楼是高低双塔型建筑，我要去的观望餐厅就在高塔的最上层，可以俯瞰整个中央区，视野非常辽阔。

一进到餐厅，我便开始寻人，客人不多，大多是穿病号服的病患，也有陪同的家属和朋友，就是没看到林小西，难不成我早到了？

看了一眼手表，下午三点零五分，我还迟到五分钟呢！

"吴——杉——杉——"听到怪腔怪调的普通话，我的心喀噔了一下，这不是……

我慢慢转过头去，果然看到穿着蓝圆点病号服的仓本直美，她把一头长发剪了，留着干练的短发，难怪我没在第一时间内认出来。

我又将餐厅扫射一遍，还是没看到秀中，难不成他想隔岸观虎斗，让两个女人撕杀去？

"还是别正面交锋吧！"我心想，并且悄悄在脚底下抹油。

仓本直美看我迟迟没反应，竟然屈尊纡贵地过来请我入座。

我告诉她今天是来和秀中谈公事的，请她别误会。

她说她没误会，秀中派她和我谈公事。

秀中派她和我谈公事？这是怎么回事？

我坐了下来，仓本直美唤来服务员。

第五十五章：置死地而后生

仓本直美问我喝什么？我答绿茶。

服务员走后，我随即把合同拿出来，上面甲乙两方都已签好名，只有交易价格处空白着。

"あなたが私に多少の割引？"她问我能给到多少折扣？

我说学生宿舍楼用的都是便宜的瓷砖，加上铺设的面积不大，我们公司能赚的利润并不多，但为了长远的合作着想，10% 的折扣已经是最高的了。

她说没问题，就按我说的做。

谈完公事，真不知还有什么可讲的？我边喝茶边思量该如何告别？

"秀の目の損傷と視力低下が多い。"仓本直美突然告诉我，秀中的眼睛受损，视力下降了许多。

听到爱人受伤，我感到心痛，但努力做到纹风不变，毕竟她才是原配，然而接下来她告诉我一个更劲爆的消息——她流产了，而且在清宫的过程中意外发现自己有恶性子宫肌瘤，所以连子宫也摘除了，意即她这辈子不可能再有宝宝。

我感到遗憾，但只字未提。人在低潮时，旁人讲的话都只是隔靴搔痒，而且一不小心就容易惹祸上身，果然她话锋一转，说这一切都是拜我所赐，如果不是我和她的老公大搞不伦之恋，她也不会急怒攻心而流产……

我很想说正因为流产才发现她有恶性子宫肌瘤，说到底是捡回她一条性命，但我说不出口，因为那不啻落井下石。

"申し訳ありません。"我俯首向她说抱歉，毕竟我的确和她的老公藕断丝连着。

她答不必道歉，她会给我将功补过的机会。

将功补过？

仓本直美说，如果不是命脉传承的压力，她宁愿当丁克族。现在好了，想不当丁克族都不行，然而佐藤家的任务还是得完成……

她的计划是先隐瞒流产的事实，然后让我在排卵日和秀中……一旦怀孕了，我会有高规格的待遇，要钱要房都不成问题。第一个孩子当然得归她，以后我想生几个，她不管，反正我和秀中是不可能断干净的，她乐的做顺水人情，允许我当秀中的小老婆。

能得到原配的首肯，我应该感到高兴，却一点儿都高兴不起来，仿佛精心熬制的牛肉汤只能眼睁睁看别人吃肉，自己只能喝汤。

"ショーで知ることですか？"我问她秀中知道这计划吗？

她答秀中不仅知道而且非常赞成，他说如果这辈子只能和她以外的女人生孩子，他宁愿是我……

真不知是该高兴还是生气？我成了商品，还是男主角钦定的。

我断然拒绝那女人的提议，她可以找任何人完成任务，但请别把我考虑进去，我要嘛当正宫，要嘛拂袖而去，没有中间灰色地带。

仓本直美听了，冷笑一声，说既然如此，她只好控告林小西殴打孕妇，导致她流产还失去子宫……

这……这简直是无赖，我就不信世间没有正义在。

仓本直美说随便我，反正支那人在日本低人一等，她又是名人，加上殴打孕妇"罪无可逭"，林小西就等着吃牢饭吧！

如果我能杀人，仓本直美大概早已被我五马分尸、碎尸万段了。

"好きな人の姿を、特に怒ってあなた。"她笑着说她喜欢看人生气的样子，尤其是我。

在我说出难听的话之前，仓本直美已经起身，昂首高傲地离去。

回到"本田家"，出来迎接我的依旧不是小雪，而是福山太太。

我问小雪呢？她答小雪生病了，她得待到她病好了为止。

小雪"又"生病了？这次是真病还是假病？

我赶到小雪的房间，她埋在被褥里呜呜呜地哭泣。

"小雪，妳怎么了？哪里不舒服？"我问。

她从被褥里探出头来，说了一声"小姐"，接着又泣不成声。

"怎么了？"我把她的乱发抚顺，即使哭红了双眼，她仍是清秀佳人。

"我……不要嫁人，尤……尤其是萧十一郎。"她说。

萧十一郎？那件事不是黄了吗？

小雪说相亲那天的确是黄了，但萧公子看她泪眼婆娑，觉得有趣极了，说他就喜欢有个性的女人，所以转身又让老板娘牵线，这可不？母亲安排了鞍马山二日游，一路上，那男人还算规矩，没想到半夜……

小雪又哭得悽惨，我问她后来呢？她坚决不肯再透露一个字，只是嘤嘤嘤地哭。

正因为她话说到一半，让人更浮想联翩。我气冲冲地走向母亲的房间，她正慢悠悠地喝着大麦茶…

"小雪是怎么回事？"我问，然后大喇喇地坐下来呈男人的盘坐姿势，这是极不合乎礼节的。

母亲看了我一眼，似乎想纠正我的坐姿，话到嘴边又吞下。

"快说呀！"我催促母亲，真要急死人了。

"我们三人有愉快的鞍马山之行，萧十一郎还在鞍马寺求了一个保平安的御守送给小雪。"她说。

就这么简单？那小雪哭什么？

母亲说这也没什么，男人一高兴就喝多了，半夜走错房很正常，所以……没事的，萧公子说他会负责到底，只要小雪愿意，下个月马上明媒正娶！

听母亲这么无视初夜对女人的意义，我气炸了，也不管她茶杯里的茶是冷是热，抓起就往她脸上洒。

"妳……太让人失望了，有妳这样的母亲，我感到羞耻！"

说完，我狂奔回房，既没有吃晚餐，连隔天的早餐也没吃。

林小西问我是否完成了交易？我答是，话不多说一句。

他在我的办公室踌躇了一会儿，很无趣地走人。

人走后，我沉浸在深深的抑郁当中，感叹我的人生太不顺，要风不得风，要水不得水，还总在关键时刻做错决定，陷入万劫不复的境地。

"嘟……嘟嘟……"山崎和彦适时打来电话，他说因公到大阪出差，晚上想请我吃饭。

想到母亲丑陋的嘴脸，我恨不得离她远远的，遂跟山崎桑约了五点半见。

他答没问题，车子会准时停在停车场。

山崎和彦带我去吃箱寿司，所谓的"箱寿司"就是将调制好的米饭放入木制框架中，然后在上面铺满鲷鱼、星鳗、虾等食材，经过挤压成形后的简便寿司，很受大众喜爱。

即便是"快餐式"的寿司，也分好坏，山崎桑带我去的"吉野寿司"就做到极致，所制作的寿司色彩艳丽、口感纯正，在其他地方很难吃得到。

山崎和彦问我好吃吗？我答好吃。

他又问我最近工作顺利吗？我说顺利。

然后我们陷入长长的无语当中，静到只剩下食物在嘴巴中咀嚼的声音。

也许意识到我们的交流不顺畅，山崎和彦改弦易辙，从海外下手，他说上礼拜他的新店在加拿大多伦多开幕，又说那里的华人多，中国餐厅和超市一应俱全，我一定会喜欢那个城市。

听他这么一说，我忽然想到，如果离开日本到别的国家，比如加拿大，就能远离这些生活上的烦忧，开始过上新生活。

我告诉山崎和彦，好想离开日本去加拿大工作，问他能否办到？

他答那里的工作签证不好拿，所以雇的多是当地人，但派我去当驻店经理也不是不可能，只是这样一来，和我见面的次数又少了，但……

"もし私たちが結婚したのは、夫婦名義で移民手続き。"他说如果我们结婚了，就能以夫妻的名义办理移民。

言外之意是结婚后即使分隔两地，他的心也不会那么浮躁。

我考虑了一下，问他何时能结婚？

这下子换他有些手足无措，支支吾吾地说看我的决定，他配合。

我拿起布满三文鱼的箱寿司咬了一口，想着"置死地而后生"大概就是这种感觉吧？！

第五十六章：救人如救火

山崎和彦载我回"本田家"，一路上他处于极度亢奋的状态，叽叽喳喳说个不停。

"いいですか？"他问我可不可以？

和他的正能量比，我的脑子里一下子是小雪，一下子又是林小西，当然秀中和仓本直美的脸孔也交错出现，以致山崎桑说了什么，我完全没印象。

我期期艾艾地请他把问题再复述一遍，还好他不在意，再次告诉我六月新娘最幸福，但在日本，六月是台风高发期，天气多变，很多新娘不得不改在其他月份举行婚礼。如果我们选在加拿大，就能避开这个难题，因为六月的加拿大天气温和,很少下雨，是结婚的好时期，他希望我能当上最幸福的六月新娘……

我这才意识到自己在低潮时所说的话被山崎和彦上纲上线地提上日程，还好从现在到明年六月尚有大半年，我还有时间反悔。

看见我点头，那个已届不惑之年的男子高兴得不得了，眼睛笑成弯月形，他说今天一早就在庭院里看到乌鸦，果然是来报喜讯的。

和中国人对乌鸦的成见有所不同，日本人把乌鸦当作"吉祥鸟"，所以即使叫声不好听，行为也放肆（不是停在枝头或屋檐拉屎，就是乱翻垃圾），但日本人丝毫不以为意，连清洁人员对它们也很宽容。

"私の希望、少なくともすぐ结婚子供を産んで生三。"山崎和彦说希望婚后马上有孩子，至少生三个。

从"结婚月份"跳到"生孩子"，山崎桑的思绪开的是特快车。

我委转地告诉他，没有哪个女人愿意婚后马上有孩子，因为那意味着还没享受两人世界就开始过上黄脸婆的日子。

山崎和彦笑着说怎么会是黄脸婆？家务有助理，出外有司机，保证让我养尊处优，过上"白富美"的生活。

我仍觉得不妥。

"私の年齢に少なからぬ誤解したくない、自分は子供のおじいさんで非父。"他接着解释自己的年纪不小，不想让人误会是孩子的爷爷而非父亲。

我了解他的担忧，年纪越大带孩子越发不容易，他想早点儿开枝散叶，何错之有？

车子驶离羊肠小径，往笔直的柏油路面开去，我能看见路的尽头，那摇曳着昏黄灯光的"本田家"。

"ありがとうござい。"车子停稳后，我向山崎和彦道谢，待会儿他还得开两个多小时的车回东京。

"杉杉，"挠是单音，他的普通话仍说得日本味十足，"May I kiss you?"

他问可以吻我吗？说的是英语，大概为了掩饰说母语的尴尬。

我不知道该怎么回答这个问题，秀中吻我时都是"水到渠成"，从没征求过我的同意。

"あなたがキス経験はありますか？"我问他可有接吻的经验？

他答没有。

一个四十几岁的大叔竟然连接吻都不曾有过，这是多么悲哀的一件事？

见我沉默许久，山崎和彦以为我不愿意，他干笑着说没关系，有些事得慢慢来，急不……

话没说完，我给了他一个吻，嘴对嘴，让他有些措手不及，嘴巴僵硬的像打上石膏，我试了几次，仍打不开他的牙关。

于是我边大力吻他边将他的右手放在我的左侧乳房上，几秒钟后，他开始有反应，嘴巴跟着吸吮起来，连摸乳房的手也一上一下，很有规律……

我见好就收，在酿成大祸前轻轻推开他。

此时山崎和彦的脸色潮红，正直挺挺地看着我，我对他微笑，转身开了车门。

　　一进到房间没多久，母亲就来敲我房门，仿佛房间里装了监视器，一动一静都在她的眼皮底下。

　　"我累了，有话明天再说。"我决定让她吃闭门羹。

　　没想到母亲在房外使苦肉计，她说小雪已经两天不吃东西了，再这么下去恐怕要出人命……

　　我心里啐了几句："不作死就不会死，事情发展至此是谁的错？也好在这里猫哭耗子？"

　　埋怨归埋怨，但小雪毕竟和我情同手足，再怎么和母亲置气，也不能不管小雪死活。

　　我开了门，母亲立刻转话题，她涎着脸问我今晚和山崎和彦到哪里吃饭？他好吗？很久不见，挺想他的……

　　"想他的人还是想他的钱？"我冷冷地问。

　　"当……当然是想他的人，"母亲有些错愕，"再说了，都快成一家人了，他的钱和我们的钱又何必分得太清楚？"

　　也只有母亲能把寡廉鲜耻的事说得这么理直气壮。

　　"不跟妳谈这个，我去看小雪。"我将房门在背后合上，迳自往小雪的房间走去。

　　小雪的房间里漆黑一片，我开了小灯，她蠕动一下身子，仍看不见她的头和脸。

　　我唤她一声，她没动静，我遂在床沿坐下。

　　"有些事是无法左右的，譬如我无法决定谁是我的母亲……"不知为什么，本来是来开导小雪的，说着说着，竟然成了自我剖析，把从小到大的委屈一倾而出，"说到底，人是斗不过命运的，我再怎么漂白，母亲一脚又将我踢进大染缸里，能怎么办？除非不要这个母亲。"

　　我哀声叹气的。

　　"她是妳母亲，"小雪掀了被子坐起来，"不是我母亲，她怎么可以……怎么可以……"

知道小雪又要泪奔了，我赶紧拥住她："小雪，是我们吴家对不起妳，告诉我，妳需要什么帮助？"

也许这两天小雪已经深思熟虑过，她很快给出答案。

"没问题，来回的机票钱我出，另外我还会从自己的存款里提出一部分给妳，这是妳应得的。"我说。

小雪说钱不是问题，她攒了一些，只是老板娘将她的护照扣住了，她无法上飞机。

原来如此。

我要小雪放心，这两天我会借机到母亲房里转转，四十平米大的地方，东西还能藏到天上去？有了护照，我马上上网订机票，她很快就能回老家了。

"谢谢妳，小姐。"她终于又有了笑容。

不知为什么，看见小雪笑，我却想哭，母亲对不起她，她却向我道谢，这世界真是荒唐的可笑。

我还在生母亲的气，但为了达到目的，不得不拉下脸和她共进早餐。

"听厨子说，今天早上小雪进食了，而且一吃饱就开始工作，妳是施了什么魔法，让寻死觅活的人又恢复正常了？"母亲问。

"有什么魔法可施？我又不是巫婆。"我没好气地答。

母亲踫了一鼻子灰仍不死心，她接着说萧十一郎是个痴情汉子，念念不忘小雪，让我也帮着开导，如果这门亲事能成，萧十一郎答应给她一个大红包。

母亲竟然为了一个红包出卖身边人，真让人瞠目结舌。

"这妳就不懂了，小雪家有那么多口人要吃饭，光靠打工能造出个鸟来？我这是帮她改变命运，眼看她就要飞上枝头变凤凰，还整天哭哭啼啼的，简直要笑死人了。"她说。

我想母亲的脑子里一定有异于常人的思维，以至于我经常和她说不到一块儿。

"今天有什么要忙的？"我吃了酱菜配干饭，顺便转换话题。

"早上 11 点约了做头发，中午和萧会长吃饭，他这个人是话痨，一开讲就是好几个小时。"

听母亲这么一说，我当下决定中午向林小西请半天假。

母亲的房间里有个红木五斗柜，从外观看是四层但实际上有五层，因为里面有个夹层。

我伸手进去拉出一个用针织提花面料做的布包，布包里果然都是宝贝，有各色珠宝、玉器和手表，其中有好几个见都没见过。

除了值钱的东西，我还看到母亲的国内身份证，上面写着 1970 年出生，可是她的护照上明明写着 1975 年，到底哪个才是真的？

我没空判断真伪，因为没看到小雪的护照让我的心不踏实，反身又将五斗柜翻了个遍，还是没有，母亲到底把东西藏哪儿了？

我开始做地毯式搜查，将房间上下翻找一遍，不放过一点儿蛛丝马迹，可惜除了没见过的几张色情碟片、糖果避孕套和新型内衣外，一无所获。

"找到了吗？"小雪探头进来问。

"还没。"我一页页地翻着母亲的书，希望护照夹在里面。

"没用的，老板娘是何等精明的人，她不可能把那么重要的东西藏在房间里，因为我每天都会进来打扫。"

听完，我泄气地把言情小说全归了位，她说的没错，母亲的确够精明。

怎么办？没护照，小雪就回不了国了。

"我想过跟大使馆报遗失，然后拿临时护照登机。"小雪说。

对呀！怎么没想到这法子？那还不快快行动起来？

小雪听了面有难色，她说护照遗失要先到警察交番处做登记，再到中国驻日使馆申请补发，加急的话，三天就能拿到，这些都不是难事，难的是当初她拿的是工作签证，即使得到补发的护照，没有签证还是会被堵在机场，除非有人能另外给她工作签证。

听小雪这么一说，我想起了林小西，救人如救火，他一定肯帮忙，我马上拿起手机拨号。

第五十七章：小题大作

　　林小西听了我的描述后，虽然同情但爱莫能助，因为日本的工作签证必须符合"非你不可"的独特性，也就是说，公司雇用的外国人必须拥有一般日本人不具备的知识或技能，否则的话，即使雇主愿意，入管会也不会批准，这是为了有效保障日本人的就业机会。

　　"东洋瓷砖以翻译人员的名义雇用了数名中国籍员工，这数字已是上限，除非有人离职，否则无法再给工作签证了。"他解释。

　　原来还有这规定，看来我正是那万分之一的幸运儿。

　　怎么办？林小西给不了工作签证，还有谁可以呢？此时脑海里浮现一个人，我赶忙又拨了电话。

　　山崎和彦一听是我的声音，很是开心，让我又燃起了希望，赶紧表明有事请他帮忙。

　　自己的母亲做了龌龊事，我只能避重就轻地说小雪和母亲处不好但又想留在日本，请他给个工作签证，她自己会另外找事做……

　　山崎和彦说他不明白为什么要给一个虚位？况且给了工作签证代表得付薪水和员工保险费，上面会查，马虎不得。再说了"山崎珠宝"的外国籍员工名额已满，没有多余的工作签证可给。

　　原来"造假"如此困难，看来小雪命运多舛，眼看是走不了了。

　　大概我的声音里参杂太多的失落与沮丧，他问我是否真的很想给小雪工作签证？我答是。

　　于是他回答还有一个选项，那就是当他的看护。

　　看护人员在日本非常紧缺，收入虽然不错，但工作时间长，内容又繁琐，很多日本人不愿干，所以开放给外国雇工。

　　"私の独立惯れ、必要でないが、気にしないで看病の生活の補佐官だ。"山崎和彦说他独立惯了，不需要看护，但不介意有个生活助理。

我谢了他，说商量过后再给他答复。

挂上电话，我问小雪怎么想？她考虑了一下后，表明愿意当日本人的看护。

"'本田家'的工作何其多，我都应付下来了，何况只要照顾一个人？再说了，山崎和彦看起来就像个好人。"她说。

"是吗？他看起来像好人？"

"嗯！他的眼睛很清澈，像小动物的眼睛。"小雪很笃定。

我没注意到山崎和彦的眼睛清不清澈，但他的确长得俊，脾气也温和，是个很好相处的人。

"那好，今天下午妳先到警察交番处做登记，再到中国驻日使馆申请补发护照，邮寄地址填我的公司，等周末我带妳去山崎和彦住处，先打包好行李，小心别走露风声。"我说。

小雪听完过来拥抱我，眼眶噙着泪水，说我是她的再造恩人……

我也哭了，和我相比，小雪的命运更惨，我希望能尽自己的绵薄之力助她远离厄运。

下班回家，我拉开"本田家"的大门，赫然发现迎接我的又是福山太太。

我问她小雪呢？心中有了不祥的预感。

果然福山太太说小雪吃完中饭就和老板娘外出，不知去哪儿了，还拉了行李箱。

什么？！

我赶紧拨打母亲手机，她说她在萧家，萧会长好不容易接受小雪，打铁得趁热，今晚小雪就不回去了，明天一早到区役所登记后，她就是萧家的人，入籍和请客的事可以他日再办。

"不可以！"我大喊，"小雪为我们家鞠躬尽瘁，再怎么样也得风风光光出嫁。"

母亲说她知道，但这个小妮子脾气太倔，要不是她连哄带骗，根本无法让她入瓮，所以择日不如撞日，今晚就当软禁她，明天做完登记，生米煮成熟饭，她插翅也难飞……

我既恼又气，都什么时代了还赶鸭子上架，到底有没有人性？

"那好，小雪能嫁到那么好的人家是她的福份，我就想见她一面，当面祝福她。"既然无法解救她，我选择和她一起"入瓮"。

母亲说不必麻烦，有话明天再谈，又说她手机快没电，她先挂了……

我喂了两声，母亲果然说到做到，电话那头马上没了声息。

这下子羊入虎口，可怎么办？我急的跳脚。

还好灵光乍现，我翻黄页找到中国同乡协会会址，忙不迭驱车前往。

会所的工作人员很抱歉地表示会长的家庭住址不得外泄，如真有急事，可以跟副会长说，他是会长的儿子，正在办公室里……

真是老天帮忙！萧十一郎竟然还没走，我赶紧请工作人员通报，很快的，他接见了我。

"妳就是吴杉杉？"那个满脑肥肠的男人问，小眼睛里满是问号。

"是的，我来是请你放过小雪，要什么条件我都答应你。"我说。

萧十一郎哼哈两声，说小雪已经是他的人了，到口的肥肉怎么可能说不要就不要？

"你才高八斗、相貌堂堂、日进斗金，要什么女人没有？小雪既没文化，大字也不识几个，日语又不行，只会拉你的后腿，要这种女人干嘛？！"我竭尽贬人之能事。

萧公子说，他也认为小雪配不上他，但没办法，日本的中国圈子太小，加上他的名声不好，很少有家世清白的女人愿意嫁他，他倒不急，急的是父母想抱孙，俗话说得好，不孝有三，无后为大……

"你放心，放开小雪，我保证在诺大的中国帮你找到称心如意的女孩。"我承诺。

萧十一郎呵呵笑，说当初相亲被我放鸽子，屈辱还未散去，这次不请自来，他倒想看看我有什么能耐能让他就范。

他直挺挺地看着我，眼神像一把利刃，把我身上的衣服一件件划开。

我感到极度不舒服但嘴巴仍说着好话，希望他能放过一位弱女子，我敬他是条汉子……

"切，"他向下吐了一口痰，"我还在乎自己是不是条汉子？就想问妳，如果我答应妳的请求，愿不愿意和我干那事？"

啥？真是狗改不了吃屎。

"不愿意。"我斩钉截铁地回绝。

萧十一郎听完双手一摊，说："那……没戏了，すみません。"

我打给母亲，还好她接听了，手机也没如先前所说的没电。在电话中，我哭哭啼啼地说自己被萧十一郎欺负了。

"妳在哪里？"隔那么远，我也能闻到母亲身上的戾气。

我告诉她在同乡协会会所里，不到十分钟，她赫然出现。

"人呢？"她眼露凶光。

我指着办公室的方向，她脚踩高跟鞋杀过去，连工作人员都没能拦住。

即使萧十一郎指天发誓没碰我一根手指头，仍被母亲连甩五、六个耳光。

"打你这只吃在嘴里看在碗里的猪，老娘给你一个水当当的姑娘，你竟然连我闺女也染指，想死不？"

萧公子捂住脸颊，可怜巴巴地说自己没吃到羊肉却惹来一身骚……

我懒理无辜的人，仍有一搭没一搭地哭泣。

"杉杉，走！"母亲发泄完毕偃兵息甲，我刚好找到台阶下。

母亲把我和小雪送回家后才发现我所谓的"欺负"是指萧十一郎用色眯眯的眼睛看我，并且提出"色情交易"，但被我拒绝了。

知道小题大作后，母亲赶紧打电话到萧家道歉，并且承诺明天一早就把小雪送回去……

我听了大呼不妙，趁母亲在"说好话"，抓起小雪的手便往外跑。

"小姐，去哪里？"小雪边跑边问，"我连行李都没带。"

我说哪还有时间带行李？我妈一挂上电话准来抓她，到时她连逃的机会都没有。

到了大马路，我们终于拦下第一辆出租车，我告诉司机到东京的吉田小区。

"那是哪里？"小雪问。

"妳未来雇主的家。"我答。

第五十八章：过街老鼠

好一阵子没来吉田小区，山崎和彦的房子又有了新气象，前院栽种一整排的日本小檗，红色的果实焰灼耀人，极具观赏价值。

我按了门铃，听到山崎桑的声音，但等了约莫两分钟门才被打开，可见行动不便的他的确需要家务助理的帮忙。

山崎和彦看见我和小雪，很开心的样子，赶紧招呼我们进屋。

"これは小雪。"一进屋，我忙不迭跟雇主介绍小雪。

小妮子马上恭恭敬敬地俯首说："はじめまして、どうぞ、よろしくおねがいします。"

山崎和彦微笑着纠正这不是初次见面，他已经在"本田家"见过她好几次，很感佩她的敬业精神。

看小雪一头雾水，我随即翻译，她听了之后很害臊，脸像颗红苹果似的。

"はい。"小雪低头表示知道了。

此时的她应该谦称自己的不足，但想到她的日语词汇量有限，也不好有过多要求。

"お前何か饮みたい？"屋主人边请我们入座边问我们想喝什么？

我答大麦茶。

小雪在"本田家"工作久了，有关饮食的日语她多少能听懂，在山崎和彦返回厨房前先一步把家务活揽下。

屋主人显得有些不知所措，我要他安心坐下，说小雪是来做家务，让她先见习一下也好。

没多久，小雪端来马克杯盛装的茶水，有些扭捏地说找不到陶杯，说的是普通话。

山崎和彦问我小雪需要什么？我翻译给他听，他很歉然地表示房子虽然装修好了，但很多软装、厨具和家具都还没添，就想找一天和我去采购。

我？为什么？

他答因为我是女主人。

还好小雪听不懂，我赶紧喝一口茶水掩饰尴尬。

房子有簇新的味道，但空空荡荡的很没人气。

也难怪，山崎和彦尚未搬进来，要不是为了我和小雪这两个不速之客，他不会连夜开车回到新房，还顺便带来两床被子。

小雪当然是住了下来，而我……

已近午夜，此时回京都既耗时又不安全，再加上不想被母亲疲劳轰炸，所以山崎和彦一挽留，我便顺理成章地留下来过夜。

虽然我和小雪情同手足，但同床共枕却是头一回。

"是不是上了年纪的人都特别温柔又体贴？"小雪突然问。

"不会吧？！我也遇见过上了年纪的人既不温柔也不体贴。"我答。

小雪停了一会儿后又说："山崎桑既温柔又体贴，他长得像山田孝之，非常有味道。"

山田孝之？我觉得他比较像竹野内丰。不管怎样，以女性的眼光，山崎和彦算得上美男子，如果……腿没扣分的话。

"他住'本田家'时，总在房间里留下 2000 日元当小费，不像有些客人，一毛不拔。"

"'晴天'的日语叫 seiten，'晴天娃娃'的日语叫 teruterubouzu，这是我打扫房间时，山崎桑教我的。"

"有个日本作家叫 Murakami Haruki，山崎桑喜欢他写的书，叫挪威什么的，后来我上书店找来看，看了两页就看不下去，字里行间虽然有些汉字，但大部分是繁体字，不好猜。"

"山崎桑喜欢的衣服品牌上面有闪电标志，他有好几件衣服都是这个牌子的。"……

我眼盯着天花板，耳朵听着小雪讲山崎和彦，在她的描述中，那男人的一举一动历历在目。

"小雪，妳是不是……"

"是不是什么？"她问。

看着她清澈的眼眸，我摇摇头把话吞进肚里去。

我和山崎和彦相差 14 岁，已经是名副其实的老少配，小雪就更别说了，当人家的女儿绰绰有余。

我是怎么了？尽想一些乱七八糟的事。

母亲果然河东狮吼，命令我火速把人交上来，我充耳不闻，将门反锁后早早上床。

碍于"本田家"有住宿客人，母亲敲了几下门，得不到回应，只好摸着鼻子走人。

一连几天，我们母女就像参与商，我有意躲，她也不刻意追，直到某个黄昏……

"杉杉。"我拉开"本田家"的大门，听到背后有人喊我，立马转过头去。

"老……老板。"我很吃惊。

许久没见到林小西的父亲，我几乎快忘了他的模样。不知为什么，他明显苍老许多。

"母亲在吗？"他问。

"也许……应该……在。"我答。

来者是客，我将他带到母亲房里。

"大东～"母亲听到敲门声没喊"请进"，反而亲自过来开门，可见知道来者是谁。

不仅如此，老板进入后母亲便收起笑脸，看都不看我一眼，直接将房门拉上，当我是透明人。

碰了一鼻子灰，我闷闷不乐地回房。

用过晚餐，我边看搞笑节目"新堂本兄弟"边啃瓜子，三弦琴的音乐像一涓细流穿过门缝钻进我耳朵里。

母亲偶尔也拉琴，但不像今晚，多了哀怨。我几乎可以想象她低眉顺眼、我见犹怜的模样。

我了解母亲，她做的事都具有强烈的目的性，为人拉琴，尤其是男人，绝不是单纯的自娱娱人。

她到底想从林大东身上得到什么？我很好奇。

昨夜没睡好，连累了今天。

我匆匆忙忙走出房间，恰巧和林大东碰上面。他问我早饭吃了没？我答来不及吃了，正赶着上班呢！

"我正好也要到公司看看，一起走吧！我开车载妳去。"他说。

求之不得。

我的老板拉开"本田家"的大门，迎面吹来寒风一阵，我不禁拉紧了披肩。林大东顺势拥住我的肩膀往前行，大概觉得这多少为我带来温暖吧！想着就几步远的路程，也没往心里去，没想到……

一辆黑色捷豹的车门瞬间被打开，我看到五短身材的林夫人一身臃肿地走下来，林大东的手马上离开我的肩膀，神情紧张的像被抓到考试作弊的小学生。

真是糟糕！眼看母亲和林大东的奸情就要东窗事发了。

奇怪的是林夫人不看做错事的老公，反而直挺挺地向我走来…

"嫦娥，不关她的事。"林大东讨饶。

"滚一边去！"那女人啐了老板一句，反身甩我一巴掌。

如果我没记错的话，这是她给我的第二个巴掌。

我捂着脸颊，怒火中烧，责问她为什么打我？

"还问为什么？昨天傍晚我跟踪老林到这里，看见你们一起进入民宿。今天一早，两人又同时离开，还搂搂抱抱的，这不明摆着吗？"她说。

原来，原来林小西的妈以为我和林大东有一腿。

"没有的事，妳误会了……"林大东边说边将自己的老婆往外拉，她不愿走，两人还纠缠了好一阵子。

我站在原地像个傻子似的，平白无故被打，没人关心我一句，反倒像日出日落一样自然。

今天开九点钟会议，我于 9:12 进到会议室，怕引人注目还特地挑了最角落的位置坐。

"……人もなくて、会议の时间。"林小西说如果每个人都不守时，还开什么鸟会？

一早积压的怨气正愁无处发，听老板指桑骂槐，我愤而将手上准备做报告的资料洒向空中。

"我迟到是因为你父亲昨晚和我母亲乱搞，今天一早我被当成不要脸的小三，吃了你妈一巴掌，到现在牙根子还疼，你接着又捅我一刀，你们林家真够可以的了。"我用普通话说，除了学过汉语的安部次郎投来狐疑的眼光外，其他人都一脸茫然。

林小西被我突来的言行吓到，一时语塞。

趁他来不及反应，我转身离开会议室并且边走边低头找纸巾，感觉鼻涕都快流出来，想必是早上的那股寒风让我着凉了。

"杉杉，"林小西赶上我，"对不起！"

"是该对不起。"说完，我大力擤鼻涕，连眼泪都流出来了。

"别哭，"他用手指划去我的泪水，"看妳哭，我很难过。"

有那么几秒钟我的脑子不好使，林小西是不是吃错药了？他很少这么温柔对我。

"小西，这是怎么回事？这女的怎么在这里？"忽闻母亲唤儿声，吓得我魂飞魄散。

林家父子也是，像两尊石膏像杵在那里。

我忽然想起当年大老板为了粉饰太平把我塞到小老板的分公司里，这件事老板娘并不知情。

"我来送外卖，马上走！"我解释，作势要走。

"别走，"林小西抓住我，"杉杉是我的员工，我不许她走。"

林小西是怎么了？嫌局势不够乱吗？

"你……你们……"林夫人分别看着自己的老公和儿子，一副难以置信的表情，"家丑，真是大大的家丑，我……我死了算了。"

那个歇斯底里的女人竟然盲目到想撞墙，被手忙脚乱的父子拉开。哭闹一阵后，忽然忆起放过了始作俑者的我，是可忍孰不可忍？她一跃而起对我左右开弓，拳头像雨点般落下。

"杉杉，快走！"林小西抱住自己的母亲大喊。

不用说，我已是一身狼狈，加上身后同事们的议论纷纷，堪比"过街老鼠"。

我拢了拢头发，故作镇定地昂首离开，心中委屈至极。

第五十九章：仆役

我不想回"本田家"，因为看到母亲就心塞，那么能去哪里呢？我想起那个既温柔又体贴的人。

枚方车站有京阪线，我打算坐电车到东京，然而走到离车站不到 1 分钟的步行距离时，我惊喜地发现一个斗大的银色招牌"蔦屋书店"，它是日本新概念书店的始祖。

所谓"新概念书店"就是舍弃传统的书店模式，店里不仅有数量惊人的图书，还有音乐、娱乐、家具杂货以及餐饮服务。来这里不光可以买书，还可以逛一整天。

我一向喜欢看书，看见书店仿佛看见阿里巴巴的宝藏，于是很快改弦易辙，决定在自怜自艾前先沉淀一下，否则山崎和彦看到一个话都说不清楚只会哭泣的人，恐怕要退避三舍了。

买了两本东野圭吾的推理小说，我上到顶层，打算在观景餐厅吃吃东西、看看书，好好放松一下。

服务员过来问我点什么？我要了冰淇淋薄饼加热可可。她走后，另一个人马上拿着热红茶入座。

"是妳！"我太惊讶了。

孙爱梅穿着墨绿色的双排扣军大衣，巧妙地遮住她纤瘦的身躯，但脸孔是遮不住的，她似乎比以前更瘦，脸颊整个凹陷下去显得颧骨高。

"家里闷，还好有这家书店，我经常过来坐坐。"她解释。

"也是，总待在家里，不生病也会闷出病来。"我同意。

孙爱梅转而问我为什么来这里？现在不是上班时间吗？

"上什么班？我被林小西的母亲狠揍了一顿。"我把事情经过简单扼要地交待一遍。

她听完后喃喃自语："没想到我公公临老还有风流韵事。"

"公公？"

孙爱梅意识到自己说漏嘴了，有些腼腆地表示，两天前拗不过林小西，他们已经在区役所办理结婚登记了。

"恭喜妳了。"我诚心祝福。

她说没什么好恭喜，结婚是为了让林小西安心，她倒无所谓，只是那个傻小子一结完婚就通知父母，害两老人联袂上路，她也不知谈论的结果是什么，因为公婆被林小西挡在门外了。

原来这就是林大东和夫人突然出现在大阪的原因，而前者面容憔悴地拜访母亲似乎也能理解。

我忽然打从心底原谅了林小西的母亲，儿子的一意孤行加上意外发现老公出轨，这搁谁身上都不好受，难怪她会有过激行为。

"遇上妳正好，妳知道仓本直美是谁吗？"孙爱梅从皮包里掏出一个牛皮信封袋，"今天早上收到律师事务所寄来的信函，有个叫仓本直美的女人控告小西殴打她导致流产，又说十天内若不主动和解，他们将到法院起诉他。"

没想到仓本直美来真的。

看我面有难色，孙爱梅知道其中必有故事。

"所以小西没殴打佐藤秀中的老婆？"她问。

我点头。

她又问我是否打算当小老婆兼解决别人家的传宗接代大事？

这次我不点头也不摇头。

孙爱梅叹了一口气说，身正不怕影儿斜，仓本直美控告林小西殴打她得拿出证据，她非常清楚拿不出来，所以才会虚张声势要求和解，而这"和解"分明是要我就范，我可千万别做傻事，赶紧跳出是非圈才是明智之举。

有了孙爱梅的醍醐灌顶，我豁然开朗，是的，不能一错再错，秀中是我的孽缘，就在此时此刻做个了断吧！

孙爱梅和林小西有午餐约会，与她道别后，我买了往东京的电车票。

本来想向山崎和彦诉苦，既然孙爱梅充当了倾听者，那么一事不烦二主，我就借机去看看小雪吧！她独自一人在东京也不知适应了没？

是小雪开的门。

进到屋内，我闻到满室的肉香。

"好香啊！"我说。

"中午吃牛排，还是顶级的雪花牛肉。"她解释。

日本和牛的大理石花纹明显，又称"雪花牛肉"，不仅细嫩多汁，连饱和脂肪酸的含量也很低，在日本被视为国宝级肉品，当然不便宜，一公斤要价五万日元以上。

"是不便宜啊！山崎桑从 Precce 超市买的，他还帮我报了驾训班，说以后我就能自己开车到超市采购了。"小雪兴奋地说。

东急超市集团的 Precce 超市一向走高档路线，和其他超市的拥挤不同，这家超市的摆放非常宽松，地面如镜子般光亮，服务人员也热情，当然价格绝不"亲民"。

已过午餐时间，我看见厨房被清理得一尘不染，洗水槽有正在沥干的碗盘，其中有两个陶杯。

"买了新杯子了？"我问。

"嗯！也是从 Precce 超市买来的，我说喝日本茶还是用陶杯合适，山崎桑就买了，还是我喜欢的颜色。"她答。

这么说，小雪和山崎和彦一起上超市，买了肉又买了杯子？不知为什么，我听了心一沉，嘴巴说出的话也不那么中听了："虽然雇主不见得小气，但家务助理还是得守本份，趁雇主不在家偷偷食用高级食材很不妥。"

"不是的，"小雪赶紧澄清，"山崎桑和我一起吃的，他还说这种高级牛肉顶多煎三分熟锁住水分即可，含血的肉最能吃出美味。"

没想到不过几天的光景，小雪和雇主已经混得这么熟，而且看样子沟通也不成问题。

"我以为山崎和彦不住这里。"我边说边打开冰箱，里面有满满的食物。

小雪说他的确不住在这里，但每天的午餐和晚餐还是会赶回来吃，有一次因为工作晚了，害她足足等了三个钟头，把肚子都饿坏了……

我看了一眼墙上挂钟，下午三点多，也就是说山崎和彦还有两、三个钟头才会回到这里。

"小雪，切点儿水果给我吃。"我说。

中午没吃，加上闻到牛排的味道，我不禁饥肠辘辘。

"好的。"小雪爽快地答。

我吃着水果，小雪也没闲着，不仅擦了窗户还拖了地，连院子里的花花草草也给浇水了。

好不容易她的手腾出来，我捡了块凤梨递给她，她把黄澄澄的果肉塞进嘴巴后，转身又进厨房。没多久，我听见洗切的声音，想来小雪开始准备晚餐了。

于是我打开电视机找到 HBO 频道，连续追看三个电视影集，直到山崎和彦进门。

他看到我很开心，问我怎么来了？我答来看小雪。

"キミと思って私を見た。"他说他以为我是来看他的。

我吞吞吐吐地答也看，还好他的嘴角上扬，不像生气的样子。

"你回来了，"小雪听到说话声，走出厨房，接过山崎和彦的公事包，"马上食事。"

她中日语并用，原来这就是他们沟通的方式。

晚餐吃的很家常，有烤鱼、炒花菜、麻婆豆腐、炸土豆饼及煎饺。

小雪把食物端上桌后，人也顺便坐下来，而且还紧挨着山崎和彦，让我很不舒服。

她是仆役，在"本田家"只能窝在厨房里吃，像这样和主人一起用餐绝无仅有。

"小雪，妳把想吃的夹进碗里，厨房应该很宽敞。"我说。

也许山崎和彦允许她一起用餐，但在我看来，这极不合乎礼节，我有必要让她知道自己的身份。

小雪噢了一声，什么都没夹，拿了碗白米饭起身离去。

山崎和彦问我小雪怎么不坐下来一起吃？我答"本田家"的上下阶层分得很清楚，仆人不能和主人一同进食，这是为了让工作能更有效率地完成，他也应该如此效仿。

没想到那个老好人说一个人吃饭多无聊，有人陪着吃，挺好的……

我答没结婚可以，如果结了婚，我不认为他的另一半会高兴家务助理和她平起平坐。

"あなた嬉しくないの？"他问我是否也会介意？

我想了想，给了肯定的答案。老实说，连山崎和彦买了小雪喜欢的陶杯，我都介意。

"哐啷～"什么东西掉至地面的声音。

我快步走向厨房。

"小姐，陶杯打破了。"小雪蹲在地上边捡起碎片边说。

第六十章：彩礼

山崎和彦载我回"本田家"，看见家里灯火通明，我归心似箭。虽然惟一的亲人并未给予我温暖，但家终归是家，聊胜于无。

"真希望每日不用道别れた。"山崎和彦说真希望不用每天和我道别离。

我也想过既然秀中给不了我名分，接受山崎桑也不无可能，至少没有那么多牵牵绊绊、勾心斗角的事发生。

"さようなら。"我还是和他道别离。

他看着我，似乎有千言万语，我问他怎么了？他说我的嘴巴上有脏东西。

"どこですか？"我边问哪里边去摸嘴唇。

"ここ。"他答在这里，然后将我的头揽过去，给我深情的一吻。

和几天前的吻不一样，他明显老练许多，反倒我有些被动，因为没料到他会神来一笔。

"杉杉，"他终于放开我，"私はあなたを爱し。"

听到有人说爱我，我还是有些悸动。

和秀中大起大落的爱不同，山崎和彦给我一种细水长流的安定感，那是我一直在寻找的家的感觉。

难道众里寻他千百度，蓦然回首，那人却在灯火阑珊处？

"ありがとう。"我向他道谢。

山崎和彦笑问我为什么跟他道谢？

对呀！为什么说"谢谢"而不是"我爱你"？

"送ってくれてどうもありがとう。"我答谢谢他送我回家。

直至走到家门口还能感觉芒刺在背，我没有回头，不想让如火的热情加速燃烧。

拉开"本田家"的大门，突来的声浪让我踌躇了一下，它来自母亲的房间，一男一女笑得好开心，而且男人的声音很熟悉，不是本田英树也不是林大东，反倒像是……

我快步走向母亲的房间，声音越来越清晰，而我的心也越跳越快，不可能的，绝对不是……

用力拉开母亲的房门，我终于看到不想见的人，一颗心直线下落。

"杉杉，快看是谁来了。"母亲对我微笑。

"你怎么在这里？"我冷冷地问来人。

秀中说来看看我和母亲，好久不见，挺想念的。

"秀中很有心，特地带来妳爱吃的栗柿。"母亲讨好地说。

所谓"栗柿"是在晒干的柿子里塞满清甜的栗子泥，酸中带甜，二合为一的口感非常妙，是岐阜县的特产，自从吃过一次后，我对它念念不忘。

"我不喜欢吃栗柿，又酸又甜，恶心死了。"我说着反话。

"那么妳喜欢吃什么？下次我带给妳。"秀中好脾气地问。

我答不必，还是买给仓本直美吃吧！她流产了，正需要进补……

欢乐的气氛瞬间冷了下来。

母亲忙不迭要我坐下，说秀中大老远跑来正好和他叙叙旧。

"佐藤家给了妳什么好处？变脸变得这么快！"我坐下，没好气地质问母亲。

她瞪了我一眼，说哪有什么好处？天下父母都希望自己的孩子好，山崎和彦我嫌腿瘸，萧十一郎我又嫌层次低，只有秀中刚刚好，四肢健全又有文化，家境还殷实，到哪儿找那么好的对象？

完了完了，佐藤家肯定下血本了，否则势利的母亲不会见风转舵。

"妈，妳忘了秀中已经使君有妇了？"我提醒她。

母亲反而批评一夫一妻制不合理，古代中国可以三妻四妾，现代阿拉伯国家允许娶四个老婆，在在说明这个制度是有瑕疵的……

我早知道母亲的想法异于常人，有时不能与时具进，又有时走在时代尖端，让人赶不上她的思绪。

"不说一夫一妻制合不合理，首先，重婚是有罪的。"我直指问题所在。

"仓本直美同意我们结婚了。"秀中突然宣布。

"什么？！我有没有听错？"我扬起声，这消息实在太震撼了。

"没错，她已经做出让步了，"母亲代答，喜形于色，"你们好好谈一谈，我去泡个澡。"

"本田家"有个小型的温泉澡堂，母亲拿上浴袍施施然走了。

"怎么回事？"我着急问。

秀中说因为我的坚持，仓本直美松口让相爱的两人结婚，以解决佐藤家传宗接代的问题……

没想到那女人会做"牺牲小我完成大我"的事，今天一早她发律师信函给林小西，竭尽恐吓之能事，没想到下午又"退一步海阔天空"，这使的是什么招数？

"林小西那傢伙下午打电话给直美，他说兵来将挡，水来土掩，已经雇了律师打算与我们周旋到底。"秀中呐呐地答。

哈！这林小西真带种，有些人吃硬不吃软，仓本直美恰恰是这种人。

"杉杉，"秀中握紧我的手，"对不起，让妳久等了，还好结局是完美的，我们终于能名正言顺的在一起了。"

真的吗？幸福来得太快，让人感觉很不真实，我问这该不会又是一场骗局吧？！

"不是骗局，"他指天发誓，"这次绝对是真的，若有造假，不得好死！"

看他信誓旦旦，我开始左右摇摆，难道会是真的？

秀中看我仍有保留，翻出手机让我看录像，录像中的仓本直美仍穿着病号服，脸色不豫地把我和秀中都损了一下。她说绿茶婊再清新还是个婊子，没想到秀中的眼睛瞎了，喜欢一只破鞋，吧吧拉……吧吧拉……听得我怒火中烧，秀中给我看这段录像是何用意？

还好我不动声色地隐忍下来，终于听到元配说允许我和秀中结婚的承诺，但前提是必须在美国的拉斯维加斯结婚，而且低调进行，在日本甚至不能举办婚宴。

"妳体谅体谅她，她的个性好强又是公众人物，结婚不到一年老公又他娶，叫她情何以堪？"秀中说。

在海外低调结婚且不能有婚宴，这都不算什么，重要的是我终于能和心爱的人结连理，怎不令人激动？

我不禁热泪盈眶。

"噢！杉杉，"秀中抱紧我，"今后我们将只有欢声笑语，没有悲伤痛苦，答应我，别再哭泣了，好吗？"

"当然好，我求之不得。"

秀中因此抱我抱得更紧。

我忽然忆起林小西曾经的野蛮行径，遂抚摸他的眼睛，柔声地问："眼睛还好吗？"

他答不好，看不清楚我。

"这么糟糕？"我不禁忧心忡忡。

"骗妳的，"他笑了，转而问我，"妳妈泡澡要多久时间？"

"很难说，看她疲惫的状态，长则两、三个小时，短则一小时。"

"那够了。"他边说边退去我的外衣。

完事后，秀中没有久留，他说仓本直美最近的情绪很不稳，晚上没看见他回来睡觉会吵，为了不节外生枝，还是别惹她为妙。

"那么久都等了，不差在一时半会儿。"我催促他上路。

秀中走后，我也回到自己的房间。

拥着被子，我再次沉浸在方才的战役中。每次爱的接触，秀中都能带给我惊喜，有时不禁怀疑他A片看多了，否则哪儿来的那么多花样？

孙爱梅曾说我不见得爱秀中，只是习惯了他。我说不上对或错，但可以肯定的是，他带来的性爱欢愉让我像嗑了药似的欲罢不能。

因为秀中，我和母亲冰释前嫌，暂时忘却小雪带来的龃龉。

"秀中有没有说什么时候结婚？"母亲吃了一口山药泥后问。

"没有，反正不急，仓本直美已经同意了。" 我边答边喝用鲣鱼、干贝、江鱼仔等熬制而成的 okayu 粥。

"得催催他，免得夜长梦多。" 母亲提醒我。

我嗯了一声，又去吃蛋卷。

今日的早餐，厨子煮得特别好，让我胃口大开。

"顺便告诉秀中，答应给我的彩礼得早点儿给，我还得为妳置办嫁妆呢！"

我心里喀噔了一下，母亲到底要了多少彩礼？

日本人结婚，男方也会给彩礼，大概在 150 万-200 万日元之间，合人民币约 14 万元左右。给了彩礼后，关东地区的女方会返还 50%，其他地区则不一定。另外，婚礼的花费在 350 万日元左右，全由男方包办。

"妳要了多少彩礼？" 我小心地问。

母亲说我是初婚而男方已经二婚，加上我性格好、容貌佳，当然得要多一点儿。

我问她多一点儿是多多少？

母亲说少于 2 个亿免谈，2 亿日元相当于人民币一千两百万元。

"收了彩礼，妳会不会返还？" 我想起关东人家。

母亲问我岂有到嘴的肥肉又吐出来的道理？况且孤儿寡母，养我多不容易，买几件漂亮衣服和金饰带过去得了，反正佐藤家有钱，不在乎那点儿小钱……

"小钱？难怪妳在旁敲边鼓，原来把我给卖了。"

"杉杉，" 母亲的声音转为严肃，"天地良心，我若想卖，把妳卖给山崎和彦或萧十一郎还能卖出更高的价钱，若不是看妳离不开秀中，我何苦卖低了？"

我答哪里离不开秀中？爱娶不娶，我……无所谓。

"能不能离开，听声音就知道，" 母亲喝了口味噌汤，"'本囗家'时不时有住宿客人在，下次……小声点儿。"

我听了后脸青一阵紫一阵，像做了什么见不得人的事。

第六十一章：扣帽子

吃完早餐，我没去上班。昨天被林小西的母亲狠揍了一顿，今天正好疗伤，不论身体或心理。

在靠窗的小沙发上，我摆了一个最舒服的姿势，打算把这几天陆陆续续读到一半的《失乐园》给读完。

《失乐园》的作者是日本小说家渡边淳一，故事讲述一对中年男女因婚外恋而双双殉情的故事。

"轻井泽。"我默念，那对男女最后的殉情地在轻井泽的别墅里。

啊！那样空灵、美丽又浪漫的爱情，我也想要有一回。

"嘟……嘟嘟……"我看了一眼手机号，是个陌生的号码，该不会是讨厌的推销员吧？！

"もしもし。"我怀着戒备心接听。

"杉杉吗？"没想到是孙爱梅打来的，"听小西说妳没去上班。"

我告诉她，自己没脸回公司，当时的场面没有同步翻译，同事只能根据肢体语言来判断，不用说，我肯定被归为狐狸精，逼得小老板的母亲不得不出面灭狐……

孙爱梅听了呵呵笑，说我想多了。我倒认为是自己想少了，所以才会一直莫名其妙地被当成替罪羔羊。

"对不起，如果我早点儿归天，小西也不致于因为娶了我而闹家庭革命，甚至波及到妳。"

我要她别这么说，能活着就是一件幸福的事，何况有人这么爱她，至死不渝……

"杉杉，以前和妳说过的话不变，嫁给小西才是明智之举，妳知道他是能托付终身的人。"

我谢了她的好意，说自己已经找到托付终身的人，顺便把仓本直美同意我和秀中结婚一事给简单交待了。

"恭喜妳。"她说，声音非常干涩，听不出喜悦。

我感到不平，秀中是二婚没错，但他本来就是我的，仓本直美才是第三者，我没做抢夺之事……

孙爱梅问我为什么防卫心这么强？她没说什么反对的话呀！

"因为我听出妳的恭喜不是真心的。"我说。

她再次向我表达歉意，说没想到声音也会出卖她。

"相信我，我的确希望妳幸福，但是这个佐藤秀中实在让人无法放心啊！"她说。

我答我早知道自己的决定会落人口舌，但我不后悔，因为失去爱人的能力才是最可悲的……

我洋洋洒洒地阐述自己的爱情观，孙爱梅的一句话却把我问傻了。

"妳打算嫁给佐藤桑，山崎桑知道吗？"她问。

想起前几天我答应做人家的六月新娘，今天又变卦，反反复复的……

"我……我会找适当的时间说。"我呐呐地回答。

那个善良的女人提醒我，既然不爱了就别拖，多拖一天不啻多凌迟别人一刀，是天底下最残忍的事……

挂上手机，我已经决定和山崎和彦分道扬镳，择日不如撞日，就今天吧！

我下床打开衣柜，没有考虑很久，我把 Burberry 的灰色毛呢大衣取下，它的别致领口能衬托出我的小圆脸。

母亲问我去哪里？我答凉被少了块色布，得到市区买。

"别再搞什么凉被了，快当新娘子的人还到处乱跑，"她将我大衣上的毛领翻好，"回头我带妳去做几件新衣裳，现在的好裁缝难找，估计得等。"

我说买块色布用不了多少时间，我去去就回。

母亲又嘀咕了几句才放行。

走出"本田家"，我忽然想到母亲对我的翘班只字不提，难道冥冥之中她早有预感我会丢了工作？

抵达吉田小区已是下午一点多，看见屋外停着车，我松了一口气，还好屋主人在。

按了门铃，许久没人来开，又敲了几下门，依旧无人回应，这是怎么回事？

我下意识去转门把，没想到竟然没上锁，这安全意识也太薄弱了，回头得说说小雪。

大概因为屋里静的出奇，我轻手轻脚地进门，不想让自己显得太突兀。一路走来，书房洞开着，山崎和彦的房间则房门紧闭，经过厨房，里面杯盘狼藉，小雪还没动手清洗。往前几步我来到餐厅，白色的大理石桌面已经收拾干净，上面还摆放了一盆栀子花。

再往前走就是客厅了，不知为什么，我的心跳得好快。

最先看到的是小雪的后脑勺，她背对着我坐在五人座沙发的一端，粉色的发箍有少女的气息。

"小雪，山崎桑呢？"我问。

小雪猛地惊跳起来，两眼惺忪，原来她睡着了。

"我问妳山崎和彦去哪里了？"我再次重复问话。

"他……他……"小雪涨红了脸，眼睛不由自主地往下看，顺着她的眼光，我看到山崎和彦那张略显慌张的脸，他正躺在沙发上，腹部盖着毛毯。

"あなた……"我吓得说不出话来。

"小姐，妳别误会，"小雪急着解释，"山崎桑只是睡午觉，我……来例假，太累了，所以……"

客厅很大，除了摆放一张五人座的大沙发外，左右还各放两张单人座，小雪不去坐单人座，却和山崎和彦挤在一块儿，而后者也没拒绝，那两人的私情简直昭然若揭。

此时屋主人挣扎着起身，小雪还上前扶了一把，真是鹣鲽情深啊！

"杉杉，私はただ昼寝をした。"他说他只是睡个午觉。

我因此怀疑山崎和彦的普通话比我想象的好，所以像鹦鹉学语般重复小雪说过的话。

"小姐，妳真的误会了，若有什么，我们还会衣冠整齐吗？况且……我今天也不方便。"小雪低下头去。

看那两人像做错事似的手足无措，我忽然觉得自己犯二，今天不是来摊牌的吗？山崎和彦已被我三振出局，他想跟谁在一起是他的自由。

于是我态度一百八十度大转变，忙不迭鞠了个90度大礼，说自己太小题大做了，他们男未婚女未嫁，我没资格管，请见谅……

考虑到小雪的日语不行，我还特意用普通话再说一遍。

"小姐，妳这不是以退为进吗？我还有什么脸面留下来？"她微愠地说，"我走就是！"

"不，妳留下，"我赶紧留人，琢磨再三，还是说了，"我来是要告诉你们，我即将和佐藤秀中结婚，很抱歉无法邀请你们参加，因为没有婚宴，婚礼又在国外举行。"

考虑到山崎和彦的普通话不行，我用日语再说一遍。

那个好男人听了愣了一下，问他究竟做错了什么？

我答什么都没做错，只是我要结婚了，新郎不是他。

"说到底，妳还是以退为进。"小雪紧咬着这个理由不放，并且怒气升级，眼睛冒出火花。

我感到迷惑，按理说小雪应该高兴我退出，怎么反倒生气？难道我真的误会他们俩了？

本来想再次解释，但转念一想何不将错就错？毕竟自己三番两次改主意，理都站不住脚。

"没错，你们两人勾勾搭搭、暗渡陈仓，叫我情何以堪？我不会再和花花公子有任何瓜葛，请翻译给山崎和彦听，让他早点儿断了享齐人之福的念头。"

说完，我头也不回地走了。

老实说，我走得很不安心，因为无端给人扣上一顶大帽子，但……长痛不如短痛，我也只能在心中向无辜的人说声抱歉。

第六十二章：轻井泽

从东京到京都最快的交通方式是乘坐 Nozomi 新干线，需时约 2 小时 20 分。

一路上我心神不宁，好像做了件极其不道德的事。

山崎和彦一向待我不薄，要风得风要雨得雨，而我不仅单方面提出分手，还不忘泼他一身脏水，我……还算是人吗？然而说出去的话犹如射出去的箭，再也不能挽回，我只能暗自祈祷小雪的翻译能力差，甚至压根儿翻译不了，或许还能减少一些杀伤力。

下了新干线，我打算叫出租车回家，谁知在出口处遇见了不想见到的人。

"どうした？"我问他怎么来了？

山崎和彦说我走路太快没赶上，知道我肯定搭新干线回京都，所以一路追赶，还好赶上了。

我笑他傻，连火车都敢追。

他说再傻也得追，不想要我怀着猜忌回家，接着他重复下午说过的话，不外想假寐一下，没想到睡着了，毛毯还是小雪帮他盖上的，他和那孩子之间什么事情都没发生……

山崎桑用"子供"来称小雪，明显将他当成孩子。当然，小雪已是成年人，说这话是为了拉开彼此的距离。

那么在他眼里，我算不算也是"子供"？

他笑着说我是他的家内，不是子供，前者翻译成中文就是爱人或妻子的意思。

听了他的表白，我大受感动。我的"欲加之罪"即使鞭笞三千也不为过，他却以这种方式原谅我，男人如此大度不多见。

他谦虚地说我把他美化了，他也有小气的时候，只是不知为什么，遇上我就特别有耐心，即使知道等待将是漫长的，波折也会有，但他愿意等我，等我真正爱上他……

啊！我何德何能，得到这么一位好男人的宠爱？

话锋一转，山崎和彦说很高兴看我吃醋，那代表我在乎他。

我吃醋？我吃小雪的醋？呵呵，不可能的，我只是……只是觉得上下阶层的度要掌握好，再说他们的年纪相差近二十岁，学历、家境都不登对……

当然，这些我都开不了口，贬低条件比我差的人并不会让我显得高尚，反而落个"气量狭小"的恶名。

我的沉默无异作实山崎和彦的猜想，他神情愉悦地说要载我回家。

想着对方都能做到"以德报怨"，我再拒绝就太不识相了。

"はい。"我接受他的好意。

说好的"分道扬镳"最后以失败告终，"新郎不是他"被视为以退为进的气话。

山崎和彦不仅送我回家，还约了周末看家具，他说新宿和涩谷附近有很多品牌及古董家具店，一定能让我挑到心头好，还说买完家具，家就更像家了，他会正式搬过去住，如果我想过来住也行，反正六月我们会结婚。

看着他递过来的钥匙，突然感到排山倒海而来的压力，我并不真心和眼前的这个男人过，接受钥匙合适吗？

"杉杉，"母亲喊，"这是怎么回事？妳不是去买色布吗？"

真是踩了狗屎好运，母亲很少出门，即使出门也是坐福山先生的车往返，我还特意要山崎桑把车停在大门处，避开司机惯常的行车路线，没想到母亲走路回家，结果我们三人就在"本田家"的大门口相遇了。

"我……我还顺便上了一趟东京。"我期期艾艾地答。

立在一旁的山崎和彦见状，赶紧鞠躬向长辈问好。

母亲微微一点头，算是回礼了，与之前的热络大相径庭。

"杉杉，快跟那人道别，我有话跟妳说。"母亲踩着木屐扣扣扣地走了，连礼貌性的邀请客人进屋坐坐都没有。

我赶紧谢谢山崎和彦载我回家，说今天晚了，改天请他进去坐坐，又叮咛他回程的路上小心开车。

"はい。"他说他会的，又问我离去前是否忘了什么？

忘了什么？

见我真想不起来，那男人提醒我忘了和他"吻别"。

这真令人为难，今天本来要和他彻底说拜，没想到换来一把钥匙兼一个吻……

山崎桑大概也读出我的"被动"，他摸摸我的头说周末见，然后上车扬长而去。

如果他强迫给我一个吻，我大概也不会拒绝，正因为他的"绅士"态度，让我对他的好感又加深了。

我真的要放弃这个明显爱我比我爱他多的男人吗？秀中给我的爱会比山崎桑给的多吗？

我走进母亲房里，她正捧着雅致的绿色柱形漆器吃葛切。葛切是将葛粉和清水混合后隔水加热制成的无味淀粉物，沾上黑蜜食用，清甜的滋味瞬间划入喉间，是一款能治愈烦燥的甜品。

"好个顺便上一趟东京，妳怎么不顺便上外太空？"母亲揶揄我。

"能顺便上外太空，我……求之不得。"我吃起桌上的葛切。

母亲摇摇头说佐藤家是大家族，姑侄叔嫂能排一长队，我若不改改这个顶嘴的毛病，到了婆家肯定有苦头吃。

"那不嫁得了。"我喝了一口黑糖蜜汁，微甜的口感真好。

母亲说万万使不得，因为她已经收了彩礼，亲眼目睹秀中把钱汇入她的账号。

"妳今天跟秀中见面？"我太惊讶了，难怪母亲穿上隆重的五家纹黑留袖，这是已婚女性的最高规格礼服，特点是大黑底，只有下摆有花色，袖子比振袖短。

"当然得见哪，以妳温吞的个性，我怕夜长梦多，把钱先落袋才心安，即使佐藤秀中将来反悔也不致于人财两失。"她说。

我没想到母亲的布局如此缜密，周遭的人都成了她的棋子，即使我和她血浓于水也在所难逃。

"说什么傻话？我这么汲汲营营还不是为了妳，哪天我两眼一闭见阎罗王去，所有的财产还不是妳的？"母亲怪嗔。

哎！我宁愿有温暖而平静的生活，那胜过金山银山的拥有。

母亲笑我没苦过才会有不切实际的想法，穷人是不会有温暖而平静的生活。

话不投机，当我打算找个借口离开时……

"怎么又和瘸子勾搭上？"母亲唤山崎和彦"瘸子"，让我怒火中烧。以前的她不这样，总是和颜悦色地对待山崎桑并且对他赞赏有加。

母亲说以前是以前，现在是现在，以前的我待价而沽，现在的我名花有主，当然得保持好距离，何况她已经收了钱，得防着半路杀出个程咬金。

钱、钱、钱……什么都扯上钱，既然钱那么重要，我就想试试母亲的反应……

"山崎和彦给了我房子的钥匙，又约我周末看家具。"

谁知母亲答那房子还不是我的，哪天过户给我倒可以考虑考虑，至于看家具……秀中约了我们这周末上轻井泽度假，除非我有分身，否则还是趁早回了山崎和彦吧！

轻井泽？那不是《失乐园》小说中久木和凛子的殉情地？

我很想探访那个略带神秘色彩的地方，遂答自己会回绝山崎桑。也是，本来就是平行的两条线，没必要还藕断丝连着……

母亲很满意我的回答，高声唤来福山太太，要她为我们沏一壶茶，用的是本田英树从台湾带回来的冻顶乌龙。

第六十三章：魂不守舍

我在电话中告诉山崎桑，这周末看不了家具了，因为母亲约我上轻井泽滑雪及泡温泉。

"残念。"他说真遗憾，又祝我周末玩得愉快。

我有些内疚，山崎和彦一直等着我决定买什么家具，以致大房子里除了几件基本的配备外，空荡荡一片。

家不成家，他当然也无法正式入住。

"嘟……嘟嘟……"我以为是山崎桑打来的，没想到是林小西。

"听说妳要结婚了，还是跟个烂人。"他没好气地说。

一早的好心情立马消失殆尽。

我告诉他，我的确要嫁人了，对方是不是烂人见仁见智，不过肯定不比他差。

"妳拿他和我比？"他扬声，"有没有搞错？我至少从一而终。"

我答秀中也是从一而终，娶仓本直美是迫于家庭压力，还好峰回路转又回到正路上，让有情人终成眷属……

"不许妳嫁！"他喊。

我问为什么？他支支吾吾地答不出个所以然。

"各扫门前雪，我没阻止你娶孙爱梅，你也别阻止我嫁烂人！"我划清界限。

林小西愤而说"好心当成驴肝肺"，他再也不管我了。

"不管就不管，谁让你管来着？"我也来气。

从京都到轻井泽最快捷的交通方式是乘坐东海道新干线到东京再换北陆新干线，全程大约 4 小时。因为中途停靠东京，我和秀中约了在东京站见面，然后再搭他的私家车前往目的地。

为了赶搭一大早的新干线，我和母亲早早便上床，隔天囫囵吞枣地吃完早饭后，由福山先生送去搭火车。

"为什么不让福山先生直接载我们去东京？"我打着哈欠问。

母亲答今天有住宿客人到，福山先生得去接机。

想到母亲一向把客人摆在第一位，这也是"本田家"一直位居京都民宿满意度前三甲的原因，遂不再抱怨。

两个多小时后，火车顺利抵达东京站，时间为早上八点半，秀中准时来接我们。

看到他阳光般的笑容，我的心瞬间被熔化。才几天不见，秀中仍能让我心中小鹿乱撞，看来爱情的魔力不可小觑。

"走！我的车子停在停车场内，要不了两小时就能抵达轻井泽。"他说。

一路上我们有说有笑地谈着琐事，秀中忽然提到最近公司买了块地在京都，靠近中京区麸屋町三条，他打算盖八层楼的高档公寓。地价很贵，还好银行放款了，大概看在佐藤家实力雄厚的份上……

中京区位于京都繁华地带，闹中取静，一直是开发商眼中的宝地。

母亲问公寓何时完工？秀中答最快两年。

"两年后要个孩子差不多，我不希望杉杉和外孙住得离我太远。"母亲说。

秀中答他早计划好了，该公寓的顶楼是复式，有四个房间，离"本田家"只有十分钟车程，方便母亲随时来访……

我没想到秀中打算让我住在京都，虽然我也不愿离娘家太远，但婆家在东京，秀中的工作也在东京，这样舟车往返不累吗？

"只有两个小时的车程，一点儿也不累。"他对我微笑，"婚后妳仍住在'本田家'，等房子盖好后再搬过去仕。"

我总觉得哪里怪怪的，好像有什么不对劲，但又说不上来。

"我订了'王子饭店'，它有自己的滑雪场，附近还有购物广场，你们一定会喜欢。"秀中转移话题。

听到购物广场，母亲说这个冬天她还没买件像样的冬衣，手上的包也用了多年，颜色早褪了。

秀中马上答吃完中饭带我们去买衣服和包。

"杉杉也该有件大衣，Snidel 的牌子不错，适合年轻女性。"他无限爱怜地看着我。

轻井泽坐落于长野县佐久地区，地处高原地带，夏季凉爽，冬季多雪，四季还有不断涌出的温泉。从 19 世纪末开始，轻井泽就以避暑及滑雪胜地而闻名，发展至今已成为日本上流社会的聚居地，有大片豪华别墅，据说明仁天皇就是在这里邂逅他的人生伴侣—美智子。

提到轻井泽最有名的酒店，那非"王子饭店"莫属，它坐落在森林里，整个酒店分为东馆、西馆和本馆。秀中订的小木屋在东馆，因为离滑雪场近，但办理入住手续时，母亲突然提出要住西馆，因为滑雪场会影响她的睡眠。

我感到非常奇怪，母亲是那种头一沾枕就能睡着的人，再说了，谁半夜会滑雪？但她很坚持，秀中只好换房间。

"不，不，不，你们睡东馆，我睡西馆。"母亲说。

这太不寻常了，我对她行注目礼，想从她的微表情中看出一二，但母亲很快转过身去，佯装对酒店提供的旅游手册非常感兴趣的模样。

"为什么突然想到这里度假？"我把行李放下后问。

秀中说这是母亲的提议，目的是想从旅行中观察未来的女婿。

这就更奇怪了，母亲已收下彩礼，万一观察到秀中不合格，难不成还把钱吐出来？而且说要观察，两个木屋却隔得老远，她有千里眼吗？

"我觉得这样很好，"秀中拥抱我，"晚上不用害怕隔墙有耳。"

"讨厌！"我轻轻捶打他。

长野县的气候及水质非常适合种植荞麦，中午我们便选在轻井泽的荞麦面老店"键本屋"吃面。

与一般的荞麦面相比，这家的面条形状较为扁长，加了淡酱油的高汤没有油花，几根葱丝是唯一的作料。这样的清汤荞麦面宛如高冷的美人，只有知音才懂得欣赏，一旦爱上便是一生一世。

吃饱喝足后，秀中载我们去购物。

"轻井泽王子购物广场"共有两百多间店铺，是日本最大规模的购物天堂，聚集了多家高级名品店，选择性多且价格不菲。

母亲毫不手软地买了大衣和包，还主动扩大范围，连餐具、丝巾、手饰和太阳眼镜也一并买下。

秀中很识相地去刷卡，顺便交待服务员将货送到"王子饭店"。

"杉杉，妳怎么什么都没买？"秀中问。

我答因为没看到喜欢的，实际上是跟母亲怄气。

原来她观察未来女婿是否合格取决于刷卡是否勤快，我不想要秀中误会我们吴家都是吸血鬼，所以很自觉的什么都没买。

因为计划了明天滑雪，所以购物完毕，我们前往"星野温泉"泡汤。

作为轻井泽的名泉，"星野温泉"水质粘稠，有极好的护肤效果，被称为"美肌温泉"。

由于男汤和女汤分开，我与秀中约了两个钟头后见，然后跟着母亲一起走到更衣室更衣，其间母亲接了个电话，神神秘秘的。

当我把身上物取下放进储物柜时，手机响了，我一看号码是山崎和彦打来的，踌躇一下还是接了。

他问我在哪里？住的是哪家酒店？好玩不？

我逐一回答。

他又问我明天的计划，我答滑雪，他要我当心点，别滑得太快。

我答应他，但心中笑他迂，滑雪就图个快感，滑慢倒不如不滑。

洗净身体后，我拿上小毛巾走进浴池。

"星野温泉"分为室内和室外浴池，室内浴池充满了桧树的香气，有个大窗户，可以边泡汤边欣赏窗外的美景；露天浴池则以花岗岩砌成，视野能远眺群山，享受人与大自然融为一体的野趣。

由于日本人泡汤时总是轻声细语，甚至不说话，静静享受其中的乐趣，所以虽然见母亲有些魂不守舍，但我没追问，只是看着远处的夕阳冥想。

　　泡完汤母亲说累，想回房休息。
　　"我们送妳回酒店吧！"我说。
　　母亲答不必，坚持自己回去。
　　"妳母亲怎么了？"母亲走后，秀中问。
　　我说不清楚，泡汤时她就有点儿不对劲。
　　秀中问我要不要跟着回去看看？我答不用，也许是大姨妈来的缘故。
　　其实母亲早停经了，说大姨妈来只是为了结束话题，没想到秀中的普通话没好到那种程度，他说大姨妈来了该去打声招呼才是。
　　我着红了脸，赶紧拉他离开"星野温泉"。

第六十四章：意外之旅

泡完汤特别容易感到饥饿，听"星野温泉"的前台说，出门左转有家昭和 35 年就营业的"若森"餐厅，卖鸡肉饭、鸡肉串、烤鸡腿、炸鸡块等鸡肉料理，值得一尝。

既然当地人都说好，肯定错不了，于是我和秀中手牵手信步走向"若森"。

正值晚饭时间，食客超多，等了半小时才轮到我们。菜单上可供选择的菜品不多而且清一色是鸡肉制品，口感虽不错，但只能偶尔吃吃，因为它更偏向小食而不是正餐。

"要不要给妳妈带点儿吃的？"秀中体贴地问。

想到母亲没吃晚餐，我外带了一份鸡肉饭。竹制便当里除了热腾腾的白米饭外，还铺上浸了酱汁的四方形鸡肉块，外加烤得酥脆的海苔片。

我给母亲送饭，要秀中先回东馆的小木屋。

"我洗好澡等妳。"他笑得很开心。

想到回酒店的路上经过一家情趣用品店，他强拉着我进去，看到那些令人面红耳赤的产品，我的眼睛都不知往哪里搁。

"杉杉，"秀中手拿两盒果味保险套，"妳喜欢草莓口味的还是柠檬口味的？"

简直让人无地自容。

我答随便，然后快步走出店外。

没多久，秀中走了出来，手里提着包装袋，眉开眼笑地说买到了，也不知他买的是哪种口味？

我敲了门，房间内有些许骚动，但母亲没开门。我又多敲了两下，并且自报身份："妈，我是杉杉，给妳送饭。"

"妳放门口就行，我待会儿拿。"母亲答。

我无奈将饭盒放下，想说什么又不知说什么好。转身走没几步，越想越不对又匆忙踅回。

这次我不走正门，绕到小木屋的阳台处，母亲果然拉上窗帘，但拉得不严密，留了四指宽的空隙。

我毫不费力就跨过栏杆，蹑手蹑脚地走向落地窗。

冬天太阳下山的早，外面已是漆黑一片，好在母亲开了小灯，所以还能看清楚屋内景象。

与我猜测的一样，母亲不是一个人，床被下有两个交缠在一起的躯体，母亲在上，她的青丝像瀑布一样渲洩下来，随着规律的摆动，越来越快……越来越快……

我赶紧离开窗口往回跑，跑得上气不接下气。

"妳怎么了？"秀中迎我进屋，大概看我满头大汗，遂问。

此时的他身着白色浴袍，不用说，里面是结实的六块腹肌。

我粗鲁地解开他的衣带，稍微一扯，浴袍很快掉落至地面。

"杉杉～"他轻唤。

我已经堵上他的嘴。

当清晨的第一道阳光洒进来，我翻了个身，正好看见秀中半坐起，古铜色的胸膛很有吸引力。

"这么早起？"我嘟囔着。

"嗯！"他轻点我的鼻尖，"昨晚太好了，让我亢奋到睡不着。"

"说什么傻话？"我钻进棉被里。

没想到秀中也跟着钻进来，与我在幽暗的棉被底下玩躲猫猫。敌不过他，我不仅被他啃了脖子，还再一次云朝雨暮。

"杉杉～"秀中大喘气，"妳和直美完……完全不一样，有……有一天我……我会死在妳手里。"

不知道别的情侣是不是在性事方面都配合得天衣无缝，反正我和秀中非常有默契，好比跳国标舞的舞者，他快我就快，他慢我也慢，最后两人还一秒不差的完美收官……

"你不能死，"我躺进他怀里，"你死了我怎么办？我还想当佐藤太太呢！"

秀中说在他心目中我早就是佐藤太太了，仓本直美不过是个傀儡，一只下不了蛋的母鸡。

冬天的轻井泽不仅多雪而且晴天率非常高，很适合滑雪。

"王子饭店"附属的滑雪场备有 195 架降雪机和 8 架造雪机，可以随时为游客提供良好的滑雪环境。

我不是初学者，坡度不大的滑道都能滑，但论技巧和速度，只能算是小学生级别。相比之下，秀中就厉害多了，不仅滑速快还会横滑降、平行式转弯及犁式刹车。

为了迁就我，秀中和我在初级滑道上滑，四周不是菜鸟就是孩童，几个来回后，他索然无味，对着呼啸而过的滑雪者流露出倾羡的神情。

"你去高级滑道上滑吧！一个小时后回来找我。"我放他当自由的小鸟。

他高兴地给我一个吻，然后快速滑向索道。

我又上下滑了两个来回，直到……

"杉杉～"我的名字在冷空气中回荡。

我转过头去，吓得魂都飞了，山崎和彦正站在山脚咖啡馆往外延伸出去的平台上冲着我微笑。

"どうした？"我举步维艰地滑向他，问他怎么来了？时间仿佛回到数天前的京都车站出口处，我也曾经这么问他。

他说他想我了，知道我在滑雪场里，忍不住就开车过来。

"あなたのスキーが上手だ。"他赞美我滑雪滑得好。

我谢了他，问他为什么不滑？

话一说完真想甩自己两耳光，我是怎么了？脑子进水了？

山崎桑也看出我的窘态，他笑说滑雪场没有适合他尺寸的滑雪靴，算是把尴尬的场面给应付过去了。

"じゃあコーヒー饮。"天气冷，他邀我进咖啡馆喝咖啡。

想到待会儿秀中会过来找我，我绝对不能让不知情的两方碰面，遂问山崎桑知不知道附近哪里好玩？来轻井泽的这两天里我只滑了雪和泡温泉，没能好好认识这个城市。

他答位于旧轻井泽与北轻井泽之间有白丝瀑布，水流如同无数匹白绢滔滔落下，很是壮观，问我想去否？

白丝瀑布？那不是小说《失乐园》里曾经出现的景点吗？从白丝瀑布往下走，不到一小时车程就是男女主角殉情的别墅。

山崎和彦没料到我也看过那部极具争议性的小说，不过他不记得书中是否提到白丝瀑布，再说，从白丝瀑布往下走不见得有别墅，因为小说可以天马行空地杜撰。

我告诉他，肯定有别墅，小说反映人生，像渡边淳一这样伟大的作家，在设定场景时一定踩过点，我就想看看久木和凛子最后殒命的别墅长什么样。

山崎和彦笑说我真有探索的精神，成，他陪我去。

我给秀中发短信，说在滑雪场偶遇以前全羽空的同事，约了叙旧，要他午餐自理，我会在酒店退房前回来。

昨天入住时，我听见秀中跟柜台说今天会晚退房，为此还多付了超时费。

当然我也给母亲留言了，内容大同小异，不过我相信母亲不会在意其真实性，因为对假借观察未来女婿之名行幽会之实的她而言，有什么比良宵一刻更重要的？

山崎和彦问我是否告知母亲了？我答是。

他又问我可以出发了吗？

"はい。"我给予肯定的答复。

第六十五章：爱情保鲜期

瀑布大多是上游的河川在断崖处飞奔而下所形成，然而白丝瀑布却是地下水从岩石缝隙中喷射而出，非常特别。

与想象中不同，此瀑布在日本虽然属于超大级别，但和中国的大好河山比，只能算是小巫见大巫。还好它胜在够宽，像窗帘般一整片一整片地滑落下来，依然有可看性。

"きれい～"山崎桑被眼前的美景惊呆了。

虽然非气势磅礴，但刷刷刷的流水声及扑鼻而来的青草香的确让人心旷神怡，像大热天里饮用了一瓶沁凉的山泉水一般。

离开白丝瀑布，下山的路只有一条，我没忘记此行目的，一边计算时间一边留意沿途是否有别墅。

是有那么几栋别致小屋，但和书中所描述的有段距离，而且时间也对不上，从白丝瀑布到别墅应该约一小时车程。

山崎桑笑我太走火入魔了，渡边淳一没写车速多少，时速二十公里和时速八十公里是有差距的。

对呀！怎么没想到？我懊恼极了。

那男人说没关系，他会将可能性拉到最大，两个小时内若没找到印象中的别墅才放弃。

我感谢他的体贴，很少有男人能满足女人的异想天开，但山崎和彦做到了。

渡边淳一果然没让我失望，就在离开白丝瀑布后的第 43 分钟，我们看到了别墅群，它们静静地躺在浅间山脚下。

山崎和彦问我那是不是我脑海中的别墅样子？我答差不多，只是颜色不一样，我以为屋子应该是蓝瓦白墙带点儿忧郁色彩，没想到是橘瓦粉墙，太过有生气了。

"乗っ。"山崎桑要我上车。

我问去哪里？他答带我去找蓝瓦白墙。

可惜往前开半个小时，再也找不到别墅群，于是我们又回到橘瓦粉墙。

"ここだよ。"望着一栋栋的二层楼别致洋房，我感叹原来久木和凛子的断魂处就在这里。

山崎和彦问我想不想进去看看？我答那是私人住宅，肯定谢绝参观。

他说不见得，有些别墅对外出租，即使租一晚也成，只是换算下来当然比长租贵一些。

果然管理员说有别墅提供日租，一晚 55000 日元，也就是人民币三千多元，不算太离谱，但押金贵多了，原因是屋内的软装都是高级品。

我听见山崎和彦告诉管理员他租下了，并且掏出信用卡。

为了一个任性的理由白浪费钱可不好，我压低声音要他别租了。

他笑着说没关系，既然花了时间就得有始有终，留个悬念反而不好。

书中对别墅的描述不多，只知道一楼有壁炉（久木死前和管理员说隔天要添柴火，好让人发现尸体），房间在二楼，面向庭院。

我走进橘瓦粉墙里，如同管理员所说,屋内是精装修，有波斯地毯和红木家具，但没看到壁炉，让人有些失望。

山崎和彦安慰我也许以前真的有壁炉，但现在家家有暖气机，那种过时产品早被淘汰了。

想想也是，现代人哪有时间和精力去添柴火？

我说想上楼看看，山崎和彦的腿虽不方便但仍坚持和我一起上楼，于是我左腋夹着他的拐杖，右手搀扶着他上楼。

楼上有三间房，我找到面向庭院那一间。

与想象中的不一样，我以为房间会大一点儿，没想到只有约 15 个榻榻米大小，角落有个简约衣柜，床是偏小的 Queen Size，两旁有床头柜，我能想像注满 1/4 玛歌堡红葡萄酒的大圆杯就搁在上头……

面对"自杀现场"，我有感而发地问山崎和彦，当性爱达到极致时是否会像书中所言，让人产生"不惜抛开人世间一切，走向极乐世界"的念头？

他答不知道，因为……他还是处男。

我转头看他，一个四十三岁、没有任何性经验的男子站在我面前，他的两颊绯红，眼神迷离，像喝醉酒似的。

"私は变人？"山崎和彦问我，像他这样的男人是否怪异？

我微微点头又马上摇头。

他笑得很凄凉，说也许这辈子都不会有性事，他是这样卑微，没有女人会喜欢他，尤其还瘸了腿……

"私はあなたが好き。"我大喊我喜欢他，因为忍受不了有人贬低自己。

也许山崎和彦并不相信我所言或者想验证我俩的亲密程度，他说既然喜欢他，愿不愿意和他做爱？就在久木和凛子的床上，现在。

我一时语塞，张开嘴却发不了声，"愿意"或"不愿意"，任何一个答案都不是我想望。

大概等得够久，山崎和彦开口打破沉默，说自己是开玩笑的，还不忘呵呵两声。

我也给自己找台阶下，顺便圆场，说今天来是为了印证小说里的场景，没准备做那件事，也许……也许……以后……吧？

他点点头说好，那就以后。

我不知道山崎和彦是怎么想的，也许正懊恼付了 55000 日元却只停留不到一小时，这是极其愚蠢的事，然而看他神色自若的样子，我又不禁怀疑是否自己太过小心眼了。

他把车发动，顺便问我和母亲约在哪里见面？他可以载我们回"本田家"。

我马上谢了他的好意，说福山先生会来接我们，他只需载我回"王子饭店"即可。

其实在往别墅的路上，秀中打了不下二十通电话给我，还好我把手机调成静音才没穿帮，至于母亲……她留言说另外有事，要我和秀中自行回家。

能有什么事？肯定是放浪形骸、夜夜笙歌。

车子到了"王子饭店"大门口，我马上跟山崎桑说再见，怕不该相见的两个男人有了交集。

"杉杉～"山崎桑唤我，我只好把打开一半的车门又关上。

他问我觉不觉得久木和凛子在逃避现实？

这个嘛……也许在旁人看来，那两人是吃饱了撑着，没病没痛也不缺钱却自愿走上黄泉道，简直是胡闹！但我认为他们做了件很美的事，在感情最炽热的时候结束生命，少了争吵和怨怼，因为听说爱情过了保鲜期会每下愈况……

他接着问我爱情保鲜期一般有多长？

我告诉他根据科学家的研究，爱情是由大脑中的化学物质（巴胺、苯乙胺和催产素）分泌所致，它不像老酒会越陈越香，反而时间长了会产生抗体，最终让脑中的化学物质完全失效，这个过程不会超过两年，之后男女要嘛分手，要嘛让爱成为习惯。换言之，如果久木和凛子交往超过两年，也许他们就不会自杀了。

"あなたと秀で付き合ったかしら？"他突然问，我和秀中交往多久了？

我和秀中的事因为仓本直美的演员身份，在日本早已人尽皆知，想必山崎和彦也有耳闻。我从未设定他会一无所知，但他如此直喇喇地问我，还是让人有些意外。

我吞吞吐吐地答快两年了。

"なるほど～"他说原来如此，又说很高兴我们的婚礼订在六月。

糟糕！他该不会以为我和秀中快过了保鲜期，六月结婚刚好断了我对前男友的念想吧？

当我还在臆测对方的想法时，一对男女相拥着经过我们的面前。

"それはあなたのお母さん？"山崎和彦问我，那个女人是不是我母亲？

我本来还不确定，但看到女人旁边的男人时，我百分百确认那个笑得花枝乱颤的女人正是母亲。

"さようなら。"我很快地跟山崎桑道别，下车后大踏步走向那对男女。

第六十六章：金主的儿子

"吴桃桃！"我直呼母亲的旧名，她转过身来。

"杉杉～"她楞了一下，马上眉开眼笑，"怎么这么巧碰见妳？这是林大东，妳以前的老板。"

我当然知道林大东是我的前任老板，问题是他怎么"千里迢迢"来到轻井泽和母亲像对连体婴似地走在大庭广众之下？

"杉杉，"这次是林大东喊我，并且很自觉地松开放在母亲腰际上的手，"轻井泽真是个好地方，能让人从里到外脱胎换骨。"

如果不是对说话者的印象太好，我会误以为他说了个黄色笑话，尤其在和母亲云雨高唐之后。

"嗯！是的，在都市丛林待久了，偶尔到这里享受森林浴真是不错啊！"我说着场面话。

我的前任老板不愧久经沙场，他很快看出我们母女俩有话要说，推说要到前面的咖啡馆坐坐，今天还没看《朝日新闻报》呢！

等人走后，我一劈头就质问母亲要不要脸？假借观察未来女婿之名和有妇之夫行燕好之实。

"我打算游说林大东给我买个民宿，无功不受禄，总得给人家一点儿甜头吃。"母亲一副理所当然的样子。

民宿？母亲不是已经有"本田家"了吗？

"那不一样，我只有一半的经营权，房子和地还是本田英树的，太没安全感了。"她忽然精神一振，"我让林大东买的民宿在祇园附近，离妳的婚房不到十公里，已经营好多年，有固定的客户群，妳去了很容易上手。"

我？为什么是我？

原来母亲认为女人没有自己的事业，凡事靠男人是件危险的事，反正我已经没有了工作，接手民宿水到渠成。

其实每天无所事事待在家很无聊，我想过找工作，并不介意接管民宿，因为耳濡目染下，我已经掌握了许多经营技巧，但是……以这种方式获得工作胜之不武呀！

母亲笑我迂，胜者为王，况且她也是使尽了洪荒之力。

"别看林大东一副道貌岸然的样子，在床上……"母亲捂住嘴，呵呵两声，"急的像什么似的，我总要他慢一点儿，慢一点儿才有乐趣。"

我的老天！母亲竟然光天化日之下，在人潮人往的大街上和我讲风流韵事，这是什么情况？

"妈～"我轻叹，"妳怎么又走回头路？生张熟魏的日子还没让妳打退堂鼓吗？"

"妳以为我想？若不是本田英树对我感到厌倦，我也不会急着找下家。这次我不仅要经营权，还要土地及房子，来个一劳永逸！"

听母亲这么一说，我想起继父的确很久没来"本田家"了。

"至少……至少妳还拥有'本田家'一半的经营权及……彩礼钱，肯定饿不了肚子。"我说。

"呵呵！吃饱当然没问题，吃好就无上限，而我只吃好东西，"她拿出包里的粉盒替自己的脸补妆，"杉杉呀！能踩着男人往上爬才是真本事，记住了。"

我还想说什么，但母亲很快合上粉盒对我浅然一笑。望着她远去的背影，我只能站在原地扯着衣袖无言以对。

我一走进"王子饭店"大厅，秀中便向我奔来："妳去哪里了？手机不接，短信不回，我担心死了！"

看他一脸着急的样子，我忍不住抚摸他的脸，柔声地说和以前的同事聚餐，短信上已经明明白白告诉他了。

"同事？哪个同事？"他问。

想到秀中以前也是全羽空的员工，随便唬唬可不行，遂答"赵秀雯"，那个脸上长满痘痘的女人。

"赵秀雯？她不是嫁给头等舱的客人，几天前才刚生了宝宝吗？"

秀中不解，"中国人不坐月子的吗？"

什么？！赵秀雯真的嫁给有钱人并且有了孩子？这坐的可是特快车呀！天知道秀中又是怎么知道这些琐事的？

我有一堆疑问要问但开不了口，因为秀中正等着我给答案。

"嗯！这个嘛……"我开始冷汗直流，"中国人是坐月子的，但赵秀雯生性爱玩，你又不是不知道，谁规定坐月子的女人一定得乖乖在家？偶尔轻松一下也是可以的呀！呵呵……"

任何人都听得出这回答拗得很牵强。

秀中对我投来狐疑的眼光，我赶紧转话题，问他行李在哪里？然后佯装很忙的样子。

秀中问我下个月中旬结婚可好？他能空出一个礼拜的时间。

"下个月？太赶了。"我想起山崎和彦，他还不知道我有二心。

"太赶了？"秀中皱起眉头，"妳母亲说要快，我以为这是一件紧急的事。"

母亲说要快？

我想了想，一定是她怕夜长梦多，说到底也是为我好。再说了，秀中现在的老婆，嘴巴虽然答应了，但拿不准哪天又反悔，先把证领了也好高枕无忧，不是吗？

"既然母亲说要快，那就照她说的做吧！"我同意。

秀中终于放松紧绷的脸，给我一个迷人的微笑。

啊！我是如此爱他，像蝴蝶恋上花。

我不知道仓本直美为什么非规定我和秀中在拉斯维加斯结婚不可，那是赌场，毫无浪漫可言。如果让我选，我会选在欧洲城堡或海天一色的岛屿结婚，而不是在充斥着赌桌和秀场的地方。

"当纸婚来临的那一天，咱们再结一次，地点由妳选，想在哪儿结就在哪儿结。"秀中说着傻话，但听在耳里很受用，我马上把不愉快抛诸脑后。

日子匆匆又过了两天，母亲告诉我林大东不松口，她誓不回家，所以现在我成了"本田家"的代理老板娘，又是接电话，又是回答住宿客人的提问及满足他们的各项要求，忙得昏头转向。

"嘟……嘟嘟……"听到电话响，我马上接听，可惜话筒中只传来嗡嗡嗡的声音，而铃声仍持续着，我才意识到是自己的手机响了。

"もしもし。"我说。

"妳出来，我有话对妳说。"林小西命令我。

我马上拒绝，因为正忙着。

"我母亲就要杀过来了，妳是出来还是不出来？"他下最后通牒。

想到方嫦娥正提刀在赶来的路上，我立马交待福山先生前来坐镇，自己则冲出屋外。

"怎么回事？"我抚着手臂问。

匆匆忙忙跑出来，我的身上只着一件开司米龙套头毛衣，而外面冷的要命。

林小西见状把外套脱下来覆盖在我身上，说："走！前面转角处有家甜品店，我们进去坐坐。"

我要了栗子蛋糕，林小西点了泡芙，另外又加了一大壶玫瑰花茶。

店很小，只有三张桌子，走的是英国风，有碎花桌布和蕾丝窗帘，非常典雅温馨。

"你妈什么时候来？为什么来？"我急急问，虽然心中早有答案，肯定是林大东还醉卧美人乡，乐不思蜀的缘故。

"听我父亲说，下个月中旬妳要嫁人了。"他说。

想必是母亲多嘴，把家里事告诉不相干的人，但是……等等，我嫁不嫁人，关林大东的老婆什么事？

"我妈没空杀过来，她正在做美甲。"林小西大方承认说谎，因为不这么说，我不会出来见他。

我听了只能举白旗，对他莫可奈何。

"说！有什么事？"我赶着回去，因为福山先生的嘴笨，头脑又不灵光，我怕他得罪客人。

"没什么事，就想验证事情是否属实。对了，民宿的事怎么是妳在管？妳妈呢？"他问。

我期期艾艾地说她正在轻井泽和……某人在一起。

"本田英树？"他挑起眉梢问。

我答不是，但转念一想，搞不好林小西以为我母亲人尽可夫，正明目张胆地给枕边人戴绿帽，所以直接告诉他实情，没想到林小西有被打脸的难堪，看得我好内疚。

"其实……这种事是愿打愿挨，怨不得人。"我小心做着解释，心中懊恼哪壶不开提哪壶。

他说他了解，因为自己也正受此苦。

"我太太病得很重，她是这世界上最懂我的人，我爱她，真心的爱她，但……我也爱上别人了，爱得无法自拔。"他转头看我，"妳说，人怎么可能同时爱上两个？我太不可原谅了。"

我没料到林小西会如此开诚布公，他一向对我忽冷忽热，有时甚至指来喝去的。

鉴于他对我的信任，我洋洋洒洒地发表己见，说古代中国一直是一夫多妻制，民间和皇室都一样，有能力者多养几个老婆，没能力者就别娶，也没见社会因此动荡。一夫一妻制是西方基督教的东西，因为规定在那里，逼得国王只能和大臣的老婆通奸，平民武士也一样，经常找他人的老婆做情人，所以不好说"从一而终"是否更符合人性，也许骨子里每个人都会爱上不只一人，他无庸太过自责。

"听妳这么说，我放心了，总算自己还不太坏。"他喝了口茶，然后拨弄一下自己的发。

"本来就不是多大的事，况且你也没弃孙爱梅而去，顶多心里偷偷爱着，"我吃一口栗子蛋糕，口感绵密，有浓浓的栗子香，"她是谁？我认识吗？"

"她……"林小西欲言又止。

我笑说肯定是我认识的，搞不好还是办公室恋情。

林小西听了没反驳，反而语重心长地说："杉杉，秀中不是好人，他会让妳受伤、流泪，所以别再作茧自缚了。"

我谢了他的好意，说各人造业各人负，他还是把心放在孙爱梅身上吧！看她瘦的...

"为什么……为什么每次我一靠近妳，妳就用力将我推开，我就这么让妳讨厌吗？"他忽然发怒。

这真是个好问题，有谁会想亲近自己的上司，偏偏那个上司的爹还是母亲的相好？

"心理上我把你当哥哥，还是个脾气很不好的哥哥。"我说。

"但我可没把妳当妹妹。"他没好气地答。

我问没把我当妹妹？那当什么来着？

"当……"林小西深深看了我一眼，"当一个没写辞职信就擅自离职的可恶员工！"

他甚至预言我再也找不到工作，因为他不会帮我写推荐信，而一个没有推荐信的人，再找工作难如登天。

"哈！不用你写，我自己就是民宿老板娘，而且是你父亲送的民宿。"我反击。

我当然知道母亲还在使洪荒之力，八字还没一撇呢！这么说是为了激怒林小西。

"那正好，这样一来，我在京都也算有个家，妳总不会把金主的儿子给轰出去吧？！"他说。

让我为之气结。

第六十七章：玩火自焚

刚吃过午饭，母亲哼着歌走进来，听着像是美空ひばり的《大阪し
ぐれ》，一首很老很老的日本情歌。

"看来有人阵亡了。"我说的是林大东。

母亲比了个剪刀手，很得意地说："二十亿，这次老林大出血啰！
哈哈～"

二十亿日元相当于一亿多元人民币。

我倒吸一口气，没想到性的诱惑力这么大，好比嗑了药似的让人义
无反顾。

母亲说我错了，林大东可没那么傻，他打算贷款买，然后拿民宿的
部分收入还贷，但不管怎样，她总算得到她想要的，这才是重点。

嘘～我还以为林老板把所有的身家都拿出来奉献给母亲了。

"才五天的工夫，妳就让个江湖老手伏首称臣，厉害呀！"我正在
记账，头抬也不抬地说。

"还说呢！我的骨头都快散了，"母亲扭动一下脖子，"使出浑身
解数才见有些松动，若不是他儿子适时推了一把，我现在还在水深火热
之中呢！"

他儿子？林小西？他来凑什么热闹？

"林家儿子说买民宿可以，他家出百分之五十，由我家还贷，名字
写妳的。还有还有，民宿里最大的一间房留给他，我一星期陪他父亲两
天，同时答应不动摇他母亲稳如泰山的地位。"母亲一口气说完，有些
喘不过气来。

我虽然知道做生意的人都很精明，但听到这么周密的约定，还是吓
了一跳。林家是出了血，但我们吴家也不是不劳而获，而且……为什么民
宿的名字写我的？这干我何事？

母亲做出解释："那兔崽子说我已经四十好几，怕款没还完，我就

一命呜呼，还是写妳的名字妥当。真是的，有这么说话的吗？也不看看我保养的这么好。"

想到割下一块肉买的民宿却因还不了贷款而被银行收回，的确很心塞，他们的担忧我能理解。

"所以这件事就这么定了？"我问。

母亲答是，改天带我去看民宿。

母亲忙着给我做各色新衣，又与裁缝店约了赶工，叮咛一定得在上机前做出新娘子穿的白无垢（全白拖尾和服、白帽子）及新郎穿的附有家纹的和服。

"我们只是到美国登记一下，穿这么隆重会笑死人的。"我不满。

母亲说因为那个恶毒女人的搅和，我不能在日本结婚，也不能有婚宴，但再怎么着也得拍张照，否则婚不成婚了。

"拍好的照片挂在房间里多喜气啊！"母亲接着说。

想到母亲养育我多年却没能风风光光地参加婚礼，确是遗憾，圆了她的这个小愿望也算尽了点孝心，于是我张开手臂，让那个秃了顶的老师傅替我量尺寸。

又到了周末，秀中约我傍晚在外头吃饭。于是我一整天都哼着歌，心情好的不能再好。

"嘟……嘟嘟嘟……"我一看来电显示，大好晴天一下子乌云密布。

"もしもし。"还是接听了。

山崎和彦约我吃中饭，吃完饭选家具，还说国际会展中心有一年一度的家具展，网罗世界各地的奇思妙想，很值得一看。

我本来想找个借口推掉，但眼见结婚的日子一天比一天迫近，再不说，恐怕会带给山崎桑不可计量的惊吓与伤害。

"はい。"我答应了。

天气冷，山崎和彦带我去吃番茄牛肉火锅。

乍一看番茄和牛肉的组合很奇怪，但尝过之后可就食髓知味了，番茄的酸味、洋葱的甜味加上顶级牛肉片简直是绝妙搭配，好吃到爆。

山崎和彦问我好不好吃？我伸出大姆指予以肯定。

"小雪もそう評価。"他说小雪也是这么评价的。

什么？！山崎和彦带小雪吃火锅，吃的还是米其林一星？

那个后知后觉的男人突然意识到自己说错话了，马上亡羊补牢，他答小雪过生日要他陪吃饭，他想着既然是生日，总得吃好一点儿，所以带她来此处用餐，又特别声明吃完饭就送寿星回去，什么事都没发生。

看山崎和彦一副诚惶诚恐的样子，我突然感到悲哀，他还不知道自己被抛弃，依旧考虑我的感受。

"私は嬉しくない。"我说我没有不高兴，请他放心。

他果真松了一口气，盛了一碗火锅汤递给我，那味道真是美味极了。

山崎和彦说家具展就在都台场附近，开车二十分钟就能到。我要他先别忙着开车，我有话要说。

他的车子停在路边，一小时收费一百日元，我下车投了一个铜板，希望我和他的谈话不会超过一个小时。

我问他去过拉斯维加斯没？他答没有，听说那是个赌城，应该没什么可看性。

"来月私そこまで行く。"我告诉他，下个月我就要到那里去。

山崎桑说既然我喜欢，他当然陪我去，就当作是婚前蜜月吧！

我推说不方便，因为有人约了我一起去。

他问我是谁？

我深呼吸一口气，然后给出"佐藤秀で"的答案。

那个长得像竹野内丰的好看男人马上变脸，成了我最讨厌的北野武。

他问我是否还有话没讲完？如果有，请一口气说完。

既然是他的请求，我索性坦白到底，又因考虑到说话的艺术，一句话能交待的事，我硬拗了三分钟，一分一秒都是煎熬。

"あなたと佐藤秀で結婚しましたか？"他问我是否就要与佐藤秀

中结婚了？

这是个问句，但我知道他心里明白着。

"はい。"我低下头去，不敢看他。

山崎桑真是沉得住气，一语不发地坐在驾驶座上，让时间一分一秒地流逝。眼见停车管理员正往我们这边走来，我寻思该不该再去投币，他终于开口说还是去看家具展吧！让我挑个喜欢的家具，权当送我的结婚礼物。

我选了一个很小的首饰盒，山崎和彦一再追问这是不是我想要的？怎么不选 Stressless 的沙发或是 Restoration Hardware 的衣柜？

其实我连首饰盒都不想要，若不是不想拂了他的好意……

山崎和彦不等我做出反应，唤来服务员，将一些华丽又所费不赀的家具全下单。我以为他是为自己的新居置办的，谁知他一转头问我货送到哪里去？而那个接到大订单的服务员正高兴地拿着纸笔立在一旁等我开口。

这实在太突然了，我要山崎桑借一步说话，我们走到楼梯间。

"私はそれらの家具、どうぞ返しが必要だ。"我说我不需要那些家具，请退回。

他表示我若不喜欢，咱们再上别家看。

我斩钉截铁地答不需要他送的礼物，他这样做，让我很难堪。

他大笑两声说原来他让我难堪了，是的，一个瘸了腿的男人有什么令人骄傲的？也许这些日子以来，我就等待这一刻，好将他一脚踢开……

"ない。"我拼命摇头说不是，急的眼泪都快掉下来。

山崎和彦终究是个君子，见我梨花带雨，他收了满弦待发的箭，并且低头向我道歉。

我说不是他的错，是我的优柔寡断伤害了他，对不起，请原谅！还不忘弯腰对他行了个九十度大礼。

他苦笑着答没事，早先一步走出楼梯间。

秀中带我去一家浪漫到不行的西餐厅吃饭，有整面的大型鱼缸和提琴四重奏，但我一点儿都高兴不起来，因为山崎桑送我回家时哀怨的神情在脑海中挥之不去。

"妳怎么了？"秀中问。

我推说头疼，也许感冒了。

"妳就是这样，一点儿也不懂得照顾自己，天气冷了就该多加件衣服才对。"

"真是奇怪！你怎么知道我没多加件衣服？"

"因为……你感冒了呀！"他答得理所当然。

太可笑了，我不过是临时找来的借口，秀中却上岗上线地对号入座。

"我真的得走了，"我起身，"头痛欲裂。"

法式套餐才上了前菜我却要走，让秀中很郁闷。

"那走吧！"他也起身，"我送妳回家。"

我们互怀心事道别，秀中开车离去时看起来很不开心。

我又何尝高兴？伤害一个手无缚鸡之力的人又毁了美好的晚餐，今天的我可真够背的！

没想到更背的事还在后头，一进房就接到小雪的来电，她的新电话卡还是我买的，我当然记得这个手机号。

"山崎桑晚饭没吃就回房睡觉，妳到底说了什么话，惹得他这么伤心、难过？"

面对质问，我老大不高兴，这是我和山崎和彦之间的事，干她小雪何事？而且什么时候屋主人搬回去住了？我怎么不知道？

"弃船的人有什么资格问？别以为残疾人就好欺负，谁想欺负山崎桑，我第一个站出来保护他。"小雪像头护犊的母狮，对我张牙舞爪。

我告诉她，我从没想过欺负人，尤其对象是山崎和彦，奈何鱼与熊掌，我只能选择一个。

"妳怎能这样？山崎桑对妳多好，什么都顺着妳，妳还想怎样？"她愤恨不已，"还说不欺负人，明明把人往死里整！"

的确，我的行径在外人看来，活脱脱就是只白眼狼，但事情发展至此，我发誓，绝不是我主观刻意造成的。

"反正妳别再来找山崎桑，他已经够苦的了。"小雪根本不信。

我知道伤口愈合需要时间，也没打算吃回头草，但被小雪这么明目张胆地拒于门外还是头一遭，尤其她曾是我家的仆役，让人更如鲠在喉。

"明天我就去看他，妳阻挡不了我。"我说。

挂上电话我才感到后悔，我是怎么了？老是玩火自焚，哎~

第六十八章：樱河

　　我按了门铃，无人回应，又敲了两下门，还是静悄悄，想着门会不会又忘了上锁？然而这次倒是锁住了。

　　我无奈拿出屋主人给的钥匙。

　　昨晚听小雪说山崎和彦很不好，今天一早起床，我忙不迭打电话给他，也不知故意与否，他关机了。

　　虽然与小雪怄气，说了些任性的话,但心底还是挂念山崎桑，犹豫再三，我搭上往东京的新干线。

　　开门后，我唤了声"小雪"，声音在空气中回荡，没有人声，倒传来鸟语，我狐疑地往里边走去，一直走到客厅才发现真的有一只鸟。

　　那鸟的胸部呈黄色，下腹部为白色，黑眼睛，有细巧的腿和浅棕色的爪，爪貌似受伤了，所以即使受到惊吓也只能拍打着翅膀，一步也没迈开站棍。

　　"小东西，你怎么在这里？"我问。

　　笼里的鸟啼叫两声，似乎在回答我的问话。

　　"鳥のケガをして、私と同じ足を引きずりながら歩いた。"山崎和彦说鸟受伤了，和他一样瘸了腿。

　　我转过头去，才一个晚上不见，他的胡髭长出来了，声音沙哑，样子有点儿萎靡。

　　"元気ですか？"我问他还好吗？

　　他答很好，只是感冒了，喉咙痛，小雪帮他买药去。

　　原来如此。

　　我沉默了一会儿，问他要不要喝点儿热的？他答好。

　　于是我到厨房泡了杯热柠檬水给他。

　　"ありがとう。"他向我道谢后马上啜了一口，我要他小心烫。

　　然后的然后，我们陷入可怕的寂静中，静到只剩鸟儿摩擦翅膀的声音。

我等着山崎和彦先开口，他却忙着喝水，水喝完他就抚摸茶杯，一遍又一遍，把杯身都磨得发亮。

"私は歩いて、お大事に。"我站起身说自己该走了，请他多保重身体。

知道山崎和彦没寻死觅活，小雪也很尽心在照顾他，足矣。此处不宜久留，还是先走一步为妙。

谁知屋主人要我坐下，说有话问我，于是我又坐了下来。

"何时に結婚？"他问我什么时候结婚？指的当然是与佐藤秀中。

我答还有两个礼拜，只是去美国做个结婚登记，不设婚宴但会拍日式婚纱照。

他听了后说很想看我穿白无垢的样子，一定很美。

我本来想说拍好照送他一张，话到嘴边又吞了下去，真是的，山崎和彦若看到立在我身旁的新郎，岂不吐血？

"はい。"我点头称是。

他问我什么意思？

我再次被自己的无厘头言语给击败，哪有人承认自己穿白无垢的样子很美？只好硬拗成穿白无垢的新娘都很美，说得我面红耳赤的。

山崎和彦似乎并不在意我的前言不搭后语，反而提出要唱首歌给我听，当作送我的结婚礼物，因为离开家具展时很匆忙，连我想要的首饰盒也忘了买，眼瞅着上机前我们是不可能再见面了，所以……

我赶紧说自己洗耳恭听，并且给予热烈掌声。

好きなくせに、
あなたは、
これから二度と別かもあなたに出会って、
私の重要な人……

山崎和彦唱的是声纳口袋的《喜欢你哦～100 次后悔》，歌词翻译成中文就是：明明喜欢着你却分开，今后或许再也不会遇见像你这样对我如此重要的人……

他的声线优美，因感冒而略带沙哑的声音更显哀伤，唱着唱着，那个深情的男人竟然哭了，眼泪经过鼻翼、嘴唇、下巴，然后啪的一声滴在地板上。

我蹲了下去握住他的双手求他别唱了，但他仍断断续续地唱着歌，真是一字一泪，我脑子一热，用力吻住他的唇，他趁势将我扑倒在沙发上，并且解开我风衣上的腰带。

也许那个场面曾经在山崎桑的脑海里反复倒带无数回，以致我尚未准备好迎接，他便已进入，驾轻就熟到令人有些吃惊。

我站起来整理衣服，山崎和彦还帮我拉上裙子的拉链。

"ありがとう。"我向他道谢，他答不客气。

见我着装完毕要走，山崎桑唤住我。

"杉杉，"他停了一会儿，"ありがとう。"

这次是他向我道谢。

我们彼此心知肚明谢从何而来？因为我，他跨越了鸿沟，脱离处男的队伍。

我没说"不客气"，头也不回地踩着高跟鞋往外走去。

这栋别墅的设计是楼梯介于大门和客厅之间，楼梯的下方还有个储藏室，妥善地利用空间。

我经过储藏室来到楼梯口，没料到小雪就坐在台阶上，眼眶噙着泪水，很怨怼地看着我。

"小雪~"我低唤。

她突然站起身往楼上冲，咚咚咚的跑步声像交战前的战鼓声，令人胆战心惊。

我和秀中在八坂神社旁的一家照像馆拍照，他们提供发型设计、化妆以及棚拍摄影，走的是复古风。

"花嫁の头の横ほうだ。"那个留着小胡子的摄影师要我将头再侧一点儿。

我照办。

他又要我开心点儿，纵使头疼的紧加上喉咙剧痛，但我仍努力将嘴角往上扬。

换了很多室内场景也摆了不同姿势后，小胡子说休息一下吧！我赶紧找个位置坐下，又喝了秀中递过来的热开水，这才觉得舒服些。

"怎么样？还行吗？如果不是拍照的人太多，真该改个时间，这样病恹恹的，拍出来的效果也不会好。"秀中担心。

我说没关系，自己还可以再撑一会儿……

秀中对我的"突然"感冒毫不起疑，尤其最近一次的不欢而散就是因为"感冒"这个话题引起的，但我心里清楚的很，感冒是山崎和彦传染给我的，他以这种奇特的方式送我结婚礼物，当然，还包括那场急就章的男欢女爱。

休息够了，小胡子走向我们，问要不要来一张裸体写真？最近很流行，一点儿也不猥亵。

我赶紧摇头，自己都快站不稳，再轻解罗衫恐怕得送医院了。秀中没勉强我，大概也觉得太前卫，有点儿离经叛道。

摄影师说两个礼拜后取，因为我们指定的那款相框目前缺货。

"怎么办？两个礼拜后我们在美国了。"我哑着嗓子。

秀中说不要紧，回国再取也一样，反正照片已经拍好。话锋一转，他问我婚后是否真的打算搬到"樱河"住？

"樱河"是林大东买来送给母亲的民宿，而我将是实际的经营者。

我点点头，这已是板上钉钉的事。

秀中的公寓两年后才完工，本来想这两年住在"本田家"，既然我接手掌管"樱河"，搬过去住也是顺理成章的事，省得来回奔波。

"不过，妳得答应我，等公寓落成，一定得搬回去住。"我未来的老公说。

我了解他的感受，婚后住在民宿里总是别扭，好比浮萍似的不踏实。

"一言为定。"我与他打勾勾，秀中笑得很开心。

我了解他的感受，婚后住在民宿里总是别扭，好比浮萍似的不踏实。

"一言为定。"我与他打勾勾，秀中笑得很开心。

第六十九章：美国之行

鸭川河是京都最美的一条河流，而我的"樱河"就依傍在河畔，是一栋拥有 250 年历史的老宅。

我问母亲为什么看中"樱河"？她答除了业主打算卖了民宿到国外投靠女儿女婿，所以价钱好商量外，它坐落在祇园附近才是主因。

祇园是日本最著名的艺伎区，位于京都鸭川河以东。十九世纪初，这里的艺伎曾多达三千人，当时的艺伎馆及茶屋至今还保留着，于 1999 年被日本政府指定为历史景观保护区。

所谓艺伎并非妓女，是一种在日本从事表演艺术的女性。除巧言利口外，她们还必须具备唱歌、跳舞和弹三味线等技能。

通常会叫艺伎做陪的都是上层社会有钱有势的男人，虽然有时也会有性交易，但艺伎主要还是以才艺取悦客人。

想着母亲喜欢弹三味线，对于日本传统舞蹈也略知一二，也许这就是她想在"花街柳巷"中开民宿的原因，因为同样的喜好让她与艺伎产生了共鸣。

就在我大病初愈之时，母亲兴致勃勃地拉我去看她费尽心思所得来的战利品，也不管我即将上飞机，衣物尚未打包，遑论这个、那个的一大堆事情等着办。

"很晚了，明天再去吧！"

已经夜里十点，我不明白母亲为什么非得挑这个时间去？

"去去就回，要不了多少时间。"母亲说。

这座老宅一百多年前曾被用来做为茶馆，里面甚至有一个小型的表演台，后来改建成民宿，取名"樱河"，共有八间房。

明治维新时期，日本也曾崇洋媚外过，"樱河"设计之初便是为了迎此潮流而将日本传统与复古西洋紧密结合。瞧！拱形天花板和彩色玻璃窗是西洋痕迹，但门栏和内装风格又是日式风情，两大风格虽有不同却交会融合在一起，一点儿也不显唐突。

再看房间，打开沿河的障子门便可与友人一边欣赏河畔美景，一边围着暖桌烹茶煮酒，时光仿佛倒流至久远以前的古都年代……

"樱河"的员工看见我和母亲前来，个个笑脸相迎。也难怪，换了新东家总得巴结巴结，何况母亲采怀柔政策，将元老旧臣全留下，即使一个月后才正式交接，但在这个月里，我们可以陆续接手，也算得上是半个主人了。

观察完民宿上下，穿简易和服的女主人问我们还需要什么？是看最近的订单还是查账？

母亲说什么都不需要，只是看看，然后气定神闲地坐在大厅里。

服务员端来茶水后离去，那个虽然上了年纪但看似精明的女主人也重新回到柜台，毫无疑问的，这将会是个无聊的夜晚，我不明白母亲为什么非强拉我来不可？我宁愿待在家欣赏连续剧《请与废柴的我谈恋爱》，女主角美知子就快向老板黑泽桑求婚了……

时间又过去数十分钟，终于等来客人，那是个化着浓妆的艺伎及一名有些醉意的中年男士。女主人很快替他们办理入住，快到只是点个头就放行。

正当我大惑不解时，第二对又进入，同样是艺伎和男人，然后是第三对、第四对……我终于茅塞顿开，这不是一家普通民宿，而是专供艺伎与有钱男人过夜的场所。

"一个晚上四十万日元，给艺伎两成的回扣，这利润是妥妥的，妳只需保证客人隐私及防止原配上门抓奸即可。"母亲附加说明。

难怪，难怪门口站了数名壮汉，而服务员也殷勤到近似谄媚。

我听了怒火中烧，好好的民宿成了淫窟，什么唱歌、跳舞、弹三味线……无非是给人肉交易披上一件高级的外衣。

去他的才艺，全是狗屎！

"我不干，"我斩钉截铁地说，"我是良家妇女，不是皮条客。"

母亲说她也想当良家妇女，不想当皮条客，但是怎么办？银行贷款不是普通民宿的收入能负担得起，除非去抢银行或索性让银行给拍卖了。

见我有些迟疑，母亲乘胜追击："我们的客人非富即贵，只要服侍好，他们不介意花大钱，妳到哪儿找那么好的客源？"

原来这就是母亲的如意算盘，难怪她执意要在艺伎区买民宿，也许就想着在色情行业里闯出一片天。

就在我们争执不下时，大门被拉开，进来一位身穿黑底留袖和服，腰系短结，头顶高岛田发型的艺伎，她的身边跟着一位高大的男士，同样带着醉意。

"妈～"我唤她。

"什么都别说！"母亲一脸严肃，眼睛死盯着本田英树。

母亲给了那名艺伎四张褐色票子打发她走，自己则扶着本田英树进房。我很自觉地打车回家，母亲这一去，恐怕明天清晨才会回家。

时间一眨眼就到了上机的日子，母亲送我到机场，难掩依依不舍的神情。

"我也想见证你们的结婚大事，奈何本田英树要我陪他到济洲岛度假，你也知道他好不容易才回头。"她说。

自从仕"樱河"与本田英树不期而遇，母亲感受到前所未有的心理压力，她自己是小三，可不愿后面还跟着小四、小五、小六……所以竭尽全力把金主往回拉。

我继父的老婆是个软柿子，成不了气候，但林大东可不一样，他的背后有头母狮子，母亲若把宝全压在他身上，有一天会全盘皆输，所以保留住日本人，也许有天还能扶正，这大概就是母亲的想法。

"不过是做个结婚登记，没什么大不了的，妳尽管放心。"面对母亲的内疚，我故作潇洒地说。

山崎和彦说上机前也许我们都不会再相见，他只说对了一半。

我的东西太多，秀中提议买个大一号的行李箱，就在三越百货公司里，我看见他的背影了。他和小雪正在看皮手套，试过褐色的手套后，小雪指着黑色的手套要售货员取下再试。

"妳在看什么？"秀中问。

我赶紧调转头去，但他已经看到山崎和彦了。

"呵呵！龙配龙，凤配凤，老鼠生的孩子会打洞，那个跛脚的跟乡下土包子倒挺配的。"秀中说。

我听了感到极端的不舒服，秀中的优越感没替自己加分反倒令人不齿。山崎桑的确跛脚，但他的努力旁人都看得见；小雪也不是土包子，她做了新发型，身上的衣服也中规中矩的，看着像是无印良品的产品。

至于林小西……他倒是人间蒸发了，至少上机前我没再遇见他。也许看尽千帆皆不是，他又重新回到孙爱梅的身边；也或许他正和偷偷喜欢的人交往着，但……与我何干？

我说只是飞去美国做结婚登记，没什么大不了的，但是等到飞机门一关上，我还是感到前所未有的害怕，自己的下半辈子就要和身边的男人生息与共，这到底是对还是错？

我转头看秀中，他一脸爱怜地说："没事，飞机离地时有人会耳鸣或做呕，升空后反倒好些。"

原来他以为我晕机了。

我笑了笑，闭上眼睛等待飞机升空。

第七十章：终于结婚了

拉斯维加斯位居世界四大赌城之首，是一座以赌博业为中心，兼具旅游、餐饮、购物的度假城市，有"世界娱乐之都"之称，同时也是"结婚之都"。

据说在此结婚非常简便，民政局结婚登记处全年无休，24 小时有人昼夜服务，任何时候想结婚都可以前来办理。

为了结婚，秀中特别腾出一个礼拜的时间，并且订了美高梅酒店的总统套房，约有一百二十平米大。其室内设计富丽堂皇，有水床和按摩浴缸，窗外能俯瞰拉斯维加斯大道和百乐宫喷泉，还有个管家全天候待命。

"你会宠坏我。"我站在落地窗前说。

秀中给我一个吻，说："就想宠坏妳。"

白天我购物、购物再购物，秀中则负责刷卡，一次、一次又一次。到了晚上，我们联袂看遍赌城内所有精彩的秀，例如：马戏团表演、水秀、歌剧、魔术、歌舞秀等，还意外发现我喜欢的玛丽亚.凯莉正在凯撒宫驻唱，让我有了第一次面对面接触偶像的机会。

除了购物和看秀，我们也品尝了来自世界各地的美食。拉斯维加斯虽然位处内华达州的沙漠边缘，却能从各地空运最新鲜的海产过来，除了鸡尾酒虾及大龙虾外，赌场内的豪华海鲜自助餐也赫赫有名，几天下来，我肥了一圈，不禁怨起秀中。

"都是你啦！害我胖了不止十斤。"我嘟着嘴。

"胖好，"他将我揽了过去："我们未来的小宝贝需要肥沃的土壤滋长，对了，待会儿上哪里玩？"

这也是我对此行的主要目的感到迷惑的地方。

打从来拉斯维加斯的第一天起，我就不断催促秀中去做结婚登记，但他总说不急，先玩了再说。

他的"玩"是真的玩，毫无冷场。有时我累了想小憩一下，他也没闲着，马上到赌场报到，因为知道我对赌博不感兴趣，他只能利用我休息的时间赌两把。

别以为深夜来临就是休养生息的时候，等等，还有节目呢！

秀中打开电视，很快找到付费频道，他问我今晚想看哪个国家的？

"随便。"我用力跳上水床，身体不由自主地上下左右摇摆，像坐在小船上随波荡漾。

今天秀中选中"丹麦"，根据过往经验，金发碧眼皆不对我味口，果然，性感老婆送老公上班后就去敲邻居家的门，话没说两句就动手动脚，然后双双滚到地板上……

"太无聊了，好歹也……"我话没说完，秀中已将我扑倒。

"给妳来点儿不无聊的。"说完，他伸出舌头舔我的胳肢窝。

想到白天秀中已经玩得疯颠，他再怎么精力旺盛，夜晚总得充充电吧？！没想到他就像打了鸡血似的，一次又一次的来，真令人折服！

"这是撒种时期，我怎能错过？"说完，他又换了个姿势。

早知道秀中背负着沉重的家族使命，仓本直美就是因为生不出孩子才给了我这个扶正的机会，我得好好把握，但……

我的初潮来得晚，大概十五岁才有了第一次月经。母亲很高兴地宣布我从女孩变成女人，并且递上好几包的卫生巾，然而我一年也用不上几包，因为它不是月月都来，而是大约半年来一次。

为了这个奇怪的周期，母亲曾带我上医院检查，验了尿、抽了血、也照了片子，然而医生还是说不出个所以然，只说这种例子也是有的，女人会比较难受孕，至于立即的危险……目前看是没有。

当时年纪小，只觉得轻松多了，毕竟每月失血一次并不令人愉悦，但年纪渐长，我也开始担心自己的身体，尤其半年来潮一次，大大降低受孕的机会。

我没有告诉别人这件难以启齿的事，母亲也没有，大概我们母女俩都不愿正视它潜在的危机，好比现在佐藤家正急着要孩子，我们却能同时做到忽视及隐瞒"受孕不易"的事实，反而乐观地认为有一天一定会造人成功。

"杉杉，"秀中气喘吁吁，"我们佐藤家就靠妳了。"

我转过头去不敢看他的眼睛，因为我知道从现在起的四个月，受孕机会几乎为零。

今晚的秀中又干白工了。

一个礼拜转眼就要过去，在我的催促之下，秀中终于决定下午做登记。也是，再不登记，明天一早我们就在飞机上了。

"不过是几分钟的事，"秀中帮我拉上小礼服的拉链，"妳太紧张了。"

为了这神圣的一刻，我在梅西百货买了件白色礼服，及膝的长度，丝质面，胸前有蕾丝。秀中本来想穿件休闲服了事，却被我逼着打上领带，穿上正式西装。

到了民政局，我才感到后悔，因为来此登记的情侣都是轻装前来，有的甚至连妆也没化，相形之下，我和秀中好像走错场了。

"看！早告诉妳别太慎重其事。"秀中像看好戏似地看着我。

本来就是嘛！婚姻是人生大事，怎能马虎了事？我很不解，但也无可奈何。

民政局的登记处大厅有一排长桌子，桌上摆着登记结婚用的表格，我按照表格上的要求用碳素笔逐一填写好。

经过十几分钟的排队，终于轮到我们，提交表格和护照后，工作人员在电脑上操作一番，然后打印出结婚许可证让我们核对信息。核对无误后交还给工作人员，接着拿着付费单到收银处付费，费用为 55 美元。

当我拿着付完钱的收据想走回柜台时，被秀中一把拉出民政局外。

"怎么回事？"我一头雾水。

"结束了，"秀中很开心，"妳已经是我老婆了。"

这么快？我以为再怎么着也该有张证书什么的……

秀中说在拉斯维加斯结婚就是有这等好处，连证书也没有，快又便捷，所以很多人上这里结婚。

"妳手上的收据就是凭证，证明我们已经在美国结婚了。" 秀中补上一句。

我看着手中薄薄的一张纸发怔，前后不到半小时就把终身大事给办了，这坐的可是喷射机？美国人办事真有效率啊！呵呵～

"的确，" 秀中同意，"所以这个国家才能成为一等一的强国，因为节省下来的时间可以用来发射火箭到外太空。"

我笑他贫嘴，哪有那么夸张的事？

秀中对我的取笑不以为忤，反而问我想去哪里吃饭庆祝一下？

想到这是我们婚后的第一餐，当然得浪漫点儿，遂告诉他想吃法国菜。

秀中说要吃好的法国菜只能上 Joël Robuchon，这是一家米其林三星餐厅，就在我们住的酒店附近，只是临时去不见得有位子。

我要他试试由美高梅酒店的管家代订，我们是总统套房的客人，让客人满意是他的职责。果不其然，管家不负所托地订上位子，秀中高兴地说还是他的老婆聪明。

那自然是，身为京都民宿经营者的后代，我太清楚游戏规则了，只需彰显客人尊贵的身份，不论餐厅、演唱会还是球赛，都能成功插队进去，毕竟谁都想蓬荜生辉。

"吃完饭，我们照例那个那个，嗯？" 秀中在我耳边低语。

我红着脸推开他，往餐厅的方向走去。

空服员问我需不需要看报？我摇头。

秀中倒是要了两份，一份是《The Wall Street Journal》，另一份则是《日本經濟新聞》。

我把收据从包里拿出来，看了又看，薄薄的一张纸被我摆进六寸相框里。

"也只有妳会把收据放进相框里。" 秀中摇头。

本来嘛！那么薄的一张纸很容易折坏，我说我可不容许好不容易得来的证明有一点儿瑕疵。

"随妳！"秀中翻了报纸，"报上说东京有大暴雪，希望成田机场别关了才好。"

我把相框重新塞回包里，然后打开舷窗，外面是大好晴天，颇像我"告别黑暗、迎向光明"的美好心情。

"成田机场不会关的，我有预感。"我说。

第七十一章：欲哭无泪

我的预感还是失灵，东京的大暴雪来势凶凶，连大阪的关西国际机场也被波及，我们的飞机不得不转降上海浦东机场。

"真是糟糕！明天有个我发起的重要会议，一定得到。"秀中说。

我想告诉他，既然是大暴雪，肯定门都出不了，遑论召开会议，但看秀中眉头深锁，我不想再说打击的话，转而问他中国新年后的计划，算是结束不愉快的话题。

就在叫了第三杯热饮后，秀中还是坐不住了，他说他去柜台问问飞机何时能起飞，留我一人看守行李。

我无聊地看着机场内的过往行人，注意到刚下飞机和等待搭机的人有不一样的面孔，前者出现疲态，后者则一脸期待，但……有个人既期待又显疲态，他正向我的方向走来。

"Hi." 我喊住他。

"妳……妳怎么在这里？"林小西停下脚步。

我告诉他自己刚从美国飞回来，东京有大暴雪，不得不在此停留。

"这么说，妳结婚了？"他在秀中的位子上坐下。

我高兴地承认了。

"恭喜！"他说，但马上将我推落悬崖，"妳这是飞蛾扑火，作死的前奏。别妄想我会喊妳一声'佐藤太太'，因为在我眼中，所有和外族通婚的女性都没好下场，如：和亲番邦的王昭君、文成公主以及流落异族的蔡姬、萧后，要嘛在幽怨绝望中死去，要嘛被虐抑郁而终。"

我谢了他的咀咒，说反正已经扑火了，就做只浴火凤凰，然后在逆境中重生……

"结婚证书拿来看看。"林小西忽然向我伸手。

我问这是干嘛？

他说因为我不正经的口吻，让他有不祥的预感，觉得自己又上我当了。

"喏！给。"我把收据从包里拿出来递给他，心中老神在在。

"怎么是收据？"他有些意外。

我告诉他，在拉斯维加斯结婚就是有这等好处，连证书也没有，快又便捷，所以很多人上那里结婚。

林小西反复看着相框里的收据，不发一语。

"怎么了？"我问。

他说他不明白在国外结婚的流程，但听我这么一说，感觉有不合理的地方，譬如夫妻若想到银行开联名账户，难道拿着收据去证明两者的关系？再说，收据上只证明付了登记费用，连抬头都没写，到底是谁跟谁结婚？难不成还得上拉斯维加斯的民政局查看记录？

听他这么一分析，我心里喀噔了一下，是呀！这么大的漏洞，我怎么没看出来？

"不会的，"我干笑着，"到那里结婚的人多了，不可能出错。"

林小西说随便我，爱信不信！

为了不让他旧话重提，我转而问孙爱梅的病情，好久没看见她，心里挺挂念的。

"她……"我的前任老板突然陷入哀伤，"我送她回老家了。"

果然"久病床前无孝子"，林小西打算甩担子不挑了。

"你怎能这样？她抵住悠悠众口只身和你来到日本，举目无亲的，一生病你就不要人家了，你还是不是人？！"我将枪口对准他，一连开了数枪。

"我没有不要她，"林小西把脸埋入手掌里，"我给她买了最好的棺材，还选了块好墓地，背山面湖，她应该会喜欢。"

什么？！孙爱梅……死了？

林小西点头说自己就是将太太的后事处理完毕才离开，没想到遇上日本七十年来最大的一场暴雪，和我一样被堵在上海的机场里。

"你……节哀顺变。"我说。

"我会的，"他站起身，"不想和妳老公打招呼，我先走一步。"

我转过头去，秀中果然回来了，那两人可说是擦身而过。

"妳的前老板跟妳说了什么？"秀中坐下后马上提问。

我本来想答没什么，但转念一想，何不借机探探虚实？

"他说我被骗了，收据不能证明什么，我们的婚姻实属无效。"我一口气说完，心中祈祷秀中会反驳，甚至将造谣者臭骂一顿，但是……他没有。

"杉杉，"他有些灰头土脸，"我这么做也是情非得已。"

原来登记后必须在一年内有公开仪式的结婚典礼，才能得到一纸证书，拿着证书去公证才算合格有效，加上我的国籍是中国，他的国籍是日本，我们还需要到当地大使馆认证，而这些秀中提都没提，反而流程走到第一阶段就戛然而止。

我问他为什么要骗我？

"话不能这么说，只要在一年内举行公开婚礼，后面的动作还是可以补上，我们仍然算是合法有效的夫妻。"秀中解释。

我说成，一回日本我们马上办婚礼。

秀中面有难色地提醒我，仓本直美说不能在日本举行婚礼……

"那……那还能怎样？要不我们上非洲部落举行好了，再不济上南极或火星吧！只要能成为正式夫妻，上刀山下油锅我都去！"我急的想哭。

秀中要我冷静，事情很复杂，容他从头说起。

原来仓本直美自始至终不愿离婚，惟一的条件是若我能做到她所不能给的，她才愿意退让。也就是说在我怀孕之前，任何的支票只能开空头，一旦我怀上孩子，我和秀中才能完成接下来的程序。

"你们……你和仓本直美……离婚了吗？"我困难地问。

"等妳……我们才离。"他懦懦地答。

我的心像被无数车辆碾过，鲜血流了一地。原来过去几天我做了场春秋大梦，和一个有妇之夫上演一出结婚的戏码，真是好笑、太好笑了。我真的笑出声，而且一发不可收拾。

"杉杉，"秀中抱住我，也不管这是公共场合，"别这样，有话好好说，我们……我们也不是全无机会，只要能怀上孩子就好。"

秀中的一番话非但没有打消我的疑虑，反而戳中我的痛处，一年两次的受孕机会，真他妈的太好了。

"妳说什么？"秀中放开我，"原来……原来妳也是不下蛋的母鸡，合着妳和妳妈联手骗婚！"

事情到了这个份上，已经分不清是谁骗谁了？

"不是生不了，而是比较难受孕。"现在换我灰头土脸地解释。

我没看过秀中如此生气过，他气冲冲地拿上自己的行李离开，很快消失在茫茫人海里，直到广播催促飞往东京的旅客上机，我才看到他的背影。

我的"老公"加价换了头等舱的位置，所以除了上机前的惊鸿一瞥外，一直到出了成田机场，我再也没见到他。

"秀中，"我仰望碧空如洗的天空，"难道你再一次不要我了？"

我欲哭无泪。

第七十二章：不祥之鸟

　　我告诉母亲这趟结婚之行只完成了部分，名义上我仍然是吴小姐，而他……还是仓本直美名正言顺的老公。

　　母亲噢了一声继续伏案写字，用的是毛笔，一笔一画地书写，非常认真。

　　我问她"噢"是什么意思？

　　"就是'知道了'的意思。"她答，然后将毛笔在砚台上沾了沾墨水。

　　就这样？没一丝愤怒，甚至连安慰的话也没有。

　　"杉杉呀！人要往前看，妳不易受孕是事实，大家族总把传宗接代看得很重，现在知道实情也好，省得嫁过去还得打口水战。"母亲边写边说。

　　我知道我们吴家也有错，但再怎么着，我和秀中是有感情的，他怎么舍得一走了之？

　　"放心好了，他一定会回来找妳的。"母亲胸有成竹。

　　真的？如果能这样就好了。

　　难得看母亲像个小学生似的写字，我问她在写什么？看起来像在写贺卡。

　　"我给大老板们写邀请函，请他们光顾'樱河'。"母亲答。

　　我问为什么？"本田家"从不这么做，都是靠口耳相传建立起来的口碑。

　　母亲答"樱河"的原东家采取保守战略，光靠艺伎带来客人收入虽好，但还了每月的贷款后只能算打平。她跟艺伎们说好了，请她们晚上十点后再带客人进来，也就是说，从退房到晚上十点，我们还可以做钟点房的生意，大老板们都很忙，两、三个小时足矣，这样又是一笔不小的收入。

我的老天！这是明目张胆地提供色情服务，日本政府不会坐视不管的。

"日本政府？"

母亲听了笑岔了气，说前几天还看见那个叫小林 xx 的日本官员挽着两名艺伎开房，声音大到要把屋顶给掀了，问我难道要他们"做贼的喊抓贼"吗？

知道"樱河"的色情业务又扩大了，我感觉自己正被卷入漩涡里，即使我努力想游回岸上，仍被强而有力的水流拉走，眼看就要灭顶……

"杉杉，妳能不能跟林家儿子打个商量？他经常不回来住，房间老空着也不是办法，看他能不能固定几天回来，其余的时间我们可以拿来做生意。"母亲说。

我才不呢！不幸被他言中自己的悲惨下场，我躲都来不及，哪有自投罗网的道理？

"终于写完了，"母亲拿开笔，审视她的劳动成果，"待会儿妳出门，顺便把邀请函寄出去。"

我？为什么是我？我才刚到家，还没休息够呢！

母亲说当然是我，我现在是"樱河"的老板娘，我不做谁做？而且我今天就得搬过去住，她已经来来回回奔波好几天了，说到休息，她才应该休息。

结果屁股还没坐热，我马上又拉着行李箱往外走，手上多了一沓待寄出的邀请函。

"樱河"有八间房，最大的一间保留给林小西，其余七间几乎供不应求，每晚都有客人入住。要价高理应不会亏本，但如同母亲所说，银行是吸血鬼，若不加以变通，高昂的贷款利息很快会压垮我们，她的"旁门左道"之举实属无奈。

回过头说我的住处，我是堂堂的老板娘，却不得不屈居在一个十平米不到，由储藏室改造的小房间里，卫浴还得和员工共用。当然，比起他们，我算好的，起码有独立空间，而他们拥有的只是床位。

当晚我就打电话跟母亲抱怨，她说我有三条路走：一、央求林大东全额付款，没有了贷款压力，我想睡哪间就睡哪间。二、让佐藤秀中发慈悲把另外 50% 的款项给付了，我同样也能想睡哪间就睡哪间。三、就去睡林小西那间房，反正他经常不在。

这三条路，我哪一条都不想走，但我也知道自己没其他选项了。想起"本田家"住的温馨小房，真是不胜唏嘘！

除了日常的服务外，"樱河"还提供餐饮，可想而知，每天的大小杂事一堆，我又刚接手，只能以"焦头烂额"来形容，就在这送往迎来中，不知不觉已过了一个礼拜。

大概母亲的方法奏效，昨天就有个大老板要了钟点房，旁边跟着一位学生模样的年轻女孩，所以当午后迎来一位客人时，我头抬也没抬地对客人说我们只提供钟点房，眼睛则盯着厨子刚好递过来的采买明细。

"就要一间。"说的是普通话，听着耳熟。

我慌忙抬起头，当看见秀中那张略带严肃的脸时，心中掀起狂风巨浪。

打发厨子走后，我从墙上拿下一串钥匙，秀中跟着我走向走廊尽头的最里间。

服务员送来水果盘和一壶茶，我叮咛除非必要，否则请勿打扰。

那个笑容可掬的老妈妈喏喏称是。

"妳是老板娘了，和妳妈一样。"秀中不带感情地说。

"我是老板娘了。"我不急不徐地答，心中纳闷他为何提起我妈？

下一秒秀中便解开谜团，他说自己刚从"本田家"过来，母亲还请他吃午饭，吃的是不辣的川菜。

"不辣的川菜？我不知道川菜还有不辣的，好吃吗？"

"还行，"秀中喝了茶水后皱了皱眉，"吃什么不重要，反正我是上门要钱的，妳母亲要我跟妳商量。"

"要钱？要什么钱？"我赶紧也喝了口茶，原来泡的是隔夜茶，说了多少遍，老妈妈还是记不住，回头得说她去。

秀中答既然婚不成婚，当初的彩礼理当归还，这是天经地义的事。

"我……还是愿意结婚的，只要……"

"不可能的，"秀中摇头，"仓本直美已经不孕，我们佐藤家不可能再冒险下赌注。事实上，母亲已经帮我物色好替身，一完成生育的使命就会功成身退，不会有任何麻烦，仓本直美也可以保有佐藤家媳妇的地位，可说是皆大欢喜。"

"不~"我急的喊出声，并且爬到秀中身边一把拥住他，"不能，你不能这么狠心，我是爱你的，你这样离开我算什么？我们过去的感情哪里去了？"

秀中听了用力推开我，指责我和母亲不要脸，为了钱不惜造假，明知道他家急着要孙子，却送来一只难以下蛋的母鸡……

"不，不是这样的，我们努力一下还是可以的。"我边说边去脱秀中的外衣，被他大手一挥，像挥走一只讨厌的苍蝇。

"滚！妳让我倒尽胃口，"他从口袋里掏出一张纸扔桌上，"这是我的银行卡账号，给妳一个礼拜的时间汇过来，否则……看着办！"

秀中起身，我忙抱住他的大腿，哭喊着要他别走，只要他不走，什么都好说。

他试了几次抽身，都被我牢牢抱住，动弹不得。

"杉杉，难道妳就不想想这次我为什么这么绝然？"他问。

这也是我百思不得其解的地方，秀中像吃了秤砣铁了心，一点儿商量的余地也不给。

"那个替身也是中国来的，长得跟妳很像，还是个处女，价钱也好打发，妳说我还会在乎妳吗？"

秀中的话像盘石压顶，我绝望地松开手，他大笑着扬长而去……

我走了好几家西药房才凑齐足够的量，跟上夜班的石田桑说自己不舒服别打扰我后，颓然地走向屋后的小房间。

没想到这就是我最后的归魂地，没有亲人和朋友，屈居在十平米的空间里，连空调都坏了。

我试了几次，暖气还是不给力。算了，反正要死，冷一点儿也好，尸臭不那么明显。

房间被我收拾得整整齐齐，连被褥都折得有棱有角，就算死也不能落人口实，被说成是个邋里邋遢、不爱干净的人。

见收拾妥当，我把安眠药磨碎倒进爱喝的梅酒里，果然酒才是我最好的朋友，不仅让我忘忧还送我一程，得，够义气！

我安安静静地躺在床上，屋外的猫头鹰正咕咪、咕咪地叫着。

传说这种鸟是"不祥之鸟"，代表厄运和死亡。中国民间有"夜猫子进宅，无事不来"之说，夜猫子指的就是猫头鹰。

想来这就是命运，连猫头鹰也预知我的死期，看来今晚我就要走上黄泉道……

我安详地闭上眼，等待死神降临。

第七十三章：仓本直美怀孕了

走在黄泉道上，我仍然不得安宁，满脑子都是秀中的影子……

"我对杉杉是认真的，是以结婚为前提的交往。"
"我想我得了一种叫做'相思'的病，在飞机上，我一直不停地想妳。"
"哈密瓜很甜，但妳更甜，怎么办？好想吃妳。"
"再过两天就满一个月，我要告诉父母，和仓本直美彻底没戏，他们会重新考虑妳。"
"名义上的老婆我不能给妳，但我的心一直在妳这里未曾离去。"
"杉杉，我们佐藤家就靠妳了。"
"滚！妳让我倒尽胃口，这是我的银行卡账号，给妳一个礼拜的时间汇过来，否则……看着办！"
"那个替身也是中国来的，长得跟妳很像，还是个处女，价钱也好打发，妳说我还会在乎妳吗？"……

秀中从一个温良恭俭让的痴情男人变成满脑子功利主义的负心汉，时间只用了短短不到两年，让我情何以堪？用心良苦得不到回报，我的一腔柔情无处安放，秀中啊秀中，但愿下辈子我们有缘有份，不再擦肩而过……

我的意识渐渐走向混沌，煞那间一道白光闪过，我睁开犹如千斤重的眼皮。

"杉杉，"是林小西的大脸，"妳终于醒了，我担心死了。"

我……我怎么了？这是哪里？

林小西说我在京都大学附属医院的观察室里，医生刚帮我洗完胃，因为我吃多了安眠药。

听他这么一说，我想起了伤心事，秀中不要我了，他像甩一件旧衣服似地甩掉我，把我们两年来的感情一笔勾销，分手前甚至还不忘羞辱我一番……

我泣不成声。

"不说了，"林小西拍拍我手背，"刚从鬼门关回来别过度激动，对身体的恢复没有帮助。"

我仍不依不饶，问他听过残花败柳没？我现在就是残花败柳，没人疼没人爱，就算死了也不会有人流泪……

"谁说的？妳若死了，我会……我会……"他突然结巴，"反正妳不能死，死了谁来还贷？总不能让我爸的辛苦钱打水漂吧？！"

说得好，我现在连死都死不起，一张张的账单追着我跑。

"你怎么会在这里？"我擦干眼泪问那个应该在千里外的人。

林小西答昨晚他回到"樱河"住，空调坏了，半夜又被猫头鹰吵得不能入睡，于是起床到前台抱怨。那个学生模样的菜鸟回答空调是中央调控，他不知如何操作，我的抱怨他已经记录下来，明天会找人修理。

林小西一听怒不可遏，这分明是打官腔，他责问老板娘在哪里？然后不顾菜鸟的阻拦直捣黄龙，这才发现已经不省人事的我。

"我在第一时间通知了妳母亲，她没接听，但我已留言。"他又说。

母亲是个很容易入睡的人，而且一睡着就很难被吵醒，林小西的解释我能接受。

"谢谢！天亮了，你走吧！我母亲大概在路上了。"

我不忘向他道谢，毕竟给他带来麻烦，但心底并不感激他，因为他坏了我的计划。

然而林小西说他不走，怕一走我会去跳楼，让他白费一整晚的工夫。

"难道你打算大眼瞪小眼地等我妈来？"我问。

他答有何不可？

我说行，那就大眼瞪小眼吧！谁先把眼光移开就算输，输的人得听使唤。

其实就想让林小西知难而退，他在这里很碍眼。

"那有什么难的？" 他接受挑战。

于是比赛开始进行，我看着他，他看着我……

今天的林小西穿着短款的双排扣大衣，有外翻的大衣领及可以用来暖手的大口袋。再看他的脸，肤色很白，皮肤干燥，嘴唇有些龟裂，真是的，这种天气就该涂乳液及护唇膏，男人就是个长不大的孩子，处处需要人照顾……

我的眼光边盯着他边想，时间一分一秒地过去，气氛也开始变得诡异，我是说他的脸开始潮红，嘴唇也像草莓果冻似地颤抖着。

"你怎么了？" 我忍不住问。

"我……" 他调开眼光，"我输了，妳这么看我，我受不了。"

这么快就认输？看来我高估他了。

"杉杉～" 此时母亲冲了进来，"怎么了？要不要紧？"

看我妈来了，林小西很识时务地走人，也是，愿赌服输。

"没事了，妈妈。" 我打算轻描淡写，但母亲不放过我。

"告诉我，那兔崽子说了什么？妳没把钱给他吧？！"

我说当然没给，因为钱不在我这里，至于他说了什么？……我做了简单交待。

"就知道佐藤家使阴招，那些女留学生为了糊口，任何事都干得出来，代孕妈妈算什么？只要给钱，什么肮脏的东西都能往嘴里塞。" 母亲说。

"妈～" 我还是轻喊出声，语气中有制止的意味。

"不说就不说，" 母亲握紧我的手，"妳也算认清了这个男人，不怕，咱们再找，肯定比佐藤秀中好百倍、千倍。"

哎！感情不是说替代就能替代，短时间内，我是不会再接受任何男人，"一朝被蛇咬，十年怕草绳" 说的大概就是这个。

"杉杉呀！妳可不能这么想，" 母亲语重心长，"妳已经 28 岁，是个老姑娘啰！再不找就发霉了。"

我抽出被她紧握的手，说自己累了，然后翻过身假装好眠。

林小西主动提出要和我换房间，因为我的房又小又湿冷，不利病人的休养，同时把"樱河"的工作往身上揽，每天忙进忙出的，让我很过意不去。

"回去吧！公司需要你。"我说。

林小西为我端来一碗粥，并且将我扶起。

"别提了，公司有人照料着，妳这边需要人，我不想看到它被拍卖。"说完，他把一匙吹凉的粥往我嘴里送。

我赶紧把碗勺接过手，拒绝他的喂食。

"妳的确辛苦，我没想到贷款利息这么多，简直是替银行打工，如果真不行就转手吧！壮士有时也得断腕。"他分析。

我把头摇得像波浪鼓。

本来我也视"樱河"为烫手山芋，但渐渐地我发现这个民宿是来解救我的，让我从母亲似是而非的洪流里脱身，少了她的 24 小时监督，我活得更开心、愉悦。

"既然这样，只能往前冲了，我上网看看有什么经营的新点子。"林小西说。

我在林小西的房间里待了近二十天，每天养尊处优、山珍海味的，我又四体不勤，很快磅秤上的指数就过了 56，差点儿把我吓死！

不行，再这么下去，我肯定肥成一头猪。

我立马走出房门，希望忙碌的工作能让我很快消瘦下来。

下午五点，林小西拉开门，手里拿着一份报纸，看见我坐在柜台，很惊喜地问："痊愈了？我以为不到开春，妳不会下凡来。"

我说我早痊愈了，只是犯懒。

"真痊愈了？"他不信。

"真痊愈了。"我信心十足。

林小西随后将报纸扔我桌上，说："有没有痊愈，试试就知道。"

我打开报纸，很快找到头版新闻，报上说仓本直美怀孕了，制片人急的跳脚，怕片子拍不成，但她拍胸脯保证会全力以赴，不负所托……

　　"真快，"我合上报纸，"那个中国女孩好生养。"

　　"就这样？"他问。

　　"就这样。"我点头。

　　林小西终于有了笑颜，他说为了庆祝我痊愈，晚饭由他买单。

　　"不了，出去吃总要两、三个小时，就在这里随便吃吃吧！"我想到越夜民宿的生意越好。

　　他不依，说一成不变的餐饮早吃腻了，我若不想出去，可以叫外卖。

　　"你该不会……"我问。

　　他已经拿起电话要了两份驿便当。

第七十四章：情比姐妹深

日本的便当文化历史悠久，最早出现在古坟时代，那时的便当很简单，就是把做好的米饭在阳光下晒干，做成"干饭"便于携带。

到了江户时代，便当普及化，"幕之内"就是人们去剧场观赏歌舞伎表演时，于幕间休息所吃的便当。

如今的便当又成了表达爱意的方式，"为孩子和老公准备便当"成了衡量家庭主妇是否合格的标杆。

很多中国人认为日本的便当就是我们口中的盒饭，其实不然。我们的盒饭大多是简单粗糙的家常菜，没有"造形"，日本的便当不同，它十分重视一个"形"字，讲究食物的样子和摆放。简单地说，日本菜肴是用眼睛吃的，味倒成了其次。

而所谓的驿便当就是可外卖的便当，瞧林小西叫的驿便当，薄木盒里分三格。第一格有鱼饼、烤猪肉、小鱼、蛋块、竹笋、昆布卷；第二格有盐萝卜干、醃白菜、渍黄瓜，还有一小袋酱油；第三格有白饭，上面撒些芝麻，中间点缀一粒红色的小酸梅，简直就是一场小型的盛宴。

我接过林小西递过来的热茶，顺便说这么好看的便当真舍不得吃。

"早知道就叫中国城的盖浇饭，包管你风卷残云地马上吃光光。"他说。

这倒是真的，吃盖浇饭好像没什么负担，至少不会像破坏艺术品般地忐忑不安。

见我迟迟不动筷子，林小西将他的魔爪伸向我的便当，毫不客气地拿走一个昆布卷。

"你怎能这样？那是我的！"我大动肝火。

他不以为意，反而说我再不吃，很快就全到他肚子里了。

想到此，我赶紧开动。

"妳说……"他边咀嚼边问，"怀孕的女人是不是吃很多？"

"不知道。" 我知道他为什么这么问。

"仓本直美她……"

我停箸，眼睛盯着他："书报摊上的娱乐杂志有巨细靡遗的报导，六、七百元有一本，你若没钱，我买来送你。"

林小西住嘴了，我们终于可以安静地用餐。

"咳、咳。" 没多久那人又有动静，"明天，明天我回公司了。"

其实他早该回去，公司不是摆设，商场上也没有侥幸。

"知道了。" 我低头扒饭。

"如果不想我走，我可以留下来。" 他提示。

我反问他，为什么我会不想让他走？

"因为……也许……" 他支支吾吾。

我要他放心、大胆地走，我一个人应付民宿没问题。

"那好，我去去就回。"

有没有搞错？我没让他回。

看林小西一副高兴的样子，我把话吞进肚里。这些日子难为他了，没必要临走前还泼他冷水。

在林小西的再三坚持下，我继续住在他的房间里。

"妳搬过来住了？你们两人该不会……" 母亲来看我，我将她迎入大房间内。

直到服务员端来茶水和甜品并且拉上障子门离去，我才没好气地答没有的事，请她别瞎想。

"我可没瞎想，那孩子对妳动了心思，否则也不会巴巴地给佐藤秀中送钱去。" 母亲吃了一口水果蛋糕，那是我们最近从 Harbs 进的货，软绵的蛋糕里面塞满各种时令水果，甜而不腻。

"送钱？送什么钱？" 我一时迷惑。

母亲说我贵人多忘事，佐藤秀中不是想要回彩礼钱吗？

"妈~" 我大喊，"妳怎么可以把自己的烂摊子丢给别人？！"

面对母亲的甩担子不挑，我怒不可遏。

"我没叫林小西送钱去，是那小子自愿的，他说这样一来，杉杉就能重新出发了。"母亲解释。

林小西真的这么说？我的心被撩拨了一下。

"我看就他了，容貌过得去，四肢也健全，虽然是二婚，但膝下无子，妳嫁过去不用当后妈，乐事一件。"

我要母亲别又乱点鸳鸯谱，就算林小西有意娶我，他妈会同意吗？不把我们母女俩枭首示众已是最大的恩泽……

母亲听完，若有所思："这倒也是，别看林大东每周都去我那儿，勤勉的像个打卡的公务员，但一接到老婆的电话，吓得只差没跪下去，这婚事的确有的磨。"

我松了口气，很高兴母亲终于想明白了。

"要不……"母亲另起炉灶，我的心又纠了起来，"重新考虑山崎和彦吧！若再认识个新的，交往起码得一年，还不见得成。"

什么？！怎么目光一转又回到山崎桑的身上？我若猜得没错，小雪早对山崎和彦动了心。

"小雪……"糟糕！我赶紧捂住嘴，但太迟了，母亲已听到话屑子。

"别隐瞒了，"母亲气定神闲，"我早知道小雪在山崎家，就凭妳那三脚猫的功夫也想瞒住我？"

原来，原来她早知道了。

"知道也好，山崎和彦现在有小雪照料，日子过得很幸福，我们不应打扰他们。"我说。

"哼！就凭小雪？她也配？！"母亲一副轻蔑的神情。

按理说小雪是我们的远房亲戚，母亲应该高兴她得到幸福，但其实不然。母亲的大方只限于"我吃肉，你喝汤"，显然这次小雪把肉也给吃了，犯了母亲的大忌。

"反正山崎桑不是我的菜，让给小雪又怎样？我们毫发无伤。"我晓以大义。

"绝对不行，被我踩在脚底下的人永无翻身之日，山崎和彦可以娶任何人，但一定不能是小雪。"

看母亲眼中流露的杀气，我有了不祥的预感，好不容易得来的太平恐怕又要起波澜。

果然，第三天的下午，许久不见的小雪便找上门来，我不记得曾告诉她自己掌管"樱河"。

"我想和妳说话，这里若不方便，我们到外头说。"她一脸严肃。

我唤来老妈妈坐阵，然后把小雪带回房。

"老板娘要我离开山崎桑，机票钱她出，否则就要告诉那男人我不是完璧之身，早被萧十一郎性侵了。"小雪哭丧着脸。

虽然胳臂往里弯，但母亲这次真的太过分了，她怎能以他人的隐私为要挟？

"杉杉姐，"小雪学日本人对我行叩拜大礼，"拜托妳，我离不开山崎桑，我相信他也离不开我，这是第一次我感觉离幸福如此之近。"

小雪没说她爱他，但话里透露深深的爱意，即使是铁石心肠也做不到无动于衷。

"小雪，妳起来，"我扶起她，"我替母亲向妳道歉，她是不对，但恐怕听不进我的良言，妳要有心理准备，也许她真的会这么挑拨。"

小雪一听大惊失色，一副天要塌下来的模样。

我要她别往坏里想，这件事她是受害者，即使母亲嘴碎，山崎桑也不是不明事理的人……

"不～"小雪声嘶力竭，"我既没钱，长得也没妳好看，如果再加上丑闻，山崎桑肯定不会要我，我不如死了算了。"

小雪哭得像个泪人似的。

"妳和山崎和彦在交往吗？"我小心地问。

小雪抬起头很认真地点了一下。

这么说母亲正在做"棒打鸳鸯"的缺德事。

"妳放心，这件事交给我，我来解决。"我信誓旦旦地说。

有了我的承诺，小雪又哭又笑地说我是她的恩人，若有来世，她涌泉相报。

这是打从我和她有嫌隙以来，第一次获得她的善意。

我划开小雪脸上的泪珠，她一把抱住我，我们又像姐妹般一脉同气。

第七十五章：恨嫁之心

我和山崎和彦约在"樱河"见面。

"君はボスだった。"山崎桑呡了一口绿茶，感慨地说我现在是老板娘了。

"はい。"我点头称是。

我们坐在矮几前，下午两点多，服务员送来茶和轻食，托盘上有樱花寿司、樱饼、樱花马卡龙以及樱花果冻。

已是春末，樱花季来临，整个日本弥漫着粉红色的浪漫气息，"樱河"也适时推出几款应景的食物。

靠近阳台的障子门已打开，外面是京都最美的鸭川河，沿岸的樱花迎风摇曳，潺潺的流水声像一股清流，带走世俗的喧嚣与烦忧。

山崎和彦拿起樱饼咬了一口，说这是今年他吃的第一块樱饼，红豆馅很绵密，问我从哪里买来的？

我答是"本田家"的糕点师傅做好送过来的，"樱河"的厨房小，厨子的手艺也一般，因为民宿属性的不同，来"樱河"的客人不是为了吃。

他反问我不为了吃，为了什么？民宿的可贵之处就在能提供有特色的居住环境和吃食。

哎！我总不能说是为了"打炮"吧？！遂告诉他，祇园有很多艺伎馆和茶屋，看完表演的客人会想找个地方休息或补眠。

为了不在这个尴尬的话题上继续打转，我问他怎么来的？路好不好找？

他答开车来的，小雪为他指路，所以还算好找。

小雪？小雪也来了？人呢？

山崎和彦答，她正在巷子口的巧克力甜品店等他。

我没忘记此次会面的目的，提醒他巧克力是爱情的象征，也许待会儿他可以买一盒送给小雪。

他反问我为什么要送给小雪？

这还用问吗？他们两人正在交往，送盒巧克力正好表达爱意……

"ない。"山崎和彦急着否认，他说他从来没对小雪动过念头，若有，天诛地灭。

这倒底是怎么回事？小雪说她正和山崎桑交往，而后者却信誓旦旦地否认，难道是小雪一厢情愿的想法？

都说"女追男隔层纱"，我借力使力，希望他将小雪列入考虑。

没想到山崎桑反而要我将他列入考虑，既然我和佐藤秀中的婚事已告吹……

哎！这世界还有秘密吗？一而再，再而三地被同一个男人抛弃，也没那个谁了。

我明白告诉这位对我还有留恋的男人，母亲想破坏小雪在他心目中的形象，这次邀他前来是为了告诉他，小雪是个好女孩，请他珍惜，至于我……有些事是勉强不来的，如果嫁给他，心里还想着别人，那就是不忠诚，最后他反而要回头怨怼我了。

"小雪，过来，现在。"没想到山崎桑立马拿起手机拨打，用的是怪声怪调的普通话。

我问他怎么回事？他没回答，只是不停地喝着绿茶、吃着轻食，仿佛患了饥渴症。

没五分钟，小雪翩然而至，她跪坐在山崎和彦的身边。

整个场面很诡异，谁都没说话，静的像穿越到异次元，后来还是男士先开口，他要我把接下来说的话翻译给小雪听。

"小姐，他说什么？"小雪急着想知道。

听完山崎桑的陈述，我却开不了口，我如何告诉她，她爱的人对她没感觉，但因我大力推荐，所以他想和她做爱一次，也许做完爱就有感觉了呢？

在小雪的再三逼问下，我还是给翻译了，心中祈祷小雪会拒绝，毕竟那样的要求非常无礼，而且是种耻辱。

没想到小雪一口答应，她说她等待这一刻良久。

我默默退出房外，心里难受的很，是我亲手把一个纯情少女往大叔的嘴巴里送，和老鸨无异。

经过前台，那个学生模样的菜鸟问我去哪里？我答到外面走走，屋里闷的慌。

走出"樱河"，我才发现自己无依无靠，不能回"本田家"，母亲的火眼金睛一眼就能将我看穿；也不能找秀中，他早已和我形同陌路。

除了"樱河"这个窝，我还能上哪儿？偏偏这个窝不能让人舒心，真正的"金玉其外，败絮其中"啊！

林小西打电话来时，我已经在鸭川河畔待了好一会儿，眼睛没离开对岸那栋老房子。小雪曾经裸体从窗口走过，但很快拉上簾子，所以我面对的是一个平凡无奇的房间外观。

"干嘛妳？"他问。

"刚看完色情片，少女和大叔打架。"我答。

林小西听完呵呵笑，他说没想到我也喜欢咸湿口味，改天请我看有剧情的毛片，他收集了一整套小泽玛莉亚的作品……

"你对我有感觉吗？"我突然想知道。

林小西问我所问何来？

"是不是本来没感觉的两人，做完爱就有感觉了？"我想起山崎和彦与小雪。

"话不能这么说，如果真那样，妓女和嫖客岂不是都结连理了？"

说的也是，我转而问他公司运行还好吗？

他答还行，本来就是淡季，没什么差别。

"妳呢？生意好吗？"他问。

这也是让我头痛的原因，最近经济不景气，连带着大老板也少上声色场所，"樱河"一晚倒有半数房间是空的，我怕这个月还不了贷款。

"别担心，要真撑不下去就卖了，所得款够你们母女过上十几年的好日子。"他说。

我问他，难道就没怀疑过是我母亲设的局，以买民宿的名义尽敛财之实？

林小西答，动机为何他不追究，只要父亲开心就好，因为几十年来他父亲一直过得很憋屈，和妻子也早已没有了房事。

"没想到你父亲过得这么苦。"

"不，这不是最苦的，最苦的是没人和你交流、对你嘘寒问暖，像都市丛林里的孤独患者。"他说。

我想起孙爱梅已离他而去，林小西说的正是自己。

"你不是有个暗恋对象吗？既然孙……走了，活着的人还是要继续，何不借此表白？"我建议。

"妳认为这是个表白的好时机吗？"他问。

我答当然，不现在表白更待何时？

"好，明天我就表白。"

我能想象手机那端的林小西是多么地望眼欲穿。

祝他好运后，我从草地上起身。

少女和大叔应该已经完事，我这个老板娘得回去坐阵，都说"做一天和尚撞一天钟"，"樱河"还有很多事等着我处理呢！

回到"樱河"，菜鸟忙不迭告诉我，两点钟进来的客人不仅付了钟点费，还给了十万圆的小费，声明是给老板娘的。

两点钟进来的客人？那不是山崎和彦吗？为什么给那么多的小费？我的心蒙上阴影。

匆匆回房，房间已被整理干净，看不出任何大战方休的痕迹。

我很想知道事情的结果如何，这样被吊在半空中实在很难受，还好手机适时传来短信："小姐，谢谢妳！还是那句话，若有来世，我涌泉相报。"

看到小雪的留言，我放下心来，还好结局是好的。

此时手机短信提示音又传来，我赶忙翻看，这次不是小雪，而是林小西发来的，他问我明天表白时穿什么衣服好？需不需要买花？

我马上回复穿正式点儿的西装，什么花不重要，能表达心意就行。

"好，听妳的。"短信后面附上一个调皮的吐舌头笑脸。

想到小雪和林小西都将有幸福的归宿，我应该感到高兴，不是吗？然而现实是别人成双成对，只有恨嫁的我还单着，而且前途茫茫，每天做着鸡肋似的工作。

哎！我不禁对着鸭川河唉声叹气起来。

第七十六章：孙子兵法（完结篇）

昨天入住的客人比较多，早餐过后便陆续有人退房，直到下午一点才真正空闲下来，我正想回房用餐，林小西来了。

他很难得的穿上灰色细条纹西装搭配纯色衬衫和真丝领带，胸前的口袋里塞了条粉色方巾，脚上的黑漆皮鞋擦得倍儿亮。

还好他的身高够，因为细条纹西装更突显人体的高度而不是宽度；颜色也选得好，天气回暖了，不再适合穿深色衣服。

"怎么来了？不是表白去了吗？"我问，留意到他的手上拿着一束雏菊，刚好是我喜欢的。

"嗯！"林小西突然红了脸，"和她约在'樱河'见面。"

什么？！这么重要的事怎么不事先通知我？

"约的几点？我没经验，不知怎么安排表白现场。"我急的团团转。林小西要我别着急，不过是普通的表白。

这怎么成？我赶紧回厨房要厨子拿出看家本领，煮出好看又好吃的料理，接着打电话给熟识的蛋糕店，请他们送最新鲜的甜品来，转身又找出九五年的波尔多葡萄酒，那原是我留着，打算在特别的节日里饮用。

"杉杉，真的不需要。"林小西有些懵了。

我可不管，诚意最重要，女孩一看男孩这么慎重，心里一感动，事情就成了。

然而没等厨子煮好餐，蛋糕也还没送到，那女孩就来了。噢！不，不能称为"女孩"，那是个有点儿年纪的妇人，虽然妆化得无懈可击，还是没能遮住眼角的鱼尾纹；风韵依然犹存，但小腹的游泳圈是骗不了人的，一看就知道生过孩子。

"妳好，我姓钟，妳一定就是小西经常提到的吴小姐。"她说，一口字正腔圆的普通话。

"是……是的，林小西也提起过妳。"我答。

"是吗？"钟小姐转头看男主角，后者没说话，算是默认了。

我赶紧要客人进房间，餐点还没准备好，在等待的当中，他们可以先饮酒......

合上障子门，我的心无来由的一阵悲哀，难道就因为林小西暗恋了一位半老徐娘，所以我觉得不值？如果他带来的是个青春洋溢的女孩，结果会有不同吗？

我摇摇头想把负面情绪都甩开，自己的烦心事已过多了，还是"自扫门前雪"吧！

甜品在一小时后送到，鲜奶油裹在粉色蛋糕卷里，超有浪漫气息。

我把它们放进精致小碟里，然后踩着小碎步往里间走去。没错，我的"亲力亲为"是故意的，一方面我好奇事情的进展，另一方面，我实在不相信林小西会爱上一个眼神锐利的人，送甜品只是借口，一探虚实才是主因。

"すみません。"我在门外喊了一声"不好意思"，然后拉开障子门走了进去。

那两人谈兴正浓，桌上杯盘狼藉，显然已酒足饭饱。

"这是 Arinco 的樱花蛋糕卷，刚出炉就送过来，你们尝尝。"我将托盘放下。

钟小姐说好甜品得配好茶，林小西听了马上表示他去沏一壶来，动作快的如同射出去的箭，我来不及阻止。

这算什么？表白的男主角不见了，把现场留给不相干的两个女人。

"别管他了，吴小姐请坐，我们谈谈。"

钟小姐为我斟了酒，我一饮而尽，果真是好酒，入口回甘没有很强的酒精味。

"妳和小西认识多久了？觉得他是怎样的人？"她问。

认识多久了？我想了想，大概快两年。至于是怎样的人？嗯......算是直来直往的好人吧！三、两句话就能把你气死，但默默行的善事又让你乱感动一把。

钟小姐同意我的看法，她说林小西就是嘴笨，否则也不会等到今天才表白。

"妳……答应了吗？"我太想知道答案。

"我当然答应了，否则今天也不会上这里来。"

听到女主角讲 Yes，我却高兴不起来，林小西值得更好的，虽然我一点儿也不了解钟小姐。

"噢！恭喜了。"我试着让自己的口吻听起来很开心，无奈表情是骗不了人的，钟小姐还是看出端倪。

"妳不是真心道贺，第一眼看见妳，我就知道妳对小西有不一样的情愫。"她说。

"不，不是的，"我急着否认，"如果有什么冒犯之处，我道歉，那是因为我对他的暗恋对象有过高的期待所致……"

"这么说，是我配不上小西了？"她问。

哎！真是越描越黑，虽然我真的这么想，但打死也不能承认，因为太伤人了。

"我有三个孩子，最小的今年上幼儿园。"她随手丢来重磅炸弹。

什么？！林小西竟然看上带着三个拖油瓶的离婚妇人，他的品味，今天我算是看清楚了。

"孩子的爸爸也是做瓷砖的，是小西多年的老战友。"她接着说。

这下子我炸开锅了，敢情林小西不仅"兔子吃窝边草"还"朋友妻更可欺"，简直可恶到了极点！

我还没从愤怒中走出来，那个精明的女人突然笑弯了眼："小西告诉我，面对心爱的女人，他开不了口，问我愿不愿意当红娘？我一口答应下来。"

"等等，这是什么意思？"

"意思是……"钟小姐把榻榻米上的雏菊递给我，"小西要我把这个送给妳，顺便问妳想不想和一个嘴笨的男人交往？"

我颤抖地接过花，脑子像被水泥糊住，一时转不开。

"这是怎么回事？一点儿征兆也没有……"我喃喃自语。

钟小姐说不可能没有征兆，她要我再想一想，肯定有什么，只是我拒绝相信或者有意忽略。

是这样的吗？我跌入回忆的洪流里……

"我可没把妳当妹妹。"

"别妄想我会喊妳一声佐藤太太，因为在我眼中，所有和外族通婚的女性都没好下场。"

"别哭，看见妳哭，我很难过。" ……

的确是有那么点儿意思，但彼时的我要嘛是他的员工，要嘛是他父亲情人的女儿，他也一路见证了我的愚蠢和反反复复，这还有美感可言吗？我不认为他会愿意和废柴的我谈恋爱。

"别那么笃定，爱情若能代入公式就不叫爱情了，anyway，我已将话带到，妳的答案是 Yes 还是 No？"她果然行事果断，不拖泥带水。

我一时语塞。

"茶来了，"林小西拉开门，"是铁观音。"

"我去上个厕所，酒水喝多了。"钟小姐适时闪人。

林小西替我倒茶，顺便夹了块蛋糕到我的碟子里，但我胃口全无。

"钟小姐说花是送我的。"我指的是雏菊。

"妳喜欢吗？"他问。

"有谁会不喜欢？是女孩都喜欢花。"我很烦躁。

"那好。"他想粉饰太平。

我答不好，谁让他送花来着？喜欢花，我不会自己买吗？

"妳到底是接受还是不接受？"他来气了，"不接受就还我，公司的清洁阿姨会喜欢在星期天收到花。"

我问他，就不能对我好一点儿吗？我的心要被蹂躏几次他才甘心？既没人疼也乏人爱，连被表白也这么可怜，像赶鸭子上架似的……

"那么我慢点儿来，"他清清喉咙，"吴—杉—杉—妳—愿—不—愿—意—当—我—的—女—朋—友？"

听到林小西的表白，我还是受到不小的惊吓。我提醒他想清楚，我是单亲家庭出身，母亲拍过黄片，现在是日本人的小老婆，佐藤秀中曾是我男友，所以也别期待我是高原上的纯洁牧羊女……

"但妳是吴杉杉，对我来说这就足够，我愿用我的后半辈子来保护妳，不让妳受委屈。"

这是第一次林小西如此深情对我。

"你母亲……"

"和妳交往的是我。"

"你父亲……"

"他想和谁在一起，不关我事。"

"我母亲……"

"她是带妳来到这世界的人，我会像对待自己母亲一样地待她。"

"秀中……"

"他是妳生命中曾经的烟火，稍纵即逝，现在妳眼中只能有我。"

噢！我该说什么好？

林小西要我什么都别说，过日子最重要，他愿意给我一个家，让我不再四处漂泊。

我把"樱河"卖了，另外在弟子屈町的屈斜路湖畔买了个民宿，湖水是由附近几处的高山雪水流入而成，清晨和日落，在山岚的烘托下，湖水异常的美丽。

"今天有三个订单，分别来自俄罗斯、东京以及札幌。"小西说。

"住札幌的跑来这里做什么？"我问。

札幌是北海道的行政中心，离弟子屈町也就半小时的车程。

"也许他们是来偷情的。"小西起身往厨房走，今天轮到他洗碗。

我在电脑前坐了下来，订单上显示俄罗斯的客人是一对夫妻带一个宝宝。

那么我得准备好婴儿用的澡盆，另外奶瓶清洁器也得找出来。

再看来自东京的订单，附注写着蜜月之旅，下单的人是山崎和彦……

我的心因此喀噔了一下，不单因为人名熟悉，还因为新娘子姓吉冈屋，不是小雪。

这是我认识的山崎桑吗？

我还在怀疑，听见小西大喊："杉杉快来！"我赶紧往厨房奔去。

洗碗槽前是大片玻璃窗，窗外白雪皑皑，雪地上有两只灰色松鼠正在啃食玉米。

"说！是不是你扔的？"我假装生气。

"反正妳不喜欢吃。"他答。

谁说我不喜欢来着？洒上盐巴的熟玉米，我爱吃极了。

"放心，冰箱里还有，洗完碗我煮给妳吃，嗯？"小西好脾气地说。

自从他母亲知道我勾搭上了她的宝贝儿子，三天两头便往"樱河"跑，寻死觅活的，最后在"公公"的支持下，我们北上另辟生活，转眼已过了大半年。

"如果……"我小心地问，"这个月还是没有呢？"

"这个月没有，还有下个月，"他转过头来对我微笑，任洗碗槽的水哗哗哗地流，"总有一天会成功的。"

由于我奇特的生理周期，受孕非常不易，而小西打算用"孙子"兵法打破僵局，奶奶总不会让自己的孙子没妈妈吧？！

"对不起，是我不好。"我内疚到不行。

"又来了，"小西湿着手过来拥抱我，"我说过要给妳一个家，一定会做到。"

我把头深深埋进他怀里，熟悉的体味让我感到安心。

"叮咚！"听到电脑发出的声音，知道又有新订单进来。

"快去回复，我好上市场买足菜。"小西催促我。

我快速在他的脸上啄了一下，然后笑着跳着去回复，心中想着最好是个大订单，因为楼上面湖的家庭房还空着呢！

（全书完）